海　盟

南方　著

加拿大国际出版社
Canada International Press

海盟

书名：海盟
作者：南方
出版：加拿大国际出版社
www.intlpressca.com
Email: service@intlpressca.com
国际书号 ISBN: 978-1-990872-36-5

电子书 ISBN: 978-1-990872-37-2

Book Name: Promise like the Sea
Written by: Nan, Fang
Published by: Canada International Press
www.intlpressca.com
Email: service@intlpressca.com

Print ISBN: 978-1-990872-36-5
E-Book ISBN: 978-1-990872-37-2

目 录

海盟

海盟

内容简介

　　《海盟》讲述的是发生在文化大革命时期的一段凄美的爱情故事。

　　这本历史小说以两个年轻人的爱情悲剧为线索。

　　男主角春又生目睹了文化大革命的种种丑恶现象后，逐步从怀疑毛泽东发展到否定毛泽东。他开始制订学习计划，研究共产主义运动及文化大革命产生的原因。1970 年初春，春又生与桑爽因借书而相识，并结识了她的父亲桑梓。

　　桑梓出身富商家庭，作为有良知的富家子弟，他同情穷人。二十世纪初，中国长期处于农业社会，工业社会尚处于萌芽阶段，缺少现代经济学知识的一些中国人文知识分子，认为社会的贫富差别源于私有制。正在北京大学历史系读书的桑梓由于接受了共产党的公有制宣传而参加了共产党。但是在延安经历了毛泽东发动的整风运动之后，桑梓开始对自己的选择产生了怀疑。1949 年后，经历了毛泽东发动了一系列的整人运动，桑梓认识到中国共产党存在严重的问题与错误。他开始思考和研究中国共产主义运动兴起的原因，以及它的未来命运。

　　相同的认识，使得桑梓与春又生结成忘年交。桑梓开始有计划地培训春又生，详细给他讲解了太平天国、戊戌变法、辛亥革命、延安整风，以及 1949 年之后发生的一系列运动的真实历史。春又生更加坚信自己反对毛泽东的信念是正确的。

海盟

　　古典诗词拨动着春又生与桑爽的心，在青岛美丽海滨的岩石上，面对大海，他们立下白头到老的海盟。

　　文革中，中国各地都有一些类似春又生的年轻人。他们组织地下读书会，甚至有的人组织共产党（马列）的政治组织。桑梓告诫春又生，中国共产党非常残暴，他们会屠杀参加正式组织的年轻人。你们只能建立松散的联合，等待时机。桑梓特别对春又生说，你是一个研究人才，不适宜做一个政治活动家。他建议春又生发奋研究历史，不要参加任何政治活动。但是，1970年，当目睹了两个年轻人因组织共产党（马列）小组而被押上刑场后，春又生愤怒异常，不听桑梓的劝告，参加了旨在揭露中国共产党真相的读书会。此时，桑爽与春又生已经订婚。在屡次劝说春又生退出读书会失败之后，为了拆散春又生和桑爽，桑梓决定搬回原籍无锡。在桑爽苦苦哀求下，桑梓知道，春又生不可能马上退出读书会，便要求春又生一年之内退出，并保证不发生意外，然后才准许他们完婚。

　　1976 年清明，一场反对毛泽东独裁的运动在北京爆发，春又生和朋友们积极参与了运动。桑爽瞒着桑梓到天安门广场寻找春又生，欣喜地听到了春又生的演讲，兴奋地与大家一起指着毛泽东的画像高唱"你、你、你这个坏东西"。被便衣冲散之后，桑爽再也没有见到春又生。"四•五"运动被镇压后，春又生为了不连累桑爽，多年没有与她联系，他们的婚约解除了。

　　《海盟》讲述了春又生与桑爽爱情的悲剧，再现了中国文化大革命中的一段历史。

我为什么写《海盟》

二十多年来，笔者一直试图写一本介绍生于 20 世纪 30 年代末到 50 年代的少数人的觉醒与战斗的历史书籍。

为什么要写这个年龄段的少数人的觉醒。从信息这个角度来说，与上一代人相比，例如，生于 1925 年的刘宾雁，1949 年时，已经 2 4 岁；生于 1932 年林昭，1949 年时，也已 1 7 岁。他们对于中华民国，有亲历的体验和记忆。而生于 20 世纪 30 年代末到 50 年代的一代人，例如，生于 1939 年的钱理群，他说过："我出生于一九三九年抗日战争期间，一九四九年中华人民共和国成立时，我刚刚十岁，已是小学五年级学生，带着国民党统治后期的模糊记忆进入新中国，接受了从中学到大学的教育。可以说，我们这一代是在革命意识形态熏陶下成长起来的一代人。我们的世界想像当然也就鲜明地打上了这一时代教育背景的深深烙印"（《钱理群：我们这一代人的世界想像》）。钱理群对于中华民国仅有模糊记忆，对于生于 40 年代末的笔者来说，对于中华民国连模糊的记忆也没有。生于 50 年的人，根本就没有经历过"旧社会"。所以，生于 20 世纪 30 年代末到 50 年代的一代人，用钱理群的话"是在革命意识形态熏陶下成长起来的一代人"，实际上是完全被洗脑的一代人。在 1980 年之前，我们几乎没有读过一本不同意识形态的书籍，被迫以毛共的观点来认识 1949 年之前的中国历史，认识世界各国历史和现状。我们被灌输，地主阶级和资本家是剥削阶级，毛泽东是人民的大救星；我们被

海盟

灌输马恩列斯毛是真理的化身，公有制和计划经济的
社会主义社会优越于私有制和市场经济的资本主义
社会。生于 20 世纪 60 年代以后的人，由于文革的结
束，共产党的有限开放，他们在青年时代获得的信息
已经远远多于我们这一代人。

值得自豪的是，我们这一代人的少数人在文革中
开始艰苦地探究社会主义和资本主义社会的真相，并
且主动参与了与毛共的斗争。我的学生们常常惊讶地
问我，你们从小生活在黑暗之中，你们是如何寻找光
明的?本书真实地再现了我们这些人在被蒙蔽中是如
何探索真相，如何学习，如何组织起来斗争，有的甚
至献出了自己生命的一段历史。笔者希望后代们知道
我们的觉醒过程和斗争历史，将反对专制制度的斗争
继续下去。这是我写《海盟》原因之一。

我写《海盟》原因之二是，想赚一点钱为刘宾雁
老师竖碑。见《我没有别的路可走》一文。

《海盟》是一本历史小说。之所以说是历史，是
因为笔者描述的是真实的历史。之所以又称之为小说，
是因为某些情节和细节已经忘怀。更为重要的是，中
国共产党至今不公开文化大革命的历史档案. 我们没
有办法掌握详尽的信息。例如，由于中共至今不公开
1970 年枪杀青年人的档案，笔者无法查到 1970 年牺
牲于中共枪下的两个年轻人的完整信息。

南方

2009 年完稿 2023 年 3 月 20 日修改

致读者

由于生活在中国大陆，我不能用真实姓名，只能用笔名，同时也不能提供我的简介。请您谅解。

我只能这样介绍自己：一个酷爱学习的人。

我的人生格言是：让学习成为一种生活方式。

我一生有三个愿望。

第一个愿望是，图书馆里有我写的书。

小学毕业时，我的老师对我的赠言是：勤读书，多观察，成为一个作家。

中学时，我第一次走进学校图书馆，哇，这么多的书呀！我的第一个愿望产生了。有一天，图书馆里也要有我写的书。

从此我勤奋读书，仔细观察生活。我一共做过《私有制产生的原因》、《中国资本主义产生较晚的原因》、《文化大革命发生的原因》、《平等与公平》、《市场经济与宪政民主》、《能力与文化》等八个课题，写了百多篇文章，涉及历史、政治和经济，还有报告文学。

我的第一个愿望在二十几年前就实现了。我的几本专著，已经进入图书馆、书店和读者的书房里。

我的第二个愿望是，在中国建立宪政民主制度。

文革期间，当看见一位身挂"反动学术权威"大牌子的老教授，**被两个红卫兵从四楼上一层一层地推下楼梯后，我立即上前指责红卫兵惨无人道**，而后受到红卫兵的攻击。我第一次对文化大革命产生了怀疑。

1970 年，当我目睹两位组建共产党（马列主义）

的年轻人被押上刑场时，我愤怒无比，从此走上了反对毛泽东的道路。我那时候想，一定要废除中共法西斯制度。

随着阅读和课题研究，我终于明确了我的第二个愿望是：在中国，废除党国专制制度，建立宪政民主制度。我和朋友们一直在为此奋斗着。

我的第三个愿望是，为刘宾雁老师竖碑。

2005 年 12 月 5 日，刘宾雁老师逝世后，**我发誓要为他竖碑。碑上刻着刘宾雁老师的名言"我没有别的路可走！"** 我要告诉后代子孙，在中国专制时代，刘宾雁曾经义无返顾地与专制政权进行斗争。我力争在有生之年实现这个愿望。

为了保持文革年代的真实性，这本书的话语和思想大都是那个年代的真实写照。今天，有些话语和思想也许有些过时。当然，几十年后，我的话语和思想已经有了很大的改变。

我正在写作我的传记"觉醒与战斗"，讲述我一生学习、思考和研究成果，讲述我觉醒与战斗的一生。

南方

2023 年 3 月 18 日

我没有别的路可走

朋友从美国归来，带回了刘宾雁老师逝世的噩耗。

二十几年前，有一位记者曾关切地对刘宾雁老师说，你依然这样与恶势力斗争，难道不怕再一次被打成右派？刘宾雁老师坦然地说："我没有别的路可走！"这句话充分显示了刘宾雁老师的气魄和胸怀。

一次与刘宾雁老师谈起这句英雄话语时，我说："普希金在他写的《纪念碑》一诗中曾经这样评价自己：

> 我将世世代代被人民喜爱，
>
> 因为我的诗唤起善良的情感。
>
> 在冷酷的时代，我歌颂自由，
>
> 并且为那些受苦难的人，呼吁同情。

1837 年 2 月，普希金逝世后，他的坟地只有孤零零的十字架，没有墓碑。我认为，俄罗斯人应该为普希金竖碑，上面用大字书写'在冷酷的时代，我歌颂自由'。将来有一天你离开人世后，我将为你竖碑，上面书写着'我没有别的路可走！' 告诉后代子孙，在这专制时代，你曾经义无返顾地与专制政权进行斗争。"

刘宾雁老师听了畅怀大笑。

昔日戏言身后意，今朝都到眼前来。刘宾雁老师走了。

有的友人对于我与刘宾雁老师的友谊不一为然，曾对我说："刘宾雁充其量是个开明人士，他仍然是专制政党中的一员"。我回答说："刘宾雁老师是一个民主战士，尽管他是一个共产党员。一次与刘宾雁老师见面时，我曾经坦率地批评他写的'第二种忠诚'，是一种'文死谏，武死战'的封建士大夫忠诚。刘宾雁老师笑着说，可以讨论。我从经济和管理视角剖析马克思剩余价值理论的逻辑问题和社会危害，刘宾雁老师听后，沉默一会儿，将桌子上一摞书的最下面一本抽出，那一摞书倒下了。刘宾雁老师对我说，你摧毁了共产党的理论基础。"

友人不解地说："既然如此，刘宾雁为什么不抛弃共产党？"

我回答说："也许这就是他的第二种忠诚。我们不能苛求我们的前辈和兄长。换一个视角来看，你知道，托尔斯泰、契诃夫和高尔基是具有不同信仰的三代人，但是他们三人是好朋友，因为他们知道彼此尽管信仰不同，但都深爱着俄罗斯。中国人，尤其是中国的知识分子，为什么气量和胸怀如此狭小，不同信仰的人，为什么一定要兵戈相见，以消灭对方为快事？信仰不同，方法不同，只要爱中国，只要为了中国的文明与复兴，为什么不能携手或者容忍彼此不同的信念，非要走一条路？什么是现代文明？当人类用讨论、协商和妥协的方式来解决彼此之间的意识形态分歧和利益争端时，现代文明才真正到来。中国人，尤其是中国知识分子离现代文明还有多远？"。友人无语。

刘宾雁老师走好，我一定能够实现我对你的承诺。当你的丰碑竖立在中国大地之上时，追求现代文明的

中国人将不再会只有一条路可走了，那时候中国人将
有很多路可走。我们一直在为这一天的到来而努力。
我们深信这一天不会太远了。

你的朋友 南方
2006 年春节含泪写于上海

海盟

第一章

1970年2月末的一天，虽然"雨水"已过，"惊蛰"将近，但是地处中国北方濒临黄海的青岛，冬天的寒风还在肆虐。马路两旁悬挂着林彪"杀！杀！杀出一个红彤彤的世界"的标语，增加了冬日的严峻寒冷的恐怖气氛。

二路电车在热河路中段忽然停住了。春又生急忙从黄书包里拿出一本小说贪婪地看着，电车什么时候重新开动的，他也不知道。可是，他渐渐地感到邻座的目光也盯在他的书上，他不知不觉地将书向中间移动。小说的最后一句是，"米修司，你在哪儿啊？"春又生轻轻地合上了书，书中洋溢出的深深的思念之情感染着他，泪水盈出了眼眶。

"请问这是什么书？"邻座轻轻地问话打断了春又生的思绪。春又生转过头来，这才发现邻座是位年轻姑娘。

"对不起。"春又生用手指擦了一下泪水后，回答说，"《契诃夫短篇小说选》。"

"刚才你读的是哪一篇？"姑娘又问。

"最美的一篇，'带阁楼的房子'。"

"写得真好！"

"你没看过契诃夫的书吗？"

"没，没有。"女孩子脸红了，春又生却没有注意到。

"太遗憾了！'一个小公务员的死'、'罪犯'、

'胖子和瘦子'、'变色龙'等篇，幽默、诙谐、尖锐、深刻地讽刺了社会的不公正、人间的虚伪；'带阁楼的房子'却是另一种风格，优美、抒情，充满了爱恋的情感。"春又生充满激情地讲着，"你喜欢看这样的书吗？"

"当然喜欢！"姑娘显然受到感染。

"那就借给你看吧。"春又生将书递给姑娘。

"那，那怎么行，我们又不认识。"姑娘有些吃惊。

"这有什么，好书和好花一样，理应人人共赏。"春又生认真地说，"我上两班，星期三休息，天天在胶州路电车站上车。你看完了还给我就是了。"

"这，这，真不好意思。"姑娘依然犹豫，却没再拒绝。

"没什么，到站了，我要下车了。"春又生将书放在姑娘手里，下车了。

"爸爸，你看，书！"下班后，桑爽一进家门就兴奋地对爸爸喊。

"书？什么书？"桑梓接过书来，一看书名，马上高兴地说，"《契诃夫短篇小说选》，好书，好书！哪儿借的？"

"送到手上的。"桑爽得意地讲。

"送到手上的？谁送的？"桑梓诧异了。

"就是他！"

"哪个他？"

"就是我对你讲过的那个年轻人啊。"桑爽笑着说。

三个月前，桑爽从车间调到试验室，工作由三班倒变为两班倒。每天，她都在胶州路电车站乘坐二路电车上班。渐渐地，她对一个年轻人产生了兴趣。桑爽发现，他总是在看书，一边看书一边随着等车的长队向前走着。上了车，无论是站着还是坐着，只要车一停，哪怕只有几秒钟，他也抓紧时间看几眼书。车开着时，他的眼睛离开了书，呆呆地盯着窗外，依然沉浸在书中。每逢从书中抬起头时，沉思、惊奇、茫然、爱、恨，那变化的目光深深地吸引着桑爽。她情不自禁地渴望知道，他在读什么书，想什么事？从那以后，上班时，桑爽提前几分钟到车站，看见那个年轻人排队之后，立刻排在他的身后，这样就能够看见他在看什么书。《西方哲学史》、《聊斋》、《海狼》、《元素的故事》、《趣味数学》、《论语》、《九三年》、《中国通史》、《天演论》、《叶甫盖尼·奥涅金》，连续几十天，桑爽发现，他看了十几本互不相关的书。从他所看的书，桑爽猜不出，他究竟喜爱什么。哲学？历史？文学？数学？真是个杂家。桑爽又不知觉地开始注意他的相貌衣着，宽额、疏眉、朗目、高鼻、薄唇，总是身着一身洗得发白的蓝色学生装，脚穿一双白底塑料鞋，斜背一个黄色书包，上面锈了一把鲜红的火炬，精神焕发，朝气蓬勃，好一个美少年！"遥想公谨当年，小乔初嫁了。飒爽英姿、羽扇纶巾，谈笑间，樯橹灰飞烟灭。"莫非周渝再世？桑爽心似狂鹿，面如朝霞。桑爽估计他的年龄和自己相仿，可能也是六七届初中毕业生。他总是比自己早一站下车，这附近有植物油厂、轧钢厂、阀门厂，他在哪个厂工作呢？一周中大部分时间，桑爽和他上同一班次，每逢星期三就见不着他。星期四，桑爽休息，星期五换班后又碰到他。桑爽想，他肯定是星期三休息。为了证实这一点，有一次上早班，星期四休息时，中午，桑爽特地到胶州路车站，发现他果然上中班了。

桑爽觉得自己有些焦躁不安，生活失去了往日的平静。上早班，她盼望早晨快快到来；上中班，她盼望中午快快到来，那一刻就可以见到他。每逢星期三，她就坐立不安，星期四，她总要有意无意地到车站去看他一眼。每次看到他，总有一股热流先使脸发热，而后使胸部发胀。青春的萌动，搅动了二十岁少女的生活。桑爽有一种想找人谈一谈的热望，可是找谁谈？又怎么谈呢？有一次，桑爽实在忍不住了，便对爸爸谈起了那个年轻人，不过，她仅仅谈了他的好学。爸爸听后感慨地说，现在年轻人热衷于造反夺权，即便有心读书，图书馆封了，大部分书烧了，又有什么书读呢！如此下去，真要国将不国了。桑爽对爸爸谈起那年轻人读的杂七杂八的书，爸爸评论说，恐怕那年轻人不是什么杂家，只不过是逮着什么书就读什么书罢了。好学之人乃国之希望，只是苦了他们没书读啊！

"你想起来了吗，爸爸，那个好学的年轻人！"桑爽提醒一句。

"是他？他怎么会把书借给你呢？"爸爸好奇地问。桑爽把经过讲了一遍。爸爸高兴地说；"不错，爱书的人总是希望好书人人共赏。"

"爸爸，他就是这样说的。爸爸，这本书，我上班时，你看。下班后，我看。今天是星期日，星期三他休息，星期四我休息，一定要看完，星期五还给他。"

"你怎么知道他星期三休息？"爸爸惊奇地问。

"都在一个地方上车，时间长了自然就知道了。"桑爽脸红了。

《契诃夫短篇小说选》吸引了桑爽，她一直看到深夜。第二天中午，她提前来到车站，看见那年轻人来了，便排在他的身后，想同他谈谈心得。可是他头也不抬，始终在看书，直到他下车也没有说话的机会。再一天中午，桑爽站在了他的前面，回过头来看着他。当他抬起头那一瞬间，桑爽正要讲话，谁知他在她的脸上扫了一眼，又低头看书了。"怎么，不认识了？"桑爽有些不高兴地想。结果又眼睁睁地看着他下了车，一句话也没说。"真是个呆头鹅！"桑爽心中暗暗生气。

好容易挨过了星期三，星期四晚上，桑爽对爸爸讲："爸爸，明天还书给人家，咱们是不是也借一本书给他？来而不往非礼也。"

"可以呀。借什么？《史记》、《唐宋传奇》？"

"还是借给他《苔丝》吧，他一定爱读外国小说。"桑爽自信地说。

星期五早晨，桑爽早早地来到车站，心想，今天一定得好好谈一谈。她浑身发热，竭力控制着自己兴奋的心情。左等右等，已经五点半了，还不见他的踪影。再等就要迟到了，桑爽无可奈何地上了车。一整天，她心神不安，"他怎么没上班？出差了？病了？"第二天，她急忙地赶到车站，等待的依然是失望。第三天，第四天，整个早班过去了，此君杳无影音。桑爽六神不定，心烦意乱。爸爸安慰她："青岛是个小地方，总会碰到的。"桑爽忽然心里一动，"他会不会同别人调换班次了呢？"一线阳光温暖心房。下中班后，桑爽几乎一夜没睡，五点起床，心急如焚地赶到车站，"众里寻他千百度"，"过尽千帆皆不是"，六点过了，还是没见那黄书包红火把。《带阁楼的房子》书中那辛酸的话涌上心头："米修司，你在哪儿啊？"

青岛最大的新华书店坐落在中山路上，春又生来到书店。橱窗、书架一片红彤彤，到处是毛泽东选集、毛泽东著作选读、毛主席语录、毛泽东论文艺。春又生心里冷笑，中国新华书店成了毛氏书店。在历史读物处，他惊喜地发现一本《巴黎公社史》。一看书价，两元多。他知道自己口袋里的钱不会超过一元钱。做临时工时，口袋里还有几元钱。回工以后，吃饭不得不靠母亲，他不愿再向母亲要零花钱。春又生急急忙忙跑到姐姐家，向姐夫要了两元钱。书一买到手，春又生就迫不及待地站在柜台前看起来。

桑爽上中班，上午也来到书店。走到书店门口，一个念头忽然飞上心头，"他会不会在里面？"她的心立刻急剧地跳起来。一进门，桑爽一眼就看见了他，不由得心花怒放。她急忙走到他的面前，轻轻地打声招呼："哎！"，他没抬头；再一声"哎！"，他抬起头来看了桑爽一眼，又低头看书了。桑爽看他那眼神，心想"怎么，真的不认识了？"，便急切地说："哎，你忘了？《带阁楼的房子》！"

他抬起头来，看了看桑爽："呀，是你，看完了？怎么样？好不好？"

"好，真好！《带阁楼的房子》、《海鸥》、《脖子上的安娜》。"

"真的！你喜欢！契诃夫是我最喜欢的作家！"他的眼里闪着金光。

"我早就看完了，想还给你，可是怎么也找不着你了。"

"我回工了。"

"回工？"桑爽不解地问。

"我在阀门厂做临时工，工厂辞退我了，我就回家了，这就是回工。"他淡淡地回答。

"原来是这样。书在我家里，我家离这儿不远，你到我家去拿吧。"

"好吧。"

桑爽和春又生走出新华书店，"桑爽！"一位姑娘出现在他们面前。

"温丽丽！"桑爽高兴地拉住她的手。好一位美丽的姑娘！春又生不禁被她吸引住了。大而漂亮的眼睛，高耸的鼻梁，软润的嘴唇，白里透红的皮肤，谈笑间洋溢出高贵的气派，天生一个维纳斯！

"来买书？这位是谁？"温丽丽微笑着看着春又

生问桑爽。

"他，他——"桑爽脸颊上泛起了红晕，有些慌张。

温丽丽看着桑爽尴尬的样子，调皮地笑着，又大大方方向春又生伸出手："你好。"

"你好。"春又生似乎有些害羞，没有握温丽丽的手。

温丽丽微微一笑，很自然地撤回了手，眨眨左眼俏皮地对桑爽说："不打搅你们了，有时间到我家来玩，一齐来。"说完就走向书店。

桑爽慌忙地问："丽丽，找到工作了吗？"

"工作？幸运者事事一帆风顺，坎坷者常常路路荆棘。"温丽丽耸耸肩进了书店。

桑爽对春又生说："温丽丽是我的中学同学。我叫桑爽，桑树的桑，爽朗的爽。"

"我叫春又生，春天的春，风吹草又生的又生。"春又生坦然地望着桑爽。

"春又生？好名字。"桑爽朗朗地说。

"你的名字也很好，很上口。我还是第一次听说桑这个姓。"

"桑姓人是南方人，北方很少，北方的桑姓人都是从南方迁居来的。"

"那你是南方人了。"

"是的，无锡人。你呢？"

"我是胶东人。不过生在青岛，长在青岛。"

"伟大的领袖、伟大的导师、伟大的舵手、伟大的统帅毛主席万岁，万岁，万万岁！坚决拥护以毛主席为首的党中央！誓死捍卫毛主席！坚决执行伟大领袖的最新指示！"一支浩浩荡荡的游行队伍伴随着震天的高音喇叭和锣鼓声。那震耳欲聋的狂叫声打断了桑爽和春又生的谈话。路上行人停住脚，纷纷抢那漫天飞舞的传单，伟大领袖又有新的伟大指示下达了。春又生淡然地看着这场活报剧，桑爽面无表情默默地带路。

青岛前海有三座美丽的小山，观象山、信号山、观海山。观象山上有一座气象台和一座天文台，信号山上有一座轮船导航信号台，观海山上有一个四四方方的观海台。依山而建的弯弯的观海路两旁有一座座二层或三层的小洋楼，这里曾是富人的小天堂。一九四九年以后，特别是文化大革命以来，住在城里的地、富、反、坏、右、资本家大都被遣返到农村，洋楼里住进了革命干部、工人阶级和贫下中农。桑爽就住在观海山下的观海路。一个不大的小院，一座二层小楼，楼前几棵丁香。拾级而上，楼上第一个门便是桑爽的家。

走到门口，春又生有些犹豫地说："到你家方便吗？要不，我在门外等你。"

"就我爸爸一个人在家，很方便。"桑爽往家里让着春又生。

"爸爸，来客人啦！"桑爽推开门喊着。

"请进！"一声宽厚的男中音从门里传出。

春又生进门便看见一个高大体胖的中年人，长眉细眼，高鼻方脸，微笑着伸出手："欢迎你年轻人，请坐。"他那深沉的嗓音、真诚的目光给人以成熟、智慧和信任的感觉，春又生一向尊敬喜爱这样的人。

"您好，桑伯伯。"春又生也还以热情。

"爸爸，你猜他是谁？"桑爽笑着对爸爸说。

桑梓端详着春又生，少年英俊，一身帅气，只是那漂亮的眼睛略带女孩的羞涩，还是一个充满稚气的大男孩。桑梓立刻就对这个大男孩产生了好感。

"是谁呀，不是你的同学，你的同学我都认识，也不是你的同事，看你那高兴的样子，是那个好学的年轻人吧！"

"爸爸，你真聪明！"桑爽乐了。

"爽儿，给客人倒茶。"

"来了！"桑爽端来一杯热茶放在春又生面前。

"你这个孩子我见过。"桑梓盯着春又生回想着，"一时想不起来了。

"桑伯伯，我是第一次见您。"春又生说。

"吸烟吗？"桑梓拿出香烟问春又生。

"谢谢，我不吸烟。"

"爸爸，你也别吸烟了。"桑爽阻止爸爸吸烟。

"好，不吸，不吸。"桑梓放下香烟，问春又生："年轻人，怎么称呼你呢？"

"我叫春又生，春天的春，风吹草又生的又生。"春又生恭恭敬敬地回答。

"春又生，好名字！在那个单位工作呢？"

"我没有工作。"

"为什么没有工作呢？"

"我的家庭出身不好，没有获得正式工作的权利，只能偶尔做做临时工。"春又生平静地说。

"原来是这样。"桑梓明白了。眼下文化大革命正进行得轰轰烈烈，家庭出身不好的人都讳言自己的出身，他为春又生的坦诚而高兴。"爽儿借了你的书又找不着你，还真是着急呢，你们今天是怎样遇见的呢？"

"爸爸，我们是在书店碰见的。春又生回工了，所以在车站找不着他了。"桑爽抢先回答。

"回工？回工是什么意思？"桑梓不解地问。

"我在阀门厂做临时工，工厂辞退我了，就叫回工。"

"为什么辞退你呢？"桑梓问。

"因为说实话。"春又生平淡地说。

"因为说实话而辞退你！"桑梓惊奇地问。

"是的，这奇怪吗？今日中国有几个人敢说实话！"春又生激昂地说。

"到底是怎么回事，能讲一讲吗？"桑梓看着春又生的眼睛说。

"我在阀门厂翻砂车间工作，主要为铁炉添加铁块、石灰石、煤炭等等。烧炉师傅病了，车间主任临时替班。他的技术不行，搞得整个车间烟雾弥漫。工人们到炉上找他，他假装被炉烟呛昏了。工人扶起他后，他高叫着'不要管我，先把铁炉搞好！'我目睹了这一切，感到真可笑。谁知厂革命委员会大张旗鼓地号召全厂学习他的英雄行为。全厂停产学习，人人开口发言。轮到我时，我决心揭穿这出笑剧。我问他：'张主任，你没有病吧？'他说：'我身体健康，抓革命促生产，一向带头大干苦干。'我又问：'你的身体比烧炉的王师傅好吧？''当然！老王怎能和我比。''王师傅烧炉这么多年，烟有时比昨天还大，他从来没被呛昏过。张主任，那天你是真的晕过去了？别忘了，我可在旁边。'我直盯着他说。'我，我……'张主任一时张口结舌。工人们忍不住笑了。第二天，我就被辞退了。"春又生轻松地笑着说完。

"哈哈，哈哈！是这么回事。好！好！有志气！此子可教也！此子可教也！"桑梓兴奋地用双手拍着春又生的双肩，又对桑爽说："爽儿，春又生这相貌，这帅气，和爸爸年轻时一模一样。"

"得了吧，爸爸，你又自吹了。"桑爽调笑爸爸。

"爸爸年轻时，推到墙上就是画。哈哈，哈哈！"桑梓得意地笑了。春又生被桑梓的豪气所感染，也高兴地笑了。桑爽用手绢捂着嘴笑弯了腰。

"那……，你没有工作，靠什么生活呢？"桑爽关心地问。

"不得不靠我的妈妈。"春又生低下了头。桑爽沉默了。

桑梓慢慢地说："我想想办法。……，好，咱们不说这些。听爽儿说，你欣赏契诃夫，你理解契诃夫吗？"

"俄罗斯近现代作家很多，普希金、果戈里、屠格涅夫、陀斯妥耶夫斯基、托尔斯泰、柯罗连科、高尔基……，我认为只有契诃夫是真正的平民作家。他描写了各个阶层的生活，尤其是小人物的生活。他深刻地揭示和批判了人类身上的疮疤 — 虚伪、庸俗、

奴性以及病因 —— 专制制度，起到净化灵魂和社会的作用。小学时，我有一位老师叫刘少白。我们班主任生小孩子时，刘老师为我们代过一学期课。有的同学问他，你的名字和刘少奇主席的名字只有一字之差，你们是不是亲戚？刘老师笑而不答。我认为攀龙附凤的心理是不正常的，因此对他敬而远之。他可能有所察觉。那时班里分为两派，一派是以我为首的所谓调皮学生派，另一派是以另一个同学为首的听话派。有一次，刘老师对我说，那位同学的学习一般，将来不会有多大的出息。而后又对那位同学讲，春又生骄傲自大，将来非摔跟头不可。同学之间传话，刘老师的两面派的行为让我知道了。我对他的心态很不理解，作为一位老师为什么这样对待学生呢？一天早自习课上，我对同学们讲了蝙蝠的故事。走兽和飞禽打仗，第一次走兽胜了，蝙蝠在走兽面前用两只脚走动着，对走兽说它是走兽；第二次飞禽赢了，蝙蝠在飞禽面前飞动着，对飞禽说它是飞禽。后来，走兽和飞禽讲和了，它们都知道了蝙蝠的两面派行为。蝙蝠无地自容，从此以后，只能晚上生活了。我正在讲的时候，刘老师走进教室，我依然毫不在乎地讲完。刘老师自然明白我的意思，恼怒地命令我离开教室。我的班主任老师知道这件事后，却夸我有个性，敢于表达自己的意见。上中学时，我读了契诃夫的书，才知道刘老师的行为是虚伪庸俗。从此我就有意识地向虚伪庸俗作斗争。在中学又出了不少事。我认为契诃夫是我的第一位老师。"

桑梓和桑爽饶有兴趣地听着春又生的往事，一边听一边笑。春又生的心情也非常舒畅，因为他从父女俩的笑声中，听出了理解和欣赏。

"好，真不错！老夫今天真高兴，今中午在这儿吃饭，咱爷儿俩好好聊一聊。"桑梓对春又生说。

"不，我要走了。我从不在别人家吃饭。"春又生连忙谢绝。

"在这儿吃吧，我爸爸做的饭特好吃。"桑爽热情地邀请春又生。

"我真的从不在别人家吃饭，请原谅！"春又生几乎有些哀求地说。

"你这孩子们还真腼腆，好吧，下一次再说。"桑梓不再劝说。

桑爽感到非常失望，转身到她的房间里拿出《契诃夫短篇小说选》和另外几本书。她把《契诃夫短篇小说选》放在春又生的面前："书早已经看完了，还给你。我特喜欢《带阁楼的房子》，思念、忧伤的情感使人难以忘怀，就像李清照的某些词。"桑爽又把另几本书放到文青面前，"这几本书你喜欢看吗？"

春又生看了看是几本《斯大林全集》便说："这一套书我都看过。"

"十三本《斯大林全集》你都看过？"桑梓似乎有些难以相信。

"是的，我还看过两卷本的《马克思恩格斯选集》、《列宁选集》。"

"是吗？乖乖！能看得懂吗？"桑梓似乎有点不相信。

"自然不能全懂，因为有许多历史背景不清楚，所以我现在正在学习历史。"

"好！"桑梓由衷地称赞。

桑爽笑着说："别只看封面，看看里面。"

春又生将几本《斯大林全集》打开一看，一本是李清照的《漱玉词》，一本是雨果的《悲惨世界》，一本是哈代的《苔丝》。

"啊，太好了，哈代的《苔丝》！哈代的书我还一本没看过呢。那，我就看这一本。"春又生兴奋地说。

"哈代的书描写了风景优美的英国乡村，古老传统的农村生活，委婉凄惨的恋情，使人爱不释手。我还有他写的《还乡》，你看完《苔丝》以后，我再借给你。"桑爽对春又生说。

"真的！太好了！"春又生高兴极了。

"《悲惨世界》你看过吗？"桑梓问春又生。

"看过。雨果的书我看的比较多，《九三年》、《假面人》、《巴黎圣母院》。"春又生回答。

"你怎样知道哈代的呢？"桑梓又问。

"我读过世界文学史。我知道各个国家的许多文学家和他们的代表作。我希望能够将他们的书都读完，可是这太难办了。书都让造反派烧了，借一本书有多难啊。"春又生叹息道。

"孩子，你想做什么？"桑梓有心地问。

"我不知道。我只是爱读书。"春又生回答。

"读书是好事情。如果能够找到一个研究方向的话，就能更好地选择书籍，就会进入创作状态。"桑梓说。

“其实我有研究方向。”春又生说。

“是吗？”桑梓十分惊奇。

“我在研究四个课题；私有制产生的原因、中国古代社会分期问题、中国为什么进入资本主义社会较晚和文化大革命产生的原因。”春又生平静地说。

“哇，好问题啊！”桑梓称赞道。

“你为什么要研究这四个问题？”桑爽好奇地问。

“通过研究私有制产生的原因，就可以明确人类由原始公有制社会过度到私有制社会的原因和过程；通过对中国古代社会分期问题的研究，就可以明确中国由奴隶社会过度到封建社会的原因和过程；通过对中国为什么进入资本主义社会较晚的原因的研究，就可以明确人类由封建社会过度到资本主义社会的原因和过程。你看，通过对前面三个问题的研究，我们就可以把握人类从原始社会，到奴隶社会、封建社会和资本主义社会的发展。通过对文化大革命产生原因的研究，就可以真正地认识所谓的社会主义究竟是什么。”

“我还是不懂。”桑爽疑惑地说。

“爽儿，你是不会懂的。你的脑子对历史、哲学没有反应，只对文学有那么一点反应。”桑梓拍拍女儿的肩膀。

“春又生，你是什么学历，那年毕业的？”桑梓问。

“我高中没有毕业，六七届的。”

“没有上过大学，那你刚才讲的历史知识是自学的吗？”

"是的。68年我制订了一个五年学习计划，到今年，两年多的时间里我学习了哲学、文学和历史。"

"是谁告诉你要研究这四个问题的？"

"只有古代史分期问题是我的一位老师告诉我的，其他的三个问题是我自己要研究的。怎么，有什么问题吗？"

"你自己？不可思议。你没有读过大学，今年不过二十三、四岁，自己选择要研究这样的四个问题，难道你是一个天生的学者？" 桑梓有些惊讶。

"叔叔，您做什么工作？" 春又生问桑梓。

"我爸爸是职业革命家！" 桑爽自豪地说。

"职业革命家？" 春又生反问。

"我爸爸是一二·九运动的参加者，三六年就加入了共产党。"

"对不起，我要告辞了。"春又生忽然脸色变了，站起来就要走。

"再坐一会儿吧。" 桑爽急忙挽留。

"不，我要走了，你也要上班了。" 春又生拒绝了。

桑梓发现春又生脸色的变化，问春又生："孩子，我刚才哪儿说得不对吗？"

"没有。"

桑爽见留不住春又生，只好说："我送送你。"

"不用。"春又生头也不回地离开了桑爽家。

桑爽和桑梓对春又生突然离去，有点莫名其妙。桑爽发现春又生没有带走《苔丝》，拿起书急忙追出去，一直跑到大门外也没有追上，春又生已经不见人影了。

回到家中，桑爽发现爸爸在沉思，便问："爸爸，刚才还谈地好好的，怎么他忽然站起来就走，出了什么事了吗？"

桑梓对桑爽说："我们最后的对话是，春又生问我的工作，你回答说，我是职业革命家，一二·九运动的参加者，三六年加入了共产党。对吧？"

"对！"桑爽回答。

"我清楚了。"桑梓说。

"清楚什么了？"桑爽问。

"春又生很可能是一个反对共产党的人，起码是一个不信任共产党的人！"桑梓断然地说。

"是吗？不可能吧，爸爸，他才多大！"桑爽不同意。

"一定是！这个孩子很危险，得尽快找到他，否则要出事。"

"出事？出什么事？"桑爽急了。

"他遇上我，不会出事。如果遇上了极左分子，他很可能被打成反党分子，关进监狱。"桑梓也急了。

"怎么找？"

"到车站找，到新华书店找，一定要找到他。"

从这一天开始，桑爽上班时，一定早到车站十几分钟，希望能在车站发现春又生。周四休息时，她连续三次去车站找春又生，一次是按早班的时间，一次是按白班的时间，一次是按中班的时间，因为她不知道春又生是否又有工作了，不知道他究竟上什么班。

此外，桑爽天天都到新华书店，希望和上一次一样能够幸运地在书店巧遇春又生。可是桑爽并不知道春又生自从回工后，没有再找到工作，一直待在家里，根本不去车站乘车上班了。再说，春又生口袋里一分钱也没有，他怎么可能去书店呢。连续二十几天，桑爽没有发现春又生的踪影，她非常后悔，为什么那天不拦住春又生，为什么不先问他的住址。桑爽开始为春又生担忧，会不会出事了？夜里，桑爽很长时间才能入睡。睡着后，又常常惊醒。桑爽的饭量本来就少，现在就更少了。她明显地瘦了，精神恍惚。桑梓几乎每天晚上都要劝慰桑爽，不要急，急也没有用，青岛不大，一定会找到他，就看那小子的命了。桑爽恨恨地说，一定要找到他，这也是我的命！

周四，桑爽休息。她在车站转了三次，去了书店三次，不见那小子的踪影。桑爽一次次深深地叹气，拖着沉重的双腿无力地走着。她不想回家，不知不觉地来到观象山下。桑爽想，到山上去透透气吧。她慢慢地一步一步地爬上山顶，站在经度测量纪念方碑下，遥望西海。夕阳西下，晚霞映红了天空和海洋。恍惚中，春又生的面孔在霞光中出现。桑爽真想大声呼叫，春又生，你在哪儿？

天马上就要黑下来了，桑爽离开纪念碑，向山下走去。经过小休息亭时，桑爽发现一个人坐在亭子里看书，天已微暗，看不清楚面貌。此时，桑爽忽然心跳加速，是他吗？走进休息厅，桑爽又惊又喜，果然是春又生。那小子旁若无人，眼睛几乎贴在书上。桑爽在石凳上坐下，默默地看着春又生，两股清泪慢慢流下。天几乎完全黑了，春又生恋恋不舍地放下书，这时才发现对面坐着一个女孩。月光下，那女孩饱含泪水的眼睛呆呆地看着他，春又生跳了起来，"啊，桑爽，是你！你怎么在这儿？"

"你到哪儿去了？你知不知道，我整整找了你二十多天！"桑爽低声叫着。

"你找我？我不知道，你----找我，我那儿也没去，就在山上看书。"春又生慌乱地回答。

"你没有再上班？"桑爽冷静下来。

"没有。"

"一次也没有去新华书店？"

"没有。"

"怪不得，车站和书店都找不着你。"

"你，你找我，找我有什么事情？"春又生迟疑地问。

"你那天为什么突然离开我家？"桑爽单刀直入。

"我---"春又生犹豫如何回答。

"勇敢点，说实话！"桑爽眼睛直瞪着春又生。

"我讨厌与共党分子打交道。"春又生直言不讳。

"我爸爸猜得一点没错。"桑爽冷笑着说。"春又生，你知道不知道，你很危险的！"

"很危险？危险什么？"春又生反问。

"你恨共产党，你把这恨写在脸上。"

"写在脸上？"春又生不懂。

"一听说我爸爸是共产党，你毫不掩饰地站起来就走，这不就是清清楚楚地告诉我们你恨共产党吗？"桑爽低声叫着。

"那又怎样？"春又生并不在意。

"幸亏你遇到的是我爸爸，如果遇到的是一个投机分子，他马上就会告密，你想一想，你的处境将会如何？你危不危险？"

"我---"春又生一时无话可说。

"我爸爸一直为你担心，怕你无意中出事，这几年发生的人咬人的事情，还没有引起你的注意吗？这个社会的极左分子像苍蝇一样多，处处盯人，有多少人被打成反党分子关进了监狱，你不知道吗？"

"极左分子？"春又生第一次听说这个名词。

"我爸爸说，极左分子就是打着社会主义革命的旗子，实施封建复辟的人。"

"共产党人就是极左分子！"春又生坚定地说。

"不是所有的共产党人都是极左分子！我爸爸就不是！"桑爽反驳

"你爸爸不是？为什么？"

"我爸爸如果是，就不会让我找你，就不会为你担心了！"桑爽高声说。

春又生没有说话，似信非信。

"怎么才能够使你相信呢？春又生，你发誓永远不告诉别人，我就告诉你一个秘密。"看见春又生无动于衷的样子，桑爽有点着急

"好吧，我发誓！"春又生把右手放到胸膛上。

"我妈妈就是被极左分子害死的！"桑爽握紧右手的拳头对春又生说。

"啊！真的吗？"春又生感到震惊。

"我妈妈家是官宦世家，我爸爸家是富商人家，

我们两家是世家。爸爸和妈妈虽然出身富裕人家，但是从小同情受苦的穷人。1935 年冬天，爸爸在北京大学读研究生，妈妈也在北京大学读书，他俩共同参加了'一二·九'运动，而后一起参加了革命。解放后，爸爸、妈妈都在山东省委工作。爸爸在宣传部，妈妈在统战部。57 年极左分子打右派的时候，妈妈因为看不惯极左分子对一些知识分子的作法，说了几句话，究竟是天下为公，还是天下为党。极左分子便污蔑妈妈出身反动家庭本性不改，包庇右派分子。妈妈不服气，批驳他们的谬论， 也被打成了右派，并被关进监狱。"桑爽紧握双手，"他们强迫爸爸同妈妈离婚，爸爸不答应，他们就把爸爸贬官到了青岛。最后一次看见妈妈是，---"桑爽突然泣不成声，用手绢不断擦着眼泪，"我和爸爸到济南监狱去看妈妈，妈妈一见爸爸就说，监狱里要枪毙一个反革命，拉妈妈去陪绑，恐吓妈妈。开完枪后，又问妈妈，怕不怕，老不老实。妈妈回答说当时她正在看天上的一片云彩，根本没有听到枪声。这时候，看守过来禁止妈妈说话，妈妈愤怒地说，你们既然敢做，就不要怕说！看守们强行把妈妈架走，妈妈---，妈妈毫不畏惧地说，解放前，我这个共产党员，坐过国民党的监狱，解放后，我这个共产党员，又坐了共产党的监狱。我扑过去抱住妈妈的腿，爸爸对妈妈说，你---你不要再说了。妈妈最后说，桑梓，说与不说都一样！你清醒吧！好好照看爽儿！13 年过去了，妈妈被强行带走身影，妈妈的最后的话，我永远忘不了。多少年来，我晚上一直不敢做梦，一做梦就是妈妈----，13 年来，我和爸爸没有一天快乐过！"

　　春又生泪流满面，他不知道怎样劝解桑爽，只是默默地陪着流泪。。

　　此时，桑爽不哭了，双手握拳说："当天晚上，我和爸爸一夜没睡，爸爸抽了一个晚上的烟，爸爸以前是不抽烟的。我整整哭了一夜。第二天，我们傍晚刚刚返回青岛，就接到市里的通知，让爸爸马上返回济南监狱。爸爸心想妈妈肯定出事了他急忙坐夜车赶往济南监狱。我一个人在家里，不知妈妈遭到什么凶险，整天惴惴不安，那是我终生难忘的三天三夜啊，几乎没吃没喝，昏昏沉沉。爸爸三天以后回来的，他是抱着妈妈的骨灰盒回来的。听爸爸讲，他清晨赶到济南，直奔监狱，看见的是妈妈的骨灰盒。原来妈妈在我和爸爸还在济南的那一天晚上，就被他们害死了。他们第二天上午就把妈妈火花了，下午才通知青岛市委让我爸爸返回济南。爸爸悲愤万分，质问他们，我妈妈是怎样死的，他们说妈妈是畏罪自杀。我爸爸不信！因为我爸爸知道，妈妈是一个敢想敢做的坚强女人！除非敌人打死她，她决不会自杀！爸爸已经两个晚上没有睡觉了，在济南又和他们斗争了两天两夜。他们不提供任何情况，就是一口咬定妈妈是畏罪自杀。直到今天，我和爸爸都不知道妈妈是怎样被害死的。妈妈一定是勇敢地反抗，被他们活活打死的，我好恨啊！爸爸无可奈何，又担心我一个人在青岛遭遇不幸，连夜赶回青岛。爸爸一下子老了很多，很少看到他的笑容，整天唱着'鲜血染红无边土地--'"

　　"千仇万恨牢牢记，泪水流在心坎中，仇恨燃烧在胸膛里。终有一天，终有一天，仇恨的烈火燃遍了大地，烧毁这人间的活地狱。"春又生唱起来。

"你也会唱这支歌？"桑爽很惊讶。

"这本来是共产党人唱给国民党听的一支复仇歌曲，今天成了唱给共产党听的复仇歌曲。"

"爸爸多年来一直很少说话，那天你到我家时，没有想到爸爸竟然说了那么多的话。可是你----"桑爽又流泪了。

"对不起！"春又生深深地感受到了桑爽的真诚，悔恨自己的轻率，倍感歉意，"我不知道怎样感谢你们！"

"一句对不起就行了吗？"桑爽止住了泪水，"你知不知道，这二十几天，我们---"

"真的对不起，我能为你做些什么？" 情急之中，春又生抓住了桑爽的双手。

"到我家去，让我爸爸知道我终于找到了你，这样他就不再为你担心了。"桑爽没有拒绝春又生握着自己的手。

"好！"春又生同意了。他忽然意识到自己握着桑爽的手，急忙放下。

下山的路上，桑爽并肩与春又生一同走着，宣泄了自己压抑很久的感情，紧张了几乎一个月的心完全放松了，心里畅快多了。她小声地问春又生："这些天，你天天就这样傻乎乎在山上看书吗？"

"我傻吗？"春又生笑了。

"天黑了，你不知道吗？眼睛紧紧地贴在书上，像孔已己一样傻，不怕把眼睛看得近视了！"桑爽嘲弄道。

"我的眼睛很好，都是1.5度。"春又生说。

"天天在山上看书？"

"天天！早上吃完饭，上山，中午回家吃饭，吃完午饭后，再上山，直到天黑。"

"你家住在山下？"

"就在观象路。"

"多少号？"

"17号。"

"离我家很近啊！"

"是的。"

"君家何处住，妾住在横塘。停船暂借问，或恐是同乡。"桑爽轻声吟诵崔颢的"长干行"。

"家临九江水，来去九江侧。同是长干人，生小不相识。"春又生接上。

桑爽看了看春又生，微微笑了笑。

春又生走路很快，不知不觉就把桑爽落在后面，他就站住等一等桑爽。走着走着，他又走到前面去了。

桑爽说："你不会慢一点走路吗？"

"不会。我这已经走得很慢了。"春又生是一个不解风情的人。

桑爽第一次在夜里与一个喜欢的男孩儿一起走路，十分惬意，于是她故意走得慢一些。

"你不会主动与别人说话吗？"桑爽问。

"说什么？我除了会谈书，其他什么也不会说。"

"书呆子啊！"桑爽叹息。

"我呆吗？"春又生不认同。

"你以为呢？"桑爽摇着头，微笑着反问春又生。

"我不呆。没有人说我呆，只有你说我呆。"春又生自信地说。

"我说你是个书呆子，你就是个书呆子。"桑爽故意耍笑春又生。

"我这个人的最大特点是从不在乎别人说我什么。但丁有言：走自己的路，让别人说去吧！"春又生也满不在乎地笑着说。

"书呆子样出来了吧！哈哈哈---"将近一个月来，桑爽终于第一次开心地笑了。

一进门，桑爽对桑梓说："爸爸，找到了。"

"找到了！在哪儿？"桑梓惊喜地问。

"桑伯伯，我在这儿。"春又生站在门口。

"进来，快进来！"桑梓招呼春又生，又问桑爽："在哪儿找到的？"

"众里寻他千百度，那人却在灯火阑珊处。在观象山上找到的，一个人坐在亭子里傻傻地看书。"桑爽得意地讲。

"看什么书？"桑梓问春又生。

"《国际共产主义运动史》。"

"啊？想了解共产主义运动吗？"

"想认真研究共产党，想重新认识共产党，而不是道听途说，更不是只听共产党的一面之词。"

"很好！咱俩有共同的想法，看一看咱俩能不能找到共同语言。"

"请喝茶。"桑爽递给春又生茶水，然后又对桑梓说："爸爸，我再添一个菜，让春又生在家里吃饭。"

"好啊。"桑梓爽快地答应。

"不，我不在这里吃饭。"春又生忙说。

"在这里吃吧，今天我们要好好地谈一谈。不要这么拘谨，男人要大气。"桑梓劝说春又生。

"好吧。正好我妈妈上中班，我就不用回家吃冷饭了。"春又生答应了。

"为什么吃冷饭？你不会做吗？"桑爽问。

"不会。"

"那，以后你妈妈上中班时，到我家来吃饭吧，我爸爸是个好厨师。"桑爽说完就进了厨房。

"孩子，是不是对共产党有些看法？"桑梓眼睛注视着春又生的眼睛说。

"是的。"春又生坦率回答。

"能对我讲讲吗？"

"能。曾经认为共产党是一个革命党，现在认为是一个法西斯政党。曾经认为毛泽东是一个革命领袖，现在认为他是一个专制暴君。"春又生丝毫没有隐瞒自己的观点。

"何以见得呢？"

"就说毛泽东吧，因为他是共产党的代表人物，那令人厌恶的每天从早到晚震耳欲聋的万岁、万岁、万万岁，不就是在宣扬他这个专制暴君的淫威吗？还要再说别的吗？"春又生冷笑着说。

"一言以蔽之。"桑梓说。

"桑伯伯，您认同？"春又生惊奇地问。

"谁能够否认事实呢？"桑梓回答。

"桑伯伯，我很抱歉，那一天我很不礼貌地走了。"春又生忽然说。

"没有什么，可以理解。"

"谢谢您让桑爽找我！"春又生充满感激的心情。

"不要说这些了。"

"桑伯伯，其实那天我第一眼看见您，就有一种亲切感。"春又生真诚地说。

"真的吗？孩子！"桑梓被感动了。

"真的，桑伯伯。"春又生双眼直视着桑梓。

"我也是，好孩子！"桑梓亲切地拍着春又生的肩膀。

"桑伯伯，认识您，我很高兴，真的！"春又生说。

"好孩子！老夫也很高兴。"桑梓非常兴奋。

"吃饭了！"正在这时，桑爽开始将饭菜一个一个地摆上餐桌。

"先吃饭，边吃边聊。"桑梓招呼春又生。

西葫芦炒肉片，鸡蛋西红柿、豆腐汤，尤其是糖酥火烧真是又脆又香，在文化大革命期间，这可是一顿丰盛的晚餐。春又生中午饭就没有吃好，香甜的晚餐刺激了他的胃口，吃得津津有味。

"糖酥火烧好吃吧？"桑爽问春又生。

"好吃，好吃，从来没有吃过这么好吃的糖酥火烧。"春又生赞不绝口。

"这可是我爸爸做的。"桑爽得意地说。

"真的？桑伯伯，您会做糖酥火烧？"春又生十分惊奇。

"当然！"桑梓自豪地说。

"来，你跟我来。"桑爽对春又生说，春又生跟着桑爽来到厨房。

"你看这就是烙糖酥火烧的炉子。"桑爽指着一个烧烤炉子对春又生说。"我爸爸每天都给我烙糖酥火烧吃。"

"真的，你爸爸不简单。你爸爸是职业革命家，又是厨师？"春又生好奇地问。

"你去问我爸爸吧。"桑爽领着春又生回到饭桌。

"桑伯伯，你是职业革命家，又是厨师？"

"我呀，曾经是一个会烙火烧的职业革命家。"桑梓笑着说，见春又生不懂，桑梓接着说："1935 年，我考上北京大学，成为历史系的一名研究生。当年，我参加了'一二·九'运动。1936年参加了革命，开始在北京大学做地下工作，后来身份暴露了，1941年我和桑爽的妈妈一起去了延安，我们在鲁迅大学当教员。解放战争时，我们被派回青岛做地下工作。我们在海泊河那儿开了一家火烧铺作为地下联络点。为了掩人耳目，我学会了烙火烧。"

"原来是这样。那，你49年以后做什么工作？"春又生又问。

"49年以后，你为什么不说解放以后呢？"桑梓非常敏感，听出了春又生的话外之音。

"解放？什么是解放？桑伯伯，你真的认为，你们共产党解放了中国？"春又生反问。

　　"我曾经真诚地这样认为。"桑梓坦率地说。

　　"奴隶成为自由人是解放，被压迫者翻身成为自主者是解放。今日中国，人民被解放了吗？人民只是一颗颗螺丝钉，毛某人是伟大的领袖，伟大的舵手。现在他不仅成为共党的主宰，而且成为中国的独裁者。您看报纸上是这样排列顺序的，毛主席、党中央和全国人民，他凌驾于共党和全国人民之上。7亿人民每天要早敬祝，晚汇报，听毛的话，照毛的指示办事。这是解放吗？中国人实际上是农奴，除了不能被买卖以外，与奴隶有什么差别。只有中国共产党才恬不知耻地整天把解放、解放挂在嘴边。"春又生表现出对毛泽东和共产党的蔑视。

　　"孩子，你的这些话都对谁说过？"

　　"该说的，我都说。"

　　"你知道不知道，这些话是不能随便乱说的？"

　　"说了又如何？已经说出来了！"春又生近乎挑衅了。

　　"什么？"桑梓挑起眉毛，眼睛瞪大了，盯着春又生。

　　"你们俩怎么啦？"桑爽慌了。

　　"啊，对不起，桑伯伯，我心里有数，只有对信得过的人才能说。"春又生意识到了不应该对桑梓说这样的话。

　　"你已经信任我了？我可是共产党员。"桑梓见春又生认错了，口气松弛下来，但是没有放过他。

　　"您刚才说过，您曾经真诚地认为共产党解放了中国，也就是说，您现在不再相信'解放'这种无稽之谈了。"春又生笑了笑。

对峙气氛缓和下来了。

"给我讲一讲你这几年学习的内容和过程吧。"桑梓转换了话题。

桑爽此时已经将餐桌收拾干净，并为桑梓和春又生每人泡好了一杯茶，端到他俩面前，然后坐下来听春又生讲他的学习经历。听着桑梓和春又生的谈话，桑爽产生了一种从来没有过的幸福感，她一会儿看看父亲，一会儿看看春又生，欣赏着这两个男人的对话。

"我在中学时期，对数理化特别感兴趣，学得也很好。我希望将来成为一名数学家，或者天文学家。68 年，我厌恶了文革，决心系统地学习，制定了一个五年学习计划"

"五年？这么长的学习计划！" 桑爽惊讶地说

"是的，五年。我的一个邻居是一所学校的校长，他家里有马克思和恩格斯选集两卷本、列宁选集两卷本，还有斯大林全集 13 本。我花费了一年多的时间，强迫自己读完了这些书后。"

"喜欢读这些书吗？"桑爽一向头痛马列主义的书，皱着眉头问。

"还行，关键不是喜不喜欢，而是必须读。"春又生回答。

"读得懂吗？"桑梓问。

"基本上读不懂。这一共 17 本书读完以后，我评价了一下结果，认为自己收获很小，似懂非懂。我又开始读苏联出版的一套哲学史，知道了西方著名哲学家的名字、著作和观点。例如泰勒斯、赫拉克利特、苏格拉底、柏拉图、亚里士多德、伊璧鸠鲁、培根、笛卡儿、斯宾诺莎、康德、黑格尔等等。我很兴奋，一下子认识了这么多的哲学家，真的喜欢上了哲学。哲学史的内容虽然比较系统，但是太简单，我就想读这些哲学家的著作，可是根本借不到书。后来想尽一切办法借到一本黑格尔的《逻辑学》，结果呢，读得非常吃力。在不断地与他人借书的过程中，我认识了一些热爱文学的朋友，我就开始阅读小说。俄罗斯的、英国的、美国的、法国的，借到什么看什么，就这样，看了不少外国名著。"

"你非常喜欢看小说吧？"桑爽插话说。"那天，你一看见《苔丝》，眼睛马上就亮了。"

"是的，非常喜欢。"春又生说。

"最喜欢谁的书？哪些书？"桑爽问。

"杰克伦顿的《海狼》，雨果的《悲惨世界》，托尔斯泰的《战争与和平》，契诃夫的戏剧和短篇小说，还有车尔尼雪夫斯基的《怎么办》。"

"我也喜欢杰克伦顿的《海狼》和雨果的《悲惨世界》。"桑爽高兴地说。

"你喜欢科学家的故事吗？我有一本苏联作家尼查叶夫写的《元素的故事》，书中讲了许多著名化学家发现化学元素的有趣故事。18 世纪瑞典化学家杜勒发现了'火焰空气'，也就是今天我们称之为的氧气，另一种是'无用气体'，也就是今天我们称之为的氮气。法国化学家拉瓦锡推翻了燃素说，列出了氧、氮、磷、碳和氢等一张元素名单。19 世纪英国化学家戴维利用电解法发现了钠、钾、钙、镁、钡、锶等元素。德国科学家本生和基尔霍夫制造了分光镜，发明了化学元素光谱分析术，找到了铯和铷，其他科学家又利用光谱分析术，找到了铟和铊等元素。19 世纪后期，俄国化学家门捷列夫创造了元素周期表。20 世纪初期，居里夫妇发现了钋和镭。"春又生兴致勃勃地说。"每一个科学家的故事都非常动人，我最喜欢的是本生和基尔霍夫的故事。他们两个是好朋友，外貌上就像白天和黑夜那样不同。本生又高又大，基尔霍夫又矮又小；本生沉默寡言，基尔霍夫却口若悬河。就是这样两个截然不同的人合作发明了光谱分析术。"

"我喜欢读这样的书！"桑爽兴奋地说。

"我还有一本《比一千个太阳还亮》，描写了一批科学家研究原子弹的故事。"

"《比一千个太阳还亮》？名字真好！" 桑爽赞叹。

"《比一千个太阳还亮》是德国作家罗伯特·容克写的。这本书从1919年卢瑟福发现原子核可以人工转变讲起。卢瑟福用阿拉法粒子轰击氮，把氮变成了氧和氢。一直到'原子弹之父'奥本海默领导一批科学家发现核裂变，取得连锁反应，最后制造出首批原子弹的历程。我最为喜欢的一段是亚历山大·萨克斯说服美国罗斯福总统启动原子弹研制工程的那一段，简直太精彩了。"春又生充满激情地说。

"讲讲这一段吧！"桑爽要求。

"好的。第二次世界大战期间，匈牙利物理学家利奥·西拉德预见到原子能可能产生的危险后果，他更为担忧的是如果希特勒垄断了原子弹，这个德国独裁者就有可能奴役全世界。1939 年初，西拉德得到秘密情报，纳粹德国正在制造原子弹，他和他的朋友们决心让美国政府了解原子研究工作对战争可能发生的巨大影响。西拉德将有爱因斯坦签名的信件交给了经常进出白宫的国际金融家亚历山大·萨克斯。1939 年 10 月，萨克斯终于得到了机会亲自向罗斯福总统呈递了那份由西拉德起草的、爱因斯坦签名的信件，而这时萨克斯收到这封信已将近十个星期了。为了使总统能全面了解信件的内容，而又不致把它放在文件堆中等候处理，萨克斯给他读了西拉德信件中的备忘录。总统对于这些消息的反应并不是那么令人满意。罗斯福想推掉这件事。他向失望的来访者说，这些都是很有趣的，不过政府若在现阶段就干预此事，看来还为时过早。但是在萨克斯要走的时候，总统为了表示歉意而约请他第二天来吃早饭。萨克斯回忆说：'我整夜没有合眼，在卡尔顿旅馆的房间里，我不时地来回踱步，偶尔也想坐在椅子上打个瞌睡。旅馆附近是一个小公园。我记得从晚上十一点到第二天早晨七点我从旅馆跑到公园有三四次之多，旅馆看门的人都觉得奇怪。我坐在公园的长椅上，深深地思索着。我向总统说些什么，才能使他在那实际上已经开始显得没有希望的事情上，转而支持我们的立场呢？我突然来了一股勇气，想出了一个好主意。我回到旅馆，洗了澡，很快又到了白宫。' 萨克斯走到罗斯福面前，看见他坐在轮椅上用早餐。总统讽刺地问：'你又有了什么绝妙的想法呢？你究竟需要多长时间才能把它讲完呢？,' '我想向您讲一段历史，' 萨克斯回答说，

'在拿破仑战争时代，一个年轻的美国发明家福尔顿来到了法国皇帝面前，他建议建立一支由蒸汽机舰艇组成的舰队，无论在什么天气情况下拿破仑都可以利用这支舰队在英国登陆。军舰没有帆能走吗？这对于那个伟大的科西嘉人来说，简直是不可思议的，因此他竟把福尔顿赶了出去。根据英国历史学家阿克顿爵士的意见，这是由于敌人缺乏见识而使英国得到幸免的一个例子。如果当时拿破仑稍稍多动一下脑筋，再慎重考虑一下，那么19世纪的历史进程也许会完全是另一个样子。'总统听完萨克斯的话，沉默了几分钟。然后他在一个小纸条上写了几个字，把它递给了在桌旁伺候的仆人。仆人很快带回来一个纸包，按照罗斯福的吩咐，他慢慢地把纸包打开了。纸包里原来是一瓶拿破仑时代的法国白兰地。总统很慎重地吩咐仆人倒上两杯，然后总统拿起了自己的杯子，与萨克斯碰杯后，让他把它干掉。随后，他问了一句：'阿列克斯，你有把握不让纳粹分子把我们炸掉，是吗？'

'是这样。'萨克斯回答说。然后罗斯福把自己的随员、绰号叫做'帕阿'的沃特逊将军叫了来，指着萨克斯带来的信件，对他说了后人所共知的这么一句话：'帕阿，对此事要立即采取行动！'"

"我要看《比一千个太阳还亮》！"桑爽激动地说。

"我下次来带给你《元素的故事》和《比一千个太阳还亮》。"看到桑爽也喜欢自己喜欢的书，春又生高兴地说。

桑梓饶有兴趣地听着两个孩子的对话。

桑爽问："你读过苏联科幻小说家别列叶夫的书吗？"

春又生回答："没有。"

"那你读过儒勒·凡尔纳的书吗？"

"读过。儒勒·凡尔纳的《海底两万里》、《神秘岛》、《八十天环绕地球》，我都非常喜欢。"

"别列叶夫的书可以与儒勒·凡尔纳的书媲美。我有一本他写的《水陆两栖人》。故事发生在南美洲，名医萨列瓦托尔把一条小鲨鱼的鳃移植到一个男孩身上，使他成为能够生活在陆地和海上的水陆两栖人，由此发生了一系列动人的故事。水母号船长左利达一次偶然的机会发现了两栖人，并设计捕获了他。船主强迫两栖人为他下海采集珍珠。不久两栖人逃回了医生家。左利达后来得知两栖人原来是他的儿子，于是他向法院控告医生非法活体解剖。医生和两栖人被关进监狱。医生在监狱里为狱长的妻子治好了病。狱长为了感谢他，便把两栖人放出监狱。两栖人又回到海中，去寻找医生的朋友法国著名的海洋学家。这是一本美丽动人的故事书。你读过吗？"

"没有读过。不过，我喜欢科幻小说。"春又生说。

"好的。来，到我房间来，我给你拿《水陆两栖人》。"桑爽领着春又生去她的闺房。

在桑爽闺房门口，春又生忧郁了："方便吗？"

"方便，怎么还害羞啊？"桑爽笑了。

春又生是平生第一次走进一个女孩的房间。桑爽的闺房摆设简单，一张床，一张写字台，一个床头柜，床头柜上竖着一个小镜框，内有一张放大的桑爽的黑白相片，一双妩媚的眼睛看着你。看样子，桑爽喜欢绿色，床单是浅绿色，被子是黄绿色的。房间干净整洁，弥漫着一股淡淡的香味。一进房间，桑爽就爬进床底下，不一会儿，在床下叫到："春又生，来帮忙。"

春又生掀起床单一看，只见床下有一些小木箱子，桑爽正在往外搬一个小箱子，箱子很沉，桑爽很吃力。春又生急忙爬进床底，把箱子搬出床外。

"这么沉，里面肯定是书。"春又生说。

"对。"桑爽打开箱子。

"啊，这么多书。"春又生看见箱子里面有《诗经》、《论语》、《史记》、《汉书》、《资治通鉴》、《唐宋传奇》、《古文观之》等一批中国古书。桑爽从上翻到底，没有找到《水陆两栖人》。

"把这个箱子放进去，再拖出一个。"桑爽对春又生说。

"好！"春又生把这个箱子重新放进去，又拖出一个箱子。

打开一看，柏拉图的《理想国》、阿庇安的《罗马史》等一批西方名著。"哇，这么多好书啊！"春又生的眼睛发亮了。

"我真苯！不在这个箱子里。把这个箱子放进去，再拖出一个。"桑爽对春又生说。

"好！"春又生把这个箱子放了进去，又拖出一个箱子。

打开一看，全部是外国小说。桑爽终于从中找出了《水陆两栖人》，同时又拿出来《苔丝》和《还乡》。

"都借给你看。"桑爽把书递给春又生。

"谢谢！谢谢！"春又生高兴地说。"桑爽，箱子里的书，我以后都可以借着看吗？"

"可以！"桑爽很痛快地答应了。

"谢谢！谢谢！我有书看了，我有书看了！"春又生高兴地流出了眼泪。

"你俩在干什么？"这么长时间，不见两个人出来，桑梓在客厅里问。

"找书呢。"桑爽答道。

"找着了？"

"找着了。"桑爽对春又生说，"快出去。"

春又生拿着书跟着桑爽走出闺房，对桑梓说："桑伯伯，没想到，您保存了这么多好书。"

"多？大部分书都被造反派烧了，只剩下这几本了。"桑梓耸耸肩。

"我的房间原来是爸爸的书房，整个房间两面墙全是书架，摆满了书。造反派抄家时，说这都是帝修反的书，于是把书仍到院子里放火烧，烧了一整天，我爸爸心疼得昏过去了。"桑爽痛心地说。

"桑伯伯，我看过一本德国纳粹史，纳粹分子在柏林广场上把一大批世界优秀作家的书都焚烧了，纳粹宣传部长戈培尔高叫着，我们烧毁了一个旧世界，诞生了一个新世界。中国的文化大革命简直与德国纳粹运动如出一辙。"春又生愤怒地说。

"是这样的，中国的文化大革命实际上就是德国纳粹运动在中国的再现，甚至更野蛮！"桑梓用力敲着桌子。

"爸爸，不要这样，你不能生气。"桑爽慌忙地劝说爸爸。

春又生楞了。

"春又生，你以后来我家，不要谈政治好吗？我爸爸有病，一谈政治就生气，一生气，病就厉害了。"桑爽几乎是哀求了。

"好的，一定！"春又生惊慌失措了。

"没有那么严重！我们慢慢谈。"桑梓恢复了平静。

"谈文学，不要谈政治！"桑爽坚决地要求。

"好，不谈政治。又生，你接着往下讲你的学习经历。"桑梓第一次亲切地称呼又生。"你读得懂《怎么办》吗？"

"读得懂。"春又生说。

"继续讲。"桑梓说。

"在我阅读文学书籍的过程中，有两本书促使我开始学习历史。一本是左拉写的《萌芽》，我知道了左拉用自然主义方法观察社会，思考历史，因此他的小说是史诗，不是休闲书籍。另一本是俄罗斯文学史，我知道了，俄罗斯文学的三个发展时期：多余人时期、新人时期和无产阶级文学时期，对应着俄国十二月党人革命、资产阶级民主革命和无产阶级革命三个历史发展时期。我逐渐意识到，历史是社会科学的基础，只有学好历史，才能更好地学习文学、哲学、法律等一切社会学科。同时，能够更好地认识人类社会，认识世界，认识中国。所以，我又开始历史学习。"

"很好！自我选择学习路径，学习思路也很清晰。

此子可教也。"桑梓称赞到。

"学习历史的过程中，我很幸运地认识了陈老师。"

"陈老师？哪个学校的？"桑梓问。

"教师进修学院的陈老师。"

"我认识。个子高高的，瘦瘦的。"

"是的，就是他。"

"很好，陈老师学问好，人也好，你能跟他学历史，是你的福气。"

"爸爸，是以前来过咱们家的那个陈老师吗？那个文质彬彬、细声细语的陈老师吗？"桑爽问。

"是的。你还记得？"

"怎么记不得？有一次，他和你争论一个历史问题，他说话有点口吃，急的脸都红了。"桑爽笑着说。

"桑伯伯您认识陈老师，太好了。"春又生很高兴。

"陈老师和我是北大历史系的校友，他比我晚几届。陈老师现在怎么样？肯定受到冲击了吧？"桑梓问春又生。

"是的。早就不讲课了，天天打扫厕所和校园。"

"见鬼呀，作孽啊！文革把知识分子一网打尽。"桑梓又生气了。

"爸爸？"桑爽又开始制止桑梓。

"好，我不说了。又生，你接着说。"桑梓对春又生说。

"我到处借历史书看。先后看了翦伯赞的中国通史、吕振雨的中国通史、范文澜和郭沫若的中国通史。

写得最差的就是郭沫若的中国通史。"春又生说。

"你也反感郭沫若？"桑梓笑了。

"当然。首先，我认为郭沫若把马克思的历史观硬套在中国历史的研究上，他的古代史分期问题研究存在方法问题。"春又生接着说，"其次，文革伊始，他就不惜自我贬低，出卖灵魂，阿谀毛泽东。"

"又生，把马克思的历史观硬套在中国历史的研究上是共产党的问题。三十年代中国历史学界就反对马克思的历史观。现在中共掌握政权，又有郭沫若一批御用文人支持，所以中国的历史研究存在严重的方法问题。譬如，大多数历史学家认为中国实际上并不存在奴隶社会，我想提醒你在以后的历史研究中要注意这一点。"

"我会的，桑伯伯。陈老师也曾经对我讲过中国的历史似乎自成系统。夏朝的资料不足，商朝有奴隶杀戮，但是奴隶不是主要劳动者，所以商朝不是奴隶社会。周灭商之前尚处于氏族社会末期，周人从族长到氏族成员都要参加劳动。西周时，文王亲自耕田放牧，周公告诫周族子孙，知稼穑之艰难，希望他们不要脱离劳动。西周实际是村社农民劳动为基础，以'疆以周索'为土地分配方法的分封制的封建社会。经过春秋战国大的社会动荡和兼并，中国从秦朝开始建立了中央集权制的专制社会，这种社会形态一直延续到清朝末年。中国是世界上中央集权制历史最长的国家。本世纪初引进一点民主政治，很快被中共扼杀了，中国从1949年开始进入后专制时代。"春又生滔滔不绝地讲着，"而西方由氏族社会演变为奴隶社会，而后发展分封制封建社会一直延续到 12 世纪，葡萄牙第一个成为一个独立的君主制国家，不再是一个封建割据的国家。在葡萄牙之后，西班牙于 15 世纪，英国于 16 世纪，法国于 17 世纪，成为一个君主专制国家。法国路易十四有一句名言'朕即国家'。而就在一些西方国家开始进入君主专制的时代时，西方又开始了一个伟大的历史进程，进入一个新时代了。16 世纪末，荷兰的七个省份联合起来，成立了荷兰联省共和国。这是世界上第一个现代国家。1688 年的英国人通过'光荣革命'，结束封建君主专制，成为又一个强大的现代国家。"

"为什么中国封建历史这样漫长？为什么西方首先进入了现代呢？" 桑梓问春又生。

"桑伯伯，这正是我的第三个课题'中国为什么进入资本主义社会较晚'所要研究的。我现在初步判断是由于中国长期的中央集权制度阻碍了中国向现代社会发展。"

"那么，为什么中国的中央集权制度是这样漫长呢？你首先要回答这个问题。否则，你就是从现象说明现象，还是没有找出根本的原因。今后还要多读一些西方历史，才能找出根本原因。可惜的是现在这方面的书籍太少了。"

墙上的挂钟敲响了十下。

"哎呀，十点了！我要回家了，我妈妈下中班就要到家了。"

"你妈妈在那里工作？"桑梓问。

“在汽车配件厂工作。”

“你爸爸呢？”

“我爸爸去世了。”

“对不起。”桑梓抱歉地说。

“再玩一会儿，我真爱听你和爸爸谈话。”桑爽挽留春又生。

“不，我要回家了。你上早班，也要睡觉了。”

“我不困，一点儿也不困。”桑爽有点急了。

“回家吧。今天谈得不少了。又生，明天上午来，接着谈，老夫很高兴。”桑梓拍着春又生的肩膀。

“桑伯伯，我下午来行吗？我上午要看书。”春又生征求桑梓意见。

“对，下午来，下午我就回来了。我要听你俩谈话。”桑爽马上支持。

“你每天有固定的学习时间？”桑梓问春又生。

“我晚上和早上头脑清楚，一般读重要的书籍。下午，一般读小说，轻松轻松。”春又生回答。

“好！文武之道，有张有弛。此子可教也。”桑梓赞许道。

“那，我走了，桑伯伯再见！桑爽再见！”

“我送你。”桑爽说。

春又生高高兴兴地拿着书，走到门口，转身问桑梓：“桑伯伯，我可以把这些书借给我的朋友看吗？”

“最好不要，书借得人多了，难免会让造反派知道我这里还有书，那么，这一点书也就难保了。”

“好的。我不借给别人。”

见春又生有点失望，桑梓说：“以后再说，如果确实是可靠的朋友，借给他看看，也无妨。"

"好的！谢谢，桑伯伯。我一向交友很慎重，我交的朋友都是可靠的。您放心！"春又生高兴了。

出了门，桑爽对春又生说："春又生，我爸爸很喜欢你！明天下午一定来。我2点45分左右就到家了。"

"肯定来，我一定要把你家的书一本一本地都看完。"

"没有书就不来了，是吧？"桑爽故意问。

"那能，我很喜欢和你爸爸谈话。"

"我喜欢看着你和爸爸说话。我爸爸很久没有说这么多的话了。"

"是吗？谢谢你！"春又生真诚地对桑爽说。

"谢什么？"

"谢谢你找了我将近一个月，谢谢你和桑伯伯的关心，除了我妈妈，还没有人这样关心过我。真的，谢谢！"春又生的大眼睛热情地看着桑爽。

"甭谢！"桑爽脸红了。
"再见！"春又生的脸也红了。

"明天见！"

桑爽一直目送春又生，直到看不见为止。回到房间了，桑梓对她说："爽儿，你喜欢春又生吗？"

"爸爸，你说什么？"桑爽的脸刷得一下红了。

"爸爸看得出来。你的房间从来是谁都不让进去的，上次你表哥从无锡来，你都没有往房间里让一让。为什么让春又生进去？"

"进去拿书吗。"桑爽有点害羞。

"你不会拿到客厅来？你以往不都是这样做的吗？今天怎么变了？"

"我———"桑爽无话可说了。

"爽儿，别害羞。爸爸也喜欢春又生，此子可教也，和他好好交往吧。"爸爸宽慰自己的女儿。

洗漱完毕，桑爽躺在床上回味着爸爸的话，不断地问自己，你喜欢春又生吗？你喜欢吗？一千遍，一万遍的答案都是，喜欢！想着明天还能见着春又生，将近一个月以来的辛苦和焦虑都得到了回报，桑爽第一次安心地睡着了。

第二章

　　星期五是第一个早班，桑爽总觉得今天时间过得太慢，不断地看表，同班的王姐问："下班有急事么？"

　　"没---没有。"桑爽脸红了。

　　"脸红什么？"王姐笑了。

　　"哪里红了。"桑爽转过身去。

　　好容易盼到下班，桑爽快速赶到车站，撵上第一辆车，下车后三步并作两步走。快到家门口时，心中暗想，不知春又生到了没有，老远就看见一个人背着一个黄书包站在院子门口傻傻地在那里看书。桑爽心喜，知道那不是别人，肯定是春又生。走到春又生跟前，他没有察觉。桑爽知道看书中的春又生已经处于无我状态，便主动对春又生说："看什么书啊！这么聚精会神？"

　　"是你，桑爽，下班了。"春又生把书面给桑爽看了看："《水陆两栖人》，真好！我要背下来，讲给我的朋友听。"

　　"这本书好吧！我就能背得下来。"桑爽自豪地说。

　　"真的？咱俩你背一句，我背一句，看谁先背错了。好不好？"

　　"背书没有意思，咱俩比赛背诗词吧。"桑爽说。

　　"好！"春又生痛快地答应了。

　　走进院子里，桑爽开始背诵："杜牧的'秋夕'：银烛秋光冷画屏，轻罗小扇扑流萤。天街夜色凉如水，卧看牵牛织女星。"

"轻罗小扇扑流萤，一个少女轻盈活泼的形象出来了。不过，现在是春日，不是秋夕。我来李华的'春行即兴'：宜阳城下草萋萋，涧水东流复向西。芳树无人花自落，春山一路鸟空啼。"

"咏春的诗有的是，徐俯的'春游湖'：双飞燕子几时回，夹岸桃花蘸水开。春雨断桥人不度，小舟撑出柳阴来。"

"杜甫的'望岳'：岱宗夫如何，齐鲁青未了。造化锺神秀，阴阳割昏晓。荡胸生层云，决眦入归鸟。会当凌绝顶，一览众山小。我特别喜欢最后两句：会当凌绝顶，一览众山小。"

"范成大的'横塘'：南浦春来绿一川，石桥朱塔两依然。年年送客横塘路，细雨垂杨系画船。我特别喜欢最后一句：细雨垂杨系画船。"

"陆游的'剑门道中遇微雨'：衣上征尘杂酒痕，远游无处不消魂。此身合是诗人未？细雨骑驴入剑门。我特别喜欢最后一句：细雨骑驴入剑门。何时能够剑门一游啊！"

"你喜欢旅游？"桑爽问。

"当然。我希望能够游遍中国的山上水水，更希望游览世界的著名的城市和山川。"

"我也喜欢旅游，像李白、杜甫那样行万里路，读万卷书。"

"好啊！有机会咱们---"春又生忽然停住了。

桑爽当然听出了"有机会咱们"以后的内容，但是她没有接话，忽然冒出了八句诗句顺口而出："再来，李商隐的'无题'：昨夜星辰昨夜风，画楼西畔桂堂东。身无彩凤双飞翼，心有灵犀一点通。隔座送钩春酒暖，分曹射覆蜡灯红。嗟余听鼓应官去，走马兰台类转蓬。"桑爽吟完此诗脸色微微发红。

"心有灵犀一点通，绝妙！"春又生看了一眼桑爽，背诵狂徒陈子昂的'登幽州台歌'"前不见古人，后不见来者。念天地之悠悠，独沧然而涕下。"

"再来背诵唐宋词。"桑爽继续挑战春又生，"欧阳炯的'春光好'：天初暖，日初长，好春光。万汇此时皆得意，竞芬芳。 笋迸台钱嫩绿，花偎雪坞浓香。谁把金丝裁剪却，挂斜阳？"

春又生接上："韦庄的'谒金门'：春雨足，染就一溪新绿。柳外飞来双羽玉，弄晴相对浴。楼外翠帘高轴。传遍阑干几曲。云淡水平烟树簇，存心千里目。"

"再来---"桑爽还要继续背诵。

"对不起。我会的唐宋词很少。"春又生连忙打断。

"不错，还能背过几首诗词。"桑爽笑了。

"给你《元素的故事》和《比一千个太阳还亮》。"春又生从黄书包里拿出书。

"我看看！"桑爽高兴地接过书，欣赏了封面，又翻阅内容简介，"真是好书！谢谢！"

"你看完后，咱们再谈一谈。"

桑爽问春又生："你早来了，为什么不进去？"

"我在等你。"

"等我？来吧！"桑爽调皮地眨眨眼睛，开心地笑了，小辫子一甩，转身走在前面，春又生跟在后面。

桑爽一进门，高声地说："爸爸，我回来了。"

"春又生还没有到。"桑梓在屋里说。

"我给你变出来。"桑爽回身把春又生推进了家门。春又生笑着进了门。

"怎么一块儿来了？"桑梓很惊奇。

"没有啦，他呀，傻乎乎地站在门口看书呢。"桑爽对爸爸讲。

"为什么不进来呢？坐下，喝茶，刚泡的。"桑梓说着进了厨房。

春又生在茶几前坐下，桑爽放下手提包坐在他傍边。

"怎么这么香？"春又生闻到了一阵香味。

只见桑梓用盘子端着几只香喷喷的冒着热气的糖酥火烧过来了："趁热吃，刚出炉。"

"来，吃吧！"桑爽邀请春又生。

"我不饿。"

"当点心吃。我每次下班回家，我爸爸总是给我刚出炉的火烧出。这是糖心的，这是豆沙心的。"

春又生禁不住诱惑，拿起一个豆沙火烧吃起来。桑梓坐在两个孩子的对面，看着他俩美美地吃像，很是快意。

"真的比点心还好吃。"春又生由衷地说。

"爸爸，你得意了吧。"桑爽先是对爸爸说，然后对春又生说："我爸爸最高兴的事情是，听别人当面说他的火烧做得好吃。"

"那是，好吃就是好吃！"桑梓洋洋得意。

桑爽吃了一个，春又生连吃了两个。喝着茶，桑梓对春又生说："吃饱了，喝足了，接着昨天的话题往下讲。"

"没有什么可讲的了，我现在还在学习历史，下一步准备再学哲学，然后再学经济学。"春又生说。

"很好，你还是读了一些有用的书。那，你对共产党的认识是怎样转变的？"桑梓又问。

"桑伯伯，你为什么要听我的思想转变？"春又生反问桑梓。

"我想了解我们的下一代现在是怎样认识共产党的。"

"那好，我可以讲，不过，我有一个要求。我讲完之后，你也要对我讲一讲，您当初为什么信仰共产党，现在为什么又不相信了。你们当中有多少像您这样不再相信共产党的人。"

"好的，我答应你。我也有一个条件，不要把我的话对任何人讲。孩子，黑夜处处有强盗，谨慎不是胆小。你能答应我吗？"

"我能！我知道现在是中国历史上最黑暗的时期。"

"此外，我要说明的是，某些观点只是个人见解，还没有成熟，只是作为一种探讨。我们两代人来交换看法，也许对我们都有帮助。"桑梓说。

"爸爸，不谈政治。"桑爽对桑梓说。

"不是谈政治，是了解又生的思想转变，你不想听吗？"桑梓辩解说。

"想听。"桑爽同意了。

"实际上，对毛泽东的重新认识影响了我对共产党的认识。既然毛泽东是一个专制皇帝，那么共产党实质上也是一个专制政党，就这么简单。"春又生侃侃而谈。"小时候，我对共产党的认识实际上就是对毛泽东的认识。我曾经非常敬佩毛某人。记得是上中学的时候，我曾经读过一本《毛主席的青少年时代》，其中有一段对我影响很大。书中写到，毛泽东到长沙读书时，第一次看见世界地图。少年毛泽东想到，小小的韶山冲就有这么多穷人，世界这么大，整个世界要有多少穷人啊！毛泽东从此就有了解放全人类的理想。现在看来，这件事情肯定是作者虚夸的。当时，这件事情的确激励了我。从此，我要求自己要胸怀大志。反右的时候，我已经上小学了。我们学校来了两个志愿军复员军官，一个姓张，一个姓孙，他们给学校带来了活气。他们教我们唱苏联革命歌曲，直到现在我都忘不了。我很喜欢苏联歌曲，会唱很多苏联歌曲。"

"真的吗？我爸爸也很爱唱苏联歌曲。"桑爽说，"你唱一首我听听。"

"歌声轻轻荡漾在黄昏的水面上，暮色中的工厂已发出闪光。"春又生随即大大方方地大声唱起来。

桑爽高兴地拍手："又生，你唱得真好！"这是桑爽第一次情不自禁亲切称呼春又生。春又生似乎没有注意。

桑梓看了女儿一眼，也唱起来了："列车飞快地奔驰，车厢窗里灯火辉煌——"

唱完"山楂树"，桑梓又用俄语唱起"喀秋莎"。春又生用中文合唱："正当梨花开遍了天涯，河上漂着柔曼的轻纱。喀秋莎站在峻峭的岸上，歌声好像明媚的春光"

桑梓轻轻地摇晃着身子，陶醉地唱着，他的眼睛湿润了。三个人沉浸在歌声带来的欢乐之中。

"唱得不错。看样子，你受过一定的训练，是吧？"桑梓问春又生。

"我小学没有毕业，就被挑进了歌舞团当学员，既学习唱歌，又学习舞蹈。"后来我离开了。"春又生说。

"原来是这样，怪不得，你唱得好。"桑爽兴奋地说。

"为什么离开了歌舞团？"桑梓问。

"因为歌舞团的学员不上文化课。我的小学同学上中学后，学习历史、地理，知道那么多我不知道的事情。所以我要求离开歌舞团，到学校读书。"

"他们就让你离开了？"桑梓又问。

"一开始没有。我写了一封信给团长。告诉他，我现在不想学习舞蹈和唱歌了。一个人如果不愿意学习舞蹈和唱歌了，你们强迫他学，他肯定还是学不好。我的信中还附了一块白布条，上面用我的血写了四个字：我要上学。"

"啊！血书！"桑爽惊叫起来。

"我知道这件事情，原来是你！"桑梓拉住春又生的手。

"桑伯伯，你怎么知道这件事情？"春又生非常惊奇。

　　"是歌舞团的书记告诉我的。他说团里有一个男孩，用血写了一个条子，要离开歌舞团，要去上学。当时，我们都被这个孩子的勇气震动。没有想到，原来是你！看来你真是一个骨子里酷爱学习孩子啊！"桑梓感慨地说。

　　"桑伯伯，歌舞团的书记为什么会告诉你呢？"春又生有点奇怪。

　　"我爸爸在市委宣传部工作，那时候，歌舞团、话剧团---"桑爽插话说。

　　"不要说了。"桑梓打断了桑爽的话，对春又生说："你再唱一首吧。"

　　"有位年轻的姑娘，送战士上战场，他们黑夜里告别，在那台阶前。透过淡淡的薄雾，青年看见，在那姑娘的窗前，还亮着灯光。"春又生动情地唱起苏联著名的《灯光》。

　　"真好听，曲子真美。这是什么歌？"桑爽陶醉了。

　　"是苏联歌曲《灯光》"

　　桑梓没有合唱，静静地听春又生唱完："确实唱得不错。声音好，音调准确，感情到位。"

　　"爸爸，你唱'三套车'。"桑爽把桑梓拉起来。"站起来，正式唱。"

　　桑梓站起来，理一理头发，挺胸收腹，演唱起来："冰雪覆盖着伏尔加河，冰河上跑着三套车，有人在唱着忧郁的歌，唱歌的是那赶车的人。小伙子你为什么悲伤，为什么低着你的头，是谁让你这样伤心-----"

歌声高昂，音调婉转又带有一丝凄凉的情感。

歌声停了，春又生被深深地感动了，不知不觉泪水流下来。"桑伯伯您唱得真好！我也会唱这首歌，但是我唱不出你的感情来。"

"孩子，你还年轻，生活的磨难还少。"桑梓拍拍春又生的肩膀说。

"这首歌是我爸爸的保留歌曲，从大学唱到延安，从抗战唱到解放。"桑爽很为爸爸自豪。

"好了，别说这些了。又生，你继续讲吧。"桑梓打断桑爽的话。

" 喝点水，润润嗓子。"桑爽为春又生拿起茶杯。春又生接过茶杯，连喝了几大口。

"先别讲，来，我给你加水。"桑爽为春又生加满水。"讲吧。"

"张老师和孙老师年轻帅气，学校的老师和学生都非常喜欢他们。没有想到他们刚刚到学校不久，两个人都被打成了右派分子。张老师从革命军人一下子变成了右派分子，他受不了这个打击，跳海自杀了。据说，他第一次从栈桥跳下海，没有淹死，他的水性好，一直游到了小青岛。第二次在鲁迅公园，他把子自己绑起来，抱着一块大石头跳下海，活活把自己淹死了。他的刚刚结婚的妻子，第二天晚上，身穿新嫁衣在他们曾经约会过的地方上吊自杀了。"

"我知道这件事情。"桑梓平静地说。

"爸爸，我怎么不知道。"

"你那时小着呢。"

　　"这么说，你曾经是观象路小学的学生。"桑梓对春又生说。

　　"是的，桑伯伯。"春又生继续说。"我的两个邻居也是右派，他们都是知识分子。当时我并不懂，毛泽东何以如此迫害知识分子。60 年来了，全国大饥荒。我看见人们在自由市场抢东西吃，就写了一封信给毛泽东。"

　　"你给毛泽东写过信？"桑爽惊讶地说。

　　"写过，不过没有寄走。"

　　"写的什么内容？为什么没有寄走？"桑梓问。

　　"写的是饥饿和社会混乱，请毛某人解决这些问题。我不知道怎样寄这封信，就问我的邻居姑姑。邻居姑姑大惊失色，不准我寄信。说是，信根本到不了毛某人的手中，反而会被下面的人知道，这样就肯定进监狱。因此，信没有寄出去。"

　　"难得啊，一个小学生，一个孩子尚且如此，我们这些大人都做什么去了！"桑梓激动地把春又生搂在怀中。

　　"春又生，你从小就不同寻常！"桑爽称赞道。

　　"现在想起来，这些事情都对我有着潜移默化的影响，是文革使我彻底转变了对毛某人的认识。文革刚刚开始的时候，我也积极地参加。后来，有两件事情促使我要重新认识文化大革命，然后我开始学习，在一步一步地否定文化大革命过程中，我也就一步一步地认清了毛泽东，否定了毛某人。第一件事情发生在 1967 年。那一年，我家住在青岛市教育学院四楼上的宿舍里，青岛市红卫兵委员会就设在青岛市教育学院。那时候，我每天都看见一位白发苍苍的老教师，脖子上挂着一个大牌子，牌子上写着六个黑字：反动学术权威，黑字上又用红笔画了一个大叉。这位老教师天天挂着牌子，打扫院子，清扫厕所。我看这位老师是一位面目慈祥，饱读史书的文人，哪里像一个坏人呢！心里很同情他。有一次，我亲眼目睹了两个红卫兵把这个老人推倒，然后将老人从四楼上一层一层地滚到楼下。那老人连同牌子滚到楼下后，脸上，手上、胳膊和腿都受了伤，鲜血直流。他扶着墙顽强地站了起来，没有发火，一句话也没有说，只是怜悯地看着那两个红卫兵。"

"真残忍！没有人性！"桑爽愤愤地说。

"我目睹了老人被推下楼梯的过程，惊呆了。我简直不相信自己看到的一切，人怎么能这样残无人道呢！我当时怒火冲天，冲下楼去，指着那两个红卫兵大声怒斥，混蛋！法西斯！谁知道他们两个人根本不以为耻，反而高声地喊叫着，毛主席教导我们说，革命不是请客吃饭，凡是反动的东西你不打，他就不倒。接着就冲到我的面前高喊，毛主席教导我们，世界上没有无缘无故的爱，也没有无缘无故的恨。你是什么派，是造反派，还是保皇派，你肯定一个保皇派，否则你就不会同情一个反动学术权威！我也高声说，你们不用管我是什么派，反正我决不是法西斯派，而你们就是地地道道的法西斯派！正在这个时候，那老人突然倒地，昏过去了。围观的人群中，跑出几个老师抬着老人去医院，那两个红卫兵此时不知溜到哪里去了。"

"红卫兵以后没有再找你的麻烦？" 桑爽关切地问。

"不久，我家就从教育学院搬出来了，再也没有看见那个老人，也没有看见那两个红卫兵。不过那老人的目光一直到今天还时时出现在我的眼前。这双眼睛曾经促使我思考，老人为什么用怜悯的眼光看着那两个红卫兵？我联想到，红卫兵简报上曾经刊登过的两个人的遭遇。一个是盖叫天。"

"盖叫天是谁？" 桑爽问。

"盖叫天是中国一个著名的京剧武生，以演武松最为出名。"桑梓说。

"有一次表演武松搏杀西门庆，盖叫天从高处跳下时，不慎把一条腿折断了。更不幸的是，医生接骨失误，骨头愈合后，腿脚活动不灵，不能再演武生了。盖叫天非常难过，因为戏剧是他的生命。他又咨询了一位外科专家，是否还有办法医治好他的腿，使他能够重返舞台。那位专家说，除非腿受伤的地方再断开，然后再重新接骨。桑爽，你知道吗？盖叫天竟然真的忍疼再次弄断了他的腿！医生重新接好后，盖叫天又可以登上舞台了！"

"钢铁汉子！"桑爽叫好。

"就是这样一条硬汉在文化大革命之中被造反派残害而死。造反派押着盖叫天游街时说，你这个反动权威骑在人民头上作威作福，飞机坐过，轮船坐过，小轿车坐着，今天让你坐一坐大粪车。造反派们丧心病狂地将盖叫天夫妇按在大粪车上游街。士可杀，不可辱。当天晚上，盖叫天夫妇自杀了。"

　　"简直卑鄙无耻！真是，只有卑鄙的人才能做的出来！"桑爽愤怒了。

　　"可是，当时我并不相信有这样的事情。另外一个人叫马思聪。他是一位著名的音乐家。造反派批斗他时说，你姓马，今天就要你吃草。然后强按着马思聪的头，让他吃草。马思聪不得不设法逃到国外。共产党又大肆宣传，马思聪叛国。"春又生说。

　　"这件事情，我知道。爸爸告诉我的。是吧，爸爸？"桑爽对爸爸说。

　　桑梓没有讲话，脸色深沉。

　　"造反派让马思聪吃草这件事情，我也不相信。我认为是造谣惑众，人又不是畜生，怎么能够干出这样的事情来！当我亲眼目睹了那老人被推下四楼的过程后，我相信了。我从此知道了并不是所有的中国人都是人，有一些人是恶魔，毛泽东就是一个大恶魔。这个恶魔利用暴力建立的专制制度又把一部分人变成了畜生！"春又生恨恨地说。"从此以后，我开始进一步观察和思考文化大革命中发生的事情，成千上万的人家被抄家，被遣返会农村，全国到处发生的武斗，走资派头带高帽游街和批斗，人心惶惶，人人自危。有人猖狂，有人遭殃。猖狂的是共党分子，遭殃的是知识分子和所谓的地富反坏右。我第一次对所谓的文化大革命产生了怀疑，怀疑文革的正确性，自然要进一步怀疑毛泽东的英明性。现在，我终于明白了，那个老人知道，是一只黑手推动这两个不懂事又毫无同情心的少年干下了蠢事，所以他不恨这两个孩子，只是怜悯他们的无知无情。是一只黑手发动了挑动人民自相残杀的文化大革命，这只黑手就是毛泽东！我们必须在中国清除毛泽东这样的人，为此，首先要彻底清除产生毛泽东的中国专制土壤，清扫产生毛泽东的中国封建专制文化。"

"孩子，谈何容易！怎样清扫！"桑梓对春又生说。

"总会有办法的！"春又生手握拳头。

"还有一件事呢？"桑爽打断他俩的话。

"第二件事情发生在 1968 年。那一年，我在一家工厂做临时工。有一天中午吃饭的时候，一个造反派头头从外面跑进来讲，大家先不要吃饭，都站起来。我们都不清楚怎么回事，就都站了起来了。那个造反派头头又说，拿出毛主席语录，大家都拿出了毛主席语录。那个造反派头头指挥大家，跟我一起说三遍，敬祝毛主席万寿无疆！敬祝林副主席身体健康！大家跟着喊了三遍。造反派头头又正式通知大家，从今天起，每天上班前，开会前和吃饭以前，都要首先敬祝毛主席万寿无疆和林副主席身体健康。这是我经历的第一次早祝。那一年，我刚刚看完了溥仪写的《我的前半生》，封建时代百姓每天都要拜皇帝，当时心里想，这不是把毛泽东当成皇帝了吗？"春又生说。"以后又出现了向毛泽东表示忠心的忠字舞。真恶心啊！"

"中国人这样糟蹋自己，痛心啊！"桑梓闭上了眼睛。

"是这样！"桑爽说。

"渐渐地我产生了一个想法，我应该学习，搞清楚中国为什么会发生文化大革命这样的悲剧，社会主义究竟是什么？中共总是咒骂苏联是社会帝国主义，如果苏联是社会帝国主义，那么中国是什么社会主义。我看中国是社会专制主义。"

"为什么说中国是社会专制主义？"桑梓对春又生的判断很感兴趣。

"经过这几年的学习，我认为，社会主义公有制和社会主义民主是社会主义社会的不可分割的两面，就像一枚硬币一样。没有社会主义民主制，就没有社会主义公有制，就不是纯粹的社会主义。而当今中国就只有社会主义公有制，而没有社会主义民主。因此，一方面人民没有选举权力，被束缚在工厂里和公社里，实际上成为新式农奴；另一方面，毛泽东等人，不死不下台，永远霸占着中国的统治权力，骄横跋扈，实际上已经成为新式专制君主。所以中国是社会专制主义。"春又生断然说。

"有道理。孩子，你想的基本上和我一样。我们的下一代终于有人不再盲目地跟着毛走了，我很高兴，真的非常高兴！"桑梓再次用力拥抱春又生说。

"真的吗?桑伯伯！你也是这样想的？"春又生更是兴奋。

"是啊！那么，其一，怎样在中国建立社会主义民主呢？其二，是否建立了社会主义民主，中国人民就真正当家作主了呢？"

"桑伯伯，这么说，您认为即便实现了社会主义民主，中国成为了一个真正的社会主义国家，人民也不一定能够当家作主吗？"春又生惊奇地问。

"你很敏感，因为我们只是逻辑推论，而不是实践。当年，苏联共产党人和中国共产党人也是根据马克思的逻辑推论，闹革命，搞公有制社会和计划经济体制，结果如何呢？"桑梓反问道。

"我没有想过这个问题，谢谢您，桑伯伯，您又帮我打开了一条思路。"春又生牢牢记住了这个问题。十几年后，春又生开始经济研究，逐渐明确了私有制和公有制的范围，计划经济与专制制度的关系，以及私有制和市场经济的社会历史价值，彻底否定了马克思的所谓的科学社会主义。

"谢谢你，孩子！你使我看到希望了。"桑梓说。"我去做饭，吃完饭再聊。"

"又生，知道了吗？我爸爸才是真正的共产党人！"桑爽激动地对春又生说。

"你叫我又生？"春又生听出了桑爽对他的称呼。

"不能这样叫吗？"桑爽的脸霎时间变得像一只熟透了的红苹果，她低下了头。"我爸爸就叫你又生。"

"可以这样叫。"春又生的脸也红了。"谢谢你，桑爽！"

"怎么又说谢谢啦？"桑爽抬起头来。

"如果不认识你，就不会认识你爸爸呀！"

"那我也谢谢你。"

"为什么谢我？"

"因为我爸爸喜欢你，因为你使得他高兴。我爸爸很长时间没有这样高兴了！"

"其实，我还是应该谢你。如果你不找我，我们就可能永远不见面了。"

"这么说，我更应该谢你，如果你不主动借给我书看，我们还不可能认识呢！”

两个人都开心地笑了。

“你喜欢诗词吗？”桑爽问春又生。

“还行吧。”

“很勉强，是吧？我和你说，如果你不通晓中国的唐诗宋词，你就永远不可能掌握中国文学的精华。”桑爽断然地说。

“是吗？”春又生似乎不以为然。

“爸爸，又生不是那么喜欢诗词。”桑爽对端着火烧走进客厅的桑梓说。

“我早就看出来了。那天你拿出来三本书，一本是李清照的《漱玉词》，一本是雨果的《悲惨世界》，一本是哈代的《苔丝》。又生看都不看《漱玉词》。只对《苔丝》有兴趣。年轻人，只懂得希腊，不了解中国，是不行的。饿了吧？先吃着火烧，菜一会儿就好。”说完，桑梓又回到厨房。

“怎么样？挨批评了吧？”桑爽得意了。

“李清照的《漱玉词》好吗？我没有读过。我非常钦佩李清照，她的‘生当作人杰，死亦为鬼雄，至今思项羽，不肯过江东。’是中国所有的诗中，最为大气的一首，志向、气魄尽在诗中。”

“李清照的这首诗，我也非常喜欢。我更喜欢她的词。李清照是婉约派的代表人物，苏轼开创了豪放派。”

“婉约派和豪放派的主要特点是什么？”

“从形式上讲，婉约派的词是一种配乐歌唱的新体诗，可以弹唱的。例如，柳永的《雨霖铃》，‘今晓酒醒何处？杨柳岸，晓风残月'。婉约派的词追求美的语言、美的形象、美的意境。例如，李煜的《虞美人》，'问君能有几多愁？恰似一江春水向东流'。李煜的《相见欢》，'无言独上西楼，月如钩，寂寞梧桐深院，锁清秋'。内容上，情是婉约词的主要题材。它以情动人，唱尽人间的男欢女爱、悲欢离合。例如，韦庄的《思帝乡》，'妾拟将身嫁与，一生休。纵被无情弃，不能羞。'李煜的《虞美人》，'春花秋月何时了，往事知多少。小楼昨夜又东风，故国不堪回首月明中'。"桑爽兴奋地谈起自己心爱的话题，"豪放派的风格和题材与婉约派大不相同。豪放派的题材广阔。它不仅描写男欢女爱，而且更喜欢将社会国家的重大题材入词。因此，豪放派词义境界宏大，气势恢弘、不拘格律。豪放派词人以苏轼、辛弃疾最为著名。苏轼的《念奴娇 赤壁怀古》，'大江东去，浪淘尽，千古风流人物'。辛弃疾的《永遇乐 京口北固亭怀古》，'千古江山，英雄无觅，孙仲谋处。'"

"我喜欢辛弃疾的这首词，'想当年，金戈铁马，气吞万里如虎。"春又生说，"你背几首李清照词给我听。"

"点绛唇

蹴罢秋千，

起来慵整纤纤手。

露浓花瘦，

薄汗轻衣透。

见有人来，

袜铲金钗溜，

和羞走。

倚门回首，

却把青梅嗅。"背诵完毕，桑爽问春又生："喜欢吗？"

"你十六、七岁的时候就是这个样子吧？蹴罢秋千娇无力，倚门回首嗅青梅。"

"还行，听懂了。"桑爽又背诵一首："

浣溪沙

绣幕芙蓉一笑开，

斜偎宝鸭亲香腮，

眼波才动被人猜。

一面风情深有韵，

半笺娇恨寄幽怀，

月移花影约重来。"

"眼波才动被人猜，这一句真好！"春又生说。

"醉花阴

薄雾浓云愁永昼，

瑞脑消金兽。

佳节又重阳，

玉枕纱橱，

半夜凉初透。

东篱把酒黄昏後，

有暗香盈袖。

莫道不消魂，

帘卷西风，

人比黄花瘦。"

"莫道不消魂，帘卷西风，人比黄花瘦。这三句最好！"春又生说。

"行啊！爸爸说得没错。孺子可教也！"桑爽笑着说。

"行了吧，小姑娘，小女孩就喜欢描写少女的词。"春又生说。

"不对，前两首是少女性情写照，李清照写后一首时，已经结婚了。"

春又生说："我还是喜欢苏轼的词。

赤壁怀古

大江东去，浪淘尽，千古风流人物。故垒西边，人道是、三国周郎赤壁。乱石穿空，惊涛拍岸，卷起千堆雪。江山如画，一时多少豪杰。

这样的词气象万千，气度不凡。"

饭菜全部摆上餐桌，桑梓满意地看着桑爽和春又生吃得津津有味。

"桑伯伯，你怎么不吃!啊"春又生看见桑梓只是看着他俩吃，自己不吃。

"吃，吃！"桑梓一边吃饭，一边问春又生："对诗词有感觉了吗？"

"听桑爽背诵词曲，是一种享受，我想学诗词了。"春又生对桑爽说："以后我们每次见面，你都给我讲几首诗词好吗？"

"好啊！"桑爽说。"不过，你最好还是跟我爸爸学。我是爸爸教的。"

"桑伯伯，你教我吗？"

　　"教，以后每天来。我给你补习大学课程。"桑梓对春又生说。

　　"真的？"

　　"你自学了几年文史哲，我在山东大学里学的专业就是历史，然后在北大读历史研究生，并且一向对文学和哲学也非常关注。山东大学和北京大学的文史哲专业在中国大学中是名列前列的。我们来定一个学习计划，你需要正规的学习。"桑梓对春又生说。

　　"桑伯伯，什么时候，您给我讲一讲，你如何参加革命，又如何反思的？"春又生。

　　"找一个合适的时间，我一定讲给你听。今天你谈得不少了，既然你在认真地思考，那么我也要仔细地理一理头绪，好好地和你谈一谈。"

　　吃完饭，桑爽对春又生说；"到我房间来。"

　　"干什么？"春又生觉得到桑爽的房间去有点不习惯。

　　"帮我把书箱拖出来，把《诗经》和《宋词精选》拿出来，以后咱俩一块儿跟爸爸学习欣赏诗词。"

　　"好！"春又生高兴了。

　　拿着《诗经》和《唐宋词选》，桑爽和春又生回到客厅。桑梓已经将饭桌收拾干净。桑梓喝了一口茶，拿起《诗经》对春又生说："孔子说，不学诗，无以言！可见学诗意义之大。"放下《诗经》，又拿起《唐宋词选》说："诗词是中国文学的精华。哲学家精通文学，论文就不会枯燥。历史学家精通文学，历史就会写的生动，譬如，司马迁的《史记》。又生，你要好好补一补诗词。"

"好的！桑伯伯，我一定补习。"春又生异常高兴。

"这样，今天晚上咱们呢，先制订一个学习计划。当然要归纳出一些问题，带着问题学习。我将近60岁了，经历了的事情也不少，一直也在思考。这两天听你谈学习，谈历史，我也想重新学习历史。有很多问题，我一直没有想清楚，咱们爷儿俩一起学习，一起讨论，我想一定会获得好的效果。怎么样！"桑梓激励着自己和春又生。

"好！先制订一个计划。"春又生同意了。

"可惜书太少了，有多少就读多少吧。学习的内容以历史为主，以中国的诗词为辅。中国历史从《史记》开始读，然后读《资治通鉴》。近代历史，我再想办法借。现代史，没有现成的书。好在，我对'五·四'运动是了解的，抗日战争、解放战争以及49年以后中国的历史，我都是亲历者，我可以详细讲给你听。"春又生注意到了，桑梓放弃了"解放以后"这个共产党的专用名词，而用"49年以后"来表示共产党统治大陆的历史时期了。"西方历史从《罗马史》开始读。我再想办法去借苏联编写的一套世界史。以上是历史学习，学习时间，恐怕要三年。诗词呢，就从这两本《诗经》和《唐宋词选》开始学。唐诗我脑子里就有，学习来很方便。如果能够借着楚辞、乐府、元曲，再插进来学。学习时间俩年，第一年精读，第二年写作。"桑梓说。

"爸爸，我和又生一起学习诗词。"桑爽对桑梓说。

"桑爽，你为什么不学历史呢？"春又生问。

"不喜欢。不过，我愿意听你和爸爸讲。"桑爽摇摇头。

"每天的具体时间安排，就采用又生的方法，早上和晚上学历史，下午读诗词。"桑梓说。

"不好！我上早班时，下午读诗词，上中班时，上午读。"桑爽提出自己的建议。

"我同意。"春又生说。"另外，桑伯伯，白天，我们分别读书，晚上，咱们讨论，同时你给我讲中国现代史"

"好吧。"桑梓继续说。"学习问题呢，又生的那四个问题，私有制的产生、古代史分期问题、中国资本主义为什么产生较晚和文化大革命产生的原因，这四个问题保留，继续探讨。我们还要研究西方政治制度，但是这方面的资料太少，完全被控制住了。那么，我们就先从中西文化渊源差异的研究开始吧，要清楚，我们是怎样进化的，西方是怎样进化的 。因此呢，我们要重新读《论语》、《老子》、《孟子》等中国先哲的书，同时要读苏格拉第、柏拉图、亚里士多德等西方先哲的书。我这里还有几本柏拉图和亚里士多德的书。"

"太好了！桑伯伯，我早就想读这些书了。我已经看见了，你有柏拉图的《理想国》"春又生兴奋地说。

"看把你高兴的。"桑爽看见春又生兴奋的样子也为之高兴。

　　"另外呢，我们还应该学习经济学。我一直不明白亚当·斯密的'看不见的手'。我们的计划经济问题很多，是否应该重新认识市场经济呢？"桑梓自言自语，"为什么存在私有制度和市场经济的西方国家，建立了民主制度？而苏联和中国存在公有制和计划经济的国家，却没有建立民主制度呢？"

　　"什么是'看不见的手'？"春又生问桑梓。

　　"英国经济学家亚当·斯密 1776 年出版了《国民财富的性质和原因的研究》，严复翻译成《原富》。亚当·斯密认为经济发展中有一只'看不见的手'在发挥无形的作用。社会中的每个人在做自己的事时，并没有想到促进社会利益，而首先想到的是怎样实现自己的利益，以个人利益为出发点。当每个人都这样做的时候，就像有一只看不见的手在发挥作用，结果使得社会中每一人的利益都获得满足。亚当·斯密主张政府不要干预经济，只做一个守夜人即可。只要政府不干预经济，经济自然就会发展起来。"

　　"原来是这样，这只'看不见的手'究竟是什么呢？"春又生记住了亚当·斯密和他的"看不见的手"，"桑伯伯，我以后一定要看亚当·斯密的书，并且要弄明白他的'看不见的手'"。"

　　"很好！让我们一起学习吧。"

　　"桑伯伯，从今天晚上就开始学习。中国历史我有一定的了解，我想先读柏拉图的《理想国》，《论语》我读过，我想对比一下他们的思想差异。然后再读《罗马史》，对比中西社会的古代史。"春又生说。

　　"好！爽儿，拿《理想国》和《罗马史》给又生。"

桑梓说。

"帮忙拖箱子。"桑爽对春又生说。

春又生从桑爽床底下，拖出箱子，拿到了他心意已久的《理想国》和《罗马史》。回到客厅，桑梓对春又生说："这本'理想国'是吴献书翻译的，比较难懂，你的古文如何？"

"还可以。"春又生对桑梓说："我要回家了，我已经急不可待了。"

"看把你急的，还不到9点，过一会儿再走。"桑爽舍不得春又生走。

"好吧，9点走。"春又生说着就低头看书了。房间里很安静。桑梓在看《罗马史》，春又生在看《理想国》。桑爽一边翻看着宋词，一边瞅着春又生，欣赏他那专注的读书神情。挂钟敲响9点了，春又生没有听见。当他看累了，抬头休息时，一看挂钟，已经快十点了："啊，快十点了，我要回家啦。我妈妈快到家了。"

"明天来。"桑梓对春又生说。

"明天下午来。"春又生回答。

"我送你。"桑爽送春又生到院子门口，又叮咛说："明天下午两点四十，在这儿等我。"

"好的，明天见！"春又生高兴地拿着书回家了。

桑爽也高高兴兴地回到房间。桑梓看见女儿高兴的样子，不禁取笑她说："爽儿，高兴地合不上嘴了！"

"爸爸，你不高兴吗？"桑爽反问道。

"高兴，爸爸很高兴。"桑梓的确很高兴，他从心里喜欢春又生，春又生促使他又开始学习了。看见女儿毫不掩饰对春又生的喜爱，桑梓也非常欢喜。

　　星期六下午两点四十，春又生准时来到桑爽家的院子门口，拿出书看了5分钟左右，桑爽到了，他没有察觉。桑爽看见春又生在聚精会神地看书，站在一边没有叫他，欣赏着他那呆呆的忘我的样子。过了一会儿，桑爽拍了拍手，春又生迟疑地抬起头来，一下子没有缓过神来。桑爽笑着说："又生，我真欣赏你的这种忘我的读书精神！"

　　春又生这才缓过神来说："不是忘我，是《理想国》写得太好了，简直爱不释手！要不要听我讲？"

　　"进家再说吧，走！"桑爽小辫子一甩，轻盈地走在前边。

　　一进门，"爸爸，我回来了。"桑爽同在厨房里的爸爸打招呼。

　　桑梓知道春又生肯定也一块来了，在厨房里说："给又生倒茶。"

　　桑爽对春又生说："到厨房洗手盆洗手，一会儿吃新鲜火烧。"

　　春又生将《理想国》放在桌子上，跟着桑爽走进厨房，看见桑梓正在烤火烧，礼貌地问候："桑伯伯，您好！忙着呢？"

　　桑梓得意地说："今天，我烙的是枣泥馅的，一会儿就好！"

　　洗好手，桑爽和春又生回到桌子边坐下，还没有说话，只听见一声 "慢回身，蹭油啦！"桑梓从厨房里端出来热腾腾香喷喷的火烧。

春又生说："桑伯伯，您肯定会唱'八大员'这只歌，刚才您的那一句'慢回身，蹭油啦！'就是炊事员出场时的道白，我曾经演过炊事员。"

"是吗！来唱一段。"桑爽马上建议。

"手风琴拉得欢，现在表演八大员。八大员不简单，样样工作也离不了咱。八大员来八大员，光荣的责任咱来担，光荣的责任咱来担。报报咱的大名：炊事员、保育员、理发员、售票员……"桑梓和春又生唱起来，桑爽拍手蹦着跳着。唱够了，跳累了，桑爽和春又生坐下来大口地吃火烧，桑梓还是坐在一边欣赏着两个孩子的贪婪吃相。

火烧吃了，茶水喝了，桑梓翻着《理想国》问春又生："《理想国》看了多少了？"

"快看完了。"春又生回答。

"看得很快，这本书不是很容易读的。"桑梓说。

"匆忙通读了一些，读完后还要再精读第二遍。"春又生说："桑伯伯，我一边读《理想国》，一边与孔子的《论语》比较，感受有两点。"

桑梓很感兴趣，直起身来，两眼紧定着春又生说："那两点！"

"第一点，西方先哲的思想核心是'正义'，中国先哲的思想核心是'仁'。

第二点，西方先哲与学生一起讨论，共同推导出'正义'的概念，而中国先哲是教导，是直接给出'仁'的概念，没有教给学生推论的方法。"

"好！说得好！孩子。"桑梓拍着春又生的肩膀夸奖说。

桑爽看着爸爸夸奖春又生兴奋起来："又生，你真不简单，读了一天书，就大有进步！"

"又生是'士别一日刮目相看'，继续讲！"桑梓催促春又生。

春又生接着讲，"《理想国》是从'究竟正义是什么'开始讨论的。苏格拉底与他的学生们从'欠债还债就是正义'，进一步推论什么是'还债'，'正义就是给每个人以适如其份的报答，这就是他所谓的'还债''；又从'什么是正义所给的恰如其分的报答'，推论出正义就是'把善给予友人，把恶给予敌人'。这时，苏格拉底阐述了他的一个观点：'如果有人说，正义就是还债，而所谓'还债'就是伤害他的敌人，帮助他的朋友。那么，我认为说这些话的人不可能算是聪明人。因为我们已经摆明，伤害任何人无论如何总是不正义的。桑伯伯，你知道我看到这里很激动，苏格拉底说，伤害任何人无论如何总是不正义的。我认为是正确的，即便是敌人，也应该根据法律来惩罚他，而不是践踏人身和人格！可是今日中国，毛泽东这个恶魔践踏了多少中国人，从刘少奇到普通百姓！"春又生激动了，越说越快。

"又生，慢慢讲。"桑爽说

"毛泽东实际上在践踏他自己！别激动，孩子，继续讲。"桑梓稳定春又生的情绪。

"苏格拉底由此推出：'正义就是助友害敌'这个正义的定义不能成立。他们认为，'我们要寻找的正义，比金子的价值更高'。这时色拉叙马霍斯又提出‘正义不是别的，就是强者的利益’。他的逻辑是：
每一种统治者都制定对自己有利的法律，平民政府制
定民主法律，独裁政府制定独裁法律，依此类推。他
们制定了法律明告大家：凡是对政府有利的对百姓就
是正义的；谁不遵守，他就有违法之罪，又有不正义
之名。因此，在任何国家里，所谓正义就是当时政府
的利益。政府当然有权，所以正义就是强者的利益。”

“中国现在就是这样啊！”桑爽说。

“桑爽，我们来看苏格拉底是如何反驳这种观点
的，很有意思。”春又生继续讲，“苏格拉底说：正义
是利益，我也赞成。不过，你给加上了‘强者的’这
个条件，我就不明白了，所以得好好想想。他问色拉
叙马霍斯，各国统治者一贯正确呢，还是难免也犯点
错误？色拉叙马霍斯说：他们当然也免不了犯错误。
苏格拉底接着问，他们立法的时候，会不会有些法立
对了，有些法立错了？色拉叙马霍斯说：我想会的。
苏格拉底又问，所谓立对的法是对他们自己有利的，
所谓立错了的法是对他们不利的，你说是不是？色拉
叙马霍斯回答，是的。苏格拉底又问，不管他们立的
什么法，人民都得遵守，这是你所谓的正义，是不是？
色拉叙马霍斯回答，当然是的。苏格拉底说：那么照
你这个道理，不但遵守对强者有利的法是正义，连遵
守对强者不利的法也是正义了。这个时候，色拉叙马
霍斯急了，你说的什么呀？苏格拉底说：按你自己所
承认的，正义有时是不利于统治者，即强者的，统治
者无意之中也会规定出对自己有害的办法来的；你又
说遵照统治者所规定的办法去做是正义。那么，这不

跟你原来给正义所下的定义恰恰相反了吗？这不明明是弱者受命去作对强者不利的事情吗？听明白了吗？桑爽"

"不明白！你说的太长了。"桑爽丧气地说。

"是这样，色拉叙马霍斯提出'正义不是别的，就是强者的利益'。认为，遵照统治者所规定的办法去做是正义。但是他承认有时统治者的立法是错的，错的法对统治者不利。那么，弱者遵照统治者所规定的错的立法去做就必然损害强者的利益。这就是说，正义是强者的利益，也可能是强者的损害，这不矛盾了吗？"桑梓解释说。

"明白一点了。"桑爽说。

"下面更精彩，我看后不禁拍案叫好！"春又生兴奋地说，"苏格拉底从'每种技艺都有自己的利益'谈起，推导出，医术所寻求的不是医术自己的利益，而是对人体的利益，任何技艺都不是为它本身的，而只是为它的对象服务的。最后得出一个结论，在任何政府里，统治者不能只顾自己的利益而不顾属下老百姓的利益，他的一言一行都为了老百姓的利益。这样的话，正义的定义被颠倒过来了，强者政府的利益不是正义，而百姓的利益是正义。由此，我们可以得出一个结论，遵照百姓所规定的办法去做是正义。政府的命运要由百姓的决定，而不是政府，更不是毛泽东，他们让我们干什么就干什么，否则我们就是反革命！这是法西斯逻辑！毛泽东是什么东西！"春又生态度激昂。

"又生，别这样，我害怕！"桑爽哀求说。

"又生，平和一点，你这种态度很危险。总有一天，你会失控！你想一想这将是一种什么样的后果，是你想要的么？而这正是他们想要的！"桑梓声音严厉。

"对不起，桑伯伯。桑爽，对不起，我不再这样了！"春又生连忙道歉，"还听我讲吗？"

"讲吧，我愿意听。"桑爽大度地说。

"前面，得出正义是利益。然后，在苏格拉底的引导下，得出正义是智慧与善，不正义是愚昧和恶。他们从'功能'开始讨论的。桑伯伯，我以前从来没有考虑过'功能'。"

"是吗？继续讲，怎么讨论的？"桑梓说。

"苏格拉底的定义是，任何事物的功能，就是非它不能做，非它做不好的一种特有的能力。简单说，一个事物的功能就是那个事物特有的能力。而且每一事物，凡有一种功能，必有一种特定的德性。桑伯伯，你看这里又引出了'德性'。与中国人不同的是，他们从事物引出'德性'，我们从人引出'德性'。"春又生对桑梓讲。桑梓点头。

"苏格拉底提出一个问题：事物之所以能发挥它的功能，是不是由于它有特有的德性；之所以不能发挥它的功能，是不是由于有特有的缺陷？我的理解是苏格拉底的问题就是：德性是否决定功能的发挥？苏格拉底由事物又联想到人：人的心灵有没有一种非它不行的特有功能？譬如管理、指挥、计划等等？从这个问题向下推，如果心灵失去了特有的德性，就不能很好地发挥心灵的功能；正义是心灵的德性，不正义是心灵的邪恶；由于德性能够很好地发挥心灵的功能，自然正义的人生活得好，不正义的人生活得坏；由于，痛苦不是利益，快乐才是利益，所以，正义者是快乐的，不正义者是痛苦的。谈到这里，苏格拉底认为，现在对讨论的结果还一无所获。因为既然不知道什么是正义，也就无法知道正义是不是一种德性，也就无法知道正义者是痛苦还是快乐。他们又开始讨论'善'"

"讨论了半天，还没有结论啊！"桑爽累了。"喝茶，休息一会儿。"

"爽儿，你去睡一会儿觉吧，吃晚饭时起来。"桑梓知道女儿对哲学没有兴趣。

"为什么呀，我要听。"桑爽不乐意。

"好吧，喝茶！"桑梓对自己的女儿毫无办法。

桑梓和春又生喝了一杯茶，桑爽为他俩倒满了茶水，对春又生说："讲吧，我听着呢。"

"善有三种：第一种善，我们乐意要它本身，而不是要它的后果。比方像欢乐和无害的娱乐，它们并没有什么后果，不过快乐而已；第二种善，我们既要它本身，又要它的后果，比如明白事理，视力好，身体健康等；第三种善，我们爱它们并不是为了它们本身，而是为了报酬和其他种种随之而来的利益。对于这三种善，苏格拉底认为正义属于最好的一种，一个人要想快乐，就得爱它——既因为它本身，又因为它的后果。"

"有三种善，一种是善本身，一种是善本身和后果，一种是它带来的利益。我理解的对不对，又生？"桑爽问。

　　"对。苏格拉底说了一段名言，我将把它作为我的座右铭。"

　　"什么名言？"桑爽很感兴趣。

　　"如果正义遭人诽谤，而我一息尚存有口能辩，却袖手旁观不上来帮助，这对我来说，恐怕是一种罪恶，是奇耻大辱。"春又生说。

　　"苏格拉底是一个斗士，又生，你也是一个斗士。"桑爽讲。

　　"别打岔，接着讲，又生。"桑梓听意正浓。

　　"苏格拉底说：有个人的正义，也有整个城邦的正义。先探讨在城邦里正义是什么，然后在个别人身上考察它，这叫由大见小。桑伯伯，你看苏格拉底的思路与中国先哲的思路恰恰相反。中国人是由家及国，由小见大；他们是由城邦及人，由大见小。"

　　"有道理，孩子，你真的用心了！"桑梓夸奖春又生，桑爽很高兴。

　　"苏格拉底：说：之所以要建立一个城邦，是因为我们每一个人不能单靠自己达到自足，我们需要许多东西。因此，我们每个人为了各种需要，招来各种各样的人。由于需要许多东西，我们邀集许多人住在一起，作为伙伴和助手，这个公共住宅区，我们叫它作城邦。人们需要粮食、住房、衣服和其它东西。就要有农夫、瓦匠、纺织工人、鞋匠。桑伯伯，你看，苏格拉底从经济生活来讨论城邦。而不是像孔子那样，只能从伦理来谈论国家。"

　　"说得好！继续谈。"桑梓说。

　　"接下来，看苏格拉底如何谈人。大家并不是生下来都一样的。各人性格不同，适合于不同的工作。只要每个人在恰当的时候干适合他性格的工作，放弃其它的事情，专搞一行，这样就会每种东西都生产得又多又好。"

　　"这是一种分工的思想，孟子亦有。"桑梓插话说。

　　"对！可是，孟子没有意识到，每个人应当做适合他性格和天赋的工作。苏格拉底将人的性格和天赋与分工联系起来，比孟子更深刻一些。苏格拉底说：城邦还需要做进出口买卖的商人，于是就有了市场，有货币作为货物交换的媒介。还需要工人、家庭教师、奶妈、保姆、理发师、厨师、医生以及军人等等。我们选拔其他的人，按其天赋安排职业，弃其所短，用其所长。桑伯伯你看，苏格拉底又提到按人的天赋安排职业。"

　　"中国古人就有了物尽其用，人尽其才的认识。"桑梓讲。

　　"接下来他们讨论怎么教育城邦护卫者的问题。用体操来训练身体，用音乐来陶冶心灵。"

　　"用音乐来陶冶心灵？"桑爽问

　　"古代希腊的'音乐'一词包括音乐、文学等义，相当现在的'文化'一词。"春又生解释说，"由于谈到教育问题，苏格拉底主张审查故事的编者。看来人类先哲都有要主宰人类的通病。"

　　"审查制度对于人类发展的伤害远远大于好处。"桑梓讲。

"是这样的。苏格拉底认为，写故事要有三个标准。第一个标准是：神是善的原因，不是一切事物之因。坏事物的原因不能在神那儿找。第二个标准是：讲故事、写诗歌谈到神的时候，应当不把他们描写成随时变形的魔术师。第三个标准是，为了使人勇敢，要求写作故事的人应该称赞地狱生活。儿童和成年人应该要自由，应该怕做奴隶，而不应该怕死。苏格拉底认为必须把真实看得高于一切。虚假对于神明毫无用处，但对于凡人作为一种药物，还是有用的。国家的统治者，为了国家的利益，有理由用它来应付敌人，甚至应付公民。"

"苏格拉底认为可以用虚假应付公民。这同孔子的'民可使由之，不可使知之'，真是异曲同工"，桑梓评论到。

"苏格拉底还认为"，春又生笑着说，"对于一般人来讲，最重要的自我克制是服从统治者；对于统治者来讲，最重要的自我克制是控制饮食等肉体上快乐的欲望。"

"对于专制的统治者也要克制吗？"桑爽问。

"问得好啊！"春又生称赞说。

桑爽得意地晃动着身体。

"苏格拉底反对诗人和故事作者说：不正直的人很快乐，正直的人很苦痛；不正直是有利可图的，只要不被发觉就行；正直是对人有利而对己有害的。应该反过来讲相反的话。"

"如果是这样监督诗人和故事作者的话，还是必要的。"桑梓评论。

　　"下面，苏格拉底讲解如何决定公民里面哪些人是统治者，哪些人是被统治者。统治者必须是年纪大一点的，被统治者必须是年纪小一点的。统治者除了首先应当是有护卫国家的智慧和能力的人而外，还应当是一些真正关心国家利益的人。他们虽然一土所生，但是老天铸造他们的时候，在统治者人的身上加入了黄金，在辅助者（军人）的身上加入了白银。在农民以及其他技工身上加入了铁和铜。统治者要过这种生活方式：第一，除了绝对的必需品以外，不得有任何私产。第二，任何人不应该有不是大家所公有的房屋或仓库。他们的食粮则由其他公民供应，必须同住同吃，像士兵在战场上一样。他们已经从神明处得到了金银，藏于心灵深处，他们不需要人世间的金银了。他们要是在任何时候获得一些土地、房屋或金钱，他们就要去搞农业、做买卖，就不再能搞政治做护卫者了。"

　　春又生讲到这里，桑爽实在难以忍受了，坚决地说："不听了，不听了，又上政治课，最讨厌政治课了！爸爸，你做饭去吧。我给又生讲诗词。又生，我来讲，你来听，你休息一下。"

　　"好吧，我也累了，该你讲了。"春又生说。

　　"我去做饭。爽儿，吃完饭，你要是不愿意听了，就去睡觉，别扰乱我们。"桑梓对女儿说。

　　"不，爸爸，我要听。我想听的时候，又生就讲；我不想听的时候，又生就别讲了。"桑爽摇晃着头，一副无赖样子。

　　"真拿你没办法，越大越不听话了。"桑梓无可奈何地进了厨房。

　　"又生，来喝茶。"桑爽一边为春又生倒茶，一边问："你知道陆游和唐琬的故事吗？"

　　"不知道。"春又生老实回答。

　　"想听吗？"

　　"想。"

　　"真乖！"桑爽刹有其事地摆出一副教师爷的架势，开始讲了："陆游的前妻唐琬是他的表妹，也是一个才华横溢大家闺秀。陆游和唐琬结婚以后，两人非常恩爱，可是陆游妈妈非常不喜欢这个儿媳妇。"

　　"陆游妈妈为什么不喜欢唐琬呢？"春又生问。

　　"有两个原因。一个是，陆游妈妈认为唐琬与陆游过于缠绵，影响陆游没有考上进士。实际上呢，陆游考进士的时候，文中主张抗金，这就与主和派的主考官政见不同，而没有被录取。二个是，陆游妈妈嫌唐琬没有生育。陆游是个孝子，在他妈妈的逼迫下与唐琬离了婚。唐琬后来改嫁给赵士程，陆游也另娶了妻子。几年后，陆游到山阴就是今天的绍兴市禹迹寺附加的沈园游玩，与偕夫同游的唐琬邂逅相遇。唐琬对赵士程讲了陆游是她的前夫，赵士程通情达理，唐琬便派人给陆游送去一些酒肴。陆游悔恨万分，伤感地在墙上写了著名的《钗头凤》，唐琬忍疼回了一首。唐琬受不了这种悲伤的打击，回家后不久郁闷愁怨而离世了。四十年多年后，陆游已经 75 岁了，又来到沈园，回想往事写了《沈园二首》。故事悲切吧？"

　　"太悲惨了。"春又生叹息道。

"我每每读《钗头凤》和《沈园二首》就忍不住地落泪。"桑爽说着眼睛红了。"来，我教你《钗头凤》和《沈园二首》。听好，我先朗诵一遍，你再跟我读两遍。"桑爽说完开始悲悲切切地朗诵：

"红酥手，黄藤酒，满城春色宫墙柳。

东风恶，欢情薄，一怀愁绪，几年离索。

错！错！错！

春如旧，人空瘦，泪痕红邑鲛绡透。

桃花落，闲池阁，山盟虽在，锦书难托。

莫！莫！莫！"

满城春色宫墙柳，是说皇宫内的春柳折不得，用来比喻，唐琬已经是别人的妻子，再也不能亲热了。几年离愁，悔恨无比，错！错！错！下阕好理解，我就不解释了。

春又生听桑爽讲了一遍，又跟着她读两遍之后，桑爽问："怎么样，能背得下来吗？"

"我试试吧。"春又生开始背诵："红酥手，黄藤酒，满园春色宫墙柳———"春又生一字不差地背下来了。

桑爽高兴地用手轻轻地弹了弹春又生的脑瓜，称赞说："小脑瓜还挺聪明！再来背诵唐琬写的《钗头凤》。"

桑爽说完又开始悲悲切切地朗诵：

"世情薄，人情恶，雨送黄昏花易落。

晓风干，泪痕残，欲笺心事，独语斜阑。

难！难！难！

人成个，今非昨，病魂常似秋千索。

角声寒，夜阑珊，怕人寻问，咽泪装欢。

瞒！瞒！瞒！

上阕容易理解，不解释了。陆游的《钗头凤》上阕写的好，真切地表达了陆游的悔恨。唐琬写的下阕好，真是思情悲切。人已经各自分开，今天已经不是往日了。常常相思到深夜，面对后夫不得不强作欢笑。只能瞒！瞒！瞒！"

春又生听了一遍，又跟读两遍。桑爽问："怎么样，还能背得下来吗？"

"我再试试吧。"春又生开始背诵："世情薄，人情恶，雨送黄昏花易落。————"春又生又一字不差地背下来了。

桑爽不由地用手抚摸着春又生的脑瓜说；"行！孺子可教！再来陆游写的《沈园二首》。先来第一首，'城上斜阳画角哀，沈园非复旧池台。伤心桥下春波绿，曾是惊鸿照影来。'"桑爽背诵完毕解释说，"最后两句'伤心桥下春波绿，曾是惊鸿照影来'，那伤心桥下的绿油油的春水，曾经映照过她那美丽轻盈的倩影，真乃传神传情之绝笔。"

三遍之后，春又生轻松地背过了第一首。第二首"梦断香消四十年，沈园柳老不吹绵。此身行作稽山土，犹吊遗踪一泫然。"也是轻松背过。桑爽兴奋异常，对端着饭菜走进来的桑梓说："爸爸，你说的不错，此子可教也。这么短的时间内，又生把《钗头凤》和《沈园二首》全部背过了。"

"爽儿，背诵诗词不过是雕虫小技。"

"谁说的？"桑爽生气了。

　　"不是这样，欣赏诗词，讲解诗词，尤其是写作诗词，需要才气和灵气的。"春又生连忙安慰桑爽。

　　"就是嘛！"桑爽这才高兴了。

　　他们坐下来吃饭。桑爽笑着对春又生说："你这个学生我收下了。"

　　"今天下午，又生可是给你当了一下午老师。"桑梓说。

　　"不算！对又生的那些哲学啦，我根本没有兴趣，我不想学，因此，又生不是我的老师。"桑爽耍赖地说。

　　"那，又生，也不一定跟你学习诗词啊！"桑梓调侃桑爽。

　　"又生，你想不想学习诗词？"桑爽严肃地问春又生。

　　"想啊！"春又生回答。

　　"我教得好不好？"桑爽又问。

　　"教得好，朗诵得抑扬顿挫，解释得细致入微。"春又生称赞说。

　　"怎么样，爸爸！我有学生了，春又生就是我的学生。"桑爽夸张地得意地背着手装出一副教师爷的派头。

　　桑梓笑了，春又生也笑了。

　　吃完饭。桑梓催促春又生继续讲。桑爽不同意："爸爸，一会儿再讲，先唱只歌吧。又生，你先唱。"

　　"桑爽，你先唱吧。我还没有听过你唱歌呢。"春又生说。

　　"我不会唱歌。"桑爽扭捏地说。

　　"没有不会唱歌的人，只不过，唱得好一点和差一点而已。"春又生坚持让桑爽唱歌。

　　"我真的不会唱歌，我五音不全。"桑爽坚持不唱。

　　"我很爱听五音不全的唱法，很不简单呢。"春又生戏弄桑爽。

　　"春又生，你敢---"桑爽瞪大了双凤眼。

　　"好，我唱，我唱，唱什么呢？"春又生连忙退让。

　　桑梓笑嘻嘻地看着两个孩子戏耍。

　　"随便唱，好听就行。"桑爽说。

　　"唱一首苏联歌曲《共青团员之歌》。桑伯伯，您肯定也会唱。"

　　"当然会！一起唱！"桑梓挺起胸。

　　"听吧，战斗的号角发出警报，穿好军装，拿起武器，共青团员们集合起来，踏上征途，万众一心，保卫国家。我们再见了亲爱的妈妈，请您吻别你的儿子吧，再见吧，妈妈，别难过，莫悲伤，祝福我们一路平安吧！再见了亲爱的故乡，胜利的星会照耀着我们。再见吧，妈妈，别难过，莫悲伤，祝福我们一路平安吧！"桑梓和春又生大声地激情地唱着，桑爽忘情地拍手跟着唱，一股力量充满了桑梓和春又生胸膛，一股热泪涌上他们的眼睛！

　　"多少年，没有唱这只歌了。这是我们在延安，在抗日战场上，在五七年以前经常唱的歌。可是，现在哪些激昂上进的情绪哪里去了？"桑梓唱完歌依然情绪激动，感慨万千，对春又生说："谢谢你。孩子，又把我带回了青年时代。"

　　"爸爸，你和妈妈一起唱这支歌吗？"桑爽小心地问。

　　"是啊！我和妈妈经常一起唱这支歌，你妈妈唱歌也总是充满激情！"桑梓不愿意继续这个话题，对春又生："看你的了，开讲吧。"

　　"接着刚才的话题，苏格拉底说完统治者必须过的生活方式。阿得曼托斯说，你让统治者过着完全没有幸福的生活，他们不会指责你吗？苏格拉底回答，我们建立这个国家的目标并不是为了某一个阶级的单独突出的幸福，而是为了全体公民的最大幸福；因为，我们认为在一个这样的城邦里最有可能找到正义，而在一个建立得最糟的城邦里最有可能找到不正义。等到我们把正义的国家和不正义的国家都找到了之后，我们也许可以做出判断，说出这两种国家哪一种幸福了。苏格拉底认为统治者的任务除了保卫国家，保持最佳限度的疆土外，最大的事情是教育和培养公民。桑伯伯，苏格拉底在这里提到年轻人对父母要尽孝道。"桑梓点头。

　　"苏格拉底又讲到商务契约、陪审员选择，并且认为对于优秀的人不需要过多的法律。谈到这里，苏格拉底说，我认为我们的城邦假定已经正确地建立起来了，它就应是善的。这个国家一定是智慧的、勇敢的、节制的和正义的。只要找到智慧、勇敢和节制，就能找到正义。苏格拉底认为智慧是知识。但不是制造、农业知识，不是用来考虑国中某个特定方面事情的，而只是用来考虑整个国家大事，改进它的对内对外关系的领导着和统治着它的人们所具有的知识。唯有这种知识才配称为智慧，而能够具有这种知识的人按照自然规律总是最少数。"

"只有统治者才有智慧，这种逻辑是有害的。"桑梓评论道。

"对！苏格拉底认为勇敢就是一种保持，是保持关于可怕事物和不可怕事物的符合法律精神的正确信念的精神上的能力。苏格拉底认为，节制是一种好秩序或对某些快乐与欲望的控制，就是人们所说的是自己的主人。意思是说，人的灵魂里面有一个较好的部分和一个较坏的部分，而所谓'自己的主人'就是较坏的部分受天性较好的部分控制。节制的作用和勇敢、智慧的作用不同，勇敢和智慧分别处于国家的不同部分中。节制贯穿全体公民，把最强的、最弱的和中间的都结合起来，造成和谐。苏格拉底说，我们已经在我们国家中找到了三种性质了，剩下来的这个显然就是正义了。我们一直以某种方式在谈论这个东西，但是我们自己却始终不知道我们是在谈论着它。我们在建立我们这个国家的时候，曾经规定下一条总的原则。我想这条原则就是正义：每个人必须在国家里执行一种最适合他天性的职务。"

"管仲也有类似的思想，他说过：明君之举其下也，尽知其短长，知其所不能益，若任之以事。贤人之臣其主也，尽知短长与身力之所不至，若量能而授官。”桑梓插话。

春又生接着讲："总之，正义就是只做自己的事而不兼作别人的事。正义就是有自己的东西干自己的事情。下面还有一些论证，我不想再讲了。"

"谢天谢地，你总算讲完了。"桑爽大大地松了一口气。

"正义就是有自己的东西干适合自己天性的事情。桑伯伯，这是多么伟大的定义啊！"春又生激动地说，"有自己的东西，就能够养活自己；做适合自己天性的事情，能够满足自己的理想和发挥自己的特长。这样的人才能够自主和幸福。可是我们现在的公有制，表面上是每人有一份，实际上什么也没有。我们的公有制对百姓来讲是一无所有制。共党利用公有制剥夺了人民生存的基本权利，无论是谁，无论是知识分子还是工农兵，如果你不依附共产党，你就无法在中国生存。共产党剥夺了人民的一切权利，从居住权、迁移权、上学权、工作权，总之，从经济到政治的一切权利。党叫去那就去那，人人要做螺丝钉，管你有什么理想和特长，中国人根本没有任何选择的权力，党的理想就是每个人的理想，实际上是毛泽东的肆意妄为！"春又生愤怒地控诉。

"又生，小声一点。"桑爽说。

"又生，说得好。看来我们应当深入地研究所有制问题，公有制问题已经在苏联和中国这些社会主义国家暴露出来了，那么我们是否应应该反思私有制呢？

马克思对私有制的批判是对的吗？天生万民，每一人都应当有一份家业，这样才能自主自立啊！"

"对！桑伯伯，每个人都有自己的一份家业，就不必依附他人，成为自己的主人。"

"所有制问题以后再说。"桑梓说，"又生，你已经把苏格拉底的正义概念和论证过程讲完了，我们可以静下心来，比较一下苏格拉底和孔子的基本观念和方法。同意吗？"

"好的！"春又生同意。

"还要讲！"桑爽抗议了。

"又生讲了半天了，我们不总结一下吗？爽儿，要不你睡觉去吧，明天还要上早班呢。"桑梓不满意女儿。

"我不，一会儿我还要送又生呢。"桑爽拼命摇头。

"那你就好好听。"桑梓说。

"桑爽，我们一会儿就结束。估计 9 点以前就谈完了，不会影响你睡觉的。"春又生看了看墙上的挂钟。

"我不是想睡觉了，我觉得老是谈这些没有意思。"桑爽嘟囔着。

"我觉得很有意思。我读过《理想国》。但我得说实话，我没有像你读得这样认真，理解得如此清晰。真难得啊，孩子！"桑梓感叹地对春又生说，"关于苏格拉底的思想，你最好读一下色诺芬的《回忆苏格拉底》，这本书我没有，据说已经翻译了。我在大学的时候，老师曾经给我们讲过《回忆苏格拉底》书中有关苏格拉底阐述正义、孝、悌、善、勇敢、自制的某些片段。"

"您还记得吗？"春又生兴奋地问。

"还记得一些吧。"桑梓回答，"关于'正义'的定义是这样的：法律所规定的事情是正义的事情，知道对于人什么是合法的人是正义的人。守法就是正义。法律是公民们一致制定的协议，规定他们应该做什么以及不应该做什么。苏格拉底无论在个人生活和公众生活方面，都严格执行法律。苏格拉底曾经担任过议会主席。为了不让群众做出违反法律的决议来，抵抗了群众的攻击。苏格拉底被判处死刑后，拒绝了他的学生为他策划的逃跑机会，坦然地接受法律判处他的死刑。关于'孝'，色诺芬的《回忆苏格拉底》的著作中，没有'孝'这个词汇。苏格拉底用的是'正义'。他的儿子对母亲发脾气，苏格拉底批评儿子'不义'。忘恩负义的人是不义的人，没有任何人比父母给予子女的恩情更大的了。所以，无论母亲对子女多么严厉，子女都应该尊敬自己的母亲，因为母亲的严厉是出自于对子女的仁慈。不尊重父母是犯罪，对于不尊重父母的人要处以重罚。"

桑梓问春又生。"又生，你知道关于苏格拉底的一个小故事吗？"

"哪一个？"

"关于苏格拉底和他的妻子的。"

"我不知道"

"快讲一讲，爸爸。"桑爽一听见故事马上就有了精神。

"苏格拉底的妻子是一个态度暴躁的女人，他的儿子忍受不了母亲的坏脾气，苏格拉底却总是能够坦然对待。" 桑梓笑着讲，"有一次，苏格拉底正在给学生讲解问题。你知道苏格拉底讲课是不收费的，并且整天讲课不管家庭，他的妻子对此非常不满。这一次他的妻子看见苏格拉底又在滔滔不绝地讲课，实在忍无可忍，大骂了苏格拉底一顿，还不解气，就将一桶洗衣服的水泼在苏格拉底头上和身上。他的学生问苏格拉底，这件事情如何解释？苏格拉底随口说，雷鸣之后必有暴雨。说完之后，又滔滔不绝地讲开了。"

"苏格拉底非常幽默。"春又生赞叹地说。

"苏格拉底是个书呆子，有的时候就得这样教训他一下。"桑爽对苏格拉底妻子的举动拍手叫好，又对春又生说，"又生，你也是个书呆子，有一天我——"桑爽忽然脸红了，不说了。

春又生完全被桑梓的不紧不慢的叙述所吸引，没有领悟到桑爽的话意，对桑梓说："我知道苏格拉底的一个故事，桑伯伯，是'两份学费'的故事。这个故事说的是苏格拉底讲课收费的故事，与他不收费的事实有矛盾，是不是后人杜撰的？"

"我知道这个故事，有可能是后人杜撰的。"桑梓回答。

"快讲一讲！爸爸！"桑爽催促。

"一听讲故事你就有精神了，什么时候能够长大呢？"桑梓批评女儿，又对春又生说。"又生，你来讲吧。"

　　"好。有一次，一个学生请苏格拉底教授他如何讲演。没有等苏格拉底开口说话，这位学生自己先滔滔不绝地讲开了。苏格拉底静静地听完了他的讲演，然后平静地对这位学生说，我可以教你如何讲演，只是我要收你两份学费。这位学生急了，问苏格拉底为什么要收他两份学费。苏格拉底说，因为我先要纠正你现在演讲中的错误，然后再教你如何演讲。"

　　"好啊！又生，我也要收你两份学费。"桑爽起哄。

　　"您接着讲，桑伯伯。"春又生不理睬桑爽，对桑梓讲。

　　"不理睬人家！"桑爽不满意了。

　　"桑爽，一会儿休息时再闹，好吗？"春又生安慰桑爽。

　　"关于'悌'，色诺芬的《回忆苏格拉底》的著作中，没有'悌'这个词汇。苏格拉底用的是'朋友'这个词。苏格拉底看见他所熟悉的两个兄弟之间不和睦。就对弟弟说，兄弟一母所生，共同长大，有利于发展友谊。财富是没有知觉的东西，兄弟是有知觉的东西，财富需要保护，兄弟提供保护。兄弟是朋友，比财富更宝贵。苏格拉底劝说弟弟主动与哥哥和好。"桑梓想了想说，"其他的概念，记得不是太准确了。另外，还有一点我认为很重要，苏格拉底不仅教他的学生学习哲学，还要求他的学生学习量地学和天文学，孔子没有这方面的传授。"

　　"桑伯伯，听了你刚才提供的资料，我又有了一点感受，是关于知识结构的差异。"春又生说。

　　"这样，我们两个人就围绕你的感受谈，中西文化贤哲的不同对西方文化和中国文化产生了哪些影响。我先谈一点，前面谈到，西方先哲的思想核心是'正义'，中国先哲的思想核心是'仁'。"桑梓侃侃而谈，"苏格拉底的正义理念能够同时约束平民与统治者，特别是统治者。他的学生柏拉图认为不能给统治者以过分强大的权力，必须对他们进行监督和限制。因此，西方没有类似中国这样强大的专制制度，民主制得以发展。孔子'仁'的理念，约束作用弱小，侧重于道德提倡。'仁'的内容是忠孝。忠孝能够约束平民，因为忠孝是服从君王和长者。忠不能约束君主。因为君是王，不需要忠于他人。中国宋朝以前对君王的约束很小，到了明朝朱元璋以后，尤其是清朝，皇权至高无上，没有任何约束。所以，中国的封建专制统治一直顽固地存在。直到今天，仁义只对某些尚有人性的人有约束，对毛泽东这样的人没有任何约束。中国永远是政治流氓打倒良知文人。中国的知识分子为什么失败！认为知识分子崇尚仁义，而毛泽东从来不相信仁义，蔑视知识分子，崇尚暴力。毛泽东赞扬秦始皇，甚至认为自己高于秦始皇。毛泽东 1958 年在一次会议上说，秦始皇算什么？他只坑了四百六十个儒，我们坑了几万个儒。有人说我们是'秦始皇'，我们一概承认，合乎实际。可惜的是他们说的还不够，往往要我们加以补充。当年毛泽东在另一次会议上讲：要把马克思与秦始皇结合起来，民主与集中结合起来。"

"您说得对！桑伯伯您刚才提到苏格拉底关于正义的定义是守法，而法律是公民们一致制定的协议，规定他们应该做什么以及不应该做什么。由于法律是全体公民一致制订的，所以对统治者必然有约束。而当今中国法律是人民一致制定的吗？不是！毛泽东的话是最高指示，毛泽东的话就是法律。所以，中国的法律对毛泽东没有约束。文化大革命谁都可以打倒，只有两个人不能碰，就是毛泽东和林彪。所以中国目前没有正义！

"是啊，中国的人民代表大会不过是举手机器。"

"桑伯伯，我更想强调的是，苏格拉底的正义使人能够保持独立，满足天性，得到能力发挥。所以，不仅可以削弱专制，而且使自己得到幸福。"春又生强调自己的看法。

"又生，你说的有道理。"桑梓肯定春又生的观点。

"此外，您刚才讲到《回忆苏格拉底》的著作中，没有'孝'这个词汇。苏格拉底用的是'正义'。他的儿子对母亲发脾气，苏格拉底批评儿子'不义'。不尊重父母是犯罪，对于不尊重父母的人要处以重罚。苏格拉底是从正义、法律的视角评价父母与子女的关系的。还有，《回忆苏格拉底》的著作中，没有'悌'这个词汇。苏格拉底用的是'朋友'这个词。'朋友'与'悌'相比，具有平等意识。"

"说得好！"桑梓接着说："再谈一点，你在前面也谈过，西方先哲与学生一起讨论，共同推导出'正义'的概念，而中国先哲是教导，是直接给出'仁'

的概念，没有教给学生推论的方法。苏格拉底传授科学思考的方法，让你自己去推导，去认识，这里面含有平等精神。平等观念是与专制思想格格不入的。孔子只传授结果，不传授方法，无形中带来强制，与专制思想合拍的。"

"桑伯伯，我认为苏格拉底传授方法，使得西方知识分子善于思考，推动了西方科学和社会的进步；而孔子只传授结果，没有传授方法，致使中国的知识分子只会演绎，不会推论，只能唯书唯上。桑伯伯，你发觉没有，世界近代的科学发现全是来自西方人，中国对自然科学几乎没有任何贡献。我中学时代看《元素的故事》的时候，整本书里没有发现一个中国人，我心里真的很难过。"

"说得好，孩子。"桑梓赞赏地说，"你谈谈第三点吧。"

"孔子和苏格拉底的知识结构不同。孔子传授六艺：礼、乐、射、御、书、数，他侧重于伦理学。苏格拉底同孔子一样也侧重伦理学，但是苏格拉底他同时也擅长逻辑、量地学、天文学和算术。苏格拉底的学生柏拉图更是一个知识全面的学者，哲学、伦理和自然科学都通。柏拉图开办的学院门口挂着一个牌子：'不懂几何学者免进'。孔子的继承者，例如孟子同样缺乏几何、天文知识。孔子自然科学和逻辑知识的缺陷深刻地影响了后代的中国知识分子。中国历代知识分子重文理，轻科学。这也是中国近代自然科学的落后的主要原因之一吧。"春又生问道。

"中国的知识分子普遍缺少数理知识，不仅不利于科学发展，而且常常阻碍社会进步。文科知识丰富的人善于想象，理科知识丰富的人善于规划和设计。想象丰富而不会规划和设计是很危险的。 黄巢、洪秀全这些文人的造反破坏性很大。对中国社会进步破坏性最大的还数毛泽东。毛泽东当年在长沙第一师范学校里国文常常考第一，数学常常考倒数第一。毛泽东由于缺乏基本的数理常识，所以是一个破坏之才，不是建设之才。他总是胡来，无法无天。关于毛泽东的缺陷和罪恶，我以后再同你谈。"桑梓看看墙上的挂钟就要到 9 点了，"很好，今天先谈到这里。"

"桑伯伯，再说一句，我更想知道的是，中西先哲们思想差异的原因，因此我要认真地读西方历史。"

"对！你除了读那本古罗马阿庇安的《罗马史》之外，最好还要读一读古希腊希罗多德写的《历史》这本书我从前有，可惜被烧了，我来想办法借。还要读色诺芬的《回忆苏格拉底》、希罗多德的《历史》、塔西佗的《编年史》和《历史》，据说，这几本书已经翻译了，不知道是否出版了。"

"谢谢，桑伯伯，简直太好了！"春又生高兴万分。

正在这时，挂钟响亮地敲响了！

"9 点了，你们也谈完了。咱们可以谈点别的了。"桑爽欢呼起来。

"我要回家了，明天再谈吧！"春又生说。

"别，再说会儿话，我不困。好不好？"桑爽哀求春又生。

春又生看了看桑梓。

"我可是累了，今天这一下午和晚上，思想高度集中，多少年来这是第一次。我要睡觉了。你俩再说会话吧，不准超过9点半，明天早上你5点钟就要起床。"桑梓知道女儿恋着春又生，就再给他们一点交心的时间。

"是，爸爸，你真好！"桑爽高兴了。

桑梓洗漱去了。

"我晚饭前教给你的陆游的诗还记得吗？"桑爽问春又生。

"当然记得！"春又生自信地说。

"背给我听，我要检查。"桑爽一本正经地下令。

"城上斜阳画角哀，沈园非复旧池台。伤心桥下春波绿，曾是惊鸿照影来。————"春又生一首又一首全部轻松地背下来。

"不错，孺子可教也。我再教你一首陆游的诗，作为作业，明天检查！"

"是，桑老师！"春又生也一本正经地说。

"我教你陆游写的最后一首诗'示儿'。"

"这首诗，我能够背过。"春又生说。"'死去原知万事空，但悲不见九州同。王师北定中原日，家祭无忘告乃翁'。我非常喜欢这首诗，我第一次读的时候，眼泪止不住地流。此外，陆游写的'秋夜将晓，出篱门迎凉有感'也很感人。'三万里河东入海，五千仞岳上摩天。逸民泪尽胡尘土，南望王师又一年'。南望王师又一年，渴望心情跃然于笔。"

"那么，我教你'十一月四日风雨大作'，你是不是又能背过？"桑爽没有把握地说。

"这一首没有学过。"

"听着，还是我先朗诵一遍，你再跟我读两遍。"桑爽说完开始朗诵，"僵卧孤村不自哀，尚思为国成轮台。夜阑卧听风吹雨，铁马冰河入梦来。"

春又生欣赏着桑爽悦耳的音调和优雅的姿态，为陆游的诗之叫好："好一句'铁马冰河入梦来'！陆游梦中也渴望杀敌报国。"

春又生跟着桑爽读了两遍，很轻松地背下来了。

挂钟'当'地敲了一下，"9点半了，下课了，回家了。"春又生说。

"不是个勤奋学生，就盼着下课。"桑爽半真半假地嘲弄春又生。

桑爽送春又生到院子门口，站住了，拉着春又生的胳膊，大大方方地看着他的眼睛说："又生，明天去接我吧。"

"接你？"春又生一时没有听明白。

"到储水山接我，我请你看绿肥红瘦。"

"绿肥红瘦？"春又生还是没有听明白。

"呆子啊！"桑爽气得跺着脚。"读过李清照的'如梦令'吗？

昨夜雨疏风骤，

浓睡不消残酒。

试问卷帘人，

却道海棠依旧。

知否？知否？

应是绿肥红瘦。”

“你请我看海棠？”春又生这才听明白。

“是啊！四月初，正是海棠盛开的时候，储水山的海棠已经开了。我想去看，和我一块去吧。”桑爽眼睛盯着春又生。

“好的，我去。”春又生很痛快地答应了。

“明天下午两点十分，你在储水山小花园等我，我下班后直接去找你。”桑爽叮嘱道。

“好，不见不散。”春又生说。“和桑伯伯说一下，明天我要晚来一会儿了。”

“好的，明天见。”桑爽哼着歌曲《小路》回到房间，对桑梓说：“爸爸，春又生说，他明天晚来一会儿。”

“是吗？他有事吗？”桑梓问。

“有事。”桑爽犹豫不决是否对爸爸说明天的事情。临睡前决定还是对爸爸讲吧，于是她对桑梓说：“爸爸，明天我也晚回来一会儿。”

“你也晚回来？干什么呀？”桑梓问。

“明天下午，我和又生约好到储水山看海棠。”桑爽说完，就马上回到自己的房间。

桑梓知道了女儿与春又生正在走近。

第三章

　　星期天下午2点钟，好容易盼到下班，桑爽急急忙忙从工厂直奔储水山。同班的王姐发现桑爽没有坐车，往储水山方向匆忙走去，联想到这两天桑爽在班上连续看表急切地盼着下班的情形，心想，桑爽一定有什么事情，于是她便跟在桑爽的后面。

　　春又生一边走路，一边看书，穿过观象山，走下热河路，来到储水山上的小花园。花园里的海棠树嫩红的花朵开满枝头，绿叶点缀其间，他发现盛开的海棠树的红花多于绿叶，不是绿肥红瘦，而是红肥绿瘦。围绕花园转了一圈，来赏花的人不少。桑爽还没有到。春又生在花园的长椅上坐下，看起书来。

　　桑爽来到储水山小花园，第一眼就看见了坐在椅子上的春又生。她轻轻地走过去站在春又生身后，用手拍了拍春又生的右肩，然后闪到春又生的左边。春又生向右边身后一看，没有人，又往左边身后一看，此时桑爽又躲到右边，因此春又生又没有看见人。不过，春又生已经明白是怎么回事了。他故意低下头继续看书，实际上已经准备好抓住桑爽。桑爽再次用手拍春又生的肩膀，小手刚刚落到春又生的右肩上，一下子被春又生的右手抓住。"啊！"桑爽叫了起来。谁知春又生不回头，也不放手，继续低头看书。桑爽气得用左手敲他的肩膀："你这个呆子，还不放手。"

　　"是你啊，我还以为是一只小狗和我捉迷藏呢。"春又生回身笑着说。他俩不知道这一切都被王姐看得清清楚楚。

　　"你才是小狗呢。放手，疼了。"桑爽也笑着说。春又生放了桑爽的手，桑爽问："早来了？"

　　"刚到一会儿。"

　　"来，赏花去。"桑爽蹦蹦跳跳，随意地领着春又生在花园里转悠。"正是看花天气，为春一醉。醉来却不带花归，诮不解看花意。　试问此花明媚。将花谁比？只应花好似年年，花不似人憔悴。"

　　"不错，正是看花天气。"春又生问，"谁写的？"

　　"舒亶写的'一落索'。"桑爽回答，"我再背诵一首里面有描写海棠花的词给你听。燕子呢喃，景色乍长春昼。睹园林、万花如绣。海棠经雨胭脂透。柳展宫眉，翠拂行人首。向郊原踏青，恣歌携手。醉醺醺、尚寻芳酒。问牧童、遥指孤村道：'杏花深处，那里人家有。'"

　　"海棠经雨胭脂透。"春又生又问，"这是谁写的？"

　　"宋祁写的'锦缠道'。"桑爽说，"宋祁写的另一首词'木兰花'你肯定读过。'东城渐觉风光好，縠皱波纹迎客棹。绿杨烟外晓寒轻，红杏枝头春意闹。浮生长恨欢娱少，肯爱千金轻一笑。为君持酒劝斜阳，且向花间留晚照。'"

　　"我读过。红杏枝头春意闹。春意盎然，拨动心弦。"春又生回答。

　　"海棠花好看吧？树不高，花不大，没有桃花艳丽，略比梨花颜色，好比十六七岁的花季少女。"桑爽站在一棵盛开的海棠树下对春又生说。

"海棠花给人小巧清秀的美感。不过，你发现一个问题没有？"春又生说。

"什么问题？"

"不是绿肥红瘦，而是红肥绿瘦。"

"呆子啊，"桑爽笑到。"'如梦令'的第一句是什么？是'昨夜雨疏风骤'。夜里风骤吹落红花满地，自然是绿肥红瘦了。青岛这几天又没有下雨刮风，怎么会是绿肥红瘦呢，当然是红肥绿瘦了。"

"爽，以后不要叫我呆子，好不好？"

"你叫我什么？"

"桑爽。"

"不对，多了一个字。"

"我叫你桑？"春又生故意气她。

"不对！"桑爽生气了，回过身去。

"我叫你'爽'。"春又生在桑爽身后轻轻对说。

"我没有听见！"桑爽转过身来，故意说。

"听好了，我叫你——'桑'。"

"我不听。"桑爽又回过身去。

"我叫你'爽'。"春又生把桑爽的身子转回来，看着她的眼睛说。

"我没有听清楚，再叫一遍。"

"爽，爽，爽。"春又生连叫三遍。

"这还差不多。"桑爽得意了，头不知不觉地靠向春又生的肩。

正在这时，忽然听见有人故意大惊小怪地说："这是谁呀？这么亲热呀，哎呀，这不是我们青岛的一支花桑爽吗？"

桑爽抬头一看，脸霎时间满脸通红："是你，王姐。"

"这是谁呀？还不给我介绍介绍。"王姐指着春又生对桑爽说。

"他是春又生。"桑爽害羞地说。又对春又生说。"这是我的同事王姐。"

"你好，王姐。"春又生礼貌地同王姐打招呼。

"相貌堂堂，文质彬彬，郎才女貌，配得上我们桑爽。"王姐端详着春又生。

"王姐，你也到山上赏花？"桑爽问。

"我哪是赏花，是赏人。我看你这两天心事重重，下了班，不坐车回家，往山上跑，就知道你有好事。这不----"王姐笑得弯下了腰。

"王姐，你很坏！"桑爽气得用双手敲打王姐。王姐一边躲，一边笑着说："不打搅你们了，快去赏花吧。"

王姐转身跑了。

"咱们快离开这里，说不定还有其他同事来这里赏花。"桑爽拉着春又生的手匆匆离开储水山公园，一边走一边说："坏了，坏事了。"

"什么事坏了？"春又生忙问。

"明天，王姐肯定会闹得全厂风雨。"桑爽说。

"那怎么办？"

"没有办法了，不过，这样也好，省得师傅们再给我介绍对象了。"

"你才多大，就有人给你介绍对象了？"

"我二十一岁了！"

“49年的？”

“对。你呢？”

“我46年的。”

“大我三岁，是个小哥哥。” 桑爽笑着说。

“大一岁就是大哥哥。”

“才不呢，我表哥大我五岁，那才是大哥哥呢。”桑爽撒娇。

“好吧，小哥哥就小哥哥吧。”春又生无可奈何。

桑爽和春又生快速从储水山公园走到黄台路，然后又走到热河路。热河路是一条由北向南的长长的上坡路，他们一路上行。春又生不知不觉走到了前面，回身一看，桑爽不见了。他急忙回去寻找，只见桑爽躲进一个岔路口。春又生笑着说：“你怎么了，躲迷藏啊？”

“你走吧，你走得快，我走不动了。”桑爽不理睬春又生。

“我拉着你。”春又生伸出手。

“不用，你一个人走吧。”桑爽还是不理睬。

春又生站住不走了说：“那好吧。我也休息一会儿。”

“你这个人是不是一个人走路走惯了，走路像跑步似的，根本不考虑人家，不关心人家是否能够跟得上你。”桑爽生气了。

“是你说快走的。”

“快走，就不管别人了。你是两个人走路，不是一个人走路？”

“那，从现在起我慢一点走。”

“不走了，一点心情也没有了。”

“那，我走了。”春又生回头装着要走。

“你敢！拉着我，一点儿也不懂得怜香惜玉。”桑爽伸出手。

春又生在前，拉着桑爽，一步一步地向上走。

“一夕轻雷落万丝，霁光浮瓦碧参差。有情芍药含春泪，无力蔷薇卧晓枝。”桑爽吟罢诗句，问春又生：“知道这是谁的诗吗？”

“不知道。”

“是宋朝诗人秦观，字少游。他的词写的更好。这是他写的‘春日’，好不好？”

“好！特别是后两句，有情芍药含春泪，无力蔷薇卧晓枝。”

“过些日子咱们去看芍药吧？”

“哪里？”

“中山公园芍药院的芍药下个月就要开放了。”

“好啊！”春又生痛快地答应了。

看样子桑爽真的是累了，好容易走到市立医院，穿过马路，他俩沿着观象路向观象山走去。

路过观象路小学时，春又生说：“这是我的母校。”“咱们进去看看。”桑爽和春又生走进观象路小学。

传达室没有人，那个传达师傅哪里去了？退休了吗？学校里的老师和学生没有人认识春又生，春又生默默无声地领着桑爽从学校的上院走到下院，从教学区走到操场。两层的教学楼多年没有粉刷了，教室的门窗和桌椅已经非常破旧了，一片败落的景象。站在当年看起来是那样大的，而现在看起来是这样小的操场上，春又生叹息："这就是我的母校，这就是我度过金色少年时代的母校吗？"

"你的少年时代是金色的吗？" 这是桑爽自从走进校园后的第一次说话。

"当然。我的学习好，除了美术，其他功课全是5分，从一年级到六年级每一年级的老师都非常喜欢我。"

"美术考多少分？"

"一般都是3分。只有一次是5分，还是我姐姐给打的底稿。这一年，班主任老师在期末写成绩册的时候，看见我各门功课的分数都是5分，只有美术是3分，就与美术老师商议，能否给我4分。美术老师认为我这学年还有一次5分的成绩，就同意了。这是我唯一的一次美术期末成绩得了4分。"

"是吗？这么说，你的形象思维很差。"

"是的。无论是美术，还是画几何图形，都很差，我的字也写得不好。"

"好了，别自我批评了，接着讲你的金色少年时代。"

"我的学习好在全校是有名的，班主任老师总是让我代表全班在学校大会上发言。"

"你当过班干部吗？"

"当然。我的班长是自己当上的。"春又生得意地说。

"自己当上的？"桑爽不明白。

"小学一年级时，老师对大家说，我们要有一个同学来当班长。班长是干什么的呢？上课的时候，当老师走上讲台时，要喊'起立'，全班同学站起来后，带领大家喊'老师好！'。老师回敬'同学们好'之后，要喊'坐下'。班长还要带领大家维持好课堂纪律。老师说完班长的职责后问大家，咱们谁来当班长呢？她的话刚说完，我就举手说'我来当班长。'老师惊奇地看着我，又问大家，同学们，大家同不同意春又生当班长？全体同学齐声喊'同意！'。就这样，我就成为班长了。"春又生笑着说。

"原来是这样当上的班长。你从小就是这样自己主宰自己？"

"当然，所以我说我的上年时代是金色的。"

"还有呢？"

"除了学习好，我的体育也很好，我跑得很快。我唱歌更好，每一节音乐课，音乐老师总是让我起来唱歌。你知道吗，小学五年级的时候，音乐老师还让我帮助他教同学们学习乐谱呢？"

"是吗？老师为什么让你教视谱？"

"4年级的时候，我们开始学习简谱。全班同学只有我一个掌握了简谱，我能够自己学会一些简单的歌子。老师问我，春又生，你是怎样学会简谱的？我说，很简单，只要掌握了音的高低和长短就行了，老师很满意。为了提高同学们的积极性，有时候让我教大家学习新歌。"

"不简单，看样子你有音乐天分。我直到现在还不视谱，总是把握不好音的高低。"

"多练习啊。另外你可以借助口琴定音啊。"

"我不会吹口琴。"

“我会，我教你。”

“真的？你会？你教我？”

“哪天我吹口琴给你听。”

“好！”桑爽高兴地跳了起来。“接着讲！”

“上四年级以后，我开始上课看小说，和老师顶嘴，班长被撤了。”

“你还说代课的刘老师是蝙蝠。”桑爽笑着说。

“对啊。我说刘老师是蝙蝠的事情，全校老师都知道，他们都认为我说的对，说我是个敢说敢做的孩子。我在学校里很快乐，金色的少年时代。”春又生得意洋洋。“你是哪个学校毕业的？”

“我？太平路小学。”桑爽回答。

“太平路小学的操场很好，有一年青岛市举办小学足球赛，我在你们学校踢过足球。”

“你还会踢足球？”桑爽万万没有想到。

“当然会，我踢中锋。”

“看你现在这个呆样，我实在想象不出来。”桑爽似乎还是难以相信。

“我中学时代，市少年体校曾经选拔我去市少年队踢球。因为那时侯我更喜欢读书，正在拼命地读小说，所以没有去。这十几年一直在读书，很少活动了。也许这就是你说我是个书呆子的原因吧。”春又生声音低沉了。

“又生，还是读书好，我喜欢读书人----”桑爽忽然停住了，脸红了。

“你的小学时代怎么样？也是金色的吗？”春又生没有听出桑爽的话外音。

"我没有你那么快乐。我的语文和美术很好，算术和体育一般，音乐不好。我爸爸唱歌那么好，可是我不会唱。另外，因为我妈妈的事情，我一直感觉不到什么是快乐————"桑爽的脸色充满了悲痛，说不下去了。

春又生紧紧地握着桑爽的手，桑爽不只不觉靠在春又生的身上。

离开观象路小学，他们来到观象山。他们沿着小路上山，春又生不知道在思考什么，忽然桑爽一边叫着，一边身体向后仰："倒了，倒了。"

春又生吓了一跳，慌忙地扶住她："你怎么了？"

"两个人走路要一块儿说话，不许一个人思想开小差。否则，我就会倒下。"桑爽摇晃着头说。

"你的事情真多，一会儿不许人家走得快，一会儿不许人家不说话。"

"怎么，不对吗？"桑爽有点耍赖地说。

"对，走吧。"春又生无可奈何。

走到春又生经常在这里读书的小亭子，桑爽说："进来坐一坐。"

他们在石凳上坐下，春又生说："这是我的风水宝地，好几天没有来这里读书了。"

"怎么，不愿意和我在一起？影响你学习了？"桑爽双手拖腮，胳膊支撑在石桌上两眼瞪着春又生。

"愿意。只是我想读书了，我有那么多的书还没有读呢。"

"不是说好了咱们一块儿读吗？咱们有学习计

划，你上午读书，下午陪我欣赏自然景色，晚上一起讨论读书心得，这样不好吗？"

"好，这样好，读书和生活的内容丰富了。"春又生想了想真诚地说。

"对呀，只是一味地读书就真成了一个书呆子了"桑爽说。"哪天下班后，我和你一起在这里读书，好不好？"

"好啊！你读诗词给我听。"

桑爽看了看手表说："哎呀，5点多了，我从来下班后没有这么晚回家过，爸爸一定等急了。"

他们匆忙下山，一进家门，发现桑梓非但没有生气，反而笑眯眯地问他们："可是绿肥红瘦？"

桑爽即兴答曰：

"昨夜万里星空，

浓睡不消春梦。

试问同游子，

道是海棠正浓。

然也，然也，

正是红肥绿瘦。"

桑梓和春又生哈哈大笑。

"我俩走回来的，路过又生的观象路小学，进去看了看，然后从观象山回家，所以回来晚了一些。"桑爽对爸爸解释回来晚的原因。

"没问题。你和又生在一起，我很放心。"桑梓说。

"爸爸，我建议你明天也到储水山去欣赏海棠花吧，你已经很长时间没有出去活动了，这样对身体不好。" 桑爽对爸爸说。

"好啊，又生，你还去吗？" 桑梓问春又生。

"去，我来接你。"春又生答应。

"好！太好了！咱们一家人全去。"桑爽跳了起来。春又生没有注意到桑爽说的是"一家人全去"，桑梓听在心里，笑嘻嘻地看着桑爽。

"那么，明天，两点十分你们在储水山公园等我。又生，你来接爸爸，到胶州路坐二路电车。"桑爽马上指挥。

"桑伯伯，我明天下午1点20分来。"

"好的。爽儿，倒茶水给又生喝。我去做饭，很快就好。"桑梓说着进了厨房。

春又生在餐桌旁坐下，桑爽为他倒了一杯茶水，也坐下来。两人久久地坐着，没有说话，只是笑着望着对方。生活中的桑爽的眼神总是朦胧的，随意的、莫不经心的，不专注周围的人和事物。只有看到春又生时，会突然发出火焰般的光芒。

"大弦嘈嘈如急雨，小弦切切如私语。嘈嘈切切错杂弹，大珠小珠落玉盘。间关莺语花底滑，幽咽泉流冰下难。冰泉冷涩弦凝绝，凝绝不通声渐歇。别有幽愁暗恨生，此时无声胜有声。"桑爽抑扬顿挫地轻声背诵白居易的《琵琶行》。

春又生静静地听着，他觉得桑爽就是一个天上仙女，发出动人心弦的天籁之声。他第一次细品桑爽的相貌，两弯细长的柳叶眉似蹙非蹙，一双丹凤眼似笑非笑，一对浅浅的酒窝似显非显，脸色白里透红，双目含情脉脉。春又生想，桑爽真像一个典型的古代美女，像谁？莫非是林黛玉？

"想什么呢？"桑爽偷偷地把脸靠近春又生的脸，轻轻地问。

"没想什么。"春又生脸红了。

"不对吧，又生，你不会撒谎。"

"爽，你真好看！在我的想象中，莫非林黛玉就是这样的模样？"春又生红着脸说。

"谢谢小哥哥，谬奖了。奴家怎能比的上那国色天香的林黛玉，也就是一个使唤丫头晴雯罢了。"桑爽心里很得意，明白了春又生已经被自己吸引，但是装出不在乎的样子，拖着京剧唱腔笑着答道。

"你也会像晴雯那样耍小性子吗？"

"哪个女孩不会耍小性子，小女子，小性子也。"

"秋瑾就不会耍小性子吧？"

"何以见得？你只不过看见的是她的女中豪杰的一面罢了。"

"可能吧。我只想到了秋瑾是一个英雄，忘记了她也曾是一个女儿家。"春又生同意了。

"今天下午玩得好吗？"桑爽心中暗暗策划，让春又生把心事全部暴露，于是欲擒故纵，轻声地问春又生。

"好。"

"怎么个好法？"

"赏花，散步。"

"还有呢？"

"还有---"春又生一时想不起来。

"还有什么？好好想一想。"

“还有，到观象路小学。”

“怎么，你真是一个见物不见人的书呆子？”桑爽失望了。

“还有，和你在一起，很好，很高兴。”春又生满脸通红地说出了心里话。

“我也是。”桑爽听见春又生的心里话很高兴，不由得袒露了自己的心，很不好意思地低下头趴在桌子上。过了一会儿，桑爽抬起头来，眼睛里含着泪水深情地对春又生说：“又生，和你在一起，我很开心，从来没有这样开心过。”

春又生被桑爽的真情所感动，眼睛里也充满泪水，他不知说什么好，拉过桑爽的手轻轻地抚摩着，桑爽也柔柔地抚摩他的手。

“开饭啦。”桑梓端着一碗菜和火烧走进客厅，春又生和桑爽赶快松手，可是这一切怎能够逃脱一双地下工作者的眼睛呢。

吃完晚饭，收拾完毕，三个人坐在桌子边喝茶。桑梓对春又生说：“昨天听你讲《理想国》，发现你的思维清晰，今天咱们来谈孔子如何？”

“好的。”春又生很痛快地答应了。

“你喜欢孔子吗，又生？”桑爽问。

“我喜欢又不喜欢。”春又生回答，“你呢？”

“我不喜欢！孔子说：‘唯女子与小人为难养也！近之则不孙，远之则怨。’他歧视妇女。”桑爽斩钉截铁地说。

"孔子的这一点，我也特别不喜欢。"春又生说，"另外，子曰：'民可使由之，不可使知之。'，我也不喜欢他的愚民思想。"

"这样，又生，你先谈谈你喜欢孔子什么，然后我们再谈论一下对孔子的认识，怎么样？"桑梓建议。

"我赞成."桑爽响应。

"好的。"春又生说，"子曰：'学而时习之，不亦说乎？有朋自远方来，不亦乐乎？'，这两句话是论语开篇的头两句话，也是几乎人人皆知的孔子名言。我更喜欢的是，这段话的第三句：'人不知而不愠，不亦君子乎？'。别人不理解自己而不抱怨，这一点，我恐怕做不到。"

"小子坦诚可爱。"桑梓赞许道。

"孺子可教也。"桑爽也跟着爸爸夸奖说。

"颜渊季路侍。子曰：'盍各言尔志？'子路曰：'愿车马衣轻裘与朋友共蔽之而无憾。'颜渊曰：'愿无伐善，无施劳。'子路曰：'愿闻子之志。'子曰：'老者安之，朋友信之，少者怀之。'"

"什么意思？解释一下。"桑爽说。

"颜渊季路侍立在孔子身边，孔子说：'你们何不谈谈自己的志向？'子路说：'我愿意把自己的车马与朋友共同享用，就是用坏了也没有怨言。'颜渊说：'我不愿意夸奖自己的好处，不表白自己的功劳。'子路说：'希望听听您的志向。'孔子说：'让老人得到安乐，朋友之间得到信任，少年人得到关怀。'我喜欢孔子的心怀。"

"'让老人得到安乐，朋友之间得到信任，少年人得到关怀。'我也喜欢。"桑爽说。

"我欣赏孔子说的这句话：'知者乐水，仁者乐山。知者动，仁者静。知者乐，仁者寿。'"

"我也喜欢。"桑爽接着说。

"子见南子，子路不说。夫子矢之曰：'予所否者，天厌之！天厌之！'我真喜欢他这个普通人的样子。"春又生笑着说。

"孔子有时候像一个小孩子！"桑爽也笑了。

"子曰：'三人行，必有我师焉：择其善者而从之，其不善者而改之。'孔子是个谦虚好学的人。"春又生接着说，"我最喜欢的是，孔子的名言：'三军可夺帅也，匹夫不可夺志也。'"

"孔子的确是一个铮铮男子！"桑梓赞叹。

"孔子的生活情趣，我也很喜欢。子路、曾点、冉求、公西赤陪侍孔子坐着。孔子闻他们以后有什么打算。子路说，他三年就可以治理好一个小国。孔子冷笑。冉求说，三年就可以使一个小国的人民丰衣足食。公西赤说，做一个祭祀祖庙或会盟诸侯的时候的小司仪。曾点说，他的抱负不同于子路、冉求、和公西赤。他的抱负是'暮春三月，春服即成，冠者五六人，童子六七人，浴于沂，风乎舞雩，咏而归。'孔子长声叹息说，我同意曾点的啊！"春又生说。

"三月之春，穿上春装，邀请五六个青年人，六七个少年人，在沂河中洗澡，到舞雩台上兜风，然后唱着歌回家。的确惬意啊！"桑梓感叹地说。

"春游的时候，好朋友们一起游泳、兜风、唱歌，这也是我追求的生活啊！"桑爽也感叹而言。

"子曰：'当仁，不让於师。'与亚里士多德的名言：'吾爱吾师，吾更爱真理'几乎异曲同工。子曰：'君子不器。'君子不应该像器具一样只有一种用途，应该具备多种才能。"春又生继续说，"子曰：'非其鬼而祭之，谄也。见义不为，无勇也。'看到符合正义的事情不去做，这是没有勇气。桑伯伯，这可能是中国人见义勇为情操的来源吧。以上大概是我喜欢孔子的一些方面。"春又生说。

桑梓点头。

"看来孔子也有可爱的一面，我有点喜欢他了。"桑爽说。

"桑爽，不管我们喜欢还是不喜欢，孔子都是我们的祖先啊！"春又生说。

"又生，你能背过很多《论语》上的话哎！"桑爽称赞春又生。

"我曾经借到一本《论语》，正好那个时候很长时间没有再借到其他的书，我就连续地看《论语》，有些话就不知不觉地记住了。"春又生说。

"爽儿，你要好好地向又生学习！"桑梓对桑爽说。

"我能背过很多诗词。"桑爽不服。

"又生不仅读中国孔子的书，也读西方苏格拉底的书。"桑梓继续说服桑爽。

"我既读婉约派诗词，也读豪放派诗词。"桑爽继续狡辩。

"桑伯伯，别争了。其实我很羡慕桑爽读过那么多的诗词。"春又生连忙劝说。

"爸爸，别生气，我是跟你闹着玩的。"桑爽看见春又生急了，也赶紧讨好爸爸，"又生，的确值得我学习。"

"又生，继续讲吧。"桑爽一向对付不了自己的女儿，就放过她了。

"还有一点，我也喜欢孔子。"春又生继续讲，"'子不语怪，力，乱，神。'我也是不喜欢谈论一些空虚的、没有事实依据的、不能证明的事物。"

"看来咱俩一样，我也是喜欢实证的事物，不喜欢虚无缥缈的东西。"桑梓说。

"我喜欢虚无缥缈的东西，多么具有想象的空间啊！"桑爽天真地说。

"那是因为你正处在胡思乱想的年龄，等结婚以后才能现实起来。"桑梓调笑女儿。

"爸爸，你真讨厌！"桑爽急了。

春又生不说话了。

"又生，你接着讲啊！"桑爽说。

"讨论问题时，请不要打断思路，好不好？"春又生严肃地说。

"这么严肃干什么？"桑爽不高兴了。

"桑爽，我是一个很认真的人！我想同桑伯伯讨论问题，整理我的思路和见解。"春又生郑重地说。

"又生，又不是学术讨论会，没有必要这么认真。爽儿，你也不要胡乱插话。"

桑梓实际上很欣赏春又生严肃认真的态度。但是他知道自己的女儿本来就任性，她内心也喜欢听又生谈话，所以故意随意插话。可惜又生是个不太懂风情的男子，不能理解这一切。所以一方面说说又生，一方面批评女儿。

"谁胡乱插话了，你们不喜欢缥缈，我喜欢缥缈，怎么了？我就不能谈谈我的看法？"桑爽委屈地哭起来了。

"桑爽，我没有怪你，只是我说话很注意逻辑，我----"看见桑爽哭了，春又生慌张了。

"不理你！"桑爽起身哭着回到自己的房间。

春又生束手无策。桑梓长叹一口气。桑爽还在房间里哭着。

桑梓对春又生使了一个眼神，意思是让春又生到房间里去劝说桑爽。春又生明白了，便走向桑爽的房间。桑爽哭着，心中却盼着春又生能来劝她，听见春又生的脚步声，便继续哭着。

春又生走进桑爽的房间，见她趴在床上哭得伤心，心中十分歉意："对不起，桑爽，我这个人在谈话时一向如此，不是故意的气你！"

"叫我什么？称呼都改了，还说不是气我。"桑爽哭着说。

"爽，真的对不起。"春又生急忙改变称呼。

"以后，不准你这样！听见没有？"桑爽从床上坐起来说。

"好的，随意交谈，不是讨论会。"春又生连忙答应，然后情不自禁地用手轻轻地擦桑爽的眼泪。

"该严肃的时候严肃，该嬉笑的时候嬉笑。总之，我喜欢怎样就怎样。"桑爽向春又生撒娇。

"行，行。"春又生拉着桑爽回到客厅。

桑爽刚刚坐下，忽然噗的一声笑了。她不好意思地说："对不起，爸爸，对不起，又生，让你们见笑了。"

"行了，行了。"桑梓不悦地说。

"不过，刚才你们俩未免也太霸道了吧！"桑爽马上又变得理直气壮，然后偷偷一乐，"我给你们俩倒茶。"

桑爽为爸爸和春又生倒满茶，一本正经地对春又生说："春又生，关于'子不语怪，力，乱，神。'还有什么可以讨论的吗？"

"当然有。"春又生马上进入话题，"桑伯伯，据说苏格拉底相信灵魂是不朽的，是吗？"

"是的。柏拉图的《斐多篇》里介绍了苏格拉底是相信灵魂不朽的，并且还论证了灵魂的存在。不过我是听我的老师讲的，文章并没有看。"

"看来苏格拉底具有灵魂不朽的想法，是一个事实了。"

"可以这样认定。苏格拉底临死前对他的学生讲，他不是正在进入死亡，而是正在进入一种更加丰富的生命。"

桑爽这时很老实，没有插话，一会儿看看爸爸，一会儿看看春又生。

"如果是这样的话，有一个现象很奇怪。"春又生说。

"什么现象很奇怪？"桑爽来了精神了，看来她确实对'怪'有兴趣。

"你看啊，孔子不语怪，力，乱，神，说明他是一个不迷信的人；苏格拉底相信灵魂不灭，说明他是一个迷信的人。孔子认为，'务民之义，敬鬼神而远之，可谓知矣'，苏格拉底却对他的学生讲解灵魂不灭。他们两个人对中西方文化都产生了深远的影响。为什么从近代开始，中国的科学几乎没有什么发展，而西方的科学却是长足地进步了呢？"春又生询问道。

桑爽傻眼了，直摇头。

"是个好问题。"桑梓兴奋了，"从哥白尼开始，西方科学家一直在不自觉地摆脱宗教意识的控制。所以他们抛弃了苏格拉底的灵魂学说，而继续采用苏格拉底的逻辑分析方法来观察和推测自然界，所以促进了科学地发展。"

"桑伯伯，您说得对。"春又生认同桑梓的见解。

"这只是一个假设，又生，你今后还要多读相关书籍，继续思考。"桑梓讲。

"一个没有结论的问题。"桑爽失望了。

"科学的进步总是从发现问题开始的。"春又生对桑爽说。

"还有什么问题？"桑爽问。

"我们来讨论孔子的'仁'"春又生继续说，"孔子关于'仁'的言论很多，按照《论语》中出现的顺序，我认为主要的言论有：孔子的学生有子说：'其为人也孝弟，而好犯上者，鲜矣；不好犯上，而好作乱者，未之有也。君子务本，本立而道生。孝弟也者，其为仁之本与！'"

"孔子的学生说的话，不应该算作孔子的吧？"桑爽问。

"既然登录在《论语》上，也可以作为孔子观点的参考吧。"桑梓说。

"这样说吧，先儒认为，孝弟为仁之本，孝弟就不能犯上作乱，仁的作用是保证家和国安。"春又生说。

"可以这样理解。"桑梓说。

"子曰：'弟子，入则孝，出则弟，谨而信，凡爱众，而亲仁。行有余力，则以学文。'孔子认为孝、弟、信和爱众是仁。"春又生说。

"孔子的'仁'包括'孝弟'，他学生的话的确可以作参考。"桑爽赶紧说。

"爽，很聪明，发现了以上两句中的共同之处。"春又生也连忙夸奖。

桑爽得意地晃着脑袋。

"子曰：'人而不仁，如礼何？人而不仁，如乐何？'孔子认为仁是礼、乐的根本。"春又生继续。

"仁是音乐的根本，熏陶人类善良的情操。如果'恶'成了音乐的中心，就成了声嘶力竭的喊叫，就像现在的一些所谓的革命歌曲。"桑梓说。

"孔子又说，'仁者先难而后获，可谓仁矣。'孔子认为，有仁德的人比别人先吃苦后享受就可以称得上仁德了。桑伯伯，这是儒家'先天下之忧而忧，后天下之乐而乐'思想的萌芽吧？"春又生问。

"可以这样说吧。"

"子贡说：'如有博施於民而能济众，何如？可谓仁乎？'孔子说：'何事於仁！必也圣乎！尧舜其犹病诸！夫仁者，己欲立而立人，己欲达而达人。能近取誓，可谓仁之方也已。"

"己欲立而立人，己欲达而达人，是仁者。孔子又说过，已所不欲，勿施於人，是仁者。"桑梓说。

"桑伯伯，'己欲达而达人'有时候非常有害。例如，毛泽东希望达到共产主义，他也要求他人达到共产主义。"

"的确这样，'达人'不能'强迫人'。"

"颜渊问'仁'。子曰：'克己复礼，为仁。一日克己复礼，天下归仁焉。为仁由己，而由仁乎哉？'颜渊曰：'请问其目？'子曰：'非礼勿视，非礼勿听，非礼勿言，非礼勿动。''"春又生说，"问题是孔子主张的'礼'是什么？"

"有一本儒家的著作《礼记》，你以后可以看一看，书中详细列举了儒家提倡的关于君主、诸侯、大夫、士和庶民的各种礼仪。这种严格遵循等级制度思想，有利于封建等级社会的统治，造成了两种社会危害，一是让一部分人失去平等意识，二是恰恰相反，另一部分人会产生极端平均主义意识。现在想一想，共产党中的绝大部分人都是后一种人。苏共曾经没受所有人的土地，不仅没受地主富农的，也没收农民的，然后平均分配。中共在瑞金时期曾经制定过类似的土地政策。"

"孔子在《论语》中也谈到了'礼'，一会儿再谈。还是先把'仁'谈完。樊迟问'仁'。子曰：'爱人。''"春又生继续说，"有一件事情说明，孔子的确是爱人的。"

"什么事？"桑爽问。

　　"乡党篇里记载：'厩焚，子退朝，曰：'伤人乎？'不问马。'"

　　"这么说，孔子的确做到了爱人。"桑爽说。

　　"在人和牲畜之间，孔子当然选择人。"桑梓说，"但是在人和人之间，孔子讲究的是礼，孔子的仁是有等级差别的。"

　　"原来这样。"桑爽有些失望了。

　　"不过，我们的老祖宗总就还是个善良的人。乡党篇里记载，孔子帮助把朋友安葬，不歧视残疾人，看见瞎子，一定礼貌对待。"春又生连忙宽慰桑爽。

　　"单纯看'仁'还不能识别孔子的思想，要和'礼'、'孝'和孔子的治国之术联系起来才行。"桑梓对春又生说。

　　"下面谈'孝'。"春又生说，"子曰：'父在，观其志；父没，观其行；三年无改於父之道，可谓孝矣。'桑伯伯，我觉得这种孝观有些保守。"

　　"为什么？继承父志不是挺好的吗？"桑爽说。

　　"如果父亲的志向不好呢？如果时局发生变化了呢？"春又生说。

　　"孔子的思想的确有些保守。"桑梓同意春又生。

　　"孔子还说：对父母'生，事之以礼；死，葬之以礼，祭之以礼。'，儿女们要孝敬父母，要特别关心父母健康，这些都很好。"

　　"孔子一定是个孝子。"桑爽说。

　　"孔子 3 岁丧父，随母亲移居阙里，并受其教，所以非常孝顺。"桑梓说。

　　"孔子'孝'的观念中，还是存在问题的。叶公

告诉孔子说：'吾党有直躬者：其父攘羊而子证之。'
孔子说：'吾党之直者异於是：父为子隐，子为父隐，
直在其中矣。'孔子总是把孝、忠、放在首位，认为
父子相隐是正直，正直要服从纲常人伦，甚至不惜犯
罪，实际不正直。"

"亲情大于法律。孔子的确缺乏法律意识，有害
于国家法制的进步。毛泽东也是这样，妄图道德治国，
宣扬'斗私批修'、'毫不利己，专门利人'，实际
上他自己就不是这样的人。为了一己之私，无恶不作。
具体事例，我以后再讲。"桑梓评说。

"谈完'孝'应该接着谈'忠'。"春又生说，
"定公问：'君使臣，臣事君，如之何？'，子曰：
'君使臣以礼，臣事君以忠。'君主要按照礼仪使用
臣子，臣子事奉君主应该忠心。君臣之间有一定的约
束，就是'礼'。"

"是这样，唐宋之前，中国的君臣关系是有约
束的。孔子强调君君臣臣。孟子说的更绝，臣子可以
杀死独夫民贼。齐宣王问孟子：'商汤放逐夏桀，武
王讨伐纣王，有这么回事么？'孟子回答说：'古书
上记载了这回事。'齐宣王说：'臣书杀死他的君主
可以吗？'孟子说：'毁坏仁德的人叫做贼，损害道
义的人叫做残。残贼一类的人叫做独夫。我只听说周
武王讨伐了独夫纣，而没有听说是弑君的。'元朝开
始，特别是到了明朝， 独夫朱元璋对孟子的独夫言
论极为恼怒，把孟子驱逐去孔庙，并删节孟子的相关
言论。"桑梓说。

"其实毛泽东就是一个独夫民贼，在这点上他要

胜过夏桀和商纣。"

"关于这一点，还是以后再讲。先谈孔子。"桑梓强调。

"苏格拉底虽然认为，对于一般人来讲，最重要的自我克制是服从统治者，但是他没有'忠'的观念。"

"对，他们是服从不是忠于。忠于君主就必然丧失自我，君主将视臣子为奴才。这一切是从朱元璋开始的。明朝时，大臣们被殿杖，失去尊严，清朝时，臣子和子民干脆都成了奴才。今天的中国官僚和人民被迫喊万岁、跳忠字舞，成了毛的农奴。孔子强调忠于君主的观念到了近现代尤其有害。"桑梓评论。

"再谈孔子的'德'。《论语》为政篇记载，子曰：'为政以德，誓如北辰居其所而众星共之。'可见孔子重视德政。但是德的定义是什么，孔子没有讲。在里仁篇中，子曰："君子怀德，小人怀土；君子怀刑，小人怀惠。德是什么，没说清楚。"春又生说。

"需要引起注意的是，'怀土'就是小人吗？ 人总要吃饭呀！满口仁义道德，轻视土地生产，实际上是误人子弟。管仲不是这样，明天我来讲，"桑梓评论。

"桑伯伯，孔子下面的这句话，显示了他的'德'的内容，但是及其恶毒。"春又生说。

"什么话及其恶毒？"好久没有插话的桑爽忽然问。

"颜渊篇中，子张问'崇德，辨惑。'子曰：'主忠信，徒义崇德也。爱之欲其生，恶之欲其死；既欲其生又欲其死，是惑也！’”

“什么意思？”桑爽不明白。

“子张问：‘怎样提高品德和明辨是非。’孔子说：‘亲近忠诚信实的人，向正道迈进，就可以提高品德。喜欢一个人就喜欢他长寿，痛恨一个人就希望他短命。既希望他长寿，又希望他短命，这就是迷惑了。’这句话显示了孔子的‘德’是：亲近忠诚信实的人，走正道。‘惑’解释得很清楚，但是暴露了孔子的非常恶毒的观念：痛恨一个人就希望他短命。”春又生解释

“痛恨一个人就希望他短命，这种想法确实挺可怕的。”桑爽说。

“也许是孔子举例来说明‘惑’，他未必如此恶毒。”桑梓说。

“如果是孔子的观念的话，这就是中国人暴力和乱杀无辜的根源。”春又生说。

“下面谈什么？”桑梓问。

“下面来谈‘礼’，孔子有时将‘德’与‘礼’联用。”春又生说。“子曰：‘道之以政，齐之以刑，民免而无耻；道之以德，齐之以礼，有耻且格。’孔子反对用政治法令治理人民和用刑罚约束人民，主张用道德治理人民和用礼仪约束人民。”

“这种做法实际上成效不大，反而有害。”桑梓说。

“为什么？爸爸。”桑爽产生兴趣，“用道德来管理人民总比用刑法好吧？”

“人民不是由同样的人组成的，其中有善良的人，

有恶人，也有不善不恶的人。对善良的人用道德和礼仪教化和管理也许有一定的作用，对不善不恶的人，不能只用道德和礼仪，还要用行政和刑法进行管理，对于恶人，只能用行政和刑法进行管理。孔子重德轻法，以礼代法，寄希望于人的道德高尚，道德和礼仪能够约束善良的人，不能约束无法之徒。结果造成这样的残酷现实，中国历朝历代，大都是善良道德之辈备受煎熬，无法无天之徒横行霸道，直到今天。今天甚至更为严重。所以，孔子的想法是不切合实际的。西方都是用法律来治理国家的。就是中国，任何一个朝代都是道德与刑法并重的。孔子重德轻法，以礼代法，实际上不利于整个社会的管理。由于轻视法治，所以中国长期没有完善的法律制度。民国期间刚刚开始建立一些法律制度，在 49 年后几乎全部被破坏，中共以行政命令代替法律，中国竟然没有民法。尤其是这几年，干脆用毛的最高指示代替法律和行政命令，所以毛泽东才能够如此无法无天。"桑梓侃侃而谈。

"桑伯伯，您谈得真好！看来我今后要学习一些法律知识。"春又生敬佩地对桑梓讲。

"我谈得实际上很浅显，我的法律知识也不够，也要学习。"桑梓讲，"我因为年龄比你大，49 年以前学习过中外历史，知道国外和民国的一些历史事实，所以还可以做一些历史及国家的比较。而你们这一代人几乎全部被毛泽东蒙蔽，一些基本的事实都不知道。可悲呀，中国人，可耻呀，毛泽东！"桑梓用手敲着桌子。

"爸爸，爸爸--"桑爽用手揽着爸爸的胳膊，阻止他继续拍桌子。

"桑伯伯，喝茶。"春又生急忙给桑梓倒茶水。

"对不起，又生，我劝你不要冲动，我反而失控了。"桑梓喝着茶水歉意地对春又生说。

"桑伯伯，我知道您的一些思考憋在心里多年了，所以，有的时候就冲出来了。"

"是这样，是这样，不过，也是不应该的。"

"桑伯伯，总有一天我们要大声地对中国人讲，对世界人民讲！"春又生握紧拳头说。

"对！又生，你接着讲。"桑梓很快恢复了平静。

"子曰：'麻冕，礼也。今也，纯俭，吾从众。拜下，礼也。今拜乎上，泰也，虽远众，吾从下。'孔子认为臣子面见君主先要在堂下跪拜，才符合礼仪；现在却在堂上跪拜，这是傲慢了。孔子如此人为地制造君主高高在上，对后代影响多不好 。你看，直到今天百姓对毛君主简直----"春又生说不下去了。

"孔子有点奴才相。"桑爽说。

"也不尽然。，季桓子接受了齐国人送来的一些舞女歌姬，一连三天不上朝，孔子随即离去了。"桑梓讲。

"子曰：'上好礼,则民易使也。'孔子提倡'礼'其目的还是使民容易。"春又生看了看挂钟，"快9点了，再讨论一下孔子的关于如何施政的观点，就结束了，桑爽要睡觉了。"

"谈吧，我不困。"桑爽不愿意春又生早早离开。

"子曰：'道千乘之国，敬事而信，节用而爱人，使民以时。' 哀公闻曰："何为则民服？"孔子对曰："举直错诸枉，则民服；举枉错诸直，则民不服。'孔子的这些施政要义在当时是有积极意义的。"春又生讲。

桑梓点点头。

"子贡问'政'。子曰：'足食，足兵，民信之矣。'子贡曰：'必不得已而去，於斯三者何先？'曰：'去兵。'子贡曰：'必不得已而去，於斯二者何先？'曰：'去食；自古皆有死；民无信不立。'孔子重视'信'。子适卫，冉有仆。子曰：'庶矣哉！'冉有曰：'既庶矣，又何加焉？'曰：'富之。'曰：'既富矣，又何加焉？'曰：'教之。'孔子主张'富民'和'教民'。齐景公问政於孔子。孔子对曰：'君，君；臣，臣；父，父；子，子。'这是孔子政事的核心。"春又生继续说，"定公问：'一言而可以兴邦，有诸？'孔子对曰：'言不可以若是其几也！人之言曰：为君难，为臣不易。如知为君之难也，不几乎一言而兴邦乎？'曰：'一言而丧邦，有诸？'孔子对曰：'言不可以若是其几也！人之言曰：予无乐乎为君，唯其言而莫予违也。如其善而莫之违也，不亦善乎？如不善而莫之违也，不几乎一言而丧邦乎？'我最感兴趣的是，孔子认为，如果君主唯一高兴的是我讲话没有人敢违抗，就接近一句话可以丧失国家了。毛某人如今一句顶一万句，无人敢违抗，简直是倒退了将近 3000 年。"

"一点儿也不错。不但要一句顶一万句，还想传万代。简直可以和秦始皇比美。秦始皇妄图江山传万代，毛某人则企图思想传万代。"桑梓讽刺说。

"我就说这些了，桑伯伯。"春又生对桑梓说完，又对桑爽说，"谈完了，桑老师，还有什么指示吗？"

"小子讲得不错，给你打个 80 分吧。"桑爽也一本正经地说。

"关于'政事'，还有一段话非常重要。子张向孔子请教说；怎样才能治理好政事呢？孔子说：尊崇五种美德，摒弃四种恶政，就可以了。子张说；这五种美德是什么？孔子说：君子对人施恩惠但自己不浪费，役使人民而人民不会怨恨，追求仁义而不贪求财务，心情舒坦而不骄傲，表情威严而不凶猛。子张说：什么是对人民恩惠而自己不浪费？孔子说：让人民做有利于他们自己的事情，不就是施恩惠而自己也不浪费吗？选择人民可以做的事情叫他们去做，那还会有谁怨恨呢？"桑梓说，"注意最后两句话，一句是：让人民做有利于他们自己的事情；另一句是：选择人民可以做的事情叫他们去做。这两句话那句话对呢？"

"当然是第一句对了！让人民做有利于他们自己的事情，人民自己有权决定做自己的事情。而选择人民可以做的事情叫他们去做，是上面决定人民可以做什么，这样人民就有可能失去自主的权利。陈老师曾经对我说过，49 年以后的中国既没有民法也没有商法，经济关系主要是由党和政府的'政策'来调整。文革以来，毛的话成了法律，一切按毛的指示办。毛泽东要决定人民做什么，不做什么，人们没有任何权利。毛不是'选择人民可以做的事情叫他们去做'，而是强迫人们去干他这个独裁者要干的事情。"

"分析得好！"桑梓说，"《论语》尧曰篇中的一段话很有意思。”

“什么话？爸爸？”桑爽问。

“尧曰：‘咨！尔舜！天之历数在尔躬，允执其中！四海困穷，天禄永终。’舜亦以命禹。曰：‘予小子履，敢用玄牡，敢昭告于皇皇后帝：有罪不敢赦，帝臣不蔽，简在帝心！朕躬有罪，无以万方；万方有罪，罪在朕躬。’‘周有大赉，善人是富。’‘虽有周亲，不如仁人；百姓有过，在予一人。谨权量，审法度，修废官，四方之政行焉。兴灭国，继绝世，举逸民，天下之民归心焉。所重民：食、丧、祭。宽则得众，信则民任焉。敏则有功，公则说。’”桑梓说，“这一段通过尧、商汤和周武王的话介绍了中国先人的一些可贵的思想。”

“爸爸，我不懂，你解释一下。”桑爽表现出了学习热情。

桑梓解释说：“尧说：“好啊，你这舜呀！上天的使命落在你的身上了，忠实地保持你的正确原则吧。如果天下人民陷入了贫困，上天赐予你的禄位也就永远的完了。”舜让位禹的时候也这样告诫禹。商汤说：“我小子履（商汤名）搭档采用黑色公牛作祭品，大胆明白地祭告辉煌伟大的天帝：我对有罪的人绝不敢擅自赦免。您的臣属有错也不掩盖，您心里很明白。如果我有错，不要连累天下人民；天下民众的罪错，这些罪错应在我的身上。”周朝曾举行大的赏赐，使善人都富起来了。周武王说：“虽然有天子家的至亲，但不如有仁德的人。百姓如有过失，由我一人承担。要慎重审查天下的度、量、衡，恢复废弃的职位，那天下的政令就会行得通了。复兴灭亡了的诸侯国，承续断了代的家族，举荐隐逸的人才，天下的人民就会衷心地归向了。当权者应当重视：人民、粮食、丧葬、祭祀。宽厚就能获得民众，诚信就能得到民众的信任，勤敏就会有成绩，公平民众就会高兴。"

"爸爸，我们的祖先重视人民、粮食、丧葬、祭祀、宽厚、诚信、勤敏和公平，真是很好啊！"桑爽称赞道。

"'万方有罪，罪在朕躬'，看来古贤王还是具有一定的责任心的，勇于承担社会责任。而不是像毛某人这样，一切错误都是他人的，他自己是永远正确的，恬不知耻。"春又生评论。

"古人尚知'如果天下人民陷入了贫困，上天赐予你的禄位也就永远的完了'，60 年中国饿死了那么多百姓，毛泽东又何脸面赖在台上！尧舜商汤和周武王建了毛泽东都要脸红，自称伟大的毛某人使中国倒退了 3000 年。"桑梓深深地叹气。

"对毛这种人就应该进行公审。"春又生紧握拳头，"终有一天我们要到天安门广场上大声地斥责这个现代秦始皇。"使春又生自豪的是，6 年后的清明节，在天安门广场上，他终于实现了这个愿望

"又生，我最后要对你说几句话。"桑梓严肃的对春又生说。

"您说，桑伯伯。"春又生说。桑爽有些紧张地看着爸爸，不知道他要对春又生说什么。

"你是个好孩子，学习能力强，分析能力强，有社会责任感。可是你太年轻，不会处世。"桑梓双眼

露出一股慈善的目光，慢慢地和蔼地对春又生说，"你注意到了《论语》中很多重要的关于'仁'、'孝'、'忠''礼'言论。但是你没有注意到孔子关于如何'处世'的言论。譬如，子谓南容，'邦有道，不废；邦无道，免於刑戮。'以其兄之子妻之。孔子说称赞南容非常懂得处世。国家政治清明时，可以出来做事；国家政治昏暗时，一定要小心避免遭受刑法杀戮。孔子为此把自己侄女嫁给了他。又生，今日中国正处在乱世，中共从建党开始，特别是掌握政权之后，一直在滥杀无辜，你处世一定要谨慎，勿做无谓牺牲之事。死不能解决任何问题。李大钊死了，瞿秋白死了，邓中夏死了，你到南京雨花台看一看，死的几乎全是热血青年，真痛心啊！他们的牺牲换来了光明的中国吗？没有！管仲说："战事之任，高功而下死。'意思是说，主管战事要提倡立功，但不鼓励徒然送死。只有共党才号召人们不要命。刘胡兰还是个 15 岁的孩子，国民党这些混蛋竟然敢杀一个孩子，毛泽东更混蛋，竟然号召孩子去送死，说什么死得光荣，国共两党一丘之貉。孩子，你要记住我的话。"

"我会的！"春又生挺起胸膛。

"还有一点，你可能没有注意到。"

"什么？"

"关于'忠'、'孝'和'信'三者的轻重，孔子有这样的见解。子路篇中记载，子贡问孔子：'怎样才可以叫做士呢？'孔子说：对自己的行为保持耻辱感，处事外国不会辱没君主的委托，就可以叫做士了。'子贡说：'再请教次一等的呢？孔子说：宗族中称他孝顺父亲，家乡人称他恭敬兄长。'子贡说：
'再请教第三等的呢？'孔子说：'说话一定守信用，
办事一定果断，这不过是肤浅固执的小人罢了，但也
可以算是第三等的士了。'"桑梓评论说，"忠君第
一，孝悌第二，信用第三，这种思想十分有害。中国
人的忠君思想非常严重，肯定与孔子有关的。你看现
在百姓们表现出的愚忠，共党的干部们为了毛泽东，
可以翻手为云，覆手为雨，没有任何信用。所以，毛
泽东才能够可以为所欲为！消除人民的奴隶意识需要
很多年，中国的进步还需要很多年，又生，你千万要
珍惜自己。杜甫有言，出师未捷身先死，长使英雄泪
满襟。"

"我会的，桑伯伯，谢谢你！"春又生被感动得
双眼含泪，颤抖地说。

桑爽连忙掏出手绢为春又生擦拭眼泪，安抚着：
"小哥哥，小哥哥，———"。

"你要想更好地理解中国历史，你还必须读《管
子》，我认为老子、孔子和法家都从管子那里学习了
很多思想。对比毛泽东和管子，你会发现毛泽东比起
中国先人倒退了多少。今天时间不早了，明天晚上我
来谈。"

"好的，太好了！我没有读过《管子》，只知道
管子的几句经典语录，例如：倉 廩實則知禮節，衣
食足則知榮辱。"春又生高兴地说。

"爸爸。明天晚上还谈这些呀，什么时候讲诗
词？"桑爽不满意了。

"下一周吧。"

"我走了，桑伯伯，明天下午我来接您。"

桑爽送春又生到院子门口，实在是恋恋不舍，身子靠在春又生胳膊上，希望他能抱抱自己，可是这个呆子简直是块木头，根本没有反应。桑爽只好说："又生，明天早点来接爸爸，他身体胖，走路慢。"

"我明天下午1点20分就来。"春又生拉着桑爽的双手用力摇了摇，"明天见！小妹妹！"

虽然没有抱，拉着手，心里也有点满足，桑爽也很惬意地说："明天见，小哥哥！"她目送春又生直至看不见身影。

星期一下午1点20分，春又生准时来到桑爽家，桑梓也已经准备好，两人出发直奔胶州路二路电车站。桑梓年近60岁了，常年在家中，很少出门，走路很慢。春又生想搀扶他，可是他不让，坚持自己走。春又生耐心地陪着桑梓沿着平原路向胶州路慢慢地走着。

"你家住在哪里？"桑梓问春又生。

"观象路，离您家只有一步之遥。从观象路穿过平原路，就到了观海路了。"

"是吗？这么近。你在青岛长大的？"

"我在青岛出生。"

"那一年？"

"46年。"

"比桑爽大三岁。一直住在观象路？"

"听我妈妈说，大概是1952年从德县路搬过来的。"

“我是五七年搬到观海路的。住的这么近，十几年来，我们竟然不认识。”

“我们现在终于认识了。认识您，我很高兴，桑伯伯。”春又生由衷地说。

“我也很高兴，孩子。”桑梓拍拍春又生的肩膀。

在车站，桑梓对春又生说：“你在工厂上班时，都是在这里乘车？”

“是的，桑伯伯。”

“每天上班都带着书？”

“每天都带。”

“今天带的是什么书？”

“《唐诗三百首》，您和桑爽读了很多诗词，我想赶上你们。”

“我看看，中华书局出版的，蘅塘退士编，这个版本不错。”桑梓翻看着书。“国破山河在，城春草木深。感时花溅泪，恨别鸟惊心。烽火连三月，家书抵万金。白头搔更短，浑欲不胜簪。杜甫的这首‘春望’是我们在抗日战争时期读的最多的诗。遗憾的是几十年过去了，依然是‘国破山河在’”

“桑伯伯，我真的想搞清楚，这一切究竟为什么？”春又生说。

“从五七年到现在十几年过去了，我也一直在思考这究竟是为什么呀。”

“桑伯伯，电车来了。”春又生搀扶着桑梓登上电车。

车上人很多，一位青年人看见桑梓站起来让座。桑梓礼貌地说：“谢谢你年轻人，我只坐两站路，一会儿就下车了。"

电车到达黄台路车站，春又生搀扶着桑梓下车，向储水山公园走去。路上，桑梓问春又生："看来，我是老了，年轻人都给我让座了。"

"桑伯伯，你的相貌看起来不像老年人，你的思维就更不像了。"

"还是老了，这是第一次享受让座待遇。"

他们2点10分准时到达储水山上的小花园。海棠盛开，赏花的人很多，他们在花前树下悠闲地散步。好久没有欣赏春天的桑梓很激动，感慨地说："春天了，春天了，真是春城无处不飞花，出门俱是看花人啊"！

桑爽到了，她看见春又生挽着爸爸像一对父子，十分高兴，就跟在后面跟随他们悄悄地走着。听见爸爸的感慨，桑爽终于忍不住了，走上前打招呼："爸爸，又生，我来了。"。一只手拉着桑梓，一只手拉着春又生，对爸爸说；"爸爸，你真会拼凑诗句。'春城无处不飞花'是韩翃'寒食'中的第一句，'出门俱是看花人'是杨巨源'城东早春'的最后一句。这两句并在一起，还真是眼前的景色。"

"完全是无意的随口而出。"桑梓笑着说。

三人漫步在海棠树间。桑梓的游兴很高，又咏诵欧阳修的"丰乐亭游春""：红树青山日欲斜，长郊草色绿无涯。游人不管春将老，来往亭前踏落花。"

桑爽说："桃花才去，海棠盛开。中国人自古更看重海棠花。苏轼曾有诗'海棠'：东风袅袅泛红光，香雾空蒙月转廊。只恐夜深花睡去，故烧高烛照红妆。

苏轼高烛照看海棠花，可见其喜爱程度之高了。”

　　春又生见桑爽张口就背出一首海棠诗，十分佩服："爽，你知道的诗真不少。”

　　"都是跟爸爸学的。爸爸，请你背诵元好问的'同儿辈赋未开海棠'好吗？"桑爽对爸爸说。

　　"只记得一首了。翠叶轻笼豆科均，胭脂浓抹腊痕新。姻亲留著花梢露，滴下生红可惜春。”

　　桑梓深呼吸，吸着春风带来的新鲜的气息，抑制不住开心的笑容。在父亲和心上人中间，桑爽一脸春色，一会儿和爸爸大声说几句话，一会儿和又生哥低声细语，尽情地欢声笑语。孤独的生活中一下子多了两个亲人，春又生满目春光，俏皮地模仿着小鸟在花丛中鸣叫吹起口哨，引来一阵阵惊叹的笑声。

　　春风、春色、春光，笑容、笑语、笑声，春天给铁幕下的中国人带来了难得的一丝快乐。

　　从储水山上漫步走下来，他们来到黄台路，乘坐一站车到达青岛市立医院，穿过马路走向观象山。在观象路小学门口，桑爽对桑梓说："爸爸，这就是又生的小学。”

　　他们停住了脚步，看着这所经历着文革风雨的小学校。"十几年前，爸爸曾经来过观象路小学，是一座不错的学校，只不过现在怎么变得如此破烂不堪。”

　　"毛说，不破不立，也许现在是毛所说的'破'的时期，还没有到'立'的时期吧。"春又生讽刺说。

　　"但愿如此吧，什么时候'立'呢？又将'立'成什么样子呢？"桑梓叹息。

　　"爸爸，我们不进去了，我们上山。"桑爽见爸爸情绪不振，连忙对爸爸说。

"好！上山，登高，望远。"桑梓振作起来。

走到小亭子，桑爽说："爸爸，这就是又生几乎天天在这儿读书的小亭子，我们进去坐一坐，休息一会儿。"

"好，休息一会儿。"

他们进入小亭子，坐下。桑梓四周看了看，然后笑着对春又生说："又生很会选地方，在这儿看书空气新鲜，风景宜人，读书的效果肯定好。"

"是的，比较难懂的书，早晨在这儿会觉得好读多了。心情不好时，在这儿坐一坐，心情很快就会平静，书就可以流畅地读下去了。"

"又生哥，你读书的深情是很吸引人的。"桑爽真诚地赞美。

"读书是我的生活，我没有觉得自己很特别。"春又生也真诚地说。

"唱一首歌吧。"桑爽建议。

"我带口琴了，我吹歌曲给你们听，好不好？"

"好！"桑爽拍手称快。

春又生掏出口琴，吹奏一曲悠扬的苏联歌曲《哥萨克之歌》，琴声在山上蔓延，给山光春色增添了动人的声音色彩。

"吹得好！"桑梓赞叹。

"再来一首。"桑爽被琴声吸引。

"中国民歌《牧羊姑娘》。"春又生吹奏出婉转凄凉的曲调。

"这个曲子很美，但是太凄凉，吹一首高兴的曲子。"桑爽说。

"哈萨克民歌《牧马少年》。"欢快的歌曲带来了心底快乐。

"又生，你以后每天都要给我吹歌听！"桑爽说。

"没问题。"春又生痛快地答应了。

"走，我带你们去看晚霞。"身心得到休息和快意的桑梓首先站起来说。

他们离开小亭子，在山顶漫步。桑梓俯瞰山下的树木和房屋，发现往日的红色瓦房已经破旧了，红瓦上覆盖着尘土。他站下来对桑爽和春又生说："我第一次来青岛是1924年，是桑爽的外公带着我和桑爽的妈妈一起来的。那年我13岁，桑爽的妈妈8岁。那时的青岛是一座新兴的海滨城市，蓝天白云，青山碧海，红瓦绿树，异国情调，一幅天然和人工合成的水墨画与油画交织的美丽图画。青岛深深地吸引了我。所以，我的大学选择了山东大学，1930年我来到了我从小就喜爱的青岛。1934年毕业后离开青岛，1946年又再此回到青岛，青岛变得更美丽了，更丰满了。一直到五七年，青岛都是美丽的。从58年大炼钢铁开始，经过60年灾荒，尤其是文化的革命这几年，青岛变得越来越破旧了，往日的风采已经失去了。除了破坏，共产党没有给这个城市增加任何光彩。毛泽东除了会破坏一个旧世界，根本不懂得建设一个新世界！罪恶啊！罪恶！"看见这幅破旧的图画，桑梓心痛。

"我从小在山上长大，看着周围的一切，也觉得青岛越来越破烂不堪了。"春又生说。

"爸爸，不说这些了。快去纪念碑那儿看晚霞吧！"

太阳就要落下了，他们来到了观象台北面的经度测量纪念方碑。眺望后海海湾，夕阳正渐渐地向海面靠近，阳光照亮了西边的天空和海面，海上出现了一条金光大道。火红灿烂五彩斑斓的晚霞映红了天空，万顷海面亮着耀眼波动的金光。

"我和爸爸经常在这儿看晚霞。" 桑爽对春又生说。

"40 多年前，我未来的岳父带着我和桑爽妈妈曾经在这里看晚霞，那时还没有这座方碑。20 多年前，我和桑爽妈妈经常到方碑这里看晚霞，明年我就 60 岁了。夕阳无限好，只是近黄昏。"

"桑伯伯，您是 1911 年生人？"

"我的生日是 1911 年 1 月 1 日。1912 年 1 月 1 日，中华民国开国之日，我一岁整。我的父亲后来对我讲，生日那天，我的父亲和桑爽的外公都十分高兴，他们说我生在了中国的好日子，民国成立了，中国的专制时代永远过去了。可是将近 60 年过去了，中国并没有摆脱专制，甚至前无古人，朱元璋也自愧不如。青岛的晚霞依旧艳丽，中国的山河也是依据依旧破碎。" 桑梓无限悲愤。

"爸爸---，你别说了，我难过。"桑爽几乎哭出来了。

"桑伯伯，他们的日子不会太长了。这是黎明前的黑暗。"春又生劝说桑梓。

西边的霞云映红了天空。三人默默看着太阳落入西海，天完全黑下来了。

　　"我的父辈们曾经盼望黎明，他们斗争过，一代人过去了；我们渴望黎明，我们也斗争过，我们这一代人也是日落西山了；又生，你们这一代人又在期盼，又要斗争，我真害怕你们这一代人也将和我们一样————"桑梓非常悲观。

　　"不会的，我们已经长大了，他们已经蒙蔽不了我们了。"

　　"中国穷人太多，文盲太多，愚昧的力量远远大于文明的力量，这种残酷的力量对比，绝非几代人能够改变的。孩子，你还年轻，路还远着呢。"

　　"那我们就一步一步地走！只要走，就一定会走进一个光明的世界。"

　　"对！路再长，也要一步一步地走！如果真有那一天，记住，又生，'家祭无忘告乃翁'啊！。"桑梓不让自己的抑郁情绪影响春又生。

　　"桑伯伯，你难道认为您看不到这一天？毛泽东还能胡作非为到何时？"春又生很惊讶桑梓是如此悲观。

　　"爸爸说过，不是要敬祝毛主席万寿无疆吗？我一定要看到他死！"桑爽说。

　　"又生，我要对你说实话，我是看不到的。不是说看不到毛泽东的死亡，而是看不到专制势力的死亡。中国民主化的道路很长很长，你一定要有思想准备！"

　　"知道了。"春又生沉思着桑梓的话。

　　"正是因为难以实现，所以我们更要去奋斗，就看你们这一代的人了！"桑梓振作起来，"下山！学习！"

"下山了，回家了！"桑爽高兴地叫起来。

回到家中，桑爽帮着爸爸做饭，春又生看书。

吃晚饭，茶水泡好，桑梓说："今晚我来谈《管子》。"

"爸爸要开课了。"桑爽也正襟危坐，不敢怠慢。

"手头没有《管子》这本书，非常遗憾，可能记忆有错误，不过，又生，好在你以后读《管子》的时候会察觉的。此外，需要说明的是《管子》并非管仲一人一时之作，当然主要观点肯定是管仲的。"桑梓首先开门见山地说明。

"桑伯伯，您讲吧，我会记住您的见解的，将作为我以后阅读《管子》时的参考。"

"管仲大约生于公元前730年，死于公元前645年。孔子生于公元前551年，死于公元前479年，苏格拉底生于公元前468年，死于公元前399年。管仲长孔子将近二百岁，长苏格拉底将近三百岁。管仲不仅年长于孔子和苏格拉底，而且阅历比他俩丰富多了。孔子当过吹鼓手、当过管理帐目的'委吏'，管理牲畜的'乘田'，长期当老师，５１岁后做过几年的官。苏格拉底曾跟父亲学过手艺，曾三次参加战争，当过重装步兵，担任过一届五百人会议的议员，也是长期做一名社会道德教师。管仲当过兵，经过商，做过齐国国君之子公子纠的师傅，长期担任过齐国的'相'。管仲辅佐齐桓公建立了'九合诸侯，一匡天下'。"桑梓首先对比管仲、孔子和苏格拉底的阅历。

“管仲是一代名相，我想，诸葛亮也是无法比较的。”春又生赞叹。

“丰富的阅历使得管仲的思想比孔子和苏格拉底都渊博。”桑梓进一步对比他们的思想体系，“管仲是集大成者，伦理、道德、政治、经济、军事以及外交全通的一位政治家、思想家。后代的诸子百家都学习和继承了管仲的部分思想。譬如：管仲说：‘夫霸王之所始也，以人为本。本治则国固。本乱则国危。故上明则下敬，政平则民安，士教则兵胜敌，使能则百事治，亲仁则上不危，任贤则诸侯服。’；‘明王之务，在于强本事，去无用，然后民可使富；论贤人，用有能，而民可使治；薄税敛，毋苛于民，待以忠爱，而民可使亲。三者霸王之事业。’；‘先王事以合交，德以合人。二者不合，则无成矣，无亲矣。’。亲仁重德、以人为本、举用贤人、选择官吏、轻徭薄赋、富民和重视农业等都在后代儒家思想中有所表现。”

“就是说，儒家确实继承了管仲的某些思想。”春又生说。

“当然，儒家不一定这样认为。他们认为孔子是继承了周制。下面还有，管仲说：“人主能安其民，则事其主如事其父母。故主忧则忧之，有难则死之。主视民如土，则民不为用。故主忧则不忧，有难则不死。故曰：‘莫乐之则莫哀之，莫生之，则莫死之。’君主能够安民，则人民就会为君为国分忧；君主如果视百姓如粪土，人民就不会为君为国分难。孟子曾经对齐宣王说：‘君之视臣如手掌，则臣视君如腹心；

君之视臣如犬马，则臣视君如腹心国人；君之视臣如土芥，则臣视君如寇仇'。孟子延续了管子的思想。再如，'天时不祥，则有水旱；地道不宜，则有饥馑；人道不顺，则有祸乱。此三者之来也，政召之。'孟子发展管仲的'天时、地道、人道'为'天时、地利、人和'。"

"孟子也吸取了管仲的思想。"春又生说

"管仲说：'人主天下之有威者也，得民则威立，失民则威废。'。后人依此而说'水能载舟，也能覆舟'。"桑梓接着说，"管仲说：'明主之治天下也，敬其民而不扰，佚其民而不劳。不扰则民子循，不劳则民自试。故曰：'上无事而民自试。'君主无为而治，百姓就会自动地劳作，'无为者帝，为而无以为者王，为而不贵者霸。''无为而治'思想为老子所发展。"

"老子也从管仲的思想中汲取了营养。"春又生评论。

"还有法家。管仲主张'圣君任法而不任智'，'行法修制'，'不为爱民亏其法，法爱于民。'，'齐民以政刑，牵于衣食之利'，这些思想为后代法家继承和演变，管仲实际是法家的先驱。"桑梓又说，"管仲说：'授有德，则国安。'。管仲主张将政权交给有道德的人管理，苏格拉底主张交给哲学家。管仲说：'明主度量人力之所能为，而后使焉。'又生，你看，管仲主张根据人的能力来使用他。与苏格拉底相近。"

"爸爸，管仲真不简单，真是一个大家啊！"桑爽惊叹。

桑梓继续侃侃而谈："孔子在经济方面没有任何建树，苏格拉底在经济方面建树不系统，他的贡献主要在哲学和伦理。《管子》可以说是一本经济巨著。管仲在经济方面具有四民分业定居理论。他是中国历史上也许是世界历史上第一个提出将民分为士、农、工、商四个社会集团，并按专业聚集居住观点的人。正因为管仲曾经经商，所以认识工商业的重要性，而儒家一向重农轻商，远远无法与管仲相比。管仲重视经济，他说：'凡有地牧民者，务在四时，守在仓廪。国多财则远者来，地辟举则民留处。'，'凡治国之道，必先富民，民富则易治也，民贫则难治也。'管仲认为管理国家必须从经济入手，使国富和民富。管仲说：'力地而动于时，则国必富矣。''民非谷不食，谷非地不生，地非民不动，民非作力毋以致财。'他认识到土地和劳动是财富的源泉。"

"我在一本书上看见这样一句话，是一个经济学家配第说的：土地是财富的母亲，劳动是财富的父亲。"春又生插话。

"管仲的说法与配第的说法相同。"桑梓自言自语地说，"管仲说：'君币籍而务，则贾人独操国趣；君谷籍而务，则农人独操国固。君动言操辞，左右之流君独因之，物之始吾已见之矣，物之终吾已见之矣，物之贾吾已见之矣。'管仲主张君主发布号令，使各地的商品流通全部由君主掌控。管仲主张君主控制经济的思想，是不是中国共产党接受马克思计划经济的思想源头呢？"

春又生和桑爽都没有说话。

"管仲清楚经济和道德的关系。他的名言是'仓廪实则知礼节，衣食足则知荣辱。'"桑梓又开始侃侃而谈，"管仲认为'德'包括六个方面：'开垦田地，奖励农耕，栽种树木，建造住宅，此谓厚其生；开发资源，周转积货，修筑道路，方便关市，安排行旅食宿，此谓输之以财；疏导积水，修挖水道，排除淤泥，疏通障碍，建造桥梁，此谓遗之以利；减轻征敛，降低赋税，省驰刑法，宽恕罪犯，恕免小过，此谓宽其政；赡养老人，爱护孤儿，抚恤鳏寡，慰问病员，吊祭丧事此谓匡其急。对寒者给衣，饥者给食，救济破产者，扶助困难者，此谓振其穷。以上四个方面，都属于德政，都是为百姓解决实际的生存问题。管仲的德政不像孔子的德政那样空洞。"

"我们现在的宣传'大公无私'、'毫不利己专门利人'实际上也很空洞。"春又生说。

"管仲具有民本思想，以人为本，爱之、利之、益之、安之，民之所利立之，所害除之，则民人从。"桑梓继续说，"'均地分力，使民知时也。民乃知时日志蚤晏，日月之不足，饥寒之至于身也。是故夜寝蚤起，父子兄弟不忘其功，为而不倦，民不惮劳苦。故不均之为恶也，地力不可竭，民力不可惮，不告之以时而民不知，不道之以事而民不为。与之分货，则民知得正矣，审其分，则民尽力矣。是故不使而父子兄弟不忘其功。'分地给农民并明确征收的标准实际上有利于农民的积极性。为什么农民单干的时候比公社在劳动产量大呢？就是像管仲所说的那样，农民不用督促就会自觉关心生产，人力能够充分发挥了，地利自然增加了。而现在是公社不如合作社，合作社不如互助组，互助组不如单干。刘少奇的包产到户还是有一定的道理的。"

"桑伯伯，土地分给农民，实现耕者有其田，农民为自己干活，自然不畏劳苦。可是一家一户，力量单薄，农业生产力是低下的。说实话，我认为合作生产是有一定道理的，可是为什么反而不如单干的产量高呢？仅仅是由于单干对于农民更实惠？"春又生说。

"对于这个问题，我也一直困惑。又生，看来我们都需要很好地学习经济！"桑梓讲。

"我会的。"春又生牢牢记住了桑梓的话。

"学习经济？不学习历史和文学了吗？"桑爽问。

"历史和文学要学，经济学也要学。"春又生回答。

"管仲重视货币的作用。'黄金刀币，民之通施也。''人来本者，食吾本粟，因吾本币，骐骥黄金然后出。'，'万乘之国，不可以无万金之蓄余'。"桑梓又开始沉思，自言自语地说，"管仲说'弊也者，家也。家也者，以因人之所重而行之。'"

"什么意思，桑伯伯？"春又生问。

"管仲说，货币是表示物价的。物价是根据人们对货物的重视而定的。而马克思认为，劳动时间决定价值。"桑梓说。

"我没有学习经济学。我想首先应该是人对商品的重视程度，也就是需要程度。需要程度高，自然愿意多付钱。需要程度低，商品付出的劳动时间再多，人们也不会愿意多付钱。"春又生说。

"价值问题还需要研究。还有一个问题。管仲非常重视市场。他说：'聚者有市，无市则民乏。'共产党历来重视计划，轻视市场。我们的经济情况，从50年代以来，特别是近几年，正如管仲所说，没有集市，物质极端贫乏。 管仲认为：'市者货之准也。'是说，市场反映货物供求状况。又说：'万物通则万物运，万物运则万物贱，万物贱则万物可因矣。故知三准同策者能为天下，不知三策者不能为天下。'也就是说，不懂市场的人不能治理天下。看来市场问题也需要研究。"桑梓对自己也对春又生说， "在国家理财方面，历来的经济学者主张开源和节流两种方法，而管仲提出了国家利用物价涨落和物质的吞吐来控制市场，获取财富。并且他还提倡奢侈消费，认为只有鼓励消费，才能促进生产 ，增加就业。"

"桑伯伯，我从来没有像今天这样意识到经济学的重要性，你激发了我学习经济学的热情。我是不是应该提前学习经济？"

"经济学是一定要学习的，我也是逐渐意识到的。但是，先学完历史再说吧。"

"爸爸，你谈完了吧？"桑爽很长时间没有说话了，只是一个劲的为桑梓和春又生添茶水。

"再谈最后一点吧。"桑梓说，"管仲重视法律，在这一点上也比孔子高明。管仲说：'所谓仁义礼乐者，皆出于法。此先圣之所以一民者也。'管仲正确地阐明了仁义礼乐者与法的关系。他说：'夫法者，所以兴功惧暴也；律者，所以定分止争也；令者，所以令人知事也。法律政令者，吏民规矩绳墨也，夫矩不正，不可以求方；绳不信，不可以求直'。管仲深刻地认识法律的作用，兴功惧暴，定分止争。他又说：'事督乎法，法出乎权，权出乎道'。也就是说立法的权衡要依据道。对于社会治理，道德与法律是缺一不可的。"

"桑伯伯，看来我还要学习法律。"

"你要学多少门课？文学、历史、经济学，再加上法律。真是要活到老学到老呀。"桑爽说春又生。

"这是肯定的。学习就是我的生活。"春又生认真地说。

"读《管子》，你还可以发现，毛泽东将中国历史倒退了几千年。"桑梓对春又生说。

"是吗？"

桑梓一句一停顿地抨击毛泽东："管仲说：'凡牧民者，必知其疾，而忧之以德，勿惧之以罪，勿止之力。慎此四者，足以治民也。' 治理民众必须了解他们的疾苦，行德政，不要用刑法恐吓他们，不能用强力禁止他们。今日，毛泽东施暴政，倒行逆施几千年！"

"管仲说：'擅国权以深索于民者，圣王之禁也'。独揽国家权力，肆意搜刮人民，是圣王禁止的。今日毛泽东大权独揽，毛即党，毛即国，倒行逆施几千年！

管仲说：'威不两错，政不二门，以法治国则举错而已'。古人尚知依法治国，今日毛泽东的最高指示成了法令，毛倒行逆施几千年！"

　　"管仲说：'夫民别而听之则愚，合而听之则圣。虽有汤武之德，复合于市人之言。'，'其称谤言，则足以补官之不善政。'。即使具备商汤和周武那样的德行，也还是要全面地听取众人的言论。民众发出的非议的言词类补足官府行政上的不足。而今毛泽东一句顶一万句，公开叫嚣要舆论一律，毛倒行逆施几千年！"

　　"管仲说：'我有过为，而民毋过命。民之观也察矣，不可遁逃以为不善。故我有善则立誉我，我有过则立毁我。当民之毁誉也，则莫归问于家矣。故先王畏民。'民众对君主的观察是公正的，能够正确评价君主的错误。先王是敬畏民众的。今日倒过来了，现在是民众敬畏毛泽东，毛倒行逆施几千年！"

　　"管子说：'地者政之本也，朝者义之理也，市者货之准也，黄金用之量也，诸侯之地千乘之国者器之制也。'管仲尚知市场的作用，毛关闭市场，倒退几千年。"

　　"管子说：'仁从中出，义从外作。仁，故不以天下为利；义，故不以天下为名。仁，不代王；义，故七十而致政。'古人尚知年过七十就要自动交出政务。毛泽东不死不下台，倒行逆施几千年！"

　　"管子说：'上杀不辜，则道正者不安'毛泽东从瑞金时期就乱杀无辜，尤其是49年以后，镇反、反右、特别是文革中，人民一直处于恐惧之中，毛倒行逆施几千年！"

　　"管仲说：'治积则昌，暴虐积则亡。'毛泽东积累的暴虐太多了，往日不多了。"桑梓连续七次抨击毛泽东倒行逆施几千年！

"管仲这么厉害，为什么他的影响比孔子小呢？"桑爽好奇地问。

"爽儿，这个问题问得好！"桑梓夸奖女儿。

"怎么样，又生！"桑爽晃动脑瓜，冲着春又生得意地笑着。

"你很会思考。"春又生称赞她。

桑梓随即做出解释："管仲说：'法者，不可不恒也，存亡治乱之所以出，圣君所以为天下大仪也。群臣上下贵贱皆发焉，故曰'法'。'；'不法法则事毋常，法不法则令不行。令而不行，则令不法也；法而不行，则修令者不审也；审而不行，则赏罚轻也；重而不行，则赏罚不信也；信而不行，则不以身先之夜。故曰：禁胜于身，则令行于民。'管仲主张君臣、上下和贵贱都必须从'法'出发，禁律能够约束君主自身，政令才能够推行于民众。这样'法'不仅约束了民众，同时也约束了君，所以后代君主讨厌管仲，而孔子的'仁'对君主的约束非常之小，所以后代君王推崇孔子。"

不知不觉9点多了。

春又生站起来告辞："桑伯伯，今天我收获很大。不是说，我完全懂了你今晚所讲的这一切。而是，我觉得你为我打开了一扇门。"

"好好学习吧，孩子，学无止境。"桑梓拍拍春又生的肩膀。

桑爽送春又生到院子门口，拉着春又生的手说：

"又生，明天我下班后到观象山的小亭子去找你，咱们在那里一起读书，好不好？省得一回家就听你和爸爸谈管子，还有苏格拉底。"。

"好啊！我等你。咱们一起读诗词。"春又生非常高兴，"你要和桑伯伯说一下。"

"我会讲的。"

两人手拉手走到大门口，恋恋不舍地分手。桑爽目送春又生直到看不见身影。

第四章

　　星期二下班后，桑爽乘车到市立医院站，下车后急忙赶往观象山，老远看见小亭子里没有人 。走近小亭子，春又生果然不在。哪里去了呢？桑爽环绕小亭子四处寻找，不见人影，只好坐在小亭子里等待。

　　春又生一天都心急火燎。昨天晚上春又生回家后，母亲对他说，街道办事处的人通知说，明天8点钟到中山公园报到。第二天8点钟，春又生赶到中山公园报道后，公园劳动科让他当天就上班。找到一份临时工作很不容易，春又生到公园的苗圃组上班去了。春又生心里很是着急，第一天上班又不能请假，没有办法通知桑爽不能赴约了。下午2点半了，春又生知道，这会儿，桑爽肯定到了观象山小亭子了，她一定生气了。4点钟了，桑爽等了一个多小时了，但愿她别等了，回家吧。好容易靠到5点钟下班，春又生心想，桑爽一定回家了。他匆忙换下工作服，直奔中山公园外的6路汽车总站。从青岛路站下车后，春又生一路飞跑，5点40分赶到了桑爽家。

　　桑梓开门后，看见春又生气喘吁吁的样子，只见春又生一个人，不见桑爽，便问："什么事情？这么慌张？桑爽呢？"

　　"桑爽没有回来？"春又生大惊失色。

　　"没有啊！你们两个没有在一块儿？"

　　"坏了，桑爽一定还在观象山上等我。"说完转身就跑。

"发生什么事情了？"桑梓在后面担心地问。

"桑伯伯，没有什么，别担心，回来再解释。"春又生说着跑出了院子。

春又生快速穿越平原路，向观象山飞奔。一口气跑上山顶，春又生远远地看见桑爽坐在小亭子里。桑爽也看见了春又生，生气地背过身去。

"桑爽，我来了。"春又生边跑边喊。跑进小亭子，只见桑爽背对他，不理他。"对不起，桑爽，真对不起。"春又生大口地喘气，大声地说。

桑爽猛然转身，用双手捶打着春又生哭着说："说声对不起就行了吗？你知不知道，我在这里苦苦地等了你三个多小时。"

"对不起，我不是有意的。"

"你到哪儿去了？你知不知道，我为你担心？"桑爽不依不饶。

"我到中山公园干临时工去了。昨天晚上街道办事处通知我到中山公园报到，谁知他们当天就让我上班。第一天上班又不能请假，我又没有办法通知你。下班后我赶到你家，桑伯伯说，你没有回家。我知道你一定还在这里等我，我就飞奔而来。"

"真的？你找到工作了，干什么？"

"在中山公园苗圃组工作，今天挑了一天的水，种冬青树苗。"

"太好了，这次原谅你，下不为例。"桑爽破涕而笑。

"我这个人一向非常守时的。以后咱俩约会，如果我没有准时来，肯定有急事，你就别等了。"春又生叮嘱说。

"好吧。但愿别有下一次，等人好心焦啊！'梳洗罢，独倚望江楼。过尽千帆皆不是，斜晖脉脉水悠悠。断肠白蘋州。'知道温庭筠的这首'望江南'吗？"

"知道。我有好东西，你闻闻。"春又生小心翼翼地从口袋里拿出手绢递给桑爽。

"真香，什么这么香？"桑爽闻后说。

"打开看看。"

桑爽打开手绢，只见两朵小黄花散发出一股浓郁的香气，惊喜地问："这是什么花，如此香气逼人？"

"这是含笑花。"

"含笑？含情的含，笑颜的笑？"

"对，就是！"

"名字真好，含笑，含笑！"

"爽，你笑起来真香甜，我以后就叫你含笑好了。"

"对，桑爽，字含笑。"桑爽高兴了，"来，你一朵，我一朵。"

"两朵都是给你的。"

"真的？谢谢小哥哥。"桑爽突然扑入春又生的怀中撒娇。

"快回家吧，桑伯伯等急了。"春又生有些尴尬，忽然想到了桑伯伯。

"对，快！"桑爽这时也想起了爸爸。

回到家中，春又生向桑梓解释了一切。桑梓的心放下了，高兴了。

"爸爸，你闻一闻，香不香？"桑爽拿出含笑给爸爸闻。

"香，真香，这么小的花朵，这么浓的香气，叫什么名？"桑梓很惊奇。

"叫含笑。"

"含笑？好名字，哪里来的？"

"又生的赔偿。"

"你从哪里得到的？"桑梓问春又生。

"中山公园里有含笑花，现在正盛开。公园里的师傅给了我两朵。"

"爸爸，以后我就叫含笑了。"

"好啊，爸爸希望天天看到你的笑脸。"

吃完饭，泡好茶，桑梓对春又生说："今天我来讲历史，我以我和桑爽外公的经历来贯穿中国的近现代史，可能更真实，更容易进行反思和探讨。"

"好！肯定不仅真实，而且生动。"春又生很兴奋。

桑梓对桑爽说："爽儿，你也要好好听，我们家族的有些历史你还不清楚，你也应该知道了。"

"好啊！我非常想知道外公，妈妈，还有爸爸的历史！"桑爽也非常兴奋。

"桑爽的外公家是无锡望族文氏家族。我们桑家和文家几代交好。首先我要说明，我为什么不讲我的父亲，而是讲我的岳父。因为我的父亲是一个商人，他对政治没有兴趣。我为什么要以我和我的岳父的经历来贯穿中国近现代史呢？我的岳父生于1880年，他年轻时是一个热血青年，一生经历过一些大的历史事件。我小时候，桑爽的外公非常喜欢我，给我讲了许多他参加的历史事件，所以我对这些事件有直观认识。我自己呢，从一二九运动开始也参加了一些历史活动。所以，我们这两代人的历史可以从一个侧面展现中国近现代史吧。"桑梓首先对他要讲的历史做了一个说明，春又生感觉到桑梓叙述历史的客观性和严谨性。

"我先把桑爽外公出生前，也就是 1880 年以前的历史简单地回顾一下。古代史我们已经谈过一些了，我从近代史开始谈吧。1640 年世界开始进入资本主义时代，4 年之后的 1644 年，满清入关，中国还在继续强化自己的封建专制社会。从此，中国落后于世界的发展，这成为中国人的心病，尤其是中国知识分子的心病，怎样才能赶上历史进步的步伐，就成为中国新一代志士仁人的任务。"桑梓侃侃而谈，"1688 年，英国光荣革命胜利，标志着资本主义时代开始了。1689 年，英国颁布《权利法案》，标志着'君主立宪制'的资产阶级统治在英国的确立，封建统治结束了。1776 年 7 月 4 日，美国《独立宣言》宣告北美 13 块殖民地独立。1789 年 7 月 14 日，巴黎人民攻占巴士底狱。制宪会议通过了《人权宣言》，宣称人们生来自由，权利平等，私有财产不可侵犯，1792 年 9 月法国成立共和国。随着英、美、法三国资本主义制度的建立，工业革命也于 18 世纪开始了。俄国于 1861 年废除农奴制，开始了资产阶级性质的改革。我们的邻国日本 1868 年开始明治维新，使日本从一个闭关锁国的封建国家逐步发展为资本主义国家。" 桑梓停顿了一下，继续讲："中国呢？1644 年满清入关后，所谓的康乾盛世，实际上是专制统治的盛世，也是清朝专制王朝最后的盛世了。1839 年，林则徐在广州禁烟，6 月在虎门海滩销烟。一年之后的 1840 年 6 月，英国政府发动了侵略中国的鸦片战争。满清入关将近 200 年后，中国被英国打败。1842 年 8 月，清政府被迫签订了《中英南京条约》。1843 年，中国的一场大动乱就要开始了，因为这一年，洪秀全创立了拜上帝教。1848 年洪秀全写成《原道觉世训》、《太平天日》等文章，表明他要建立帝王事业的志愿。1851 年 1 月 11 日，洪秀全在广西金田村起义，建号太平天国。1853 年 3 月，太平军占领南京，改名天京，定为都城，颁布《天朝田亩制度》。太平天国根本不是共产党宣传的那样是一场革命，实际上是一个新的封建王朝的建立，而且是一个更糟糕的短命的封建王朝。"

"太平天国不是革命？"春又生第一次听到这种观点。

"是的，孩子，看来你需要读一读太平天国的历史。"

"桑伯伯，您简单讲一讲《天朝田亩制度》和太平天国吧。"春又生请求。

"又生，你的兴趣真广泛。"桑爽称赞道。

"好吧。《天朝田亩制度》是一部涉及军事、政治、经济、教化的纲领性文件，它将军事、政治、经济、教化一体化，当今的人民公社就是毛泽东对太平天国的模仿。太平天国的组织以军事为单位，《天朝田亩制度》规定，凡设军，每一万三千一百五十六家先设一军。然后设军所统五师帅，再设师帅所统五旅帅，共二十五旅帅。旅帅各所统五卒长，卒长各所统四两司马，两司马各所统五伍长，伍长各所统四伍卒。一军人数共达一万三千一百五十六人。在政治上，凡县一级以上的负责人，一般都由革命军将领担任。乡官由乡民选举，每年一选。乡官如有贪污不法者，人民可以检举揭发，随时革退。"

"乡官选举这一点比今日中共还要进步一些。中共的村官都是上级任命的。"春又生插话。

"《天朝田亩制度》规定，凡一军一切生死黜陟等事，逐级上报到天王，天王降旨，军师遵行。乡里各家有争讼，如果下级解决不了，逐级上报到天王。天王降旨，命军师、丞相、检点及典执法等详核其事。在经济方面，《天朝田亩制度》规定，凡分田，照人口，不论男妇，算其家人口多寡，人多则分多，人寡则分寡，杂以九等。务使天下共享天父上主皇上帝大福，有田同耕，有饭同食，有衣同穿，有钱同使，无处不均匀，无人不饱暖也。"

"百姓共享天父带来的富，与同毛泽东是大救星一样。"春又生说。

"实际上所有的田地都是天父的，并且收成后，百姓家只留下口粮，其余的都上缴国库，凡麦、豆、宁麻、布帛、鸡、犬各物及银钱都是如此。因为天下皆是天父的，天下人人不受私，物物归上主。这样，农民就失去了拥有土地的意义"。

"洪秀全是天父所有制。毛泽东是中共一党所有制。"春又生评论道。

　　"正是如此。还有，在工商业方面，虽然《天朝田亩制度》没有具体规定。杨秀清曾发布《待百姓条例》，规定商店的买卖本利皆归天王。太平天国设立百工衙，集中各种工匠为天国服务，只有口粮，没有工钱。"

　　"这不是剥削吗？"桑爽插话说。

　　"是抢夺。"春又生说。

　　"其实在洪秀全和毛泽东眼中，革命就是抢夺。"桑梓接着讲，"在教化方面，洪秀全强迫民众履行拜上帝仪式，诵习天条，赞美皇上帝。《天朝田亩制度》规定，凡二十五家中，设一个礼拜堂。儿童俱日至礼拜堂，两司马教读备遗诏圣书、新遗诏圣书及真命诏旨书焉。凡礼拜日，伍长各率男妇至礼拜堂，分别男行女行，讲听道理，颂赞祭奠天父上主皇上帝焉。"

　　"毛泽东的早敬祝，晚汇报不就是继承了这一套吗？"春又生评论。

　　"太平天国以宗教起家，上帝教的教条既是军规，也是法律，实际上洪秀全的话是法律。按照上帝教的规定，凡是拜上帝者皆为天父子女，不拜上帝者为妖徒鬼卒，均在斩杀之列。洪秀全对于上帝教以外的意识形态，包括诸子百家一律排斥，如有敢念诵教习者，一概斩首。"

　　"今天，除了马列主义毛泽东思想一律都是反动意识形态，谁敢念诵教习者，一概是反革命，一概犯有反党反社会主义罪。毛泽东是洪秀全第二。"春又生评论。

　　"毛泽东声称在中国封建社会只有农民战争才

是推动中国历史发展的动力。其实，农民战争是中国社会改朝换代的动力，并不能改变社会性质，不能推进中国社会进步。从明末李自成起义和太平天国起义到毛泽东领导的农民起义，这三次农民起义有着惊人的相似之处，他们以暴力的方式反抗封建专制王朝，又继承了封建专制和腐败，利用广大贫穷农民的无知获得天下而最终不能治理天下。"桑梓接着讲，"洪秀全自称皇上帝曾赐给他宝剑、金玺，命他下凡做'真命天子'。他把自己变成了'神'，成为天父上帝的次子、天兄耶稣的胞弟、奉天承运的人间君主。洪秀全自登上天王宝座之后，便始终以'朕'自称，并反复强调'天朝严肃地，咫尺凛天威，生杀由天子，诸官莫得违'，同时大搞家天下，洪秀全的 5 个儿子，长子已被封为幼主，其他 4 个幼子全部封为王，两个女儿的驸马封为王爷。太平天国总共封了 2 千多个王，真是旷古奇闻。洪秀全南京登基之后，按照自己设计的'九重天庭'建起了方圆十余里的宫殿花园群。洪秀全又派人搜罗民间美女，嫔妃近百，宫女无数。这就是穷人掌权后的疯狂。穷人不能掌权！"

"为什么穷人不能掌权？"春又生第一次听说这种观点。

"我说的穷人不是没有财产的人，而是灵魂穷的人，是利用暴力夺取财富的人，是一旦掌权就肆意掠夺的人。洪秀全建立了一套完整的一切权力归于他一人的权力高度集中的封建政权，毛泽东在文革中已经实现了集党政军大权于一身。"

"原来是这样。"春又生说。

"洪秀全根本不是什么革命领袖啊！"桑爽惊讶。

"1856 年，第二次鸦片战争爆发。俄、英、法、美强迫清政府分别签订《天津条约》。1860 年 英法联军攻占天津、北京。中英、中法、中俄《北京条约》签订。1864 年太平天国失败，一场大的内乱结束。19 世纪 60 年代至 90 年代，洋务派在全国各地掀起了'师夷长技以制夷'的改良运动'洋务运动'。但是， 从 1860 年到 1885 年将近半个世纪内，中国多次败于列强，中国的志士仁人开始思考了，并开始了自己的行动。1888 年，康有为第一次向光绪皇帝上书，要求变法。1895 年，中日甲午战争中，中国海军彻底失败，举国皆惊，洋务运动实际上失败了。当年，康有为率同梁启超等数千名举人联名'公车上书'清光绪皇帝，反对在签订丧权辱国的《马关条约》，施行变法。维新派由此登上历史舞台，标志着中国群众的第一次政治运动——维新运动开始了。这一年，桑爽的外公 15 岁了，甲午战争的失败也震惊了 15 岁的少年。1898 年 6 月，光绪皇帝颁布《定国是诏》任康有为为总理衙门章京，开始了戊戌变法。已经 18 岁的岳父在无锡联络一些举人支持康有为'戊戌变法'。谁知 9 月份，慈禧太后发动政变，囚禁光绪帝，杀害谭嗣同等六人，戊戌变法失败。我 15 岁时，岳父曾经给我讲起这段经历。" 桑梓停止了讲话，回到了当年情景之中。

"外公真不简单！"桑爽对春又生说，春又生频频点头。

"1900 年 6 月，八国联军侵略中国。1901 年 9 月，《辛丑条约》签订。我岳父对清朝彻底失望。1902 年，章太炎的《驳康有为论革命书》在《苏报》上发表。第二年，邹容发表《革命军》。"

"桑伯伯，这两本书我都没有看。你能不能简单讲一讲。"春又生要求。

"好的。邹容 1885 年生人，四川人，出身于富商家庭，少年时代深受维新书刊影响。谭嗣同为变法壮烈捐躯的事迹，令邹容敬慕不已。他曾经题诗明志，以谭嗣同的'后来者'自居。邹容 17 岁自费去日本留学，在东京同文书院学习期间，他阅读了卢梭、孟德斯鸠的著作和美国、法国资产阶级革命的历史，接受了西方资产阶级革命的'天赋人权'、'自由平等'的思想。1903 年 5 月，邹容以'革命军中马前卒邹容'为名出版了《革命军》，那年他才 18 岁！"

"邹容写这本书时才 18 岁，真厉害！"桑爽对春又生说，春又生点头称赞。

"在《革命军》这本书中，邹容提出要扫除数千年种种之专制政体，脱去数千年种种之奴隶性质，诛绝五百万有奇被毛戴角之满洲种，洗尽二百六十年残惨虐酷之大耻辱，使中国大陆成干净土，黄帝子孙皆华盛顿。他鼓吹要竖独立之旗，撞自由之钟，我中国今日欲脱满洲人之羁缚，我中国欲与世界列强并雄，不可不革命；我中国欲长存于二十世纪新世界上，不可不革命！"

"邹容鼓吹撞自由之钟，这是中国历代专制统治者，直至毛某人都坚决反对的！"春又生插话。

　　"是的。邹容还主张，一人一思想，十人十思想，百千万人百千万思想，这更是为历代专制统治者，尤其是毛某人所不能容忍的。"桑梓继续谈，"邹容称赞英国革命、美国革命和法国之革命，是人类由野蛮而进文明的革命，是将奴隶变为主人之革命，使人人享其平等自由之幸福。而中国自秦朝开始，历朝历代都是专制政体，他们私其国，奴其民，揽国人所有而独有之，以保其子孙帝王万世之业。对国人的不知自耻，不知自悟，无主性、无自立之性，邹容痛心疾首。一国之政治机关，一国之人共司之。苟不能司政治机关、参与行政权者，不得谓之国，不得谓之国民，此世界之公理。"

　　"世纪之初，邹容就认识到国家乃国民之家，近日毛某人以己代国何其恶劣也！"春又生厉声说。

　　"邹容认为中国的二十四史，实际是奴隶史。他痛斥曾国藩、左宗棠和李鸿章屠戮同胞，甘为满洲人忠顺之奴隶。要革命，中国人首先要除去奴隶的劣根性。邹容希望国人皆知中国者，中国人之中国也，人人当知平等自由之大义，当有政治法律之观念。主张建立民主制度，全国无论男女，皆为国民。凡为国人，男女一律平等，生命，自由，及一切利益之事，皆属天赋之权利，不得侵人自由，如言论、思想、出版等，各省投票公举一总议员，由各省总议员中投票公举一人为暂行大总统，为全国之代表人。无论何时政府所为有干犯人民权利之事，人民即可革命，推倒旧日政府。中国定名中华共和国，参考美国宪法制定中国宪法。"

　　"本世纪初年，中国人渴望的自由民主理想今天全部毁在毛贼一人之手。"春又生愤怒地说。

"爸爸，看来还真要学历史，我才知道，60 多年前，邹容就有了自由民主的思想。"桑爽感叹地说。

"是啊！可是专制政权怎么能够容忍邹容呢！清政府惶惶不安，他们查封了爱国学社和《苏报》，逮捕了章太炎和邹容等人。这就是1903年震惊中外的'苏报案'。邹容在狱中受尽虐待，1905 年 4 月 3 日，21 岁的邹容献出了年轻的生命。"桑梓叹息。

"太可惜了！"桑爽叹息。

"不过，死得其所！"春又生说。

"但是邹容在书中也暴露了一些不好的意识，例如，他主张革命必剖清人种，不许异种人沾染我中国丝毫权利，甚至主张驱逐居住在中国中之满洲人，或杀以报仇。暴力最终不能推动社会进步。"

"可是，英美法的革命都采取了暴力。"春又生说。

"西方国家有民主制度的基础，他们的革命最终建立了民主制度。中国呢？中国长达两千多年的专制社会中没有任何民主制度基础，在这样的社会条件下，暴力只能产生新的专制社会。历史事实是，国民党用暴力推翻了满清，没有建立起民主制度；共产党推翻了国民党，不仅没有建立民主制度，反而倒退了几千年，建立了一种新的专制制度。中国人的暴力倾向太严重，中国是世界上农民起义最多的国家，结果暴力越频繁，国家越落后，中国人不能再采用暴力的方法来变革社会了！"桑梓郑重地对春又生说，"无论你认为共产党多么专制，一定要采用和平的方法来解决，不要使用暴力，否则你与共产党没有多少区别，不过是五十步笑百步。"

“和平的方法能够消灭专制统治？”春又生似乎不相信。

“印度甘地采用的就是非暴力革命的方法，一样取得了成功。”桑梓说，“和平的方法也许需要很长的时间才能逐步消解封建统治，但是它最大的好处是社会动荡小，可以大大地减少百姓的不幸与死亡。从太平天国暴乱到中国共产党暴乱，尤其是他们篡夺政权后，中国死了多少人啊！”

“我反对暴力！”桑爽说。

“我给你们讲一个故事吧！”桑梓讲。

“好！什么故事？”桑爽的眼睛立刻亮了。

“一个人在反右运动中写了一篇寓言《记忆》，后来就是因为这篇寓言被打成了右派。”桑梓讲，“寓言的内容是这样：有一个国家的人民长期受到一个独裁者的压迫，苦不堪言，多年以来，人民就想杀死这个暴君，但是屡屡失败。因为这个独裁者居住在一个七层宝塔之上，每一层都有武功高强的武士把守。这一年，人民中产生了一个伟大的勇士，他决心不惜牺牲也要杀死暴君，于是他手持宝剑，进入宝塔。一进入第一层，勇士马上同保护暴君的武士打斗起来。勇士武艺出众，杀死了几个武士。武士首领知道遇到了对手，就对勇士说，我们不要打了，如果你答应我们的一个条件，我们就放你上第二层。勇士问，什么条件？武士首领说，如果你留下一样你身上的东西，我们就放你上去。勇士问，什么东西？武士首领说，耳朵、眼睛、手、脚，只要是你身上的东西都可以。勇士勇敢地说，为了民众的利益，我的命都可以不要，何况一只耳朵，说完便削下自己的一只耳朵。”

“呀！”桑爽惊叫了。

“用一只耳朵的损失，勇士走上了第二层，又与第二层的武士打斗起来。勇士杀死了几个武士，第二层武士首领知道遇到了对手，就对勇士说，我们不要打了，如果你答应我们的一个条件，我们就放你上第二层。勇士说，是不是要我留下一样我身上的东西？第二层武士首领说，对。勇士勇敢地说，为了民众的利益，我的命都可以不要，何况一只耳朵，说完又削下自己的一只耳朵。就这样，勇士先后削下两只耳朵，一只手，一只胳膊，一只脚，一条小腿，终于上到了第七层。这个时候，他看见了瘫在宝座上的暴君。他正要杀死这个暴君，暴君的谋士出来了，他对勇士说，你还要留下一样东西，你才能杀死君王。勇士高声说，我已经为革命献出了两只耳朵，一只手，一只胳膊，一只脚，一条小腿，你还要什么？谋士说，你的记忆。勇士很惊奇地说，记忆？拿去吧！谋士拿走了勇士的记忆。勇士杀死暴君之后，谋士把暴君的死尸推下宝座，回身让勇士坐到宝座上。丧失记忆的勇士在谋士的扶助下，又成了一个新的暴君。”

“为什么？”桑爽不解。

“因为仇恨使人丧失理智，暴力产生新的暴力。暴力产生的权力要用暴力来维持，结果产生了一个新的暴君。蒋介石是这样，毛泽东也是这样。”桑梓回答。

“我知道了，我们要探索一条非暴力的手段来摧毁专制制度。”春又生对桑梓说。

“对了，孩子，这是我希望的。”桑梓赞许春又生。

“我记住了，桑伯伯。”春又生说，“您再讲一讲章太炎的《驳康有为论革命书》吧。"

　　"章太炎生于 1869 年，比桑爽外公大 11 岁。公元
1897 年章太炎到上海任《时务报》撰述，宣传改良思
想，积极参与维新。戊戌政变之后，清政府悬赏通缉
章太炎，他被迫流亡日本。他剪掉头上的辫子，矢志
反满。他与蔡元培共组中国教育会，设立爱国学社，
积极鼓吹革命。1902 年，康有为在海外发表了《答南
北美洲诸华商论中国止可行立宪不可行革命书》。康
有为认为中国只可立宪，不能革命，强烈反对用革命
手段推翻清朝统治的作法，并举出中国不能进行革命
的种种理由：其一，满汉已经融为同种。他为"扬州
十日"辩解，说什么：扬州十日之事，与白起坑赵、
项羽坑秦无异。其二，清朝之制，满、汉平等，汉人
有才者，匹夫可以为宰相，自同治年来已有几位汉人
宰相。其三，革命惨酷，流血成河。其四，皇帝圣仁。
其五，中国今日之人心，公理未明，旧俗俱在，革命
以后，必将日寻干戈，偷生不暇，何能变法救民，整
顿内治。"桑梓接着讲，"为了驳斥康有为，章太炎
在 1903 年写了一封致康有为的公开信，就是《驳康
有为论革命书》。章太炎曾请人带到香港转交康有为，
结果未能带到。因此《驳康有为论革命书》与邹容的
《革命军》同时刊行，在海内外引起巨大反响。章太
炎一一驳斥康有为列出的中国只能立宪不能革命的
理由。　其一，若言同种，则非使满人为汉种，乃适
使汉人为满种也；秦白起与赵人、项羽与秦人为同族。
是故秦、赵之仇白、项，不过仇其一人；汉族之仇满
洲，则当仇其全部。其二，章太炎指出，近世军机首

领，必在宗藩，汉人没有进入最高权力圈。康有为的所谓立宪，虽然有上下两院，而下院议定之案，上院犹得以可否之。上院之法定议员，由皇族，内外蒙古贵族以及达赖、班禅高僧担任。汉人不在其内，因此议权不在汉人，根本不存在满、汉平等。其三，章太炎指出革命要流血，但立宪也要流血。其四，光绪有实权而不能用，不过空得皇帝的虚名。夫光绪尚不能保自身，怎能与天下共忧。其五，章太炎则说，公理之未明，即以革命明之；旧俗之俱在，即以革命去之。大致的内容就是这些。"

"我以后要想办法读一读《驳康有为论革命书》和《革命军》。"春又生说。

"章太炎的文章和邹容的书对我岳父影响很大，后来，我岳父去日本留学，1905 年中国同盟会在日本东京成立，我岳父参加了。他曾经给我讲了许多同盟会趣事。我十几岁时，我岳父介绍我看了《驳康有为论革命书》和《革命军》。"

"外公参加过同盟会！"桑爽第一次听说。

"是啊，你外公绝对是一个立志报国的人！他是我少年时代的偶像。"桑梓敬佩自己的岳父，"1907 年徐锡麟在安徽起义，失败被害。秋瑾准备在浙江响应，被捕慷慨就义。1911 年 4 月，孙中山和黄兴发动广州起义，失败。10 月 10 日，武昌起义爆发。革命首先在武汉三镇取得胜利，成立湖北军政府，改国号为中华民国。"

"爸爸，外公没有参加起义？"桑爽问。

"你外公是一个文弱书生，他的工作是宣传和筹集经费。"桑梓说，"1912 年元旦，孙中山在南京就职中华民国临时大总统，宣告中华民国成立。这一天，我一岁了。我父亲和未来的岳父都非常高兴，他们认为我生在了一个新的时代。清帝退位后，孙中山根据与袁世凯的约定辞去临时大总统职务，袁世凯接任了中华民国临时大总统。宋教仁将同盟会改组为国民党，准备组织责任内阁，限制袁世凯的权力。1913 年，袁世凯派人杀害了宋教仁。当年孙中山领导了'二次革命'。"

"我听陈老师讲过，'二次革命'后，孙中山同黄兴曾经发生争论。"春又生插话。

"孙中山同黄兴曾经发生争论？怎么回事？"桑爽很好奇。

"桑伯伯您来讲吧。"春又生说。

"你来讲吧，把陈老师告诉你的讲一讲。"桑梓说。

"好，我讲得不对的地方，桑伯伯，您纠正。"春又生说，"孙中山与黄兴为中华革命党组党原则发生争论。"

"中华革命党？他们建立的不是国民党吗？"桑爽问。

"二次革命后，孙中山和黄兴流亡日本。孙中山认为，辛亥革命和'二次革命'失败的原因，在于国民党没有服从党魁，因此没有做到统一号令，他决定将国民党改组为中华革命党。"

"原来这样。"桑爽说。

　　"孙中山要求中华革命党服从命令为惟一的要件，入党者必须以牺牲自己的生命、自由和权利，宣誓 '甘愿服从' 孙中山，并在署名下加印指模。表示 '永守此约，至死不渝，如有二心，甘受极刑。' 孙中山以强硬的语气讲：革命必须有惟一的领袖，革命党必须绝对服从惟一领袖，原因是他是推翻专制，建立共和，首倡而实行之者，由于党员见识有限，应该盲从我。桑伯伯，陈老师讲的这些是事实吧？" 春又生问桑梓。

　　"是事实。" 桑梓回答，"孙中山认为国民党之所以不能 '服从党魁，统一号令'，是因为当时的党员们信仰自由平等之说，因此他不仅要求党员，还要求官员和军人牺牲自己的自由平等，为国民谋自由平等。实际上，官员、军人和党员丧失了自由平的权利，就势必沦为任人指使的驯服工具，自主精神泯灭，又怎么能够为国民争取自由平等呢！孙中山已经违背了《中国同盟会总章》倡议的自由、平等、博爱的精神。"

　　"孙中山亲自拟定的新党章规定：在将来革命政府成立到宪法颁布前的整个革命时期，全部国家权力都归中华革命党党员所有，一切非党员都没有公民资格。党员按入党时间的先后，分为三等，在革命时期内，各享有不同的政治权利：凡在 '三次革命' 前入党的，称 "首义党员"，在革命时期入党的，称 '元勋公民'，均享有一切参政、执政的优先权；凡在 '三次革命' 爆发后，革命政府成立前入党的，称 '协助党员'，在革命时期内称 '有功公民'，享有选举权和被选举权；凡在革命政府成立后入党的，称 '普通

党员’，在革命时期称‘先进公民’，只享有选举权
而无被选举权。”

春又生问：“桑伯伯，这是事实吗？”

“是事实。”桑梓回答，“孙中山的党国不分，
党员之上，后来被毛泽东继承。”

“桑伯伯，对于孙中山的这一切，我感到恶心！
彻底改变了我对他的印象。”春又生说。

“孙中山是这样吗？”桑爽似乎不相信。

“是这样的。　还有些事情你们是不知道的，我
过一会儿再讲。”桑梓说，“又生，你继续讲。”

“黄兴认为革命正义被袁世凯的金钱、权力所摧
毁，并非真正的失败。他认为孙中山要求党员宣誓牺
牲自己的生命自由权利，服从孙中山，是不平等，在
署名下加印指模，是一种侮辱。黄兴希望孙中山不要
反对他自己曾经提倡的自由平等主义。孙中山曾经将
新党章草稿给黄兴看。黄兴认为，将党员分成不同的
等级，许以不同的权利，与袁世凯以金钱、地位诱人
的做法相近，已经背离革命的宗旨。看样子黄兴的自
由民主思想要比孙中山坚定。”

“是这样。我再讲一件你们可能永远意想不到的
事情。”桑梓讲。

“什么事？”桑爽急切地问。

“孙中山曾经秘密会见日本陆军参谋总长上原
勇作，要求日本支援中国革命，承诺‘中国新政府可
以东北三省满洲的特殊权益全部让予日本。’”

“呀！卖国贼！”春又生和桑爽几乎同时愤怒地
说。

"孙中山甚至说：'倘日本真能以互助的精神，诚心实意地援助中国的革命统一，相互提携，为亚洲的独立与复兴通力协作，则中日两国的国界难道不也可以废除吗？'"桑梓说，"这也是我当年为什么不参加国民党的原因之一。我的岳父也对孙中山的独裁思想和为一党之私竟然不惜出卖中国而遗憾。当然，当时我没有想到共产党的毛泽东也是这样的人。"

"桑伯伯，华盛顿是美国历史上唯一的一个获得全部选举人票而两次当选的总统，任期结束后，坚决拒绝三连任，他不留恋个人权力。 无论是孙中山，还是毛泽东，他们与华盛顿相比，根本就不是一个时代的人，虽然他俩晚生于华盛顿。看来，中国专制文化真是根深蒂固！"

"是这样，几千年的专制文化不是一天两天能够清除的。"桑梓叹息。

"爸爸，你继续讲。"桑爽对今天的谈话内容很感兴趣。

"'二次革命'失败后，袁世凯成为正式大总统。1915 年袁世凯同日本签订了《二十一条》。他恢复帝制，当上了中华帝国皇帝，改年号为"洪宪"。孙中山发表《讨袁宣言》。第二年，倒行逆施的袁世凯死了。这一年我五岁。"桑梓抚摸着桑爽头，对她说，"这一年，你妈妈一岁了。"

"我妈妈和爸爸从小一起长大，是真正的青梅竹马。"桑爽对春又生说。

"是吗？ 真好！"春又生说。

"爸爸，你和妈妈的少年时代很快乐吧？"桑爽说。

　　"我和你妈妈的少年时代很幸福。两家的生活是富裕的，我们顺利地上小学、中学，我的父亲还有你外公经常在假期带我和你妈妈到上海、苏州、杭州和青岛去玩。"桑梓对桑爽说，"当然，家庭外面的世界是动荡的。袁世凯死后，中国进入军阀割据混战时代。1916年，陈独秀将《青年杂志》改名为《新青年》。1917年，胡适与陈独秀联手倡导新文学运动。北京政府正式向德意志帝国和奥匈帝国宣战，参加了第一次世界大战。当年，世界历史上最重要的一件事情发生了，列宁发动十月革命并取得成功。1918年，李大钊在《新青年》杂志上发表文章预言：社会主义旗帜一定会插遍全球。1919年，'五四"运动'爆发时，我8岁。我记得五四前后，我岳父非常激动，四处活动。我问他发生了什么事情。虽然我很小，根本听不懂他说的是什么，他还是滔滔不绝地给我讲巴黎和会，讲割让青岛。我那时只记住一个名字，就是在山东有一个美丽的海滨城市青岛。"

　　"爸爸，也许那个时候，命运就注定了你的一生都离不开青岛。"桑爽讲。

　　"也许吧。1930年，我十九岁，考上了山东大学。送我来青岛的是我未来的岳父，他非常高兴我成人了。我第一次从他的嘴里知道了，有一个新的政党成立了，就是1921年成立的中国共产党。当然作为国民党人，他并不认同共产党。从他那里，我也知道了1923年，孙中山与俄代表越飞发表联合宣言，知道了1927年2月发生了'二七'惨案和1925年上海发生'五卅惨案'；知道了1927年蒋介石在上海发动'四

一二'政变。知道了共产党发动的南昌起义，知道了
1928 年国民党开始北伐。岳父激发了我对国事的关心，
从此我有了阅读报纸的习惯。我阅读的第一个不幸的
消息是'九一八'事变爆发。我在青岛参加了生平第
一次抗日游行。1932 年，上海'一·二八'抗战爆发。
我第一次有了当兵的冲动，被我父亲阻止。"桑梓对
桑爽说，"1934 年你妈妈考上北京大学，我从山东
大学毕业了，并考上了北京大学历史系的研究生，与
你妈妈在北京会合。当年'一二·九'抗日救亡运动
爆发，我和你妈妈参加了'一二·九'运动。我的岳
父当然支持我们参加'一二·九'运动。但是，当我
于 1936 年秘密加入了共产党后，家庭冲突发生了。
我作为一个富家子弟为什么要加入共产党，这是党组
织在每次运动中都要问我的问题，也是我的父母和岳
父问我的问题。"

　　"桑伯伯，当年你为什么要加入共产党？"桑梓问。

　　"首先，共产党的共产主义理念吸引了我。中国知
识分子受儒家思想影响，具有天下为公的思想情结。我
从小同情穷人，我认为社会对他们不公平。共产党认为
是私有制造成了社会的不公平，只有实现公有制才能实
现社会公平，我很自然地接受了共产党的思想。我的岳
父当年在日本学习的是经济学。他对我讲公有制是空中
楼阁，对社会经济的发展是有害的。我一方面听不懂他
讲的话，另一方面认为他和我父亲是剥削阶级，因此他
们的见解是阶级偏见。我与我的父亲和岳父发生了激烈
的思想冲突。其次，我无法容忍国民党的无能。抗战初
期，国民党一再忍让和退却，激起我对国民党的憎恨，

所以，我要加入共产党推翻国民党的腐败统治。 实现公有制理想和推翻国民党腐朽政权就是我参加共产党的原因，我就是这样回答共产党组织，回答我的父亲和岳父的。共产党对我的回答有一定程度的相信，而我的父亲和岳父却认为我疯了，中了共产党宣传的毒。"

"妈妈理解你吗?"桑爽问。

"你妈妈不关心什么社会制度问题。那时我们已经相爱了，她自然就站在我这一边。"桑梓回答，"当然，开始我并没有告诉家人我参加了共产党。每年暑假和寒假回到家里，就免不了与父亲和岳父展开争论。1938年夏天，桑爽妈妈毕业后，那年我已经历史研究生毕业了，留在北大教书。 我的父母和桑爽的外公和外婆给我俩举行订婚仪式。岳父对我说，他很器重我，希望我有所作为，但是对我的激进思想很担心，希望我能够继续到英国去学习经济。我那时由于加入了共产党，学习和工作要服从组织决定，没有答应岳父，岳父非常失望。1940年春节，在我和桑爽妈妈举行婚礼之前，岳父严肃地对我说，他希望我做研究工作，不要参加任何组织。我不愿意欺骗他，就告诉他，我已经加入了共产党。如果他不希望他的女儿嫁给我，我能够接受。岳父气坏了，对我说，1939年9月苏联同法西斯德国签订了《苏德互不侵犯条约》，根据苏德之间的秘密协议，在德国进攻波兰的同时，苏联也从东线进攻波兰，占领了共约20万平方公里的波兰领土。11月，苏联又出兵芬兰，抢占了4万多平方公里芬兰领土。随后，又迫使立陶宛、拉脱维亚、爱沙尼亚'申请加入'苏联。对这样的肆无忌惮的侵略行为，你们中国共产党竟然认为苏德互不侵犯条约是很正确的。你怎么能够加入这样一个甘心当苏联走狗的一个党！"

"桑伯伯，您怎样回答？"春又生问。

"我一时无话可说。这件事情我很迷茫，党组织的解释是苏联为的是回敬英法'祸水东引'的企图。可是学校里的老师和学生却不这样认为，我也无法开口再对他们宣传苏联，宣传马克思主义了，我失去了他们的信任，这也是我的共产党员身份暴露的原因。"桑梓痛苦地回想，"我岳父非常痛心，他谴责自己没有很好地关心我，接过我走上了一条错误的路。现在想起来，我很对不起他，也许他是对的。42 年的整风运动使我的思想第一次受到触动，五七年反右，尤其是桑爽妈妈被迫害而死，使再次怀疑我选择的道路是否正确，但是已经晚了。"桑梓此时很难过，本能地想吸烟。但是被眼睛已经含泪的桑爽制止了。春又生默默无语。

"岳父很难过。我父亲知道后，大为震惊，要把我逐出家族。那年春节，我们没有举行婚礼。桑爽妈妈被留在无锡，我回到北京北大教学。暑假我没有回无锡。桑爽妈妈偷偷到北京看我。40 年底，我暴露了，组织要把我送到延安。去延安之前，我匆匆赶回无锡，向父母告别，向岳父和桑爽妈妈告别，并提出解除婚约。桑爽外公让桑爽妈妈选择，她坚决跟我走。我们后来得知，国民党特务从北京追到无锡抓捕我。我父亲在北京登报申明与我脱离父子关系。也许，这是我以后逃过 42 年共产党延安整风和 57 年反右运动的原因。即便是这样，我父母并没有逃脱我的牵连，我家的大门口被挂上了'匪属'的牌子。"桑梓继续缓缓地说着，"50 年，我和桑爽妈妈回无锡探亲，得知我们双方父母四人，还有大多数亲戚都去了台湾。经历了 49 年以后的历次运动，看到了人民的生活依然是这样的贫困，我回想起岳父的话，公有制是空中楼阁，对社会经济的发展是有害的。我想这可能是中国只实现了公有制，没有社会主义民主制度的原因吧。近来我越来越怀疑，即便实现了社会主义民主制度，社会主义就真的能够使中国富强吗？文革前我还很痛苦地想，难道我们这一代人的追求和理想都错了吗？现在认真想一想，49 年我就应该醒悟，'五·四'运动的先锋分子陈独秀早已经同共党分道扬镳，胡适和傅斯年等人宁肯跟着蒋介石到台湾，也不留下来与共党为伍。说明他们认为蒋介石比毛泽东还有点人性！文化大革命的发生使我彻底地相信共产党是错的，我的选择是错的，岳父是对的，但是一切都晚了，太晚了！他老人家永远都不可能听到我的忏悔了！我辜负了他对我的期望，我害死了他的女儿。我这一生最愧对的就是我的岳父！"

"爸爸，你别说了！"桑爽终于忍不住放声大哭。

春又生也眼含热泪。

"又生，这就是我们这一代人的悲剧，我的经历和变化。"桑梓说，"你还问我，我们当中有多少人不再相信共产党，我没有统计，也没有办法统计，但是我相信越来越多的人开始思考，开始怀疑了。明天晚上，我再给你讲一些历史事实。今天到这儿吧。"

桑梓站起来洗漱去了。

春又生拉着桑爽的手，爱抚她，抚慰她痛苦的心灵。

桑爽送春又生到院子里，对他说："又生，我明天下班到中山公园去看你吧。"

"不好吧。刚上班。你就到班上看我，影响不好。"

"我不和你打招呼，像一个游客，只是远远地看着你。"桑爽哀求道。

"好吧，千万注意别叫师傅们看出来。"春又生只好同意了。

"公园的苗圃在什么地方？"

"在小西湖北边，很好找。"

"你几点下班？"

"5点。"

"我3点到公园，5点在6路汽车总站等你，一块回家。"

"好！"春又生与桑爽击掌。

桑爽回到房间里对桑梓说："爸爸，明天下班后，我到公园去看又生工作。"

"不好吧。又生刚上班，你就到班上看他，影响不好吧。"

"不要紧，我装作游客，只是远远地看着又生，也不打招呼，"桑爽回答。

"那你可要小心些。"

"我会的。"

星期三，桑爽下班后匆匆向厂外走，被几个同事拦住。王姐早已经将桑爽有对象的消息传得人人皆知。

一个小姐妹问："桑爽，今天到哪里与情郎约会。"

"我没有情郎，你才有情郎。" 桑爽红着脸不承认。

"那天，在储水山和一个帅小伙亲亲热热一块儿游玩的是谁呀？"王姐揭发说。

"哪个帅小伙是谁？说呀！"

"脸红了吧？"

"是你对象吧？"同事们七嘴八舌地打趣。

"他是一个朋友，不是对象。"桑爽红着脸说。

"真的不是对象，那好，你把他介绍给小李吧，小李比你大，还没有对象呢。"王姐故意说。

"不，就不！就不！"桑爽情不自禁地露馅了。

"承认了吧！"

"不打自招了。"同事们高兴了。

"说，到哪里约会？"王姐问。

"不说。"桑爽拒绝。

"不说不是？这好办，咱们跟着她。"王姐故意吓唬桑爽。

"对，跟着她！你去哪儿，我们就去哪儿。"同事们跟着起哄。

"好了，姐姐们，别闹了。我说，----中山公园。"桑爽说完扭头就跑。

"别跑，小心汽车，我们不去。"王姐在后面大声叮咛着，然后对姐妹们说，"到底是个小丫头，诈唬一下就招了"。

乘二路电车到东镇，然后换乘15路汽车，桑爽到小西湖车站下车时，已经是2点50分了。桑爽买票进了中山公园西门，走过小西湖，只见前面有一片苗圃，心想这就是又生哥工作的地方吧？她慢慢走进苗圃，看见一群女工在忙碌着，有的翻地，有的平整，有的在地里栽冬青苗，可是没有看见春又生。人呢？哪去了？正在这时有三个小伙子挑水过来了，春又生走在前面。他挑着满满两桶水，看起来似乎毫不吃力，挑水的姿势很好看，脚步轻快，水桶随着脚步一上一下地悠着，水一点也没有洒出来。桑爽急忙躲在一棵树下，春又生没有发现她。春又生把水浇到栽好冬青的苗圃上，转身回走。桑爽远远地跟在后面，想知道他在哪里打水。走了几分钟，春又生来到一口水井旁，用扁担吊着水桶，右手轻轻地左右摆动，一会儿就拔上满满的一桶水，然后又打上第二桶水。扁担两头挂上水桶，春又生又快捷地挑水走向苗圃。桑爽惊讶万分，又生哥会打水，挑水不吃力，看样子是受过锻炼的。记得自己下乡劳动时，怎么也学不会在水井里打水，有一次还把水桶掉进了水井。挑水时，扁担把肩膀压得生疼，两只手用劲托着扁担。这个呆子哥哥还会劳动啊，在那里学会挑水的？桑爽好奇极了。桑爽自认为人不知鬼不觉，偷偷地跟在春又生的后面，其不知已经被苗圃的曹师傅发现了。她对大伙说："快看，这个姑娘跟在春又生后面，是不是春又生的对象呀？"

"不会吧，是一个游客吧。"一位女工不同意。

"咱们这里从来没有游客光顾，为什么春又生来了之后，就有游客来看我们种苗？"曹师傅坚持自己的看法。

　　"咱们问一问春又生，不就知道了吗？"那位女工说。

　　春又生挑水过来了，浇完水，正要再去打水时，曹师傅拦住他，用手指着远处的桑爽说："春又生，你看看那是不是你的女朋友来看你了？"

　　春又生这时才看见桑爽，脸刷地红了。他不知道怎样回答，说不是，是撒谎；说是，又不好。看着春又生这副尴尬的样子，曹师傅确信了自己的判断，她回头对那位女工说："我猜对了，是春又生的女朋友。"又回头对春又生说："叫你女朋友过来吧，别害羞，"

　　春又生摇头说："不好，这样不好，工作时间。"

　　曹师傅说："不要紧的，我们马上就要休息了。"见春又生不好意思叫，曹师傅对着桑爽大声喊叫："姑娘，过来吧？"

　　桑爽没有想到被发现了，听见有人叫她过去，有些慌张，去也不好，不去也不好。

　　曹师傅跑过去，拉住桑爽的手问："你是春又生的女朋友吧？"

　　"不，----是。"桑爽满脸通红，摇了摇头说不，又点了点头说是。

　　"还害羞呢。"曹师傅笑着拉着桑爽向苗圃走去，桑爽被动地跟着走。

　　走到女工中，曹师傅对大家说："快看看，多俊的姑娘啊。"

　　"俊，画儿似的。"

　　"真漂亮，谁家有这样的姑娘真是好福气。"女工们纷纷夸奖着。

　　春又生还傻傻地站在原地不动，桑爽羞得似乎无地自容。

　　"休息了。"曹师傅对大伙说完，然后对春又生说："还不过来，人家大老远地来看你。"

　　春又生过来二话不说，拉着桑爽向一片树林中跑去，后面传来一阵女工们的哈哈大笑声。

　　跑进树林，两人站住了。

　　"这么不小心，还是叫曹师傅发现了。"春又生埋怨桑爽。

　　"我一直小心翼翼，离你很远，谁知道她们是怎样发现的？"桑爽撅着嘴。

　　"也许因为这里是苗圃，游客一般不会到这里来，所以你一来吗，就非常显眼。好了，别撅着嘴了。已经发现了，就这样了。"春又生安慰桑爽，她这才开心的笑了。

　　"又生哥，你挑水的姿势很好看，打水也很老练，你是怎么学会挑水的？"桑爽好奇地问。

　　春又生的脸色忽然变了，竟然没有注意到桑爽称第一次呼他'又生哥'，看着桑爽说："以后再说，好吗？"

　　桑爽发现春又生的脸色不对头，忙说："好的，好的，以后再说。"

　　"过一会儿，开始干活了，你到公园的樱花路东边的小花园去看含笑，在那里等我下班。"

　　"我怕找不着地方。"

　　"别担心，到了樱花路，你就会闻到含笑的香气，肯定能找的到。"

"真的？好，我在小花园里等你。"桑爽高兴了。

"下班后，我带你去一个地方，然后再回家。"

"好！"桑爽情不自禁地拉着春又生的手跳起来。

"记住，千万不要摘含笑花。"

"怎么会呢。你在这儿工作真好！太阳底下，树木旁边，沐浴着阳光，欣赏着绿色，多么幸福啊！"桑爽伸展双手享受着春又生的花园。

"的确好！身心都非常舒服！"春又生双手高高举起。

"我们的实验室里见不到阳光，还有一股怪怪的味道，比这儿差得太远了。"

"以后，只要不上班，我就陪你到大自然的怀抱中游玩。一会儿我就带你到我的一个老宝地去玩。"

"真的！你不读书了！"

"书自然要读，大自然也要亲近。"

"谢谢你，小哥哥。"桑爽情不自禁地往春又生身上靠。

"别这样，让师傅们看见笑话。我得干活了，你看，师傅们已经开始干了。你沿着这条路向前走，再向右拐。"春又生为桑爽指路。

"我能找的到，用鼻子。"桑爽顺从地走了。

春又生回到苗圃，女工们纷纷问他："春又生，这个女孩，是你的对象吧？"

"这个姑娘真漂亮，春又生，你这是上辈子修的福吧？"

"春又生，姑娘在哪个厂工作？"

春又生回答："她不是我的对象，是朋友。"

"女朋友和对象有什么区别？"曹师傅不信。

"朋友是经常来往的同学、同事等等，对象更进一层，是确定了双方恋爱关系的男女朋友。"春又生解释说。

"这么说，你们俩还没有确定恋爱关系。"曹师傅说。

"没有，早着呢。"春又生挑起水桶向水井走去。

"那你还不加紧追，晚了，就是别人的媳妇了。"曹师傅对着春又生的背后说。

春又生没有回答，径直走了。

桑爽走到樱花路之后，马上闻到含笑的香气，她顺着香气走进了小花园，看见了含笑。含笑不是树，是一种灌木。眼前有六棵含笑，棵棵都有一米多高，被修正成长圆形。那小小的绿色叶子，小小的黄色花朵，如果不是这浓郁的香气，含笑实在难以引人注目。越是这样，桑爽越是爱怜含笑，她围着含笑，一圈又一圈地转着，享受着令人难以自制的香气。一边转着，一边四处看着，几棵高大的玉兰树上的玉兰花也已经盛开了。桑爽走到玉兰树下，马上闻到了一股淡淡的略带一点中药味道的清香。桑爽从玉兰树转到含笑，又从含笑转到玉兰，尽情地享受两种不同的香气。转着转着，桑爽忽然想起了芍药，到芍药院去看看芍药现在是什么样子，她离开小花园，向北面的芍药院走去。来到芍药院，芍药院没有开放，她从门缝向里看，一棵棵芍药绿油油的，上面已经有含苞的小花骨朵，真精神！桑爽心想，下个月一定和又生哥来看盛开的芍药。看看手表，4点多了，桑爽慢慢地向小花园走去。

5点钟一到，春又生洗脸换衣，在女工们的嬉笑声中离开苗圃，直奔小花园。老远就看见桑爽正在小花园门口翘首远望。桑爽看见了春又生，两人相互招手。在小花园门口，桑爽扭动着身体抱怨春又生："怎么才来，都五点一刻了。"

"挑了一天的水出了一身汗，我总要洗一洗吧。"

"累吧？"桑爽心疼了。

"累，不过还能坚持住，别为我担心。"春又生感激桑爽的关心，又问："看见含笑了吧？"

"看见了，含笑花色不出众，香气却如此诱人。"

"走，进去，再闻闻。"春又生拉着桑爽走进小花园，他俩围着含笑转圈。

"我知道你们俩肯定在这里。"曹师傅骑自行车来到小花园对春又生和桑爽说。

"桑爽，叫曹师傅。"

"曹师傅好！"桑爽有礼貌地向曹师傅问候。

"喜欢含笑吧？"曹师傅问。

"喜欢，别有一番香味在心头。"桑爽回答。

"所有的人都喜欢含笑。"曹师傅为含笑自豪，说着要动手摘含笑花："来，我为你俩摘几朵。"

"别，我们看一看就行了。"春又生连忙制止。

"不要紧，我知道什么样的可以摘。你们看，这几朵全开的，今天不摘下来，晚上就落地了。"曹师傅摘下四朵花给春又生和桑爽："来，一人两朵。"

"谢谢，曹师傅。"春又生和桑爽拿着花连声道谢。

"曹师傅，你住在公园里吗？"春又生问。

"就住在山半腰，到我家来玩吧！"曹师傅发出邀请。

"不了，以后吧。"春又生谢绝了。

"好吧，我走了，明天见。"曹师傅骑上自行车走了。

"谢谢你，曹师傅，明天见。"春又生和桑爽向曹师傅告别。

"都给你。"春又生将手中的两朵含笑放到桑爽手中。

"谢谢，我两朵就够了。"

"回家给桑伯伯吧。"

"好！"桑爽小心地将四朵含笑放到手帕中。

"走，跟我走。"春又生拉着桑爽的手，向山上方向走去。

"上山？"桑爽问。

"对，上太平山。"

"太平山上是军事禁区，不能上的。"

"我们不到军事禁区里面去。"

"那，去哪里？"

"跟我走吧。"春又生对太平山似乎很熟，而桑爽却陌生。

"爽，你是不是没有上过太平山。"春又生问。

"小时侯，爸爸总是担心我，一放学就回家。除了班级的集体活动，我几乎哪儿都没去。人家都有哥哥和姐姐，可以跟着他们一块儿到处玩，我总是一个人，没有人和我一起玩。"桑爽伤心地说。

"是吗？可怜的孩子，以后哥哥带你玩。"春又生把桑爽拉到自己的身边。

"又生哥，你小时侯呢？"

"我小时侯，爸爸死的早。妈妈天不亮就去上班，天黑了才回家。我是自由人，没有人管。"

"你也一个人？"

"我有一个姐姐。"

"姐姐不管你？"

"姐姐在外地上学，没法管我。我上小学的时候，市区里的观海山、信号山、储水山、太平山都玩过，观象山就更不用说了，几乎天天在山上玩。上中学的时候，又开始爬浮山和崂山。你知道我和一帮中学生怎样爬浮山吗？我们早晨5点钟起床，8点钟爬上浮山山顶，玩一会儿，11点多就返回家中了。"

"崂山，我跟着爸爸去过，哪天咱们去爬浮山吧。"

"好啊。春天郊游，夏天游泳，秋天登山，冬天赏雪。咱俩秋天的时候去爬浮山。"春又生兴致勃勃地说。

"有个哥哥真好！"桑爽将脸贴在春又生的胳膊上。

"有个妹妹真好！"春又生心里想。

过了半山腰，紧挨着军事禁区的小树林中冒出了一块5米多高的大石头，这大石头像一座小山峰，上面刻着"上甘岭"三个红字。

春又生说："我们到了，这就是青岛的上甘岭。

小时侯，我经常来这里玩，唱‘一条大河’”

“上甘岭，青岛的上甘岭，真好！”桑爽是第一次看见上甘岭大石头。

春又生拿出口琴吹起了电影“上甘岭”的主题曲“一条大河”。琴声使桑爽陶醉，又引来了一阵掌声，原来是山上的七、八个警卫战士顺着琴声来到了“上甘岭”。一个战士拿出了口琴和春又生一块儿吹奏。战士们大声唱着，桑爽也跟着小声唱起来：“一条大河波浪宽，风吹稻花香两岸，我家就在岸上住，听惯了艄公的号子，看惯了船上的白帆。姑娘好像花儿一样，小伙子心胸多宽广。为了开辟新天地，唤醒了沉睡的高山，让那河流改变了模样。这是美丽的祖国是我生长的地方，在这片辽阔的土地上到处都有明媚的阳光。”春又生停止了吹奏，唱了起来：“好山好水好地方，条条大路多宽广。朋友来了有好酒，若是那豺狼来了，迎接他的有猎枪。-----”春又生高昂的歌声在山谷中激荡，战士们都不唱了，静静地听他激情地演唱。歌声停了，桑爽和战士们一起鼓掌欢呼：

“唱得好！”

“唱得精彩！”

“谢谢！多少年没有这样痛快地唱歌了！”春又生激动地对大家说。

“你们是哪个单位的？”一位军官问。

“我是中山公园的工人。”春又生回答。

“小伙子，你唱得真动情，真动人！”那位军官称赞说。

“谢谢，我在小学和中学时，经常到这里唱‘一条大河。'"春又生说。

"是吗?我们是第一次听你在这里唱歌。"战士们说。

"好几年没有来了。"春又生感叹地说。

"欢迎你经常来。"那位军官说。

"好的，天快黑了，我们要回家了，再见!"春又生拉着桑爽的手下山。

战士们在他俩身后齐声高喊"再见!"

桑爽非常兴奋，一边下山，一边对春又生说:"又生哥，你真大方，真豪气，当着那么多生人面，非常自如地唱歌，真好!"

"这算什么，高兴唱歌就唱歌，我从不在乎有人没人。"

"又生哥，我真爱听你唱歌，再唱一首吧。"

"我想听你背诵诗词。"

"真的吗？好。你知道明朝诗人杨基吗？"桑爽问。

"不好意思，不知道。"

"杨基是四川乐山人，生于江苏吴县，做过官，和高启、张羽、徐贲并称为'吴中四杰'。他写过一首绝句'天平山中'。天平山在江苏省，与咱们的太平山之差一个字。"

"爽，你知道的真多。"

"一点点了。"听春又生夸奖自己，桑爽有点得意。"听着，'天平山中'：

细雨茸茸湿楝花，

南风树树熟枇杷。

徐行不记山深浅，

一路莺啼送到家。"

"好！徐行不记山深浅，一路莺啼送到家。"春
又生即兴地吹着口哨，惟妙惟肖地学鸟叫，对桑爽说：
"太平山没有黄莺，哥哥一路口哨送你到家"

桑爽两只手拽着春又生的一只胳膊，快乐的像一
只小鸟蹦蹦跳跳。

坐上6路汽车，从青岛路下车，他们沿着青岛路
回家。路上，春又生对桑爽说："爽，我要和你说件
事。"

"什么事，说吧！"

"我现在上班了，以后恐怕不能每天都到你家去
了。"

"为什么？"桑爽立刻不高兴了。

"你想啊，以前我没有工作，一天可以看十几个
小时的书，到你家去几个小时还可以。现在我白天要
上班，只有晚上的时间能够看书了，所以不能经常去
了。"

"你可以到我家和爸爸一起读书啊！"桑爽不同
意。

"那能这样，我最近天天到你家，我妈妈不高兴
了。"

"为什么呀？"桑爽有点担心了。

"我是他的儿子，我妈妈最大的希望是，一下班，
回家第一眼就看见我。最近总是快睡觉时才回家。所
以，我妈妈不高兴了。"

"我爸爸也是这样，总是让我下班后马上回家。"

"所以呀，以后，我每星期只去你家一次吧。"

"一次？太少了，不行！"桑爽提高了声音坚决拒绝。

"那么，两次吧。星期四你休息时和星期天我休息时，怎么样？"

"两次也太少了，隔一天一次！"

"原则上不能少于两次吧，行不行？"春又生竭力劝说桑爽。

"两次不行，你星期天休息时，我要是上中班，晚上就看不见你了。"

"傻瓜，我可以星期天上午去看你呀。"

"对，我忘了上午可以见面，我都让你气糊涂了。"桑爽尴尬地笑了。

"那就这样了。"

"又生哥，你很坏！不行，我要和爸爸说。"桑爽自然还是不同意。

回到家，吃饭时，春又生对桑梓说，以后计划每周来两次跟他学习。桑梓同意了，一方面春又生需要学习，另一方面，春又生也应该照顾母亲。桑爽无可奈何，只好接受现实。

桑爽说："爸爸，明天我休息，今晚上又生在这儿多呆一会儿，好吗？"

桑梓说："好的，今晚我要讲的内容很多，可以多呆一会儿。"

吃晚饭，泡好茶，桑梓开始讲了："昨天晚上概括地讲述了一大段近现代史。今天晚上讲一些我经历过的历史。我不知道这些历史将来还会不会以真实的历史面目展现在中国人面前，我担心很可能被中共的御用史学家删改。你看，现在宣传是林彪带领南昌起义的部队在井冈山与毛泽东会师，把朱德给抹煞了。所以，又生，我今天讲给你听了，你也要尽量收集资料，分析认识这些历史事实，如果有可能就把历史的真面目告诉中国人。"

"好的，我会的。"春又生郑重承诺。

"从延安整风运动开始讲起，我是亲历者。我是1941 年 2 月底到延安，一共在延安生活了 5 年多，直到 1946 年底受命到山东执行任务。在延安见过很多中共的领导人物，听过毛泽东的报告，最重要的是经历了延安整风运动。我认为只有了解延安的整风运动，才能够好地认识 49 年以后中国发生的一系列事件，对电影《武训传》的批判、对《红楼梦研究》的批判、胡风反革命集团案件、反右运动、庐山事件、特别是文化大革命。 延安整风运动是毛泽东亲自领导的中共党内第一次大规模的政治运动，成为 49 年后中共历次政治运动的样板。毛泽东在延安整风运动中利用他所创造的思想改造、审查干部和肃反，全面清除了中共党内存在的五四自由民主运动的影响，控制了党、政、军、宣传等一切权力，建立了以毛泽东为核心的绝对独裁统治组织结构。"

"桑伯伯，当年为什么有一批青年知识分子跑到延安去？"春又生不解地问。

"在第二次世界大战，一直到苏联与德国法西斯签订互不侵犯条约之前，有一大批年轻的知识分子参加了共产主义运动，也有一批比较优秀的文化人。他们参加共产主义运动主要原因在于对剥削制度的不满，对马克思主义公有制的向往，促使他们向左转，把人类的希望寄托在共产主义理想之上。昨天对你讲过，中国的一部分知识分子，我也是其中之一，遗传了'天下大同'、'天下为公'的传统基因，痛恨中国地主和资本家对劳苦大众的剥削，尤其对国民党的腐败，对国民党抗战的失败不满，所以很自然地倾向共产主义。当时我们对苏联充满了浪漫的幻想，对延安充满了渴望，认为在那里社会正义统治着一切，人们可以享受自由、平等，可以自由幸福地歌唱。所以，1941 年，我和桑爽妈妈急迫地奔赴延安。我记得到达延安后，当晚我和桑爽妈妈就携手在延河边畅谈，我们觉得终于到了可以自由呼吸的理想国。当然，我们逐渐发觉延安的现实并非如此。第一件触动我的事情发生在我到延安仅仅两个月之后。那是 41 年 4 月份，苏联同日本签订了严重损害中国利益的《苏日中立条约》和宣言。条约第一条规定：'缔约国双方保证维持相互间之和平与友好邦交，互相尊重对方领土完整与神圣不可侵犯性。'，第二条规定："倘缔约国之一方成为一个或数个第三国敌对条约行动之对象时，则持约国之他方，在冲突期间，即应遵守中立。'其宣言说：'苏日双方政府为保证两国和平与友好邦交起见，兹特郑重宣言，苏联誓当尊重'满洲国'之领土完整与神圣不可侵犯性，日本誓当尊重'蒙古人民共和国'之领土完整与神圣不可侵犯性。' 这样一份中立条约与宣言激起中国人的强烈不满，对苏联与日本的肮脏交易表示愤怒。当时的国民党政府对《苏日中立条约》发表声明，宣称东北三省和外蒙古是中国领土，决不承认第三国之间有关侵害中国行使领土主权的任何协定。几天后，中共正式发表对《苏日中立条约》的意见，竟然称赞这个条约是苏联外交的一个伟大胜利，对苏日的声明中有关'互不侵犯满洲及外蒙'的说辞给与充分的理解。"

春又生惊讶地说："这不是出卖国家主权吗？"

"是啊！这是我加入中共后受到的第一次精神打击。我不理解，为什么我痛恨的国民党敢于反对苏共对中国的伤害，而我所热爱的中国共产党竟然支持苏共的无耻行径。我和一部分同志暗自心痛。但是，当时并不敢肯定自己的想法是正确的。1949 年以后，在潘汉年案件中，我得知他曾经奉命与汉奸李士群、周佛海、陈公博等人联系，开辟地下通道的事实。中共为了一党之私利不仅卖身于苏共，而且自己也不惜与汉奸勾结。毛泽东更是把巩固个人的统治放在首位，即便是事关国家存亡的抗日也毫不例外地放在其后。例如他批评彭德怀的百团大战消耗了中共的力量。"

"应该揭露共产党的真面目，让中国人都知道！"春又生说。

"其实，中共卖国行为不止这些。"桑梓讲，"1929 年，南京国民政府大张旗鼓地推行'革命外交'，希望通过推动外交谈判，争取各国列强同意修订不平等条约。 刚刚东北易帜的张学良，发动了以武力向苏联夺回中东路权的重大外交事件。苏联依据 1924 年中俄条约和奉俄条约，据有从满洲里到长春一线的中东铁路及其沿线的相关设施，并派有上千名铁路和商务人员。苏方一直没有严格地遵守条约的规定，并且通过各种办法使得应有同等权力的中方的管理者几乎处于无权的地位，这种情况引起东北当局的不满，虽然几经交涉，却毫无结果。5 月 27 日，中国东北当局得到密报：正午 12 时，第三国际在苏驻哈总领事馆地窖内秘密集会，宣传共产主义，所有中东路沿线各共产党行政管理党员干部均出席了会议。此会显然违反奉俄协定。中国当局随派人搜查，获得证据，并拘捕多人。事件发生后，苏联外交人民委员会向中国口头提出严重抗议，南京政府外交部部长王正廷对此态度强硬。他的目的是废除不平等条约，收回国家各项权益，正好可以把中东路问题当与蒙古、新疆等问题一并向苏交涉解决。蒋介石态度是：'决以强硬对苏俄'。"

"国民党政府不像中共宣传的那样是卖国政府。"春又生说。

"中共一向歪曲事实，恶人先告状。6 月初，苏联在国内找借口拘押华侨华商施以报复的同时，在中苏边境苏联一侧已在频繁调动军队。张学良一是派兵增防边界地区，二是准备夺回中国本应享有的控制在苏联路局局长手中的中东路那一半管理权。后来，蒋介石决定收回中东路权，张学良下达命令给哈尔滨特区行政长官和中东铁路督办，要他们强行收回中东路权。苏联照会外交人员，同时声明保留 1924 年中俄、奉俄两协定中所规定之一切权利。苏联政府宣布对华断交后，7 月，苏军开始在绥芬河一带向中方守军开枪开炮，并扣留行进在黑龙江上的中国船只，苏联的行为激起中国民众的激烈反应。8 月，苏联组成特别远东军，攻击中国军事目标，不断地轰击甚至进占中国一侧的村镇、县城及车站口岸等。张学良紧急抽调 5 个旅的兵力，分往各重要口岸驰援。蒋介石决心使事态闹得更大，以此来暴露'社会主义国家之虚伪'与'共产主义国家之侵略'。10 月，苏军发动进攻，中国军队兵败，人员伤亡和被俘过万，财产损失无数。国民政府不得不接受苏联的苛刻条件，委曲求全。"

"苏联可恨！共产党可恨！马列主义可恨！"春又生愤怒地说。

"其实最可恨的是中共。在中东铁路事件中，中共一开始就直接提出'拥护苏联'与'武装拥护苏联'的口号。"

"啊，武装拥护苏联，中共卖国啊！"春又生更加愤怒了！

"可惜的是，我在参加共产党之前，不知道中共在在中东铁路事件中的卖国行为。"桑梓接着说，"长征的真相是什么？被中共美化的长征是中共北上的军事逃亡，北上的目标是靠近苏联，投靠苏联。红军到达甘肃后，又组织西路军北上，渡黄河向青海西进。西路军是当年根据中共打通国际路线的决定而组织的，打通国际路线也就是打通通向苏联的路线。中共有专人在苏联负责同苏联联系援助西路军武器弹药的事，并运送到靠近新疆的边境上。可惜，这一切我知道的太晚。"桑梓叹息，"我们到达延安后，在与一些我曾经敬仰的老红军接触后，发觉他们粗话连篇，盛气凌人，简直就是当代张献忠之类的人物。这些人不仅没有文化，而且视野狭窄，具有一种怀疑甚至敌视知识分子的本能。特别是对待我和桑爽妈妈这样家庭出身的年轻党员，有一种天生的'非我族类，其心必异'防范和仇视心理。毛泽东更是具有农民的狡诈、粗鄙和狭隘，一种天生的反对智力的本能。尤其是后经历了整风运动，我发觉自己可能走错了路。可是当时没有别的路可走，因为我依然痛恨国民党。所以只好寄希望于中共。在一种矛盾的生活中，我很谨慎，希望自己能够记录下这一段历史，写一本真实的生动的历史著作。这就成了我全部的生活追求。由于谨慎，由于只是观察，很少主动发言，昨天我讲过，也许还有我父亲与我断绝父子关系的声明，所以我躲过了一次又一次的运动。但是，还是因为桑爽妈妈的事情受到牵连，被贬官到了青岛，61 年后因为生病又被闲置至今。这些都是后话了。我还是来讲延安整风运动。"桑梓喝茶休息一会儿，继续讲，"延安整风的根本原因是毛泽东要建立他个人对于中国共产党的独裁统治，为以后夺取天下后独裁中国奠定基础。他不择手段，竭尽残酷迫害之能事，暴露了一种根深蒂固的封建帝王的独裁性格，朱元璋也不在他的话下。井冈山时期，就有党员对毛的个人专政，书记独裁非常不满。毛为了个人统治，一向不择手段，这种独霸特点在延安整风期间表现得淋漓尽致。 一位党内同志曾经对我说，他从一个老同志哪里听说，毛泽东还在学生时代曾经非常喜爱一首"咏蛙"诗：独坐池塘如虎踞，绿杨树下养精神。春来我不先开口，哪个虫儿敢作声！"

　　春又生："春来我不先开口，哪个虫儿敢作声！好霸道啊！"

　　"黄巢落第后曾经写了一首诗'不第后赋菊'：待到秋来九月八，我花开后百花杀。冲天香阵透长安，满城尽带黄金甲。毛泽东喜爱的与黄巢的诗何其相似，我花开后百花杀！好凶残！"桑爽说。

　　"他追求的就是一言九鼎，看谁敢违背他的意旨。这种独裁性格是中国专制社会流氓文化在他身上的遗传。毛泽东在 1940 年以前控制了共党的军队和党权后，下一个目标是控制发言权。"

　　春又生："遵义会议后，毛泽东逐步控制了军权，这个我知道。我不知道他如何获得党权的？"

　　"1938 年，王稼祥从苏联带回共产国际总书记季米特洛夫支持毛泽东为中共领袖的口信，毛终于得到莫斯科的承认，获取了党权。中共本来就是共产国际的一个支部，实际是苏共世界战略的走卒。"桑梓讲，"要控制发言权并不容易，毛泽东要面对张闻天等一批党内理论家。于是，他处心积虑地寻找机会。他读了斯大林编著的《联共党史》后，认为机会来了。1941年 5 月，毛泽东在延安干部大会上发表了《改造我们的学习》的演讲，这个演讲我听了。他称赞联共党史是世界共产主义运动的最高总结，是理论和实际相结合的典型。因此，他提议联共党史为学习的中心材料。为什么毛泽东如此重视联共党史？因为这本书是斯大林为了排除异己树立自己一贯正确的形象而写，书中大量地歪曲了历史事实。斯大林对一切与他意见不同的人，肆意丑化和辱骂，扣上叛徒、卖国贼、机会主义等帽子，然后置于死地。从此，斯大林的个人意志就成为苏共价值和是非判断的唯一标准。斯大林的这一套做法，完全符合毛泽东的需要，就是建立以领袖为中心的党的意识形态和组织制度。他参照《联共党史》组织编辑了《六大以来》的中共历史文献汇编，精心选择对自己有利的文章，对异己不利的文章。书中以中共党内的两条路线斗争为线索，他把自己树立为党内正确路线的代表，把王明、博古、张闻天作为错误路线的代表。他用机会主义、经验主义和教条主义来攻击中共的其他领导人，使他们认错，闭嘴，甘受他的辱骂和羞辱。这本书一出，许多中共高级干部被解除了武装，形成了只有毛泽东的一人永远是正确的唯我独尊的强势地位。"

"斯大林的高徒。"春又生嘲弄。

"为进一步肃清"五四"以来自由、民主和个性解放在知识分子党员中的影响，确立领袖之上的观念和控制言论，1942 年，毛发动了整风运动。整风运动共分三个阶段：整风、审干和抢救阶段"。桑梓继续讲，"1942 年 2 月 1 日，毛泽东在中央党校开学典礼会上作《整顿党的作风》的报告；2 月 8 日，在延安干部会上作《反对党八股》的报告。在报告中，他讽刺知识分子党员，一不会耕田，二不会做工，三不会打仗，四不会办事，是一些'连猪都不如的蠢货'。"

春又生："这不是泼妇骂街吗？"

"当时我就觉得毛的文风极其片面、粗鲁、刻薄，知识分子可以教学，可以做研究，可以发明创造，你为什么不提呢？更卑鄙粗鲁的是毛泽东修改了胡乔木撰写的一篇《解放日报》社论'教条和裤子'。呵斥党内的一批马列主义理论研究者，让他们脱裤子，割尾巴。"

桑爽吃惊地说："这简直是流氓语言！"

"可是，当时一些青年知识分子，认为春天到了，纷纷响应毛的号召，向主观主义、教条主义、宗派主义开战。你妈妈当时也是这样。我拼命劝说她，不要盲动。我对她说，我们到延安仅仅一年的时间，还是再多了解一些事实，再发言吧。好容易劝说住你妈妈，否则她在延安时期就会出事。3 月份，解放日报刊登了丁玲的《三八节有感》、王实味的《野百合花》等文章。这些文章表达了知识青年对延安的失望。1937 年后，成千上万的青年人读了埃德加·斯诺《西行漫记》，怀着对中共的崇仰和对新生活的向往，从中国各地奔赴延安。由于毛泽东搞肃反，搞个人崇拜和首长至上，动辄用政治大帽子压制普通党员，党内的普通党员对官僚化表示了严重的官气，要求党内民主。同时，延安的知识青年发现自己的理想受到玷污。中共动辄批评知识青年的小资产阶级情调，小资产阶级的动摇性，再加上 1940 年干部吃饭分大灶、中灶、小灶的规定，特别是恋爱自由受到限制。在我去延安之前，就实行了以干部级别为基础，由领导介绍批准的婚姻制度。知识分子认为革命圣地延安有人在制造黑暗，中国专制主义的传统已经表现在中共身上，早期共产主义者身上的圣光已经不见了，于是纷纷在报刊上和墙报上发表文章，其中最有影响的是王实味写的《野百合花》，其实王实味仅仅写出了一部分青年知识分子的疑虑和不满。"

春又生："王实味是谁？"

"二十年代末，王实味曾经是北大文学院的学生，他比我大六、七岁，入党要比我早十几年，可能在北大时入的党，后一度脱党。王实味 1937 年投奔延安恢复了党籍。"桑梓说。

"桑伯伯，王实味为什么要写《野百合花》？"春又生问。

"王实味是受到'五·四'运动科学与民主精神的影响，满怀乌托邦式社会改造的理想，接受了马克思主义，投身共产主义运动的一代左翼知识分子的典型代表。他对于革命队伍中的等级制度和官僚化表示了严重的忧虑和不安，他认为毛泽东开展整风运动的动机是希望提升中共的革命性，所以积极发表文章。他太书生气了。

"爸爸，《野百合花》写了些什么？你读过吗？"桑爽问。

"当然看过。《野百合花》分两次刊登在《解放日报》的文艺副刊上。他首先回忆了一位女烈士李芬，用延安山野中最美丽的野百合花献给烈士圣洁的身影，表明他将以野百合花为总标题写一些杂文。第一段他通过两个女青年的谈话，开门见山地说了延安的生活中缺少关心，爱护，大小头子动则摆出首长的架子训人，搞特殊。第二段通过评论一篇《碰壁》的文章，他称赞青年人纯洁、敏感、热情和勇敢的话：别人没有感觉到黑暗，他们先感觉到；别人没有看到肮脏，他们先看到；别人不敢说的话，他们敢说。不要认为他们的意见多就是发牢骚，应当把牢骚当作镜子照一照自己，希望能够听一听下层青年人的牢骚。第三段提出要以战斗的布尔什维克能动性去防止我们阵营中的黑暗的产生。指出延安有人间接助长黑暗，甚至直接制造黑暗。"

"这在中共看来，王实味不是在攻击光明的延安吗？"春又生说。

"他们的确是这样看的。最后一段，王实味指出延安存在等级制度，并且批驳有人认为延安存在等级制度是合理的观点。"桑梓说，"王实味的《野百合花》在延安引起了轰动。一时间各机关、学校办起了各种墙报。我记得有中国青年委员会的《轻骑兵》、延安自然科学院的《整风》《向日葵》、民族学院的《脱报》。这些墙报上的言论掀起了一股'反官僚和争民主'风潮。我几乎看了所有墙报的每一期。我当时在延安大学工作。我们延安大学全体党员在 3 月份的一次会议上，不少同志控诉了个别领导以组织名义压制民主，造成了一种不敢讲话的危险现象。我记得范文澜也在《矢与的》墙报上撰文，号召'以民主之矢，射邪风之的'。"

春又生和桑爽默默地听讲。

"王实味大胆地揭露了延安新生活的阴影，反映了延安青年知识分子理想破灭后的失望情绪。王实味鼓吹民主、平等和博爱，而毛泽东的目的是要清除知识分子党员的民主、平等思想，确立领袖之上的观念和控制言论。因此，王实味与毛泽东发动整风运动的目标格格不入，成为毛泽东的障碍。所以，他必然要拿王实味开刀。据说，有一个深夜，毛泽东曾经提着马灯来研究院看《矢与的》墙报，找到了他要进行思想斗争的目标了"。桑梓接着说，"这个日期，我记得很清楚。4月2日，解放日报刊登了毛泽东在解放日报的座谈会上对延安的知识分子发出警告：小资产阶级的空想社会主义思想应该拒绝。第二天，4月3日，中宣部发出矛头指向延安出现的自由化倾向的《关于在延安讨论中央决定及毛泽东同志整顿三风报告的决定》。这个决定是毛泽针对整风中间出现的'自由化'倾向的。《决定》明确规定，整风必须在机关负责人领导下进行，不得以群众选举方式组织领导整风的检察委员会。所有的人都必须反省自己的全部历史。毛泽东向全党正式提出开展'思想革命'的号召，实际是剥夺所有人的思想自由，用他的思想改造中共。4月5日解放日报刊登了《整风必须正确进行》的社论，指责整风中已经出现了不正确的方法，不指名地攻击王实味从不正确的立场说话，抨击批评共党作风的人采用了错误的观念，错误的方法，对整风是有害的。"

"桑伯伯，你为什么记得这么清楚？"春又生问。

"我是学历史的，从 41 年初到延安后，我就开始对一些重要的事情作记录。不过，42 年 10 月份整风进入审干肃反阶段后，我发觉这样做很危险，就销毁了所有的记录。虽然销毁了，但是有一些事情是终生难忘的。"

桑爽问："爸爸，你那个时候没有写文章码？"

"没有。一方面，我觉得还没有很好地掌握马克思主义。另一方面，我刚到延安不久，对延安的一切还不是很熟悉。所以我只是学习，没有动笔。"

春又生被延安整风的历史所吸引："接着讲，桑伯伯。"

"在毛及其爪牙的压力之下，中青委《轻骑兵》首先作了检查。4月底，《解放日报》刊登了《轻骑兵》编委会的《我们的自我批评》，他们承认自己在政治上是一群幼稚的青年，自己的言论产生了涣散组织的恶果。毛泽东放过了《轻骑兵》编委会，矛头指向王实味，准备杀一儆百。可是王实味此时并不知道，又怎么可能知道，他已经成为杀鸡给猴看的一只'鸡'，还在那里继续发表情绪激昂的讲演。现在想起来真痛心啊，王实味真是一个书呆子啊。又生，你和王实味还真有点像，你可千万要谨慎啊。你要记住了。"

春又生："我记住了，桑伯伯。"

"在毛泽东的部署之下，中央研究院开始批斗王实味，一些原先同情王实味的人被突如其来的风暴吓得惊慌失措，开始反戈一击，控诉王实味反党。有人揭发王实味说过：'斯大林人性不可爱。'，'斯大林清党时不知造就了多少罪恶'。现在想一想，王实味说的是事实。从1956年赫鲁晓夫所作的《关于个人崇拜及其后果》报告中所揭发出来的材料来看，斯大林的确骄横跋扈，乱杀无辜。据说在1936年至1939年的清党肃反运动中，斯大林政权逮捕了500多万人，枪决了50多万人。如此大规模的抓人和杀人，就证明了斯大林就是一个没有人性的人。赫鲁晓夫指责斯大林为'暴君'、'刽子手'、'独裁者'和'破坏社会主义法制者'，提出破除对斯大林的个人迷信，为肃反中造成的冤假错案平反昭雪。赫鲁晓夫的揭发使整个世界震惊，西欧各国大批共产党员退党。"

"这么说，赫鲁晓夫不是像中共所污蔑那样的是一个修正主义者，是一个共产主义的叛逆，而是做了好事？"春又生问。

"当然，赫鲁晓夫试图改革'斯大林模式'的政治经济体制，改善国家的政治经济状况。他以农业为突破口，采取了一系列重大改革措施，但没有从根本上改变共产党旧体制。尽管如此，赫鲁晓夫的改革代表着一个专制体制即将瓦解、民主终将取代专制的开端。1964年，勃列日涅夫等人策划发动了宫廷政变，赫鲁晓夫被免除了的一切职务。赫鲁晓夫是一个很有勇气的人，他曾经说过，他有必要将这段历史说出来。"桑梓继续说，"王实味在延安，在中共是斯大林的小伙计的年代，批评斯大林就是犯了弥天大罪。因此，对王实味的斗争逐步升级，他的头上被扣上了反党分子、托匪、国民党特务。王实味这个书呆子竟然在此时宣布退出共党。1942年底，王实味被隔离，43年被捕，47年被砍了头。"

春又生："被砍头？"

"是的。据传说，死得很惨。乱砍几十刀。"

桑爽害怕地说："共产党太残暴了！"

春又生："共党的残暴看来由来已久。"

"王实味事件给延安的知识青年上了一堂严酷现实的课，从此头上被戴上了紧箍咒。现在看来最可笑的是丁玲。在毛主持的批判王实味和丁玲问题的会议之后，丁玲为了保住自己，在一次王实味思想批判会上，竟然攻击王实味卑鄙、阴暗。自我贬低自己的《三八节有感》是坏文章，以获得毛泽的原谅。最不能容忍的是，她攻击肖军。肖军是一个耿直勇敢的汉子，曾经为王实味仗义执言。丁玲声称中共的朋友遍天下，丢掉肖军不过是九牛一毛。她万万没有想到自己 1955 年就被周扬打成反革命小集团。文革中就更不用说了。"

春又生感慨地说："毛泽东才是跳动群众斗群众的高手。"

"为了领导整风，42 年 3 月至 4 月份，毛亲自选编了干部必读的二十二个文件，文件的学习包括粗读、精读和考试阶段。5 月下旬，毛成立了中央总学习委员会，毛泽东任主任，康生任副主任。6 月 8 日，中宣部又发出《关于在全党进行整顿三风学习运动的指示》，即所谓的反对主观主义以整顿学风，反对宗派主义以整顿党风，反对党八股以整顿文风的整风运动。整风运动的方针是惩前毖后，治病救人，既要弄清思想，又要团结同志。实际上弄清思想是真。主要采用两种手段：第一、为了掌握高级干部的思想动态，下令所有参加学习的干部对照文件精神，联系个人的思想和历史经历，写出整风笔记。总学委有权查阅干部的学习笔记。5 月下旬《解放日报》曾经发表社论《一定要写反省笔记。》"

春又生愤怒地说："查阅笔记是卑鄙无耻的思想控制手段。"

　　"是啊。是毛泽东创造了检查私人笔记掌握干部思想的方法。第二、42 年 3 月份时各机关、学校已经出现了一些内容尖锐的墙报、文章，为了进一步收集异端的思想材料，中央总学习委员会在会议上号召大家敢于展开争论，暴露思想，然后从容结论。在墙报上，不论正面的与反面的，正确的与不正确的，均应刊登，不得抑制。而后再根据你的言论排队，排除异己。这是毛泽东的第一次引蛇出洞伎俩。延安整风实际上是五七年反右的预演。"

　　春又生："这么说，五七年的反右也是毛泽东有意残害知识分子的阴谋了。"

　　"这是肯定的。为了推动干部的自我否定，引导他们做出深刻检查。6 月底，解放日报上刊登了一些人的自我批判。我很吃惊的是竟然有王若飞自我检查。此外还有，我所尊敬的范文澜。他在报纸上检查自己高唱民主，忽视了自由。还有一些干部甚至痛骂自己，表示对毛泽东的忠诚。形成了共党干部的一种先检查和侮辱自己，后表忠心的自我批判的模式，彻底打掉了知识分子干部的自尊心和人格。可笑的是，42 年底，中央总学习委员会又发出《关于肃清延安'小广播'的通知》"

　　桑爽似乎没有听懂："小广播？"

　　"所谓'小广播'是针对党的宣传'大广播'而言的。　它包括泄露党的政治、军事、组织、经济等机密，散播与大广播不一致的言论，对整风运动表示怀疑的言论、攻击党的领导等行为。他们布置要严密监视散播小广播的人。他们是厌恶党的政策原则，具有自由怀疑的人，是敌我不分的人，是喜欢溜门子的人，实际上是敌人的情报员。"

桑爽笑了："还包括喜欢溜门子的人，管得真宽。"

"毛泽东要求所有的党员都必须填写小广播表，检查自己的小广播错误，揭发他人的小广播错误。"

春又生说："简直可笑！这不是要把共党变成了一个特务组织？"

"是啊！这就是中共。竟然用党的命令强迫党员交待自己的言行和揭发他人的言行。彻底剥夺了人的起码的自由和尊严。毛泽东真是中国专制统治的集大成者和发明家。以《关于肃清延安'小广播'的通知》为标志，整风运动进入了审干和肃反阶段。对干部的思想和组织观念进行审查'排队'。把干部中的积极分子、平常分子、落后分子分开，发现反革命，加以清除。其实他们早已经将通过出墙报、写文章和进行小广播散布党的错误的人定为反革命分子了。想一想，王实味真傻呀。毛泽东早有预谋。不管王实味是否认罪，他早已经被扣上了国民党特务的帽子了。毛泽东出于对知识分子的仇恨，明确划定了审干和肃奸的对象主要是知识分子。"桑梓说，"这就不难理解毛泽东为什么反右了。其实不仅仅是反右，批判武训传、红楼梦研究批判以及胡风事件都是针对知识分子的，这些事情以后再讲。在布置肃清延安'小广播'之后，1943年又要求干部详细填写干部履历表和个人自传，向党交心。通过审查履历表来发现可疑分子。从写反省笔记，到填写小广播表，再到填写干部履历表和个人自传，迫使干部洗心革面，脱胎换骨。"

　　春又生说："这样的话，广大干部成了行尸走肉，只剩下一个人具有灵魂，这就是毛泽东。因此他就可以任意天下了，他让大家干什么就干什么。在延安毛泽东是通过整风运动在共党内实现了这一目的，现在正通过文化大革命对全体中国人进行整风，如果说，秦始皇当年企求江山传万代，毛泽东则企图实现他的思想传万代的现代皇帝梦。"

　　"你说得不错。很有见解。的确如此。毛泽东是一个畸形的现代封建皇帝。在审干中，毛泽东借王实味事件明确指示，要在干部中发现托派、国民党特务和日本特务，暗示审干的重点是知识分子。42 年 9 月份，康生根据毛泽东的旨意挖出王实味反革命集团后。又炮制出一曲闹剧'张克勤反革命特务案'其实当年张克勤才 19 岁。可是他的历史和家庭环境对他太不利。他的父亲和妻子被国民党逮捕后叛变了。康生领导的中央社会部连续三天三夜对他实行车轮战。张克勤精神崩溃，审问者要什么就提供什么。此后康生大搞冤、假、错案。全凭个人意志，没有材料，抓起来再说。康生大规模地逮捕所谓的特务，光是 1943 年 4 月日晚上就逮捕了几百人。毛在 4 月 3 日发布了关于进一步扩大审干、反奸的通知，这是毛泽东拥有中央政治局、中央书记处主席，掌握中共最后决定权力后发布的重要指令，成了进入整风抢救阶段的号角。

　　"什么是'抢救'？"春又生问

　　"是'抢救失足者运动'的简称。抢救阶段更为残酷，使用了更多的行政和暴力手段，提出了对各单位按比例发现敌人的要求。这一恶劣传统在五七年的反右中继续发生。他们对不承认自己是特务的人进所谓的行政策攻心，尤其是对一些出身城市富裕家庭的青年知识分子，因为他们很难理解这些人为什么会放弃舒适的生活到延安来吃苦。"

"爸爸，你和妈妈也被审问过吗？"桑爽关心地问。

"当然跑不了。妈妈的父亲是国民党官僚，爸爸的父亲是富商。我曾经被问过：'你家里是富商，为什么到延安来受苦？'"

"爸爸，你怎样回答的？"

"我说，我从小同情勤苦大众。特别是读了马克思的书后，认为这是私有制产生的结果。所以我拥护共产党的公有制理想。"

"问过妈妈什么问题？"

"'你爸爸是国民党高官，你为什么不参加国民党，反而参加共产党？'你妈妈说：因为国民党不抗日，我曾经参加一二·九运动，遭受国民党的镇压，从此认定国民党是反动派，所以不可能参加国民党，就加入了共产党。"

"他们相信吗？"春又生问。

"当然不完全相信。不过，我们到达延安的时间不长，档案非常简单，有参加过一二·九运动的证明，整风中又没有异常行为，特别是受到了范文澜先生的保护，所以总算过关了。"桑梓解释说，"他们采用恶劣的手段威逼被审问者：疲劳战、车轮战、动刑法：老虎凳、鞭打、压杠子等等，饿饭，最恶劣的是假枪毙。"

"爸爸，他们在延安时期就搞假枪毙啦？"桑爽想起妈妈，眼睛红了。

"是的。这种逼供信在这几年发挥得更加淋漓尽致。当年几千人被关押进了看守所、保安处、西北公学等地方。延安陷入恐怖之中。不仅延安开始了'抢救'运动，各个根据地也进行了抢救。据说只有罗荣桓领导的山东根据地抵制了"抢救"。桑梓继续说，"鉴于党内一批老同志的反对和劝说，例如周恩来和任弼时。1943 年 8 月 15 日颁布了审干的九条方针，毛泽批评了逼供信，并提出'一个不杀，大部不抓'的政策，宣布抢救运动告一段落。毛泽只是表面上批评了抢救中的过火行为，而实际上继续推动抢救运动。所以抢救运动并没有停止，而改名为'自救'运动。毛泽东还具体规定了抓人的规模。普通嫌疑分子占问题分子的 80%，20%的为严重问题人员。暴力彻底震慑了全党，彻底摧毁了党员的独立思想，使全党臣服于毛泽东的淫威之下。现在的文化大革命就是要全体人民臣服毛泽东。直至 12 月下旬，他接到季米特洛夫的干预电报才不得不停止。季米特洛夫电报的具体内容我不清楚，你要想办法查询这些资料，也许永远是秘密了。1944 年，延安的抢救运动进入了甄别阶段。他们将 1943 年至 1944 年中清洗出的特务一万多人分为 6 类，分别处理：第一类职业特务，约占 10%，实行宽大感化为主，镇压为辅；第二类是占少数的变节分子，采取一个不杀，团结抗日的政策；第三类是党派问题。"

春又生问："什么是党派问题？"

"指加入过国民党或其他党派没有向党报告的人。这一类人应与平反。第四类是被敌人利用和蒙蔽的分子，第五类是犯了党内错误的人。第六类是完全弄错的人。这三类人已经查清，立即平反。他们认为第六类是占少数的，所以，毛泽东还是没有从根本上承认错误。"

桑爽不解："为什么？"

"因为搞错的只有少数，大部分人还是有问题的。所以审干和抢救的成绩是主要的，错误是次要的。这一后成了毛泽东历次运动的一个定性结论。例如，在1955年的镇反运动中，明明错杀了很多人，他仍然坚持出成绩是主要的，错误是次要的。毛泽东虽然被迫向受到伤害的党员脱帽道歉，但是他并不承认抢救运动是错的，只是承认运动过火了。整风中的抢救运动成为他的心病，谁也碰不得。"

"爸爸，你能够活下来真不容易啊！"桑爽感慨地说。

"延安整风完全达成了毛泽东的目的。他在40年以前掌握了党权和军权，而后他梦寐以求的是党内的理论家。如果这样的话，他就是政治上、军队上和思想上完全控制了中共。 但是在延安整风之前，中共并没有认为毛泽是一个理论家，而是认为王明和张闻天是理论家。毛泽通过延安整风打击了王明和张闻天。1943年11月，延安中央大礼堂召开了中央机关所有工作人员参加的批判王明、博古大会。这个会议我参加了。王明的妻子孟庆澍在会议上勇敢地站起来，坚持《八一宣言》是王明写的，反驳《八一宣言》是康生写的，并当场质问康生敢不敢承认是他写的。康生一言不发。孟庆澍泪流满面请毛泽东主持公道，他一动不动。后来毛泽东大怒，当场斥责会议主席李富春，指责会议充满低级趣味，毫无教育意义，下令停止召开此类大会。从此王明再也没有大会申辩的机会了。毛泽东一向反感张闻天以理论家自居，攻击张闻天从苏联背回来一麻袋教条。1943 年，张闻天写了长篇自我批判的反省笔记，被免除了领导职务。王明和张闻天倒了之后，有些人开始吹捧毛泽东。例如邓拓就曾经在《晋察冀日报》上号召全党学习毛泽东主义。"

桑爽吃惊地说："邓拓？"

春又生说："邓拓这样吹捧毛泽东，到头来落得这样的下场。"

"毛泽东为了一时一事的个人利益是六亲不认的。后来毛泽东觉得'毛泽东主义'的提法不妥。"

春又生问："为什么？"

"因为斯大林也只是提列宁斯大林主义，没有单独提斯大林主义。正式提出毛泽东思想的是刘少奇。"

桑爽和春又生几乎同时吃惊地说："刘少奇？"

"刘少奇在中共七大作修改党的章程的报告时，提出中共的理论基础是将马列主义与中国革命实际相结合的产物——毛泽东思想。"

春又生："刘少奇在文革中还是受到了灭顶之灾。"

"刘少奇利用颂扬毛泽东站稳了中共党内第二把手的位置。1960 年后，刘少奇对毛泽东的某些倒行逆施提出批评。例如，在七千人大会上指出三分天祸，七分人灾，严重的刺伤了毛泽东。所以，毛泽将矛头指向这个忠心耿耿帮助他打下江山的老臣。毛泽东比朱元璋残忍得多了。"

春又生："七千人大会是一个什么会议？"

"这个话题以后再讲。我按照历史顺序一点一点讲给你听。把王明和张闻天被放倒之后，毛泽又开始压服周恩来和彭德怀。周恩来成为经验主义的批判对象，被迫多次检讨。对彭德怀的批判最为严厉，1945年连续开会四十余次，对他进行了为期四十三天的批斗。毛指责彭德怀领导的'百团大战'暴露了中共的力量，引起日本侵略军重新估计中共力量，使敌人集中力量来搞中共。同时，使得蒋介石对中共提高了警惕。中共在抗日战争的策略是"长期埋伏、积蓄力量、等待时机"，目的是利用日本人消耗国民党的力量，保存自己的力量，从而有利于夺取中国。"

春又生愤怒地说："毛泽东是一个卑鄙无耻的卖国贼。"

"彭德怀被迫检查，并说明了他对毛泽东的认识是：大哥——老师——领袖。从此以后，中共的高级领导人见了毛泽东就像是一个小学生，过去平等交流的地位再也不存在了。我不明白的是，我曾经尊敬的张闻天、周恩来、彭德怀都是有理想、有抱负的铮铮铁汉，为什么在毛泽东的面前屈辱地低下了头，是共产主义的制度原因，还是人格问题。大前天与你讨论孔子时，我再次感觉到，中国自古有家有国，没有个人。又生，这个问题你以后要认真研究。"桑梓一副迷茫和难过的表情。

春又生说："我记住了。桑伯伯。"

　　"又生，看来你以后要研究的问题太多了。"桑爽笑着对春又生说。

　　"通过整风运动，毛泽东的对手彻底失败了。1945年，他首先召开了中共六届七中全会。这次会议通过的《历史决议》把毛泽东的历史地位和对手的错误以中央文件的形式固定下来。王明被迫向会议主席团交出长篇出面检讨。这次会议重新建立了新的领导机构，毛泽东和刘少奇成为法定的第一和第二把手。1945年4月中共七大召开，博古、张闻天、彭德怀作了深刻检查，并不得不吹捧毛泽东。这次会议毛泽东得了全面的胜利，一个积聚力量夺取天下的现代专制皇帝诞生了"。桑梓郑重地对春又生说，"又生，我为什么要给你详细地讲解这段历史，因为我不知道我活着的时候是否能够把真实告诉人民。如果不能，你来告诉！中共不可能也不应该再统治下一代人。"

　　"我一定会的！"春又生双手握拳。

　　"毛泽东在整顿三风的同时，又开始向文艺界开刀。他判断事物的标准是：是否听话。他认为，当时延安的文艺界里有些人'不听话，不尊重领导'。毛泽东的知识非常狭隘。除了熟悉中国历史和古典文学外，对于现代文学、外国历史和文学几乎一无所知。他利用左翼文艺界的两个口号之争，开始建立以他为核心的党文化。"

　　春又生问："这两个口号是不是以鲁迅先为一方的'民主革命战争的大众文学'与周扬为一方的'国防文学'之争？"

　　"是的。1942年5月，毛泽在延安文艺座谈会上作了总结性发言，就是他的《在延安文艺座谈会上的讲话》。从此这篇讲话就成了毛泽东的党文化的圣经，谁也动不得。现在看来他的讲话问题很多。他借批判人道主义和创作自由，强制推行他的无产阶级革命观；他诬蔑知识分子同工农相比较是肮脏的，必须接受无产阶级的改造，迫使知识分子成为革命的螺丝钉。他断言鲁迅的杂文时代已经过去了，严禁知识分子暴露党的，尤其是高级干部的阴暗面。正是这些极端的党文化意识，才造成了 49 年以后连续的对武训传电影的批判，对《红楼梦研究》的批判，对胡风文艺思想的批判、反右以及今日的文化大革命。"

"毛泽东的《在延安文艺座谈会上的讲话》竟然造成这样恶劣的后果，我是第一次听说。"春又生说。

"那是因为你还小，有很多历史事实你不清楚。过一会儿，我再给你讲。"桑梓说，"为了建立自己的绝对权威，毛开始构建自己的宣传体系。我刚到延安的 41 年，他关闭了张闻天主编的《解放周刊》、《共产党人》等刊物，将《新中华报》和《今日新闻》合并，成立了他完全掌控的《解放日报》，正式通知全党，从今以后，党的一切政策均由解放日报和新华社向全国发布。据当时在解放日报的一位同志告诉我，毛泽东要求解放日报多宣传遵义会议以后，他是如何挽救党的，是怎样把党引向正确的路线上来的。由于博古等人没有照办，引起毛泽东的不满。因此他让中宣部发出《为改进党报的通知》，并亲自主持该办座谈会，将解放日报完全控制自己手中。 毛泽东虽然自己办过《湘江评论》，由于根深蒂固的专制思想原因，没有丝毫新闻自由的概念。因此他的办报原则是党性第一，而不是新闻第一。要以党的利益为标准来编排和取舍一切消息，强调无产阶级的真实性，反对客观主义和自由主义。因此，共党的报纸从此以后，经常刊登歪曲事实的报道和社论。只有毛泽东才敢恬不知耻地在五七年公开宣扬舆论一律。他同时采取新闻保密和控制信息的原则，出版了仅供高级干部阅读的《参考消息》。对一般干部和普通群众采取信息封锁，使他们盲从中共。"

春又生说："原来 1942 年就有了《参考消息》了。"

"是的。毛要求文艺界只能歌颂，不能暴露。延安的报纸不能刊登任何暴露延安阴暗面的消息。在整风中，不时发生干部、青年学生自杀事件，解放日报曾经刊登过一次，受到毛泽东的批评，从此以后这些消息全部被封锁了。"

春又生说："舆论一律是卑鄙的言论控制行为。春秋时期的子产不毁乡校，他说，人们傍晚干完活儿回来到乡校聚一下，议论施政措施的好坏。他们喜欢的，我们就推行；他们讨厌的，我们就改正。他们是我们的老师，为什么要毁掉它呢？我听说尽力做好事以减少怨恨，没听说过依权仗势来防止怨恨。难道很快制止这些议论不容易吗？然而那样做就像堵塞河流一样：河水大决口造成的损害，伤害的人必然很多，我是挽救不了的；不如开个小口导流，不如我们听取这些议论后把它当作治病的良药。与子产相比，毛某人倒退了几千年！"

"又生，记住我讲的话，如果有机会就要让人们知道真相。为了建立自己的绝对统治毛泽东又开始控制干部教育体系，派彭真主持党校工作。从此以后，党校减少了马列主义基础知识的学习，以学习毛泽东等人的论著为主。党校成为他的干部审查中心，成为毛泽东建立自己势力的大本营。"桑梓接着说，"还有一些事情，我知道的不多，只是听到有些同志的议论。毛泽东是中共历史上扣帽子打棍子，残酷迫害党内同志的第一人。他曾经在 1928 年领导湘赣边界的'洗党'，以地富家庭出身的知识分子党员为清洗对象，将成批的学生党员杀掉，这些具有同情心的出身富裕家庭的青年知识分子就这样丢掉了宝贵的生命。30 代年，毛泽东又发动了'打 AB 团'的大清洗，暴露了以毛泽东为代表的中国下层阶级的残忍。"

春又生问："什么是 AB 团？"

"AB 团是英文'Anti-Bolshievik'的缩写，意为反布尔什维克分子。"桑梓解释说，"毛泽东为了维护他的个人统治，将地主、富农和知识分子出身的党员，尤其是知识分子党员，打成 AB 团分子。在他的影响下，苏区内实行赤色清乡，对 AB 团分子用尽各种刑法，吊打、火烧、将手钉宰桌子上，用竹签插入手指，用一些端恶劣的手段镇压毛泽东定为的异己分子，对 AB 团分子杀无赦。"

春又生："这不是国民党的刑法手段吗？"

"国共两党一丘之貉。革命的绞肉机在苏区内形成了红色恐怖。据说肃反 AB 团运动中至少杀了几千人。"

"杀这么多的人！"桑爽害怕了。

"这是第一次红色恐怖吧？"春又生说。

"是第二次，第一次是湘赣边界的'洗党'，我是听一些老同志偷偷地讲述。"桑梓说，"1937年在延安，康生秉承斯大林的旨意，搞肃反托派分子的活动，采用了肉刑逼供、诱供、逼供等一切，你可以从《烈火中永生》这部电影中看到的当年国民党采用过酷刑：拷打，坐老虎凳 电刑等等。所幸的是我也没有经历过。毛泽东制定的《二七土地法》的口号是'没收一切土地'，包括没收农民的土地。许多农民恐惧红色恐怖，成群结队整村整乡地逃往国民党统治区。"

春又生愤怒地说："简直是土匪！"

"在抗日战争中，毛泽东认为中日战争是共党发展的好机会。1937年，他曾经指示八路军，用七分力量发展自己，二分力量和国民党斗争，一分力量抗日。他提出打游击战，不打硬仗的原则，以保存中共的力量，准备将来与国民党争天下。所以，毛泽东在1945年的一次会议上曾经指控彭德怀在抗战初期违背了他的军事战略，1940年领导的百团大战消耗了中共军事的力量。49年后，毛曾经对日本访华团说，如果没有日本侵华战争，中共不可能掌握中国政权。毛泽东的胜利源于他利用了中国农民的愚昧无知和知识分子传统的公有制观念，应用马列主义的阶级斗争、暴力革命思想和苏共的严密的组织形式，与中国农民造反的传统相结合。"

"桑伯伯，正像您说的，愚昧战胜了知识，专制战胜了文明。"春又生说。

"现在想来，45年以后的国共两党的内战，是中国两大军事集团对中国人民的犯罪，三大战役国共两党军队死伤人数将近 8 百万人，几乎全是青年人，多少人家家破人亡，浪费了多少资源，损失了多少财产，国共两党总有一天要被历史起诉。"桑梓今晚的谈兴很高，继续讲，"49 年以后，毛泽东利用窃取的国家权力一步步走向独裁。他要建立了一个没有'我'的年代，没有'个人'的中国。只有'毛'的年代，只有'毛'的中国。"

"桑伯伯，49 年以后的事情，您更清楚了，是吧？"春又生问。

"这是自然的，因为我是共党的省一级官员。今天先讲到这里吧，明天再讲 49 年以后毛泽东所犯的罪行"桑梓说。

桑爽送春又生到院子里，大度地说："又生哥，这次你赢了，记住啊，每周最少来两次啊。"

"爽，你认为我不愿意来吗？我要学习，没有时间呀！"

"我知道，好男儿志在国家。你读过秦观的'鹊桥仙'吗？"

"没有。"

"听着，这可是千古名作。"桑爽轻声细语地吟诵着，"纤云弄巧，飞星传恨，银河迢迢暗渡。金风玉露一相逢，便胜却人间无数。柔情似水，佳期如梦，忍顾鹊桥归路。两情若是久长时，又岂在朝朝暮暮。"

"'金风玉露一相逢，便胜却人间无数'。真好！最后一句更绝，'两情若是久长时，又岂在朝朝暮暮'。"春又生赞叹道。

"明白了吧？倒了，倒了！"说着，桑爽身子倒向春又生。

"明白了，两情若是久长时，又岂在朝朝暮暮。"春又生第一次紧紧地抱着桑爽，桑爽幸福地偎依在他的怀中。

"明天我休息，你下班我到公园去接你。好不好？"

"好吧！"春又生略微一想。

"很勉强，我不去了。"桑爽生气了。

"不是勉强，我只是担心再让同事看见。"春又生解释说。

"我就这么笨吗？我在公园对面的体育场等你！"

"好！"

桑爽高高兴兴回屋了。

第五章

　　星期四中午，春又生在公园职工食堂排队打饭，只见一群男男女女拥着一位靓丽的姑娘走进食堂。他觉得这位姑娘似曾相识。谁知那姑娘看见了春又生，朝他走过来："你好，你在公园工作了？"春又生这才想起，她是桑爽的同学温丽丽。

　　"是的，刚来。"春又生礼貌地回答。

　　"我在果园组，你在哪一组？"

　　"我在苗圃组。"

　　"桑爽好吗？"

　　"她很好。"

　　"替我向她问好。"

　　"好的，谢谢！"

　　温丽丽回到她的那群同事中。有位女同事问她："丽丽，这位帅哥是谁？"

　　"我同学的男朋友。"

　　"小伙子很不错呀，我看把咱们公园所有的男青年都盖帽了。"那位女同事评论说。

　　"一般吧。"温丽丽不以为然。

　　"真心话？是不是人家有主啦，你吃不着葡萄，说葡萄酸。"

　　"说的什么话，只有你这种女人，才被男人的外貌所迷惑。"温丽丽轻蔑地说。

　　"咱丽丽是谁呀，全中国有几个哥们能够配的上丽丽！"一个小伙子讨好丽丽。

　　"对啊！咱丽丽是维纳斯再世，世界上能有几个爷们能够配的上丽丽！"几个小伙子跟着起哄。

　　温丽丽那一伙人围坐在一个角落里吵吵闹闹地吃饭喧嚷。一个女的指着春又生对温丽丽说："姐们，替咱介绍介绍。"

　　"别没事找事了，人家有主了。"温丽丽拒绝。

　　"有主了，怎么了。还不能抢过来？"

　　"就你？也不撒泡尿照照自己的样子，一个人不敢看，两个人拿着手榴弹。我的同学可是地道的东方美女。"温丽丽轻蔑地说。

　　"咱丽丽可是西方美女。"一个男青年讨好地说。

　　温丽丽递给那男青年一个大茶缸说："大周，给我打水去。"

　　"丽丽，你总是支使我们这些人，有本事你支使一次那个帅哥，这样我们才佩服你。"大周调侃温丽丽。

　　"他是我朋友的人，不能太过分了。"温丽丽说。

　　"算了吧，丽丽，你是遇到了阿波罗了，自拜下风了吧。"

　　"对呀，对呀，我还是第一次看见丽丽这样对待一个男人，竟然不敢下手了。"

　　"上啊，上啊，丽丽！"几个男女在起哄。

　　"上就上，我今生还没有遇到过哪个男人敢在我的面前摆谱。"温丽丽拿着大茶缸走向春又生。

　　春又生根本没有听见后面那群男女说些什么，急急忙忙吃完饭，站起来正准备走，温丽丽走过来递给他一个大茶缸说："给我打一茶缸水。"

　　"凭什么？"春又生不明白温丽丽忽然对他提出这样的要求。

　　"帮个忙。"温丽丽小声地说，不让后面的人听见。

　　春又生拿着茶缸走到食堂里的茶炉打水。温丽丽得意洋洋地回到那群人中："怎么样？"

　　"行啊，丽丽，到底是维纳斯。"几个哥们姐们心服了。

　　"有本事让他给你把茶缸端到果园去。"大周仍然不服气。

　　"行了吧，别得寸进尺了，还是你端吧。"温丽丽命令大周。

　　"我不端，如果他今天给你端到果园，今后我天天给你打水端水。"大周继续叫劲。

　　这时，春又生打好水，走过来，放在温丽丽的面前，转身要走。"帮我端到果园去。"温丽丽说。

　　春又生惊讶地看着温丽丽，冷淡地说："你没有手吗？"说完，看着惊呆了的温丽丽和她的同伙，慢慢转过身去，离开了食堂。

　　"哎呀！我们丽丽平生第一次被一个男人拒绝了！"一个女的惊叹了。

　　"丽丽，这个小子不识相，我替你揍他一顿。"大周说着要往外跑。

　　"回来！别去丢人显眼了，你以为天下的男人都像你们那么贱。"温丽丽说完抬腿向外走，也没有端茶缸。

　　"丽丽，别生气，我替你端茶缸。"大周端起茶缸跟在后面走出食堂。

温丽丽气呼呼地在前面走，一个小姑娘跟上来对她说："丽丽姐，我认识这个男的，他叫春又生，是我哥哥的同学。"

"他叫春又生，是你哥哥的同学？" 温丽丽有点不相信。

"对，我哥哥和春又生很要好，他到过我们家。他的模样很好记，一辈子忘不了。我哥哥说春又生是个很有才气的人，可惜后来出事了，被抓起来了。"

"什么？他被抓起来了？" 温丽丽吃惊了。

"对，听我哥哥说的，和他们班里的一个女同学，据说是个将军的女儿，发生不正当男女关系，被判刑了。"

"真的？你没有认错人？" 温丽丽还是有所怀疑。

"昨天我就看见春又生了，晚上我还和我哥哥提起过。"小姑娘坚决地说。

"我有主意了，下班再说。如果他真叫春又生，那么你说的就是真的。" 温丽丽自信地说。

"丽丽姐，你不知道他叫春又生吗？"小姑娘很奇怪。

"不知道，只见过一面，他和我同学在一起，没问他的名字。下班后，你和我一起去办一件事。"

"什么事？"小姑娘问。

"别问了，到时候再说。"

下班后，春又生沿着樱花路快速走着，去与桑爽会面。正走着，春又生忽听后面有人喊；"春又生！"，回头一看，原来是温丽丽和一个小姑娘。

看见春又生回头，温丽丽确认他的确叫春又生。温丽丽拉着小姑娘走过来对春又生说："你认识这个小姑娘吗？"

春又生看了看小姑娘说："不认识，怎么了？"

"我是朱文德的妹妹，你曾经到过我家。"

"你原来是朱文德的妹妹，这么大了，认不出来了，你哥哥好吗？"

朱文德的妹妹没有回答春又生的话，抬头对温丽丽说："我没说错吧。"

"我已经清楚了。" 温丽丽回答完小姑娘的话，然后义正词严地对春又生说："春又生，我警告你，离桑爽远一点，你不配！"

春又生楞住了，没想到温丽丽冒出这样一句话，冷笑着说："你以为你是谁！"说完转身走了。

温丽丽一下子被春又生抢白地说不出话来，看见春又生走远了，才想起，"不行，我要马上告诉桑爽。"

春又生在体育场门口与桑爽见面后，告诉她："今天在公园职工食堂看见温丽丽了。"

"是吗！丽丽到公园工作了！"桑爽很是兴奋。

"是的，在果园组。"

"你们说话了？"

"说了几句，她让我替她问候你。"

"真好啊，丽丽终于有了工作了。"桑爽为温丽丽高兴。

"不过她周围围绕着一群青年男女，似乎很轻浮。我今天可能得罪她了，不知道她有什么企图。"春又生将今天中午和下班后发生的事情告诉了桑爽。

桑爽听后说："丽丽是个正派人，有的时候有一点玩世不恭。别在意她周围的人，我知道丽丽的为人。"

"是这样啊，我明白了。"

"又生哥，明天我上中班。我和爸爸说了今天晚上是咱们两个人的，可以晚回去一会儿。咱们一块儿玩，一块儿吃饭！"

"好的，今晚是我们的！那么怎么玩呢？"春又生问。

"你说吧！"

"八大关现在不能去了，据说是有军人把岗，除了当下的达官贵人谁也不能进。"春又生讽刺地说，"这样，咱们先到第一海水浴场，然后到鲁迅公园，再到栈桥。怎么样？"

"好！"

他们从体育场穿越汇泉广场，桑爽挽着春又生的胳膊，高兴地说："月上柳梢头，人约黄昏后。 再晚一会儿，月亮出来了就更有滋味了。"

"那么，我先找个地方看书，等月亮出来咱们再见面，好不好？"春又生故意地说。

"不好！你少气我。"桑爽说，"又生哥，看来你有的时候也不呆呀。"

"我从来不认为我呆！"

从汇泉广场穿过马路，他们进入了第一海水浴场东边。四月的海还没有像夏天那样怒气滔天，海水风平浪静，轻轻地唱着。四月的青岛海水浴场还没有人游泳，沙滩北边一排排各式各样漂亮的木制更衣室，在静静地等待夏天的游客。四月傍晚的海边微微有些凉意，桑爽双手抱着肩说："咋暖还寒时，最难将息。"

"来，我搂着你！"春又生用右手搂紧桑爽问，"'咋暖还寒时，最难将息'是谁的诗句？"

"李清照的'声声慢'"桑爽回答，"我背诵给你听：

寻寻觅觅，冷冷清清，凄凄惨惨戚戚。

乍暖还寒时候，最难将息。

三杯两盏淡酒，怎敌他、晚来风急？

雁过也，正伤心，却是旧时相识。

满地黄花堆积。憔悴损，如今有谁堪摘？

守著窗儿，独自怎生得黑？

梧桐更兼细雨，到黄昏、点点滴滴。

这次第，怎一个、愁字了得！"

"寻寻觅觅，冷冷清清，凄凄惨惨戚戚。好凄凉呀！"春又生叹息。

"这是李清照寡居时写的。不说这个，太低沉了！"桑爽说完，推开春又生的手，站在他的面前说："咱们比赛吧？"

"比赛什么？"春又生好奇地问。

"剪子、包袱、锤。谁赢了，谁向前迈5步，看看谁先到达海水浴场的西边。"

"好！"春又生说着伸出了右手。

"不用手比赛，用腿比赛。"桑爽说，"来，剪子、包袱、锤。"

春又生双脚合拢出了一个"锤"，桑爽双腿张开出了一个"包袱"。

"我赢了！"桑爽高兴地向前迈了5步，然后回身说，"再来，剪子、包袱、锤。"

春又生双腿张开出了一个"包袱"，桑爽右腿在前，左腿在后，出了一个"剪子"。

"我又赢了！" 桑爽高兴地又向前迈了5步，然后回身说，"再来，剪子、包袱、锤。"

春又生想了想，双腿张开还是出了一个"包袱"，桑爽双脚合拢出了一个"锤"。

"我赢了。"春又生还没有向前迈，桑爽说："你的步子比我大，不准迈大步，迈小步。"春又生向前迈了5小步。

桑爽说："再来，剪子、包袱、锤。"

春又生又赢了，向前迈了5小步，赶上桑爽。

"再来，剪子、包袱、锤。"桑爽发令。春又生又赢了，向前迈了5小步。下一次，春又生已经总结她出招的习惯，所以还是赢了。春又生向前迈了5步后，回身发现桑爽坐在沙滩上，便问："怎么？不比赛了？"

"不来了，不来动脑筋的，来撞大运的。"桑爽生气地说。

"好吧！我不动脑筋了。"春又生答应。

撞大运比赛的随机性很强，一会儿桑爽赢了，一会儿春又生赢了，两人哈哈大笑。快到海水浴场西边时，两人平局，并肩站在一起。

"最后一次。"桑爽说。

"好！"春又生想了想桑爽前几次出的招数，故意出了一个"锤"，桑爽双腿张开出了一个"包袱"。

"我赢了！我赢了！"桑爽高兴地向前迈了5步，然后跑回春又生身边意味深长地说："记住，又生哥，我赢你了。"说完一头钻进春又生怀中。

"你赢我了。"春又生紧紧地把桑爽抱在怀中。

从东边到西边，第一海水浴场黄色的山滩上留了一排大大小小的脚印。

"又生哥，你喜欢游泳吗？"。在春又生怀中的桑爽问。

"当然！夏天的时候，只要有时间，我就到这里游泳。"

"你比我幸福多了。我爸爸不让我和同学、同事一起来游泳，更不让我单独来游泳，他怕我出事，每次都是和爸爸一起来。所以，每年游泳的次数很少。"

"你会游吗？"

"会！"

"以后，只要有时间我就陪你来游泳。"春又生承诺。

"有个哥哥真好！"桑爽高兴了，"

"有个妹妹真好！"春又生终于说出自己的心里话。

桑爽突然产生了要亲吻春又生的念头，可是在这一览无余的海滩上，在月亮的窥视之下，怎么行呢？

桑爽拉着春又生的手，从海水浴场走上一段石阶，进入鲁迅公园。桑爽走到一棵树下，对春又生说："春色，春色，依旧青门紫陌。日斜柳暗花嫣，醉卧谁家少年？年少，年少，行乐直须及早。"春又生走过去抱住她。桑爽翘起脚尖，头轻轻后扬，闭上眼睛，嘴巴对着春又生。春又生用自己的脸轻轻地摩擦桑爽的脸，没有亲吻桑爽，然后拉着桑爽的手离开树下，随意地沿着公园的小道走着。桑爽不明白，又生哥为什么不亲吻她。两人一时没有说话。春又生说："我来唱歌，

'月亮出来亮汪汪，亮汪汪，想起我的阿哥在深山。哥像月亮天上走，天上走，哥啊，哥啊，山下小河淌水清悠悠。月亮出来照半坡，照半坡，望见月亮想起我的阿哥。一阵清风吹上坡，吹上坡，哥啊，哥啊，你可听见阿妹叫阿哥。"

听着春又生唱歌，桑爽高兴了，跟着小声哼着。唱完歌，春又生说："刚才你背诵的是谁的诗词？"

"是冯延巳写的三台令三首的第一首。"

"再背诵第二、三首给我听。"

"好，听着。'明月，明月，照得离人愁绝。更深影入空床，不道帷屏夜长。长夜，长夜，梦到庭花阴下。南浦，南浦，翠鬟离人何处？当时携手高楼，依旧眼前水流。流水，流水，中有伤心双泪。'"桑爽背诵完毕，突然说，"又生哥，第二、三首寓意不好。"

"为什么？"春又生不解。

"第二、三首寓意着分别和思念啊。"

"你还有点迷信啊？"

"有点。"

"放心，我们不会分开的。"

“真的？”

“当然！”

来到鲁迅公园里的海水博物馆面前，博物馆已经下班了。望着这个城堡式的建筑，桑爽说：“又生哥，那天咱们来海水博物馆参观，好吗？我特喜欢海里的小鱼儿。”

“好的。不过，我喜欢海里的大鱼儿。你看见那头巨大的鲸鱼标本身上被巨乌贼弄伤的疤痕吗？”

“看见过，多吓人呀！”

“想象一下，鲸鱼和乌贼搏斗的场面是多么壮观啊！”

“你们男人为什么喜欢这种残酷的场面呢？”

“不知道，那么，你们女人为什么喜欢那种小鱼小虾、小狗小猫呢？”

“我也不知道。”

“也许，这就是男人和女人的不同吧。原始社会的时候，男人外出打猎，女人在家饲养家禽。男人们见惯了凶杀搏斗的场面，女人面对的是平和的家庭环境。因此遗传不同吧？”

“又生哥，我发现，你很喜欢联想。”

“是的。我喜欢研究事物的本源。”

从鲁迅公园出来，他们沿着莱阳路慢慢地走向青岛前海湾。

“又生哥，刚才你唱的什么歌？”

“小河淌水。非常美的一首民歌。”

“你教我唱，好不好？”桑爽有点犹豫地说。

"好啊！"

"我要是唱得不好，你不要笑话我。"

"怎么会呢！我唱一句，你唱一句。"春又生拉着桑爽的手，晃动着，打着拍子，一句一句地唱，"'月亮出来亮汪汪，亮汪汪'，唱！"

"月亮出来亮汪汪，亮汪汪，"桑爽小声地跟唱。

"很好啊，要自信，声音大一些。'想起我的阿哥在深山'"

"想起我的阿哥在深山。"桑爽声音大了一些。

"好，'哥像月亮天上走，天上走'"

"'哥像月亮天上走，天上走'"

"很好！'哥啊，哥啊'"

"'哥啊，哥啊'"桑爽自如一些了。

"最后一句，'山下小河淌水清攸攸'。"

"'山下小河淌水清攸攸'。"

"来，在跟着我从头到尾把第一段唱一遍。"春又生领唱，桑爽跟唱。

"爽，你唱得很好啊！你不是五音不全，而是不自信。以后只要多唱，就会越唱越好！"

"真的？"桑爽高兴了，可是又说，"我的嗓子不好。"

"你的嗓音还可以的。非常柔和，适合于唱甜美悠扬的民歌。其实，唱歌嗓子好固然重要，但是更重要的是能够把握歌的情感，唱出歌的情感。来，再跟我唱一遍。"

这一遍，桑爽唱得自信多了，声音自然流畅优美一些了。

"好！"春又生鼓掌。

"又生哥，我会唱歌了，我敢唱歌了。"桑爽非常高兴，"你以后一定要多教我唱歌。"

"一定！来再接再厉，唱第二段。"唱着唱着，他们来到了前海湾。

前海湾一片黑暗，栈桥像一条黑蛇伸进前海湾，只有小青岛的灯光孤独地闪烁着，他们小时候曾经见过的栈桥的灯光和小青岛的灯光交互相映的前海湾不见了。前海湾已经没有生气，没有了往日的欢乐。

"文化大革命以来，栈桥的灯光很长时间没有亮了。"春又生叹息。

"文化大革命什么时候结束呢？" 桑爽叹息。

海风骤起，寒气逼人。他们离开了令人心寒的前海湾。

"我们到中山路青岛饭店吃饭吧，我饿了。"桑爽说。

"这个饭店很贵的。"春又生上班后，每月的工资是32元钱。刚刚上班，还没有领工资，妈妈就给了他6元钱。每个月买乘车月票2元钱，中午的饭菜钱是1角5分钱。每月26个工作日的话，春又生只剩下1元多零花钱。为了节约钱买书，春又生有时步行上班。春又生知道自己手中的钱是不够请桑爽到饭店吃饭的。

"没问题，今晚我请客。"桑爽豪爽地说。

"那怎么行呢？"

"为什么不行呢？"桑爽反问春又生。

"我是男人啊！"

"什么男人女人的，我今天晚上想花钱了。"桑爽哀求春又生说，"求求你，又生哥，今晚我来付钱，我很长时间没有花钱了？"

"很长时间没有花钱了？"春又生不明白。

"我每天除了上班来回乘车花钱外， 吃饭不花钱。上早班，早晨和晚上在家里吃，中午带饭。上中班，早晨和中午在家里吃，晚上带饭。一切饭菜都是爸爸买和做。穿衣不花钱，我的衣服也是爸爸买布做的。你想啊，我哪里有花钱的地方啊！"

"桑伯伯还会做衣服？"春又生惊讶了。

"我爸爸从61年就不上班了，一直在家里养病。他没有事情做，就学会了做衣服。"

走进青岛饭店，他们点了鱼、肉和青菜，花了3元多钱，美美地吃了一顿。

吃晚饭，两人携手回家。走到观海二路，桑爽看了看手表还不到9点，就对春又生说："时间还早，咱俩到山上再玩一会儿吧？"

"好。"春又生拥着桑爽走上观海山。山上没有人，四周没有灯光，一片黑暗。桑爽紧紧地靠着春又生。

"害怕吗？"春又生问桑爽。

"有点。这么黑，一个人也没有。"

"别怕，有我。"春又生在前面拉着桑爽沿着梯子走上观海台。

天完全黑了，海雾在慢慢地覆盖青岛市区的上空。东面的观象山依稀可见，南面的前海湾已只能看到小青岛灯塔发出的微弱的灯光。西面的天主教堂看起来非常别扭，因为高高的塔楼上的大十字架前几年被拆除了。北面的海湾已经看不见了，居民区闪烁着万家灯光。桑爽非常渴望今天晚上能够亲吻春又生，她抱着春又生，翘起脚，闭上眼睛，把自己的嘴巴，向春又生的嘴巴靠近。春又生也十分想亲吻桑爽，但是他拼命抑制自己，只是轻轻地在桑爽的额头上吻了一下。

"我来教你吹口琴吧？"春又生对桑爽说。

"好的。"春又生没有亲吻桑爽的嘴巴，她有些尴尬，所以马上答应了。

"先学会吹音节，并熟悉口琴。我先吹给你看。"说完，春又生流畅地吹了几遍音阶。然后用手帕擦净口琴给桑爽，"你来。"

桑爽开始在口琴上寻找"1"，很容易找到了，然后试着吹音阶。一吹一吸，居然吹出了音阶，高兴地说："怎么样？"

"还可以。吹口琴时，头不要跟随音阶移动，而是手移动，再试一试。"

桑爽试着双手移动口琴吹音阶，吹了几遍后，音节吹得比较顺利了。

"你休息一下，我来吹歌给你听。"春又生从桑爽手中拿过口琴擦干净，开始吹《两只老虎》，桑爽认真听，她发现又生哥一边吹音调，一边打着拍子。

"又生哥，你还会用口琴打拍子？"

"当然会呀，很简单，你看，我用舌头压住一部分琴眼，按照音乐的节拍抬起和压下舌头，就可以发出拍子的声音。"春又生演示给桑爽看。

　　"原来是这样，我来试一试。"说着从春又生手中抢过口琴没有擦就吹起来。可是她如果吹音阶就不能打拍子，如果打拍子就不能吹音阶。"唉呀，怎么搞得？"

　　"一步一步地来吧，先熟练地学会不打拍子吹歌曲，然后再学习同时打拍子，就容易得多了。"

　　桑爽开始吹音阶，几遍之后，开始同时打拍子，还是效果不好，有一些泄气。

　　"别着急，千里之行始于足下，你今天晚上，音节已经吹得挺好的了。你试着吹《两只老虎》吧。"

　　"现在可以吹歌了吗？"桑爽似乎不自信。

　　"可以，"《两只老虎》的旋律简单，音调起伏很小，非常容易吹。

　　桑爽开始试着吹："1231｜1231｜345-｜345-｜--"，吹了几遍后，旋律出来了，桑爽高兴地反复吹，直到嘴巴干燥，实在吹不下去了。

　　"很好，此女可教也。"春又生夸奖桑爽，抱紧她，"下课了！"

　　桑爽看了看手表，已经10点多了，便同意了："回家！"

　　"下山吧。"春又生扶着桑爽走下观海台。桑爽暗暗地想，又生哥今晚为什么不亲我的嘴巴?难道他害羞？想着，想着，脸红得发烧。

　　10点多，春又生把送桑爽到家。走到院子门口，春又生说："爽，我不进去了。明天你上中班，晚上我就不来了。"

"好把，星期天上午一定来！"

"一定！"春又生郑重承诺。

"抱抱我。"桑爽翘着嘴巴，撒着娇，钻进春又生怀中，"今天晚上收获很大，学会一支歌，学会了吹音阶。我真高兴，真快乐！"

"我也是。"春又生紧紧地抱了抱桑爽，然后告别，"星期天见！"

"真讨厌，要过两天才能见到你。"桑爽撅着嘴回屋里去了。

温丽丽是个说做就做的人，当天晚上就到了桑爽家。桑梓开门发现是温丽丽，于是说："是丽丽呀，好久没有来了，进来吧。"

"桑伯伯，桑爽在家吗？"平常都是桑爽开门，见是桑梓开门，温丽丽就问了一句。

"桑爽出去玩去了。"

"那，我就不进去了。" 温丽丽想了想问，"桑叔叔，桑爽明天上什么班？"

"上中班，有什么事情，我转告她。"桑梓问。

温丽丽说："桑伯伯，我有件重要的事情要告诉桑爽，必须亲口告诉她，请她明天上午一定到中山公园果园组找我。"

"好吧，我一定转告她，谢谢你，丽丽。"

"不谢，桑伯伯，再见。" 温丽丽转身走了。

桑爽下班回家后，桑梓对她说："爽儿，丽丽来过。"

"啊，她怎么到咱家啦？"桑爽很惊喜。

"温丽丽让你明天上午务必到公园去找她。"

"什么事情，这么重要？"

"她没有说，说是要亲口告诉你。"

"什么事啊？"一直到睡觉，桑爽也没有猜出来。

第二天桑爽来到中山公园，打听到果园的位置，找到了温丽丽已经9点多了。一看见温丽丽就说："丽丽，什么重要的事情，还要我跑到公园里听你说。"

"你跟我来。"温丽丽领着桑爽和一个小姑娘走进一个亭子里坐下，然后对桑爽说："桑爽，这是小朱。"，又对小张说："小朱，叫姐姐。"

小朱对桑爽甜甜地叫了一声："姐姐！"

"你好，小朱妹妹！"桑爽礼貌地回礼。

温丽丽对桑爽说："小朱，有些事情要告诉你。你听好了！"

"小朱有事情要对我说？怎么会呢？我们是第一次见面！"桑爽不明白。

"小朱，你讲吧。"温丽丽也不做解释，直接让小朱讲。

"姐姐，我哥哥和春又生是中学同学，春又生曾经因为和班里的一个女同学发生不正当的男女关系被判过刑。"

一句话恰似平地一声雷，打的桑爽头昏脑胀，眼冒金星，半天说不出话来，只是呆呆地看着小朱。"桑爽，你怎么啦？"温丽丽急忙问。

"小朱，你再说一边，我没听清楚。"桑爽似乎还没有完全清醒过来喃喃地说。

　　"我哥哥和春又生是中学同学，春又生曾经因为和班里的一个女同学发生不正当的男女关系被判过刑。"小朱又大声说了一边。

　　"我不信！又生不是那种人！"桑爽忽然大声地歇斯底里地说。

　　"桑爽，你冷静一点。昨天，我亲自证实了小朱的确是春又生同学的妹妹。小朱昨天晚上也再一次从她哥哥那里得到确认，春又生的确因为男女关系被判过刑。"温丽丽再次向桑爽说明真相。

　　桑爽不说话了，眼泪夺眶而出，长流不断。"桑爽，镇静，镇静！"温丽丽抱着桑爽，用手绢为桑爽擦干眼泪。

　　桑爽哭着说："我还是不相信，又生不会骗我。"

　　"桑爽姐姐，我说的都是真的！"小朱也哭了。

　　"我要去找他，当面问清楚。"桑爽站了起来。

　　"不行，你现在不能去问。春又生正在那里干活，你这种状态去找他，肯定会坏事，弄不好会满城风雨。等他下班再问。"温丽丽劝解桑爽，然后又对小朱说："小朱，这件事情你不准对任何人讲，否则你要负严重的后果。"

　　"丽丽姐，桑爽姐，我保证谁也不说。"小朱急忙承诺。

　　桑爽浑身无力，被彻底击跨。一个人流着泪，低声地哭着。温丽丽低声说："别哭了，桑爽，当机立断，现在还不晚。"

　　"晚了，晚了。"桑爽哭着直摇头。

　　"啊，你们俩----，你和他---？"温丽丽心想这可怎么办。

　　"没有---"

　　"那，怎么晚了，不晚。" 温丽丽放心了。

　　"晚了，心都给他了！"桑爽继续哭着。

　　"不晚，心还可以收回来。" 温丽丽劝解桑爽。

　　桑爽一直哭了一个多小时。温丽丽一看表，11点了。"桑爽，11点了，你快回家吧，下午还要上班。"

　　桑爽在温丽丽的搀扶下站了起来。温丽丽说："这怎么行，我送你回家。"

　　"不用，我自己能走，你还在班上。"桑爽摇头。

　　温丽丽嘱咐小朱："回去干活吧，别让他们看出来。"

　　"好！"小朱走了。

　　"走吧，我起码送你到车站。" 温丽丽搀着桑爽向车站走去。路过小花园，桑爽想前天还在这里和又生哥一起享受含笑，今天就---又哭了起来。快到车站的时候，桑爽制住了眼泪，强迫自己振作起来，对温丽丽说："丽丽，我好了，过去了，我自己走。"

　　临上车，温丽丽嘱咐桑爽："沉住气，好好问他。如果是那么回事，坚决一刀两断！"

　　"别担心，我会处理好的。"

　　看着汽车开走了，温丽丽才返回公园。

　　一路上昏昏沉沉，下了车两腿轻飘飘，也不知道怎么到的家，一进家门，见到爸爸，桑爽拼命抑制自己，还是差一点哭出来。桑梓看见女儿两只发红的肿起来的眼睛，吓了一跳，紧张地问："爽儿，怎么了？

发生了什么事？谁欺负你了？"

"没有什么，爸爸。"桑爽捂住自己的眼睛径直走到洗脸盆前，洗脸，用手巾冷敷眼睛。

"爽儿，肯定是出事了，告诉爸爸！"桑梓急了。

"爸爸，晚上再告诉你，行吗？你快去做饭吧，我要上班了。"桑爽搪塞爸爸。

"你这副样子，能去上班吗？"

"能行，过一会儿就好了。"桑爽继续冷敷自己的眼睛。

桑梓将饭菜准备好，桑爽看了看眼睛，恢复的差不多了，便低头吃饭。桑梓看着自己心爱的女儿，默默地吸烟。

"爸爸，你不要吸烟了，好不好！"桑爽反对爸爸吸烟。

"不吸，不吸了。"桑梓连忙掐灭烟卷，又关心地问："好一些了？"

"我好了，爸爸。对不起，让你担心了。"桑爽见爸爸担心自己，感到歉意。

"孩子，你可把爸爸吓坏了。我不知道我的宝贝女儿发生什么事情。你从来没有这样哭过，除了你妈妈去世的时候。"桑梓的眼睛红了。

"爸爸，对不起，别担心，别担心了。"桑爽抚着爸爸的手，眼泪流满脸。

"别哭了，小心再把眼睛哭肿了，马上要去上班了。"桑梓立刻劝阻女儿。

桑爽放下碗筷，又去洗脸。在镜子里仔细地看着，还好，如果不注意，不会发现哭过的痕迹。

"爸爸，晚上再告诉你，我上班去了。"

"精神集中，注意安全。"桑梓叮嘱她。

"我会的。"桑爽拿着手提包走出家门。

路上，电车里，桑爽在劝着自己，不要再想又生。走进实验室，还好，姐妹们没有发现异常。实验室里很安静，大家各自忙碌着，桑爽也全力以赴投入工作。休息时，桑爽不知不觉地开始发呆。后天才能见着又生，时间实在难熬，我怎么办呢？今晚去找他？到他家将近11点了，又生妈妈会怎样想呢？要不，请假？不行吧，自从上班以来，还从来没有请过假。桑爽只觉得心里烦躁，浑身发热。王姐注意到了桑爽有些反常，便偷偷地观察桑爽，眼睛有点发红，眼皮有点肿胀，哭过，一定是出了什么事了！王姐走到桑爽面前，用手轻轻地抚摩桑爽的头，关心地问："妹妹，出什么事了吗？需要姐姐帮忙吗？"

"没有，王姐。"桑爽低下头。

"那，有什么心事，和姐姐说说。"

"没有，王姐，谢谢你！"

"不对吧，姐姐可是过来人，是不是你的那个情哥哥惹恼妹妹了？"

"没有。"桑爽低着头，不敢看王姐。

"没有，骗谁呀。打是亲，骂是爱，不打不骂，不自在。《红楼梦》里的老太太不是说吗，不是冤家不碰头。"

王姐双手将桑爽的头抬起来，看见她脸色通红，用手摸了摸桑爽的额头，惊叫起来："哎呀，你发烧了！"

姐妹们听见王姐的叫声围了过来。

"怎么了？桑爽"大家关心地问。

桑爽将头靠在王姐的身上不回答。

"快去医务室！"王姐拉起桑爽。

"我不去，我没病。"桑爽不要去。

"没病，还这样萎靡不振，有什么过不去的坎儿。"王姐批评说。

"心里有点不舒服。"桑爽低声说。

"还是吧，是那个负心郎欺负妹妹了吧！"王姐打气说，"给姐姐说说，姐姐去揍他。这么漂亮的妹妹不知道爱惜，竟敢惹妹妹伤心。"

"对，姐妹们帮你！"大家为桑爽打气。

"好了，姐姐们，谢谢了，工作去吧。"桑爽实在怕大家再说下去。

"不行，你这种状态不行。要不，干脆，请假回家吧。"王姐建议说。

"那怎么行，还没有干完活呢。"桑爽摇头。

"没有多少活了，你那点活，大家就干了。"王姐说。

"对，桑爽，回家吧。"

"心里不舒服，回家睡一晚上觉，第二天就好了。"姐妹们纷纷劝说桑爽。

看见大家围在一起说事，实验室杨主任走过了问："怎么了？说什么呢？"

"杨主任，桑爽不舒服，有点发低烧。"王姐忙对主任说。

"到医务室看看去吧，围在这里干什么。"杨主任说。

“杨主任，剩下的活不多了，瞧完病，让桑爽回家得了。”王姐接着说。

“桑爽，到医务室去拿几片药，回家吧。”杨主任说完走了。

“主任发话了，走吧，桑爽。”王姐很是高兴。

“谢谢，王姐，谢谢，姐姐们。”桑爽站起来感谢大家。

望着桑爽离去的身影，王姐感叹地说；“真是家家有本难念的经。我要是个男的，有桑爽这样的情妹妹，我能爱死，怎么还舍得惹她伤心呢。”

“咱王姐是什么样的人，侠肝义胆，怜香惜玉。”

“王姐，你下辈子托生个男子，我嫁给你。”姐妹们纷纷打趣王姐。

桑爽从更衣室换好衣服，和姐妹们招了招手，没有去医务室，直接回家了。

将近7点，桑爽回到家中。桑梓见女儿早早的回来了，很是高兴：“这么早就回来了，请假了？”

“姐妹们看见我不舒服，帮忙说话，主任准假了。”桑爽放下手提包，“爸爸，我去找又生。”

“吃了饭再去吧。”

“吃不下。”

“和又生有关？”桑梓问。

“我去了。”桑爽点点头。

“爽儿，我不知道发生什么事情了，不过，我告诉你，又生是个难得的人才，难得的伴侣。爸爸很少看错人。"桑爽郑重地对女儿说。

爸爸的话像一道亮光照亮了桑爽的心，她觉得自己的心轻松了一些。桑爽露出了笑容："爸爸，你说的对，我应该相信他。谢谢你，爸爸！"

桑爽很容易找到观象路17号，走进院子，二层楼，日本房子，家家的灯已经亮了，可是那是又生的家呢？正在犹豫是否敲开一家门问一问，从外面走进一个姑娘。那姑娘好奇地问桑爽："你找谁？"

"我找春又生。"桑爽礼貌地回答。

"啊，你找又生哥，我带你去。"姑娘说着在前面带路，走进一楼东边，指着一个亮着的窗户对桑爽说："这个窗户就是又生哥家的。又生哥每天晚上在窗下看书，我们院里这个窗户里的灯关得最晚。只要你看见灯亮着，肯定是又生哥在看书。"姑娘对春又生很熟，话里面透露出对春又生的钦佩。姑娘带着桑爽走到春又生房间门口，也不敲门，直接开门，还没有进去，一位大妈出现在门口。姑娘说："春妈妈，有人找又生哥。"

"谁呀？"春妈妈问。

"是我，春妈妈。"桑爽赶忙接话。

"你是谁呀？姑娘？"春妈妈慈眉善目，一口好听的胶东口音。

"我是——"桑爽还真没有办法向春妈妈介绍自己，脸红了。

"进来吧，"春妈妈没有再问，把桑爽让进房间，那位姑娘也跟进来了。桑爽发现春又生果然在窗前的写字台前埋头读书，竟然浑然不觉。

“又生哥，有人来找你啦？”那姑娘抢先说话。

春又生没有听见，还在埋头读书。

姑娘笑着对桑爽说：“又生哥只要读起书来，天上打雷，他也听不见。”说着，走到春又生身后，用力拍一下他的肩膀，大声地说：“书呆子，你看谁来了？”

春妈妈和桑爽都不由得笑了。

春又生这才抬起头来，眯着眼睛看看姑娘，当他看见桑爽时，双眼一下子发出金光，站了起来：“爽，你怎么来了？”[   ]

“嘿，还‘爽’呢？”姑娘乐了。

春又生和桑爽几乎同时满脸通红。

“妈妈，这是桑爽，我最近就是常到她家去。”春又生向妈妈介绍桑爽。

“春妈妈，你好！”桑爽向春妈妈鞠躬问好。

“你好，你好，孩子。”春妈妈拉着桑爽的手，仔细端详着，夸奖说：“真是个好孩子，长得这么俊。”

“为什么不介绍我？”那姑娘说话了。

“对了，桑爽，这是我的邻居小妹妹凤儿。”春又生向桑爽介绍那姑娘，又对姑娘介绍说：“凤儿，这是桑爽。”

“你好！桑爽，咱俩差不多大，我是叫你妹妹呢？还是叫你姐姐。” 凤儿打量着桑爽，秀美，苗条，文气，娇嫩的一女孩。

“你好！凤儿。我是49年8月的，你呢？”桑爽打量着凤儿，她是一个极爽快的女孩，大眼睛，红脸膛，身体很健康。

"我是57年的，我得叫你一声姐。"

春妈妈一直在仔细端量桑爽的一举一动，满脸笑开了花，招呼着："孩子，快坐下。生儿，倒水。"

"我来。"凤儿主动去倒水。

"别，别倒水。马上就走。"桑爽连忙阻拦。

"刚来，怎么能马上就走呢。"春妈妈说。

"春妈妈，我有重要的事情要问又生。"

"问吧。坐下来。一边喝水，一边问。"春妈妈还是劝桑爽坐下。

"不，对不起，春妈妈。我能不能和又生出去说？"

"妈，我和桑爽出去说话。"春又生以为桑爽第一次到家里来，还很羞涩，于是对妈妈说。

"那，刚来就这么走了。"春妈妈似乎很不情愿。

"春妈妈，我以后再来，好好陪您喝茶，说话。"桑爽感觉到了春妈妈的亲切，心里很温暖。

"我们走了。"春又生先走出屋外。

"再见，春妈妈。再见，凤儿妹妹。"

"再见，桑爽姐姐。"

"以后常来啊。"春妈妈叮嘱到。

"我会的。"桑爽走出家门。

走到院子里，桑爽有点醋意，对春又生说："凤儿，在你家进出自如，就像一家人似的。一句句又生哥，又生哥的，叫得很亲热。"

春又生说："我们从小一起长大，所以，彼此之间来来往往已经很融洽了。"

"原来是这样。妾发初覆额，折花门前剧。郎骑竹马来，绕床弄青梅。同居长干里，两小无嫌猜。十四为君妇，羞颜未尝开。低头向暗壁，千唤不一回。十五始展眉，愿同尘与灰。"桑爽打趣地问春又生："读过李白的这首'长干行'吗？"

"读过。爽，我和凤儿不是你说的那种关系。"春又生解释。

"可以培养吗。"

"爽，我不喜欢你耍小性子。"

"你不喜欢我耍小性子，我也不喜欢有人整日里哥哥妹妹的。"

一时，两人都不说话了。他们沿着平原路走到江苏路，向海边走去。春又生不知道桑爽为什么突然来找自己，不知道是什么事情。桑爽一直默默无语，不知在想什么？春又生问："爽，今天你不是上中班吗？怎么这么早就下班了？"

"请假了。"桑爽不冷不热地说。

"请假了？为什么？"春又生问。

"为你！"桑爽说完又不说话了。

"为我？"春又生吃惊了。

"就是为你！"桑爽说完又不说了。

站在海边，春又生望着栈桥和小青岛的灯光想到，昨晚在这里还亲亲热热的，今晚为何如此冷漠？便轻声问："爽，为我？为我什么事情？"

桑爽似乎这时才想起正事，开口说："春又生，你对我撒过谎吗？"

"我从不说谎。只要我告诉你的事情，都是实话。如果，我认为某些事情不好讲，那我就不讲。"春又生郑重其事地说。

"春又生，你有什么事情瞒着我吗？"

"没有，能够告诉你的事情，我都会告诉你，暂时不能告诉你的事情，我以后会告诉你，我不想隐瞒什么。"

"那你有什么以后想告诉我的事情。"桑爽严肃地说。

"桑爽，如果你以这种态度和我说话。对不起，我什么也不会讲。"春又生也非常严肃。

"你，春又生，你这样待我。"桑爽忽然泪流满面，泣不成声地说："我，桑爽，没有任何事情瞒着你，我妈妈的事情，我从来没有对任何一个人讲过，那是我心中永远的爱，也是我心中永远的痛！只有，只有对你，对你春又生讲---过。人家都说，将心比心，以心换心，我把心都给了你，你却，你却藏着掖着一部分---"

"对不起，爽，我从来不想瞒着你什么，只是---"看见桑爽如此痛苦，春又生慌了手脚，心疼如割，急忙抱着她。

"只是---什么？"桑爽在春又生怀中双眼泪汪汪地问。

"走！"春又生发现有行人围观他们，拉着桑爽走出围观的人群。

他们快速沿着太平路、莱阳路向鲁迅公园走去。在鲁迅公园沙滩上的一块大的岩石上，他们坐下来。春又生把桑爽揽在怀里，桑爽抬起头来，两只眼睛期望地看着他。

　　"爽，有一件事情，我一直想告诉你，可是，一是没有适当的机会，二是我怕失去你，所以至今没有讲。"春又生看着桑爽的眼睛说。

　　"你现在说吧，只要你说实话，我不会不要你的。"桑爽知道自己根本离不开春又生，所以做好了最坏的准备。

　　"我曾经受过三年少年劳动教养处罚。"春又生坦白地说。

　　"是劳动教养，不是劳改犯？"桑爽从春又生怀中直起身来问。

　　"是谁对你讲的，我是劳改犯。"春又生盯着桑爽的眼睛问。

　　"你别管，我不会说。"桑爽不回答。

　　"我知道了。"春又生想起昨天温丽丽对他说的话，想起中学同学朱文德的妹妹。"是温丽丽说的，是吧？"

　　"不要怨温丽丽，她是我的好朋友，她关心我。"桑爽惟恐春又生错怪温丽丽。

　　"我不会的。问题是温丽丽错了，我的同学也错了，他们都认为我被判刑了。没有，我当时不满十八岁，问题尚不足以严重到要判刑的。"春又生盯着桑爽的眼睛说，"爽，如果我真的曾经是劳改犯，你不会原谅我吗？你会离开我吗？"

　　"我不会，不会的，可是，人家心里还是会难受的。"桑爽爬在春又生的怀里又哭起来了。

　　"别哭了，别哭了。"春又生双手捧着桑爽的头，心疼地看着泪流满面的桑爽。他想亲吻桑爽，可是心中又有怯意。

"你到底因为什么事情被劳动教养的？什么时候？"桑爽看着春又生的眼睛问。

"两种原因，一是所谓的思想反动，二是生活作风。那是上中学的时候。"

"看着我，仔细讲，讲你的中学生活，讲讲你为什么被劳动教养？"桑爽从春又生怀中坐到他的对面，拉着他的手。

"我小学还没有毕业，就被选做学员进了歌舞团。后来我因为歌舞团没有文化课就离开了歌舞团回到中学上学。这时候，我小学的同学已经上初三了。我不愿意上初一，直接上的初二下半学期。"

"你落了一年半的课程，能赶的上去吗？"桑爽问。

"当然赶得上。我拼命地学习，当年期末考试，我的数学是100分。"

"是吗？半年学了两年的课程，考了100分？真行！我的数学从来没有考过100分。"桑爽害羞地说。

"你知道数学啦，语文啦，都很好补习。可是俄语落下了一年半的功课实在太难追赶了。我幸运的是遇到了一个好老师，我的俄文老师杨老师。杨老师英俊潇洒，那时候还没有结婚。他几乎每天下午为我补习俄文，同时还教我一些自学的方法。你知道期末考试我考了多少分吗？"

"多少分？"

"93分！"

"不简单！"

　　"有一次我到老师办公室去，看见老师们用的一张小圆桌上的报纸上面写满了'春又生，93 分'。我知道老师们对我的这个成绩也很惊奇。从这以后，我的各门功课经常得 100 分，经常在班级和级部里得总分第一。大多数老师们都喜欢我，所以我在学校里很自由。那时候，学校下午的第七、第八节课是课外活动。学校规定，每个同学只能参加两门课外活动。可是，学校的所有课外活动的大门都对我开放，整个学校只有我一个学生可以参加所有的课外活动，因为这些老师都喜欢我。我参加学校的宣传队，参加田径队，参加俄语小组、语文小组、数学小组、历史小组、地理小组等等。每天下午第七、第八节课，我先到每个小组去探一头，看看哪个小组的活动有趣味，于是就留在哪个小组。"

　　"像在小学一样，你绝对是一个自主的人。"桑爽称赞到。

　　"但是，可是追求自主要付出代价的。我已经给你讲过，中学时代我开始关心政治，记得有一次我问班主任老师，苏联人对斯大林是个人崇拜，我们对毛主席是不是个人崇拜。班主任老师吓得用手捂住了我的嘴，并警告我，不要对任何人说这样的话。"

　　"啊，你什么都敢讲！"桑爽用手捶春又生，"以后，不能信口开河了，听见没有！"

　　"听见了。特别是读了契诃夫的书后，我开始批判周围的虚伪和庸俗，发生了一系列的事情，都成了我的思想反动的证明。第一是对抗老师。我曾经多次与老师对抗。第一次是同音乐老师。我同班主任老师一度很要好。我发现这位音乐老师欺负我的班主任，所以有一次上音乐课的时候，班长喊起立以后，我故意慢慢腾腾地站起来，然后慢慢腾腾地坐下。音乐老师勃然大怒，大声地命令我站起来，说'春又生，你一向目无师长，为什么起立的时候，慢慢腾腾地最后一个站起来？'我立即回答'全班 54 个人不可能在同一时间站起来'。音乐老师无话可说，只好对我说'出去'！我就走出音乐教室回教室看小说去了。一些同学们下了音乐课，跑到教室里，都说我机智勇敢。"

"还机智勇敢呢，简直是一个坏学生！"桑爽笑着又用手捶春又生。

"后来一次，我在教室里同班主任老师辩论起来，不知道谁把校长叫来了。校长在教室门口看见我理直气壮天下无人的样子，也没有进教室，只是说着'这个学生无法教育了'，然后气哄哄地走了。"春又生笑着说。

"还有脸笑。"桑爽嘲笑地说。

"上初三的时候，与政治老师的一次对抗，构成了一次严重的政治事件。"

"啊，你敢对抗政治老师？"桑爽惊叫说。

"初三时，政治课是《社会发展简史》，我们的教师姓韩。韩老师讲课基本上就是照本宣科。有一次，他讲私有制产生的原因。原始社会初期生产力低下，所以大家共同劳动，共同分配。原始社会后期，由于生产力提高，产品有了剩余，部落首领霸占了剩余，私有制就产生了。你还记得这些吗？"春又生问桑爽。

"早忘了，我最讨厌政治课了。"桑爽撅着嘴。

"韩老师讲了半天，我怎么也不明白，于是站起来问韩老师，原始社会初期产品没有剩余，大家共同分配；原始社会后期产品有了剩余，一样可以共同分配，多分配一些就是了，这样部落首领就不能霸占了剩余产品了，私有制也就不能产生了，对不对，韩老师？对于我的提问，韩老师看了我一眼，也不解释，又照着课本念了一遍。我自然还不明白，就生气地对他说，韩老师，如果你上课就是念课文的话，以后就不要给我们上课了，我们都识字。"

"啊！你就这样对政治老师说话？你疯了，后来怎么样了？" 桑爽又惊叫起来。

"韩老师自然勃然大怒，大声地对我说，好，春又生，你开创了九中历史上第一个对抗政治老师的先例。没想到，我就这样触动了政治！"

"活该！谁叫你无法无天。"桑爽说。

"怎么是无法无天呢，我听不懂，老师理当好好地解释给学生听呀，不讲了。"春又生生气了。

"好了，不是无法无天，说着玩呢，小哥哥继续讲吧。"桑爽见春又生生气了连忙撒娇。

"后来又发生一件大事。"

"什么事？你别吓我。"桑爽忙问。

"我口无遮拦。学习毛泽东的文章时，老师说，毛主席的文章很难学，不容易懂。我就说，白居易的诗词妇幼皆懂，不好懂的文章不是好文章，老师吓的惊慌失措。有个同学说毛泽东的字写的天下第一，我就拿着毛泽东手写的诗词，用手把毛泽东三个字揞起来给这个同学看，问他这些字写得如何，那位同学断然说，写得不好。我把手拿开，告诉他，这是毛泽东写的字，然后说，你真虚伪！"

"你这样做可是滔天大罪啊。"

"是啊。正在这个时候，我们学校出现了反革命标语，欢迎国民党反攻大陆之类，落款是国民党青岛市委员会。学校里大张旗鼓地把所有的老师和学生一一排队清查现行反革命。有的人竟然认为肯定是春又生。老师多次找我谈话，我什么也不知道。后来终于查明不是我，是另一个学生，但是学校还是决定要教训我一下，于是给我留校查看一年的处分。"

"你还受过处分！"桑爽又叫了起来。

"叫什么，桑爽，你害怕了？"春又生又生气了。

"没有，没有害怕，只是感到惊讶。继续讲，我不叫了。"桑爽用头顶春又生的胸膛。

"宣布处分的大会上，校长刚刚宣布完处分决定，我立刻站起来，雄赳赳，气昂昂地退出会场。大部分同学都把我当成英雄，校长可气坏了，一定要好好治一治春又生。后来机会来了。"

"什么机会？"桑爽问。

"我们班有一个将军的女儿，后来我知道他的父亲不是将军，是一个大校。她和我一样也是初二调到我们班上的，不过她是从大连的一所中学调来的。爽，对不起，我不愿意提她的名字。"

"不要紧，讲吧。"桑爽说。

"这个女同学的学习一般。班主任让我负责帮助她，星期天去她家给她补课。她家住在海军大院，单独住在二层楼上，楼下是炊事员、服务员和警卫员。"

"她长得怎么样？"桑爽忽然问道。

"还可以吧。"

"学习一般，有什么特长吗？"

"体育不错，羽毛球打得很好。"

"是这样的一个女孩。"桑爽心里很不以为然。

"我很认真地为她补习功课，曾经严肃地对她说过，请你好好学习，力争考试成绩好一些。这样，班主任会表扬我们的。经过一段时间的共同学习，她的学习有了进步。去的次数多了，和她们家熟悉了。她的父母为人很好，她妈妈很喜欢我，弟弟妹妹也很喜欢我。可惜的是，她爸爸前几年被迫害死了。后来，补习完功课，我也在她们家玩一会儿。她爸爸有一个书橱，里面有很多好书，但是不能往外借，有时候我就在她家看书。海军大院里星期天经常演电影，我也常常和她们一起看。"

"于是，你就和她好了，是不是？"桑爽开始掐春又生的胳膊。

"还没有呢。夏天的时候，我总是，身穿蓝白色的海军衫，白色的短裤和白色球鞋。"春又生强忍住痛接着说。

"又生哥，夏天你总是这样着装吗？"桑爽松开了手问到。

"是啊，青岛市穿蓝白色的海军衫的人很多，但是身穿蓝白色的海军衫，又穿着白色的短裤和白色球鞋的，只有我一个。"春又生自豪地说。

"那个时候，你经常在观象山玩耍？"

"是啊，上学在观象山上，看书，复习功课，和同学，和邻居一起在山上玩游戏。几乎整天呆在山上。"

"哎呀，小哥哥，我小时候肯定见过你。"桑爽又叫起来了。

"真的吗？"春又生难以相信。

"文化革命前，我和爸爸常到观象山游玩，有一次看见一个身穿蓝白色的海军杉，又穿着白色的短裤和白色球鞋的男孩，我爸爸非常喜欢，说这个男孩真精神，生子当如此。从那时候，我和爸爸还在山上看见过几次。我好好看看你。"桑爽双手捧着春又生的脸看了又看，闭上眼睛想了又想，然后惊喜地说，"就是你，就是你。"

"真的吗？"春又生也叫了起来。

"真的，你的眼睛没变，我想起来了。我要回家告诉爸爸。"桑爽兴奋不已。

"对不起，我不记得了。"春又生抱歉地说。

"没什么，你那时还是个孩子吗。"

"你那时也是一个孩子呀。"

"可是有我爸爸呀，他注意到你了，我也就注意到你了。怨不得，以后看不见你了，原来---，继续讲吧"

"有一次，我到她家，发现她也身穿蓝白色的海军杉，脚穿白色球鞋，不过穿的是兰色短裤。她得意洋洋地问我，好看吧？我说，女孩这样的打扮不好看，还是男孩这样打扮好看。她不服气，拉着我到她的卧室里去照镜子。她的卧室里有一面大镜子，我俩并肩站在镜子前，她看看我，再看看她自己，不得不承认还是我更好看。突然，她抱住了我，亲我的嘴巴。"

"她亲你了！你亲她了吗？" 桑爽开始掐春又生的胳膊。

"没有，我不知道怎么回事，把她推开了。"

"然后呢？"桑爽继续掐着春又生的胳膊。

"然后，她又抱我，我没有拒绝。"春又生小声地说。

"你没有拒绝。"桑爽使劲掐着春又生的胳膊。"然后呢？"

"她开始亲我。"

"你也就亲她了，对不对？" 桑爽掐得春又生更痛了。

"我痛了。"春又生要拿开桑爽的手，桑爽不让拿。"你要是继续掐的话，我不讲了。"

"讲！"桑爽松了手。

"后来，不知道怎么回事，上了她的床，抱在一起---"

"你们上床了！"桑爽捂住眼睛哭出声来。

"没有，什么也没有发生。"春又生抱住桑爽试图安慰她。

"别碰我！"桑爽挣扎出春又生的怀抱。

春又生无可奈何地看着桑爽哭，心想，就这样了，没有一个女孩会原谅的。

桑爽哭了一会儿，抬起头来问："真的，什么也没有发生？"

"她妈妈忽然敲卧室的门，因为门被锁死了，她妈妈进不来。"

"谁锁的门？" 桑爽又开始掐春又生的胳膊。

"当然是她了，我怎么会锁门。"

"后来呢？"

"我俩慌忙下床，她打开了门。她妈妈进来看了看我们说，以后在房间里不要锁门，就出去了。"

"后来呢？"桑爽继续掐着春又生的胳膊。

"我立刻回家了。一连几个星期没有去。"

"心虚了吧，害怕了吧？"桑爽用力掐着春又生的胳膊。

"你掐吧，我不讲了。"

"你还有理了，讲！"桑爽松了手。

"后来，她对我讲，她妈妈要见我。我就去了她家。她妈妈很和善地问我，为什么这么长时间不来了，说她很喜欢我为她的女儿补习功课，希望我们好好做朋友。"

"从此你就又去了。"桑爽又开始掐春又生的胳膊。

"是的。"

"以后又亲了，是不是？"桑爽继续掐着春又生的胳膊。

"是，又亲了几次。"

"后来呢？"

"后来，她不准我和其他女同学说话，还跟踪我。最后一次，因为我和几个原来在歌舞团的几个男女同学见面，她竟然对我大发雷霆。我决心再也不理他了。无论她怎样劝说，我也不去她家，并且和老师声明今后不再为她补习功课了。她见我真的不理她了，害怕了。有一个星期天，她到我家去找我，我不出来，她竟然在外面整整站了一天。围观的邻居指指画画的，她也不在乎。我为她难过，也有点感动，我一度想出去。我的一个邻居对我说，如果你还想和她好就出去，如果不想和她好，就不要出去。我明白了，我不能出去。天黑了，她绝望地走了。第二天，她故意当着我的面和另外一个男生要好，希望我嫉妒，回心转意。她不知道，我下定决心的事情，是一定会做到底的。她看我毫不在意，坚决不理会她。可能她告诉了她的父亲，据说她父亲曾经到学校反映了这件事情。他们认为我思想反动道德败坏，于是----你掐得太痛了，还有一些事情，我不想说了。"春又生疼痛难忍实在说不下去了。

"不说就不说吧，我也不想听了。"桑爽松了手，极端伤心地哭了，"不纯洁了，不纯洁了，一点儿也不纯洁了！"

春又生知道，说什么也没有用了，等待桑爽判决吧。

桑爽哭了一会儿对春又生说；"站起来。"春又生站起来了。

"把我拉起来。"桑爽又说。春又生把桑爽拉起来。

"跟着我！"桑爽说。春又生跟在桑爽后面走下岩石，来到海水边。

"洗手！"桑爽说。春又生蹲下在海水中洗手。

"用力洗！"桑爽说。春又生用力用海水洗手。

洗了一会儿，桑爽又说；"洗嘴巴"。春又生用海水中洗嘴巴。

　　"用力洗！洗干净点"桑爽说。春又生用力用海水洗嘴巴。

　　"漱口！"桑爽说。春又生用海水漱口。

　　"再漱口！漱干净！"桑爽说。春又生用海水再漱口。

　　"起来！"桑爽把春又生拉起来。

　　"抱我。"。春又生抱住了桑爽。

　　"亲我！"桑爽跷起脚，仰起头，闭上眼睛。此时，春又生却有些犹豫。桑爽睁开眼睛，看着春又生。春又生轻轻地将自己的嘴巴碰一碰桑爽的嘴巴。桑爽温柔地亲吻着春又生的嘴巴，喃喃地说："这是我的初吻，我把她给了你，又生哥。"。

　　桑爽忽然狠狠地咬住春又生的嘴唇。春又生忍住痛，一声不响。"告诉你，记住了，又生哥，今后不准再亲别的女人，不准再抱别的女人。"说完倒在春又生的怀中又哭起来。春又生用力抱住桑爽也流下了眼泪。

　　哭了一会儿，桑爽抬起头来亲吻着春又生，将自己的右手放在心口说："又生哥，我对着大海发誓，我愿意嫁给你为妻，与你一生一世，心心相印。"

　　春又生亲吻着桑爽，将自己的右手放在心口说："爽，我对着大海发誓，我愿意娶你为妻，与你一生一世，心心相印。"

　　"这是我们的海盟，又生哥，你不能负约，你不能负我！"桑爽双眼盯着春又生。

　　"我发誓，绝不负你！"春又生抱着桑爽感动地说："谢谢你，爽，谢谢你原谅我，接受我。"

桑爽手捧春又生的脸笑着说："你知道南宋诗人戴复古吗？"春又生摇头。桑爽接着说："他写过一首'寄兴'：黄金无足色，白璧有微瑕。求人不求备，妾愿老君家。"

他俩紧紧地抱着亲吻着。桑爽感到嘴巴里有一股比蜜还甜的诱人的滋味，她高兴地对春又生说："又生哥，真甜，你尝着甜滋味了吗？"

"甜，真的很甜。"春又生亲吻着桑爽。

他俩贪婪地亲吻着，享受着爱情的甜蜜。

亲吻了很长时间，桑爽感到自己的小腹有点胀痛，她抚摸着自己的小腹对春又生说："回家吧，肚子有点痛了，可能是一天没有吃饭了。"

"你中午和晚上都没有吃饭？"

"没有。被你气得那有心思吃饭！"

"那好吧，快回家。"春又生搀扶着桑爽走出鲁迅公园。

"你在少年管教所做些什么？"桑爽好奇地问。

"劳动，学习。"春又生说，"我们有一块菜地，我们的菜大部分是自己种的，我很喜欢种菜，喜欢挑水。挑水的感觉真好，轻快地走着，担子在肩上颤悠悠，有一种舞蹈的味道。"

"你就是在少年管教所学会的挑水？"

"是的，上次你问，我没好意思说。"春又生抱歉地对桑爽说。

"都过去了，小哥哥。"桑爽用手抚摸着春又生的脸，宽慰地说，"你还学会了什么？"

"我还学会了拉手风琴。"

"真的？"桑爽很是惊喜。

"少管所有一个图书室，我星期天经常去看书。管理图书室的张老师很喜欢我。张老师本来是一个高级警官，据说五七年被打成右派，于是被下放到少管所。张老师是一个多才多艺的人，书读得很多，篮球打得很好，手风琴拉得也很好。你知道吗？用手风琴演奏苏联歌曲特别好听！"春又生兴奋了，"我非常喜欢听张老师演奏苏联歌曲。有一次他演奏《共青团员之歌》，我情不自禁地唱起来，张老师没有想到我的歌唱得还好。他在少管所组织了一个文艺宣传队，我当队长。少管所里的会弹、拉、说、唱的少年还真不少，我们的文艺演出，不仅受到少年们的欢迎，连少管所的管教干部们也很喜欢。张老师非常高兴，每个星期天我都到图书室去，他就开始教我拉手风琴。"

"你有手风琴吗？"

"没有，手风琴很贵的。一架好的120贝斯的手风琴要几百元呢！"

"我回家和爸爸讲，咱们攒钱买一架。"

"爽，你读过罗曼·罗兰的《约翰·克利斯朵夫》吗？"

"我家里曾经有这本书，还没有读，就被红卫兵烧了。"

"《约翰·克利斯朵夫》是罗曼·罗兰根据贝多芬的生平虚构的小说。这本书的翻译者是傅雷。我最喜欢的是傅雷写的前言。这些年，有的人知道我曾经受过少年管教的处分，他们歧视我，我常常背诵前言中的一些话来激励自己。"

“那些话？你背诵给我听。”

“真正的光明决不是永没有黑暗的时间，只是永不被黑暗所掩蔽罢了。真正的英雄决不是永没有卑下的情操，只是永不被卑下的情操所屈服罢了。所以，在你要战胜外来的敌人之前，先得战胜你内在的敌人；你不必害怕沉沦堕落，只要你能不断的自拔与更新。战士啊，当你知道世界上受苦的不止你一个时，你定会减少痛楚，而你的希望也将永远在绝望中再生了罢！”春又生激情地背诵着。

“真正的光明决不是永没有黑暗的时间，只是永不被黑暗所掩蔽罢了。真正的英雄决不是永没有卑下的情操，只是永不被卑下的情操所屈服罢了。说得真好！”桑爽激动了，“又生哥，在这个世界上，你再也不会孤独了，我永远陪伴你，和你一起接受痛苦，和你一起拥有希望。”

春又生紧紧地抱着桑爽，泪流满面。

他们走到车站，发现已经没有公共汽车了。桑爽看了看手表11点多了：“快走，爸爸一定等急了。”

“我妈妈也一定等急了。”春又生说。

两个人快速走着。桑爽忽然想起什么，走的路灯底下，她看了看春又生被咬伤的嘴唇，又卷起春又生左手的衣服袖子，胳膊上露出了一个发紫的伤口。桑爽心疼地看着嘴上和胳膊上伤口说：“痛么？”

“你说呢？”春又生说。

“又生哥，仅此一次。”桑爽如释重负，心情好了，走路也轻快了，“更深月色半人家，北斗阑干南斗斜。今夜偏知春气暖，重声新透绿窗纱。”

"这是谁的绝句？"春又生问。

"唐朝刘方平的'夜月'。"

走进桑爽家院子大门，他俩发现桑梓站在院子里，两人几乎同时说：

"爸爸，你还没有睡？"

"桑伯伯，您还没有睡？"

"你们不回来，我怎么能睡得着呢！"桑梓一声叹息。

"对不起，爸爸。"桑爽走上前抱着爸爸。

"对不起，桑伯伯，让您担心了。"春又生十分抱歉。

"谈完了？没事了？"桑梓问。

"没事了，爸爸！"桑爽赶紧回答。

"来家吧。"桑梓说。

"桑伯伯，我不进去了。我妈妈恐怕也在等我。"

"好吧。星期天上午来。"

"再见，桑伯伯，再见，桑爽。"春又生说完拔腿就走了。

回到家中，春又生发现妈妈果然没有睡觉。一见到他就问："谈什么事情，这么晚才回来。"

"很重要的事情，妈妈。"

"谈妥了？"

"谈好了。"

"生儿，桑爽一看就是个好孩子，好好和她交往。"

"你放心，妈妈，我会的。"春又生洗漱完毕，坐在写字台前看了几页书，然后上床睡觉，一块多年的心病治愈了，很快睡着了。

　　桑爽一边吃饭，一边给爸爸讲着温丽丽告诉她的坏消息，今天晚上又生给她讲的事情的全部内容和经过。桑梓认真地听桑爽讲的每一个细节，有时笑，有时叹息。听完了全部事情之后，桑梓对桑爽说："又生本质上是一个有个性，有见解，敢说敢干的男儿。由于从小失去了父亲，像一匹野马自由地成长，他缺乏系统的教育和严格的训练。这件事情，爸爸来做。至于和那个女同学的过节，也很正常。十五、六岁的少男少女正是青春萌动时期，你不必在意。那个女孩的爸爸疼爱女儿也在情理之中，哪个爸爸不爱女儿呢！又生受到这次磨难也许是好事，今后也许能够成熟起来。爸爸支持你和又生交朋友。"

　　"谢谢你，爸爸。"桑爽总是能够得到爸爸的温暖。

　　"爸爸，你还记得观象山上的那个身穿蓝白色海军杉，白色短裤和白色球鞋的小男孩吗？"

　　"记得呀。"桑梓想了想。

　　"他就是又生啊！又生对我说，他上中学时总是身穿蓝白色海军杉，白色短裤和白色球鞋。"

　　桑梓说："是吗？让我仔细想想。"

　　桑梓闭上眼睛，脑海里出现了一个身穿蓝白色海军杉，白色短裤和白色球鞋的小男孩，大眼睛，高鼻梁，一副天不怕，地不怕的样子。"是他，是他，怪不得第一次见到又生时，觉得有点面熟，似乎在哪里见过。真是无巧不成书啊！"桑梓兴奋了。

"今年夏天，再让又生穿上海军衫、白短裤和白色球鞋，看看现在穿这一身是什么感觉。"桑爽也兴奋了。

父女俩一直谈到深夜两点多才睡觉。桑梓很长时间没有睡着。桑爽心事全无，很快睡着了。

第二天星期六，中午吃饭的时候，春又生在食堂里碰见了温丽丽，向她礼貌地点点头。温丽丽心想，看样子桑爽还没有找他谈，恨恨地瞪了春又生一眼说："小子，等着吧，有你好受的！" 一下子又发现春又生受伤的嘴巴，幸灾乐祸地说："哎呀，怎么嘴巴挂彩了，昨晚挨揍了吧！以后小心了，别再做缺德的事了！"春又生笑了笑，没有解释，吃完饭，立刻走人。

温丽丽走到她的狐朋狗党们中间，大周问："丽丽，就这么放过这小子？"

"放过他，已经有人收拾他了！"温丽丽很有把握地说。

桑爽一觉睡到中午12点多，慌忙起床洗漱完毕，爸爸已经准备好午饭。"爽儿，睡得好吗？"

"睡得真香，从来没有过，一觉到中午12点多。"

"那是因为心事烟消云散了！"桑梓对女儿说。

"是的，爸爸！"桑爽脸红了。

"吃饭吧！"

"爸爸，到点了，我上班去了。" 吃完饭，桑爽兴冲冲地上班去了。

桑爽面若桃花，精神焕发，神采奕奕地走进实验室。姐妹们看见她，纷纷地问："桑爽，好了吗？"。还没有等桑爽回答，有个姐妹说："美美地睡了一大觉，还能不好！昨天是多云转阴，今天阴转晴啦！"

"姐妹们，知道什么！常言到，心病还得心药医，解铃还须系铃人。让桑爽自己说，是怎么和好的？"王姐在一边打趣。

桑爽满脸通红，低头不语。

"走开，走开。当着这么多人，一个姑娘家家的，怎么好意思开口呢，小声对我一个人讲，那个薄情郎赔礼道歉了？"王姐推着姐妹们，可是没有一个人走开。桑爽知道什么也不说姐妹们是不会放过她的，再说她也要感谢姐妹们的帮忙和关心，于是连忙点头，并对姐妹们说："谢谢姐姐们！谢谢姐姐们！"

"谢什么呀！说话呀，到底道歉了没有，和好了没有？急死姐姐我啦！"王姐还是紧追不舍。

桑爽对着王姐的耳朵小声说："和好了！"，说完冲出人群拔腿跑向更衣室。

"说什么了，说什么了？"姐妹们没有听见桑爽的的话，急着问王姐。

王姐学着电影《列宁在1918》里的一个镜头说："桑爽已经不发烧了，已经完全康复了！"

"你这不是等于什么也没说吗！"一个姐妹失望了。

"嘿，一点也不懂得含蓄。好吧，小两口已经破镜重圆了！"王姐说完后，姐妹们高高兴兴地工作去了。

　　晚上10点钟下班，桑爽坐车到中山路站下车，沿着平原路走上来，到达观象路和观海路口，已经是10点40了。左边是观象路，右边是观海路。左边是又生的家，右边是自己的家。桑爽真想往左边走，去看看又生，可是一想，将近11点了，春妈妈会见笑了吧，再说，明天上午就见面了，算了吧。于是，桑爽向右边走，没有走几步，又想，去看看他的窗户，去看看灯光。可是，让邻居发现有多难堪呀！想了想，又说服自己，看情况，见机行事，没人就进去看一看，有人就不进去了。桑爽来到17号院子外，看了看院子里没人，轻轻地迈上台阶，只见所有人家的灯都关了，只有又生家的灯还亮着。她悄悄地走到窗下，虽然隔着窗帘什么也看不见，但是桑爽知道，她的又生哥正在灯下苦读，"昨日邻家乞新火，晓窗分与读书灯"，一股幸福的暖流迅速流遍了全身。站了一会儿，桑爽一步一回头地恋恋不舍地离开了春又生的院子。

　　平常，桑爽上中班总是10点45分左右到家，今天晚回来将近半个小时，桑梓便问女儿："今天怎么回来晚了？车不好坐？"

　　桑爽脸通红了。

　　"我刚才去又生家了。"桑爽说。

　　"这么晚了，不影响他妈妈休息吗？"

　　"我没有进去，只是在院子里看了看亮着灯光的窗子。昨天听又生的邻居讲，他们院子里，每天晚上总是又生最后一个关灯。我忍不住就去看了看。"

桑梓拍着女儿的肩膀说："我的痴心的女儿啊！常言到痴心女子负心郎，但愿又生珍惜你的一片痴情，莫辜负了你啊！"

"又生哥不会的，爸爸。"桑爽对自己的情郎充满了信心。

从此以后，桑爽上中班时常常来看又生家亮着灯光的窗子，每每使她想起又生曾经为她唱过的苏联歌曲《灯光》。春又生很长时间不知道桑爽夜间来看他，直到几个月之后，偶尔晚归的凤儿发现了桑爽痴痴地站在春又生的窗下。凤儿偷偷地走进春又生家，小声对春又生说："又生哥，你快到院子里看看，谁站在你家的窗外边。"

"谁？"春又生不是很相信深更半夜有人会站在他的窗外边。

"你出去看看就知道了，保准你大吃一惊。"

春又生站起来往外走。"你悄悄地，别惊动她。"凤儿叮嘱他。

来到院子里果然发现有个人站在他的窗外，他一眼看出是桑爽。一股热泪涌满双眼，春又生走过去抱着吃惊的桑爽亲吻着她说："我春又生若负桑爽，天地不容！"桑爽一边用舌头舔着春又生的泪水，一边幸福地小声说着；"小哥哥，别哭了，别哭了。"

从这天起，第二天晚上，春又生开始在桑爽上中班的时候去接她了。谁知第一次去接桑爽就让王姐发现了。下中班，姐妹们一起往厂外走。快到厂门口时，王姐的个子高，远远地看见春又生站在厂门口看着下班的人群。王姐装作神秘地对姐妹们说："我刚才闭眼一算，今天晚上有一个年轻漂亮的小伙子要来接我们当中的一个人！”

"谁呀？”姐妹们问王姐。

"你们猜？”王姐故意卖关子。

"小吕，是你吧？”

"刘薇，是你吧？”姐妹们乱猜。

桑爽傻傻地对王姐说："王姐，快告诉我们吧！”。

"猜不出来吗？我提供一个线索。”王姐笑着说，"谁是我们青岛的一支花？”

"桑爽！是你！”大家指着桑爽。

"说什么呀！”桑爽心虚地向大门外望去，果然发现了春又生站在那儿正向这边看呢。桑爽撒腿就跑，姐妹们紧追不舍。桑爽跑到春又生跟前责备他说："怎么傻乎乎地站在大门口，你摆展览啊！”这个时候姐妹们把他们包围在中间。

"哎呀，这么帅的小伙子，桑爽，你还不给我们介绍介绍。”

"真是郎才女貌啊，天仙配。”姐妹们起哄。

桑爽在中间扭扭捏捏，春又生傻笑。

"春又生，怎么不和姐妹们打招呼，问声好啊！”王姐给他们俩解围。

"王姐好！”春又生急忙问候王姐。

"怎么只问王姐呀！，我们呢？”其他姐妹不满意了。

"问姐姐们好！”桑爽催促春又生。

"姐姐们好！”春又生慌忙向姐妹们鞠躬问好。

"好了，好了，放行，放行，别为难他们了！”

王姐对大家说。

桑爽和春又生向姐妹们道声再见，抢上了第一辆电车，跑了。

桑爽回到家中，已经晚上11点多了。

星期天上午9点钟，春又生来到桑爽家。桑爽早就站在院子门口等着了。一见面，桑爽先看了看春又生嘴巴上的伤口，好一些了。又看看春又生胳膊上的掐伤，还历历在目，用手抚了抚说："还痛吗？"

"不痛了！一个小丫头的手能有多大的劲！"春又生笑着说。

"好啊，看样子，掐的得还不够狠，再来！"桑爽抓着春又生的胳膊故意虚张声势地说。
"掐吧！"春又生满脸不在乎的样子。

"妹妹舍不得呢！"桑爽笑着把春又生拉进家门。

春又生发现桑梓不在家，便问："桑伯伯呢？"

"出去买菜去了，中午给你做好吃的！"桑爽得意地说。

他俩在桌子边坐下，喝着茶。桑爽笑着对春又生讲，前天王姐她们如何帮助她请假，昨天又是怎样关心地问她。正说着，温丽丽一头闯进门来，看见正在说说笑笑的桑爽和春又生，楞住了。桑爽赶忙招呼："丽丽，来，坐下。"

温丽丽气呼呼地说："桑爽，你这是怎么了？怎么这么没出息！"扭头就走。

桑爽慌忙跑过来拦住温丽丽："丽丽，你听我解释！"

"我不听！" 温丽丽还是强行往外走。

正在这时候，桑梓开门进来了，看见桑爽与温丽丽拉拉扯扯，便问："怎么了？"

"爸爸，丽丽误会了！"桑爽急忙向爸爸求援。

桑梓看见一边发呆的春又生，霎时间明白了："丽丽，听桑爽解释一下，不满意再走也不迟！"

"好吧，我要听听你的花言巧语。"温丽丽被桑爽推进自己的小房间。

桑梓和春又生正要说话，桑爽从房间里出来对桑梓说："爸爸，你俩先别说话，我出来再说。"

"为什么呀？"桑梓问。

"我最爱听你和又生谈话，一句也不愿意落下。"桑爽说完又回到小房间。

"好吧！又生，你看书，我去洗菜。"桑梓对又生说。

"桑伯伯，我来洗菜吧。"春又生说。

"不仅要洗，还要切好，这你就不会了吧？看书吧。"桑梓进了厨房。

春又生看着书，听见桑爽房间里一阵唧唧喳喳的声音，一阵哈哈大笑的声音，他放心了。

半个多小时过去了，桑梓早已将饭菜的准备工作做完了，从厨房里出来，坐在客厅喝茶休息一会儿，正要同春又生说几句话，桑爽和温丽丽笑嘻嘻地从小房间里出来了。温丽丽看着春又生嘲弄地说："嘿，我还真瞧不出，春又生是个人物啊！'全班54个同学不能在同一时间站起来'，还真能想的出。'如果你以后要是上课只是读课文的话，就不用教了，我们识字'，竟敢抢白政治老师，真是胆大妄为，看来当年我们这些人在学校里的英雄行为简直是小儿科了！"

春又生尴尬地笑着，桑梓开心地笑着，桑爽得意地笑着。

"又生哥，吹口琴给我们听，好不好？"桑爽要尽情地在温丽丽面前显示她的情哥哥。

温丽丽听见桑爽亲热地叫"又生哥"，故意呲牙裂嘴地说："酸，真酸！"

桑爽羞得用手捶温丽丽："坏！坏！坏死了！"。

春又生从口袋里拿出口琴，桑爽说："吹'灯光'吧。"

春又生用口琴打着拍子，吹起了动听的苏联歌曲"灯光"。优美的旋律荡漾在房间里，每个人跟随着音乐轻轻地摇动着身子。一曲完毕，桑爽称赞曰："此曲只应天上有，人间能得几回闻。"

温丽丽也由衷地说："曲子真美，吹得也很好，令人陶醉。"

"爸爸你来唱歌，又生哥伴奏，好不好？"桑爽说。

"桑伯伯，你想唱什么歌？"春又生问桑梓。

"你会印度电影《流浪者》的主题歌'拉兹之歌'吗？"桑梓问春又生。

"会！"

"就唱这支歌！"

春又生吹奏"拉兹之歌"。桑梓轻声地唱着：到处流浪，到处流浪，没有人陪我走向远方————。桑爽是第一次听爸爸唱这只歌，她和温丽丽都被歌声迷住了。桑梓歌声刚刚结束，桑爽和温丽丽拍手叫好。

"又生哥，该你唱了吧？"桑爽说。

温丽丽学着桑爽的腔调说："又生哥，该你唱了吧？"

桑爽又用手捶打温丽丽："丽丽，别这么讨厌，好不好？"

春又生的情绪被调动起来了说："好，我用印度尼西亚语演唱'哎呀，妈妈'这首歌。"

"你会用印度尼西亚唱？"桑爽惊讶了。

"我的中学生物老师是一个印度尼西亚华侨，她教我唱的。"说完，春又生唱起来："达里玛那，拉达拉金达，达里啦撒哇，吐露古吉那------"桑爽、桑梓和温丽丽静静地听着这甜美的曲调，被春又生动人的歌喉吸引。春又生演唱完毕，桑爽和温丽丽跳起来鼓掌。温丽丽说："行啊，春又生，唱得很好，具有一定的专业水平，真得对你刮目相看！"

"用中文再唱一边吧！"桑爽没有听够。

"河里青蛙从哪里来，是从那水田向河里游来，甜蜜爱情从哪里来，是从那眼睛里到胸怀---"春又生唱着，温丽丽对着桑爽的耳朵不知说了些什么，桑爽满脸通红，用手捶打着温丽丽。

"你们玩着，我做饭了，丽丽今中午也在这里吃。"桑梓起身说。

"桑伯伯，我不在这里吃了。"温丽丽说。

"你敢！又生哥，把门插死。"桑爽忙对春又生说。

"在这里吃，听话！"桑梓不容质疑地说后，进了厨房。温丽丽只好留下。

"春又生，你学习好，唱歌好，体育怎么样？"温丽丽好奇地问。

"对呀，又生哥，我还不知道你的体育怎样呢。"桑爽跟着问。

"我创造的3000米长跑的成绩记录，据说到现在中学里还没有人打破过呢。"春又生自豪地说。

"真的？又生哥，你文武双全啊！"桑爽从春又生身上又获得一次惊喜。

"那，你明天和我们组的大周比赛一次，怎么样？大周说是我们园林系统的长跑冠军，牛得不行了！"温丽丽提议。

"好啊，但是我看不着了。"桑爽丧气地说

"明天一上班，我就组织比赛。你10点钟到果园，不到11点就比赛完了。你再去上班也来得及。" 温丽丽说。

"对啊！"桑爽拍手叫好。"我10点之前肯定到。"

"温丽丽，这样行吗？上班时间？"春又生有点不放心。

"没事，10点钟是休息时间。 你信不信，明天只要听说，你要和大周比赛长跑，保准整个公园的职工都去看！" 温丽丽打保票。

"说什么呢？"桑梓端上香喷喷的火烧问。

"桑伯伯，明天上午春又生要和我们公园的大周比赛长跑，你也去看吧！" 温丽丽对桑梓说。

"爸爸，去吧，你已经多少年没有去中山公园了。"桑爽也劝桑梓。

　　"好！去，老夫近来兴致很高，出去走一走。"桑梓痛快地答应了。

　　"太好了！"桑爽再次拍手称快。

　　"春又生，你也要准备好！" 温丽丽不放心。

　　"好的。"春又生答应。

　　4个人兴高采烈地吃着饭，温丽丽对桑梓说："桑叔叔，我好久没有吃你的火烧了，真叫一个棒！"

　　"那你以后常来呀！"桑梓说。

　　"我怕打搅他们两个。" 温丽丽故意耍笑桑爽。

　　"又来了，找打！" 桑爽举手做打人状，温丽丽假装害怕。

　　大家说说笑笑，房间里的充满了热烈的气氛，桑爽高兴地对爸爸说："咱家越来越热闹了。"

　　"是啊！越来越热闹了！越来越有生气了！"桑梓知道这是因为女儿终于成人了，也是因为女儿带来了春又生。

　　吃完饭，桑爽要去上班，温丽丽要回家，春又生要到山上读书，桑梓要睡午觉了。桑爽嘟嘟囔囔地说："刚才还热热闹闹，现在就各奔东西，真是天下没有不散的筵席呀。"

　　"要想热闹还不容易。" 温丽丽凑到桑爽的耳朵边悄悄地说，"把春又生娶进家不就得了。"说完撒腿往外跑。

　　桑爽红着脸在后面追，看看追不上了，转过身来对春又生说："又生哥，你下午不要光看书了，活动活动吧。"

"好的，多年没有跑步了，明天比赛，我今天还真要活动活动。"春又生回答。

第二天上午10点钟，桑爽和爸爸来到了中山公园果树组。果园很大，果树绿叶茂盛，果然有很多员工聚集在果园里等待观看大周和春又生的长跑比赛。比赛的路线是沿着果园里的小路围绕果园跑两圈，果园在半山破上，小路有上坡，有下坡，穿越整个果树园，大约有1500多米，两圈就有3000多米了。桑爽看见了春又生，只见他身穿海军衫和白色短裤，脚上穿了一双白球鞋在做准备活动。还有一个又高又大黑乎乎的男青年也在做准备活动，看样子是大周了。桑爽兴奋地指着春又生对爸爸说："爸爸，你看，是不是观象山上的那个男孩？"

看着这样一身打扮的春又生，桑梓百分之百的肯定说："是他，就是他！"

春又生看见了桑梓和桑爽，跑过来打招呼。桑梓对他说："当年那个小小子，长成大小伙子了！"

桑爽笑的合不上嘴，关切地问："准备得如何？"

"昨天跑了跑，刚才已经做完了准备活动，就等着比赛了。"话刚说完，听见温丽丽叫着："运动员上场。运动员上场。"

这时候，苗圃组的曹师傅看见了桑爽和桑梓，主动过来问候。

"我去了。"春又生对桑梓和桑爽说。

"去吧，争取第一。"桑爽为春又生加油。

"要为苗圃组争光。"曹师傅鼓动说

春又生和大周跑到起跑点，观众们一阵欢呼。温丽丽宣布了长跑路线和规则。比赛开始了。两个人显然都受过训练，跑步的姿势非常矫健。桑爽和爸爸看见他们跑上了山坡，横穿山顶，又冲下山坡，几乎是并肩跑完第一圈。观众们叫喊着"大周加油！"，"春又生加油！"。桑爽没有叫喊，但是心里直冒火。桑梓很冷静，享受着比赛的气氛。第二圈跑上山坡后，春又生开始加速，快速地穿过山顶，飞一样地冲下山坡，把大周落在后面，曹师傅兴奋地叫着："快跑，快跑，第一啦！第一啦！"春又生冲过终点时，把大周落下30多米。

桑爽高兴地直蹦达，对爸爸说："爸爸，又生哥真行，你满意吧？"

桑梓高兴地拍着胸膛说："满意！满意！"

大家围上来了，温丽丽宣布："苗圃组的春又生获胜，比赛结束！"

忽然，大周当众说："比赛还没有结束，我要和春又生比赛中国古典式摔跤。春又生你敢不敢？"

"我不会摔跤。"春又生说。

温丽丽不满地说："大周，春又生不会摔跤，你为什么要比赛摔跤？"

"我就是要比赛！"大周蛮横地说。

"那就比赛吧！"春又生说。

大周高兴地去拿摔跤服。

观众议论纷纷，说是大周跑步输了，非要在摔跤上赢回来。

"你不会摔跤，为什么要比呢？"桑爽走上前埋怨。

温丽丽也说："傻呀你，肯定输呀！"

"桑爽，丽丽，输赢又如何呢？我刚来公园几天就把大周多年的颜面毁了，他自然不服气，为什么不再给他一个露脸的机会呢？"

"桑爽，你的又生哥哥真可以！"温丽丽服气了，桑爽理解了，乐了。

大周拿回来摔跤服，两个人穿好，开始了一场没有悬念的比赛，大周轻松地三比零赢了春又生。

春又生对大周说；"兄弟，你赢了！"

大周也真诚地对春又生说："兄弟，够哥们！"

围观的群众人人喜笑颜开，一场看似紧张的对峙友好地结束了。

桑梓对桑爽说；"又生是个大气的孩子。"

"爸爸，我记得你对我说过，你是不会看错人的！又生哥就是大气！"桑爽自豪地说。

比赛全部结束，快到11点了，春又生要回苗圃工作，桑梓和桑爽要赶回家。他们约好周四见，然后在樱花路上告别。桑爽顺道带着爸爸去观赏了含笑。

周二上午，桑爽说服了自己不要到中山公园去看春又生。她一个人呆在闺房里，什么事情也不做。春又生的容貌，身穿海魂衫的英姿不断地出现在她的面前，她忍不住地哑着自己的嘴巴，回味和春又生接吻的甜蜜滋味。上中班时，她一边工作，一边小声地唱着"月亮出来亮汪汪，亮汪汪，想起我的阿哥在深山。哥像月亮天上走，天上走，哥啊，哥啊，山下小河淌水清悠悠。"

　　桑爽的表现自然逃不过王姐的眼睛，她悄悄地走进桑爽，听见了桑爽的歌声，然后又悄悄地问桑爽："桑爽，什么事情这么高兴，唱起情歌来了？"

　　桑爽满面桃花："没什么事情，就是高兴。"

　　好容易盼到下班，回家的路上，桑爽想到，已经一天多没有见着又生哥了，对春又生的思念使她真正地体会到一日不见如隔三秋的滋味。她控制不住自己，走到春又生的院子里去看灯光。

　　周三，桑爽觉得时间过得太慢了，每时每刻都在想着春又生，真是"此情无计可消除。才下眉头，又上心头。"

　　周四早晨吃完饭，桑爽对爸爸说："爸爸，我和你一起去买菜。"

　　"好啊，想给又生挑选菜肴吗？"

　　"爸爸，我还想跟你学习做菜，我这么大了，还不会做菜呢。"

　　"是啊，终有一天你要自己做饭吃的，爸爸不能给你做一辈子饭的。"

　　去菜市场的路上，春天的阳光照得桑爽心里暖洋洋，想到今晚就能见到又生哥，她觉得天气，还有心情格外地好。

　　下午五点了，桑爽想到，又生哥下班了。五点十分，桑爽想到又生哥换好衣服了。五点二十分，桑爽想到，又生哥坐上车了。对了，我到车站去接他。

　　"爸爸，我去车站去接又生了。"桑爽对在厨房里做饭的桑梓说。

"知道了。"

五点三十分，桑爽刚到青岛路车站，来了一辆 6 路汽车，没有看见又生哥下车。过了十分，老远看见又一辆 6 路汽车开过来了。桑爽估计春又生肯定在这辆车上，于是躲在树后，心想，等春又生下车后，跟在他的后面，神不知鬼不觉地吓唬他一下。汽车一停，只见春又生第一个跳下汽车，马上快速跑向青岛路。桑爽看见春又生这样急忙地奔跑，知道她的又生哥，这几天肯定也是很想她，所以才这样急着跑去见她。心里正高兴呢，只见春又生已经跑远，这下子桑爽急了，她在后面边跑边喊："又生哥，又生，春又生---"春又生没有听见，跑上青岛路的石头台阶，穿过沂水路不见身影了。桑爽又气又急，无可奈何地在后面小跑着。春又生急匆匆地跑进了桑爽家。敲门后，开门的是桑梓。桑梓看见了气喘吁吁的春又生，没有看见桑爽，奇怪地问春又生："又生，怎么就你一个人，桑爽呢？"

"没看见。"

"没看见？她到车站去接你了？"

"啊？我下车就跑，没有看见桑爽。"

"肯定你俩走差道了。"

"我回去找她。"春又生说着转身往回跑。

跑到青岛市政府旁边的一条狭小的观海支路，春又生看见了桑爽正往上小跑着，急忙喊了一声："桑爽！"桑爽看见了春又生，不跑了，捂着胸口只喘气。春又生跑到她跟前，桑爽用力敲打春又生的胸膛："你这个呆子，你这个傻瓜，就知道瞎跑，没看见我在车站等你啊！"

"我没看见啊！你站在哪里？"

"我，我站在树后。"桑爽忽然想起是自己藏起来了，笑了。

"啊！你躲在树后，你为什么不叫我？"

"谁说没叫了，你跑得像只兔子，一会儿就跑上沂水路了。"

"是你自己先藏起来的，不能怨我。"

"怨你，怨你，就怨你。"桑爽又用力敲打春又生。

"你以后不要耍小聪明，接我就老老实实地接，非要躲躲藏藏的吗？"

"就要躲藏，你就不会找一找吗？"

"我不会，我一心想早点见你，哪有心思和你捉迷藏。"

"想我了？"听见春又生说想早点见自己，桑爽高兴了。

"你不想？"春又生反问。

"想，每一分钟都在想，真是'才下眉头，又上心头'"桑爽两只眼睛直直地看着春又生说。

"我也是。干活时想你，睡觉时想你，看书的时候，看到好的地方，就想马上见到你，给你讲。"春又生也看着桑爽的眼睛真情地说。

"真的吗？"

"真的！"春又生看了看马路上没有人，背对桑爽说，"你跑累了吧，我背你！"

　　"好!"桑爽一下子跳上春又生背上，身子紧紧地贴着春又生，两只手搂着他的脖子。

　　"走!"春又生背着桑爽向上往观海路走去。桑爽兴奋地在春又生身上晃动着。快到观海路了，春又生把桑爽放下了。

　　"以后，我只要累了，你就要背我。"

　　"没问题。"

第六章

　　回到家中，不一会儿，桑梓就把饭菜摆上桌子。他们一边吃饭一边交谈，享受着一家人团聚的气氛。

　　吃完饭，喝着茶水，桑梓继续上周的话题，开始讲 1949 年以后的历史。

　　"1949 年前，共产党曾经攻击国民党一党专政和军队党有，提出成立各党派民主联合政府的主张。1946 年 1 月，由国民党、共产党、青年党和社会贤达的代表参加的政治协商会议通过了政府改组案、和平建国纲领案、军事问题案、国民大会案、宪法草案。这五项协议实际上否定了国民党的一党专政，国民党也在表面上接受了。我本认为共产党掌握政权后，肯定会建立多党民主制度。1949 年，共产党为了维持刚刚用武力夺取的政权，表面上与各个民主党派联合组建政府，中央政府中尚有宋庆龄、李济深、张澜为副主席，国务院中黄炎培为政务院副总理。而 1957 年以后，中共独裁面目第一次狰狞暴露，民主人士被逐步排除领导层，各个民主党派在反右中受到第一轮严厉打击，直至今日，所有的民主党派已经名存实亡。"

　　桑梓一边喝茶，一边慢慢地讲着，"毛泽东领导的共产党为了实现和巩固一党独裁统治，他们频频发动各种政治运动，对中国人民实施了镇压迫害、剥夺生存权利、进行思想控制等一切手段。在镇压迫害方面：从 1951 年开始镇压反革命，滥杀无辜；1951 年至 1952 年搞三反五反，严厉打击工商业者；五七年利用反右，疯狂迫害知识分子。无数人被打成地主、富农、反革命、坏分子和右派分子，他们的子孙也备受歧视，被剥夺一切公民权利。文革这几年，毛泽东领导的共产党对人民的残害达到顶峰，知识分子成了臭老九。在逐步剥夺人民的政治权利的同时，为了巩固独裁，中共逐步地剥夺了人民的生存权利。1950 年 6 月 30 日，中共公布施行《土地改革法》，开始土改，到 1952 年冬至 1953 年春，全国除新疆、西藏等少数民族地区以及台湾外，土地改革运动基本完成。而就在土改期间，1951 年就开始准备搞合作化。1951 年 9 月，中共召开第一次农业互助合作会议，通过《中共中央关于农业生产互助合作的决议(草案)》。1953 年 2 月，中共把《关于农业生产互助合作的决议》通过为正式决议，随即在全国各地开始办初级农业生产合作社，强迫农民入社，把刚刚分给农民的土地又要夺回来。毛泽东在土改中表现出一贯的军阀作风，他对农村工作部负责人讲，办合作社要有控制数字，摊派下去。毛泽东的摊派实际上是强迫，是命令主义 。1953 年 12 月，中共做出《关于发展农业生产合作社的决议》。合作社在强迫之下发展过多过猛，违背了农民自愿互利的原则，侵犯了农民的利益。1954 年在水灾减产的情况下，中共又多购了 70 亿斤粮食，全国农村出现程度不同的粮食不够吃的紧张情况。许多地方的社员退社，大批出卖耕畜、杀羊、砍树，一些合作社垮台了。在农村已经危害农民生存的情况下，1955 年，毛泽东主持编辑了《中国农村的社会主义高潮》一书，掩饰中国农村的现状，不顾农民死活，依然强迫中共干部推动合作化。梁漱溟曾经在 1953 年批评中共忽略了农民，农民生活很苦。”

春又生问：“桑伯伯，梁漱溟是一个什么样的人？”

桑梓说：“梁漱溟与毛泽东同年，都生于 1893 年。他没有受过正规教育，中学没有毕业。不过他的自学能力很强，读书很多，自学成才，出版过《东西文化及其哲学》一书。年仅 24 岁时，梁漱溟应蔡元培的聘请曾经到北京大学教授印度哲学。梁漱溟作为一个知识分子，自然关注中国的命运。抗战期间，由于对国民党腐败和抗战无力十分不满，梁漱溟曾经于 1938 年到过延安。梁漱溟不信奉共产主义和阶级斗争学说，他送给毛泽东他的新作《乡村建设理论》，主张中国走改良主义道路，不能走革命的道路，毛泽东当然主张走革命道路。两个人争执不下，谁也没有说服谁。49 年，共产党夺取了国家政权，梁漱溟认为自己的改良主义道路错了。这是我们这一代知识分子的悲剧。其一，几千年的封建独裁统治使我们失去思想，面对巨大的社会变革，我们不得不从外部世界寻求思想支持；其二，我们中间多数人的旧文化根基太深，学力不足，竟然相信了共产主义学说，我们不知道这是一种变相的专制理论。梁漱溟留在了大陆，对中共和毛泽东充满了幻想。幸运的是，梁漱溟毕竟没有完全被中共蒙蔽，他有自己的眼睛和见解，更重要的是他是一个人，不是一个甘心依附中共的御用文人。因此与毛泽东的争论是避免不了的。”

春又生又问：“桑伯伯，发生了什么事情？”

桑梓说：“梁漱溟曾经在 1950 年和 1951 年先后

参观了河南、山东、东北和西南等地的土改，此后他一直关注中国农村的状况。1953 年 9 月，梁漱溟参加政协和政府委员会扩大会议，讨论过渡时期的总路线。梁漱溟在发言中指出，乡村干部的质量不高，很有强迫命令包办代替的作风。乡村的农民生活很苦，如今工人的生活在九天，农民的生活在九地，建国运动中忽略或遗漏了中国人民的大多数，是不相宜的。第二天，毛泽东在会议中即席讲话中虽然没有点梁漱溟的名字，但是指责梁漱溟不同意中共的总路线，认为农民生活太苦，是班门弄斧，共产党搞了几十年农民运动，还不了解农民，是笑话，不允许分裂和破坏工农联盟。梁漱溟当然不服气。他写信给毛泽东说明自己不反对总路线，没有破坏工农联盟，并要求能够在会议上发言，消除误会。梁漱溟在 9 月 16 日的会议上陈述自己是拥护总路线的。9 月 7 日，周恩来在发言中断言梁漱溟一贯反动，在国共斗争中的紧要关头，维护蒋介石的统治。毛泽东插话说，杀人有两种，一种是用枪杆子杀人，一种是用笔杆子杀人。伪装的最巧妙，杀人不见血的，是用笔杆子杀人。诬蔑梁漱溟就是用笔杆子杀人的杀人犯，并贬低梁漱溟搞的乡村建设是地主建设，是乡村破坏。"

"爸爸，是周恩来说的吗？"桑爽似乎有点不相信。

"就是他。周恩来不是什么好东西。如果他1966年不支持毛泽东，刘少奇和邓小平就不会输得这么惨败。

春又生说："这是毛周联合起来扼杀梁漱溟！"

　　"实质就是这样。"桑梓接着说，"梁漱溟要求当场发言，被拒绝。第二天发言时，梁漱溟指出中共领导人认为他是恶意的，证据不足，并要求给与充足的时间解释历史上的是非。梁漱溟把话头指向毛泽东，在他把历史事情说清楚之后，看看毛泽东是否有雅量，承认是误会了他。如果毛泽东没有雅量，就失去了梁漱溟的尊重。梁漱溟在会议上当众与毛泽东顶撞起来，后来被赶下了台。自此，梁漱溟拒绝参加活动，一言不发，就这样他躲过了五七年的反右。"

　　"桑伯伯，中国还有这样一个人物，敢于对抗毛泽东。我要想办法看看他写的书。"春又生敬佩地说。

　　"事实上，被强迫合作化的中国农民究竟过得怎样呢？1960 年到 1962 年期间，中国饿死了上千万农民"

　　"我的邻居下乡后，惊讶地发现，农民的粮食根本不够吃。"春又生说.

　　"对于城市工商业者，中共强迫他们公私合营，剥夺他们的财产。1954 年 1 月，中财委提出《关于有步骤地将 10 个工人以上的资本主义工业基本上改造为公私合营企业的意见》。7 月，中共发出的《关于加强市场管理和改造私营商业的指示》指出，国家要对部分商品实行计划收购、计划供应，把现存的私营小批发商和私营零售商逐步改造为各种形式的国家资本主义商业。9 月，政务院通过《公私合营工业企业暂行条例》规定，对资本主义企业实行公私合营。56 年 1 月，中共通过了《中央关于资本主义工商业改造问题的决议 》。到 1 月底，全国大城市以及 50 多个中等城市，在中共的高压之下，全部工商业被迫公私合营。到了文革，他们的利息也被剥夺了。在对私营工商业实行公私合营时，中共把一大批小商、小贩、小手工业者以及其他劳动者统统称为私方人员，按资产阶级工商业者对待。"桑梓继续说。

春又生："我们院里有一家工商业者的资产被剥夺了，文革期间又被遣返到农村。"

"从1956年到今天，中共垄断了一切生产资料，从土地，到工厂，控制着一切生存渠道，从农业、企业、商业，到科学、教育、文艺。总之，农民、工人、商人、知识分子的一切生存之道都被中共把持。再加上中共从1953年开始对粮食、棉花和棉布实行了计划收购和供应统购统销，又控制了中国人的吃和穿。中国人不得不屈从中共的暴政。"桑梓拿出香烟，看了看桑爽，又放下了，"当然，中共最害怕的是知识分子。因为知识分子不仅能够识破他们的独裁阴谋，而且还敢于反抗他们。所以，中共始终把知识分子当作异己分子，强迫他们学习马克思主义和改造世界观。1951年9月，周恩来在北京、天津高等学校教师学习会上作《关于知识分子的改造问题》的报告，强迫知识分子在政治上要站在共产党立场上来，并以此分清敌、我、友。11月，中共发出《关于在学校中进行思想改造和组织清理工作的指示》，要求对所有大中小学学校教职员，包括高中以上学生中普遍进行思想改造的工作，并在所有学校的教职员和高等院校学生中进行组织清理工作，清查其中的反革命分子。此后，中共对知识分子的思想改造从教育界扩展到文艺界和整个知识界。1958 年 3 月，中共在成都召开会议，毛泽东在会上讲，我国当前还存在着所谓两个剥削阶级。毛泽东所指一个是帝国主义、封建主义、官僚资本主义的残余和资产阶级右派；另一个是民族资产阶级及其知识分子。毛泽东把知识分子当作剥削阶级。他一再地贬低，说什么知识分子是最无知的，知识越多越反动。更无耻的是柯庆施，他说，中国知识分子用两个字就可以概括，一是懒，平时不肯自我检查，还常常会翘尾巴；一个是溅，三天不打屁股就自以为了不起。"

"共产党的高官怎么这样粗俗！"桑爽厌恶地说。

"一付流氓泼皮像。"春又生说。

"为了加强对中国人的思想控制，毛泽东从 1951 年开始直到文革连续展开了一系列全国规模的思想批判和迫害知识分子活动。他迫使知识分子不停地'改过'，不停的'检讨'和'认罪'，挑起他们相互怀疑、辱骂以至于残杀。第一次是 1951 年对电影《武训传》的批判。1951 年电影《武训传》在全国放映后，很多文章对武训行乞兴学的行为大加赞扬。"

春又生："桑伯伯，武训是一个什么样的人？"

桑梓："武训是山东堂邑县人，出身贫苦农民家庭，父亲早逝，从小跟着母亲要饭。武训由于不识字，被一家地主骗取了工钱，使他产生了为农民创办义学的念头。办学需要经费，武训就通过要饭、变卖分家后得到的家产、放债和买田地出租给农民种等方式积攒钱财。他一生省吃俭用，经过 30 多年积攒了几千两银子，先后办起了三所义学。为此，武训受到了清朝、北洋政府和国民党政府的褒奖。梁启超对武训评价颇高。"

桑爽："办义学很好啊！"

桑梓："毛泽东不这样看。毛泽东看了《武训传》后，5月份，为《人民日报》写了一篇社论《应当重视电影〈武训传〉的讨论》。文中斥责电影《武训传》狂热地宣传封建文化，用农民斗争的失败作为反衬歌颂武训的对封建统治者奴颜婢膝的行为，是诬蔑农民的革命斗争，污蔑中国历史。毛泽东盛气凌人极端蛮横的措辞震惊了中国的文化界！"

春又生："如此上纲上线，这是要置人于死地呀！"

"是啊！一些先前赞扬过《武训传》的经历过延安整风的共产党干部赶快检查自己的错误，以免陷于斗争的旋涡之中。各大报纸纷纷发表批判文章，掀起了一场思想批判运动，全面否定了《武训传》。有的文章极端片面、简单粗暴，无限上纲，他们认为武训是一个封建制度的维护者，武训兴办义学为反动阶级培训奴仆。电影《武训传》用改良主义代替人民革命行动，歪曲了人民革命。这次批判最后成了一次毛泽东进行思想震慑的政治批判运动。"

桑爽："爸爸，你看过《武训传》了吗？"

春又生："桑伯伯，您如何评价《武训传》？"

桑梓："当然看过。我认为武训办义学是好的，但是对武训的一些行为，为了要钱，甘愿挨打，让人当马骑，下跪和学驴叫，我也实在接受不了。对于毛泽东的上纲上线，我最初感到吃惊，后来觉得他说的也有一定的道理。"

　　"有道理？"春又生问。

　　"当时觉得有道理，是从共产党宣扬的封建社会只有农民起义才是推动历史进步力量的视角分析的。现在看来，我们应当重新认识封建社会农民起义的作用。中国历史上，无论是黄巢起义、朱元璋起义、李自成起义、张献忠起义，到太平天国起义，实际上那一次也并没有推动中国社会进步，带来的只是更大的社会动乱，当然也要包括毛泽东领导的农民起义。教育救国还是革命救国，这也是孟什维克和布尔什维克争论的焦点，今天的历史现状迫使我们要重新思考了！"桑梓沉思说，"在大批判的同时，中共组织了一个武训历史调查团，江青化名李进参加了调查，我的一个同事也参加了。调查团写出了一份经毛泽东修改的《武训历史调查记》，说武训是一个以办义学为手段的大流氓和大地主，斥责武训的歌颂者站在地主阶级立场上散布反动思想，欺骗人民群众。根据我的经验，这个调查报告不是根据历史事实写作的，而是根据毛泽东给定的结论撰写的。总有一天有人会重新调查这段历史。批判完电影《武训传》之后，毛泽东又挑起了对俞平伯《红楼梦研究》的批判。"

　　"桑伯伯，我看过《红楼梦》，非常喜欢。"

　　"我也喜欢。"桑爽插话说。

　　"桑伯伯，对俞平伯《红楼梦研究》的批判是怎么回事？"

　　"这是毛泽东发动的第二次针对知识分子的思想震慑运动。"桑梓说，"红楼梦研究分为"旧红学派"和"新红学派"两大派别，一般把"五四"以前的红学研究称为"旧红学派"，"五四"以后胡适、俞平伯、顾颉刚的红学研究称为"新红学派"。胡适曾经批评了'旧红学派'的'消遣派'和'索隐派'，考证了曹雪芹、他的家世及红楼梦的版本。俞平伯在20年代也曾经发表了《红楼梦辨》。1949年后，胡适去了台湾，俞平伯留在了北京。1952年，俞平伯将《红楼梦辨》修改后，改名为《红楼梦研究》发表了。随后又发表了《红楼梦简论》文章。1953年，《文艺报》介绍了俞平伯的《红楼梦研究》，认为俞平伯的研究是有价值的。1954年9月，李希凡和蓝翎在山东大学学报《文史哲》上发表文章，批评俞平伯否定《红楼梦》的'反封建倾向'。这篇文章引起毛泽东的重视。"

"后来呢？"桑爽着急问。

"这下子坏事了，俞平伯要遭殃了。"春又生插话说。

"正是这样。1954年10月，毛泽东给中共中央政治局和其他有关的人写了《关于红楼梦研究问题的信》。他在信中说："这是30多年以来向所谓红楼梦研究权威作家的错误观点的第一次认真开火。看样子，这个反对在古典文学领域毒害青年三十余年的胡适派资产阶级唯心论的斗争，也许可以开展起来了。事情是两个'小人物'做起来的，而'大人物'往往不注意，并往往加以阻拦，他们同资产阶级作家在唯心论方面讲统一战线，甘心作资产阶级的俘虏。毛泽东利用两个年轻人的文章开始发动对胡适为代表的知识分子的围剿运动。不久，《文艺报》被改组，各大报刊发表了一大批文章，围攻俞平伯。他们采用一贯的手法：扣帽子、打棍子和无限上纲。污蔑俞平伯鼓吹资产阶级唯心主义，是胡适派资产阶级知识分子抗拒社会主义改造，在古典文学研究领域向马列主义进攻的具体表现。毛泽东组织了一大批御用文人，艾思奇、胡绳、郭沫若、何其芳之流，全面批判胡适的哲学思想、政治思想、文学思想以及历史观点。我记得郭沫若曾经说过，他们在政治上已经宣布胡适为战犯。许多与胡适有来往的学术界人士被迫一面批判胡适思想，一面检讨自己。在毛泽东的政治屠刀之下，知识分子从此畏惧做学问，不得不接受毛泽东强加给他们的毛泽东思想。文革这几年又把新红学派同刘少奇修正主义文艺路线联系起来，俞平伯被打成发动学术权威。"

"桑伯伯，您如何评价胡适？"

"胡适的治学方法和学术成果都是值得称赞的。胡适的治学方法是'大胆假设，小心求证'。'大胆假设'能够使人有所突破，'小心求证'则使人重视证据，避免武断。胡适应用正确的方法，对《红楼梦》、《三国演义》、《水浒传》、《西游记》等中国古典小说进行了一系列的考证，多有建树。"

"胡适的文章我一篇也没有读过，真遗憾！"春又生说。

"全被共党封锁了！"桑梓叹息。

"爸爸，他们真是太无耻了！"桑爽说。

"是啊，真是无耻至极呀。对胡适的批判还没有结束，毛泽东又制造了胡风'反革命案件'。"桑梓继续讲。

春又生问："桑伯伯，对于胡风，我只知道他是一个反革命集团头目，其他一概不知，胡风究竟是一个什么样的人？"

"胡风本名张光人，湖北人。出身贫寒，从小放过牛。十几岁才上小学，二十几岁才上中学。后来曾经在清华大学英文系读过几个月的书。大概是 1929 年到了日本一个大学继续读英文系。在日本留学时，胡风加入了日本共产党，因在留学生中组织左翼抗日活动被日本警察逮捕并被驱逐回国。"

"胡风是一个抗日爱国分子。"桑爽说。

"当然。胡风回到上海后，参加了左联，与鲁迅关系很好。在鲁迅等人主张的'民族革命战争大众文学'口号与周扬等人提出的'国防文学'口号的争论中，胡风自然站在鲁迅一边，为此得罪了周扬等人。此外，胡风是一个具有独立见解的人，对于民族文化遗产的继承和'五四'新文化运动的性质，他的观点与中共某些人针锋相对，并且公开展开论战。胡风主编的《希望》杂志曾经刊登了舒芜的《论主观》和《论中庸》，他对这两篇哲学论文极为推崇，中共认为《希望》宣传主观精神的重要性，与毛泽东在整风中提出要反对主观主义的精神唱反调，于是对胡风进行了批评，但是胡风不仅不接受并且表示反感。对于中共歧视知识分子的做法，胡风是反对的，他认为知识分子也是人民，在近现代历史上，知识分子发挥了传播先进思想和发动革命的重要的作用。所以，1949 年以后，胡风与中共的冲突是难以避免的了。1953 年，林默涵在《文艺报》上发表文章认为胡风的文艺思想是反马克思主义的，与毛泽东的指示背道而驰。"桑梓停顿了一会儿，喝了几口茶水，继续讲，"1954 年，胡风写了《关于几年来文艺实践情况的报告》，也就是'三十万言书'。胡风在报告中对于林默涵批判一一加以反驳。他认为争论的关键在于几年来文艺界的宗派主义统治方式。他愤怒地指责中共在在读者和作家头上有五把理论刀子：作家要从事创作，首先要具有共产主义世界观；只有工农兵的生活才是生活，日常生活不是生活；作家只有改造好了才能创作；只有过去的形式才是民族形式，如果接受国际革命文艺和现实主义的经验，就是拜倒在资产阶级文艺之前；题材有重要之分，题材决定作品价值。"

"桑伯伯，您怎样评价胡风的观点？"

"我当然同意胡风的观点。信仰自由，中共利用手中的枪炮强迫知识分子进行思想改造，接受共产主义世界观的做法是在扼杀人性。中国社会里不只有工农兵，为什么只有工农兵的生活才是生活？教师的生活不是生活？民族形式都是好的吗？国际上就没有好的艺术形式吗？所谓题材有重要之分，暴露出中共要通过题材来控制文学艺术表现的内容，他们有权力规定作家可以写什么，不可以写什么。"

"胡风的五把刀子尖锐地揭露了中共对作家的思想控制。"春又生说。

"所以，毛泽东要严厉打击胡风，他不允许任何人敢于违抗他的淫威，制造了一次极端无耻的文字狱。"桑梓讲，"1955 年 5 月至 6 月，人民日报先后公布了三批关于胡风反革命的一些材料，这三批材料都是胡风与他人的信件。1949 年以后，中共实施严格的舆论一律政策，所有的刊物都是官方的，没有同人刊物，人民没有任何自由民主，甚至无法与国民党统治时期相比。正直的文人没有发表言论的地方，所以他们在信件里发泄对中共独裁的不满。对这些材料，毛泽东如获至宝，亲自加了编者按，诬陷胡风反革命集团由国民党特务、托洛斯基分子、反动军官和叛徒组成的反革命派别和地下王国，以推翻中华人民共和国核恢复国民党统治为任务的。"

"毛泽东是中国第一流的帽子大王，诬陷大王！"春又生气愤地说。

"这些材料一经公布，中共的御用文人开始在报纸上围攻和谩骂胡风。5 月，胡风和他的妻子被捕，至今被关押在监，16 年过去了。胡风被捕入狱完全是毛泽东造成的，逮捕的依据就是毛泽东的编者按。在这个所谓的胡风反革命案件中，一共涉及了几千人，逮捕和隔离了一百多人。当然，我对胡风也有不满意的地方。"

"什么地方？"桑爽和春又生几乎同时间。

"就是吹捧毛泽东。胡风曾经写了长诗《时间开始了》，诗中吹捧：毛泽东，我们的旗帜，东方的列宁、史太林，读书人的孔子，农民的及时雨，老太婆的观世音，孤儿的慈母，绝嗣者的爱儿，罪犯的赦书，逃亡者的通行证，教徒们的释迦牟尼、耶稣、漠罕默德。地主、买办、四大家族、洋大人的活无常，旧世界的掘墓人和送葬人，新世界的创造者、领路人！吹捧毛泽东是中国人民最亲爱的儿子等等。我现在想起来还十分恶心。中国的知识分子一定要有骨气，不要对任何人歌功颂德。这一点，胡风不如彭德怀，据说彭德怀反对唱《东方红》，因为这首歌与《国际歌》中的'从来没有救世主'的思想是格格不入的。"

"真的吗？彭德怀不简单！"春又生兴奋了。

"1949 年以后，如果说毛泽东通过镇压反革命用枪杀人的话，那么在各个领域中设置禁区，对知识分子乱扣政治帽子，制造胡风事件，制造冤假错案，则是毛泽东第一次用笔杀人！反右是第二次，今天的文革是第三次！"

"反右时，我已经 11 岁了。"春又生说。

桑梓说："共产党发动的反右运动将那些还活着的1880 年以来我的岳父那一代老年知识分子，将1910 年以来我们这一代的中年知识分子和 1930 年以后的青年知识分子几乎一网打尽，将满清后期追求中国民主进步的三代知识分子几乎一网打尽，将近一百年来的取得的自由民主的思想成果和制度成果毁于一旦。1949 年以后长大的年轻一代由于深受中共蒙蔽，他们的历史事实知之甚少，缺少起码的自由民主意识，于是才出现了红卫兵这样的畸形青年，他们并不知道他们是在维护毛泽东的个人统治，他们是跟着毛泽东在毁灭人类文明。"

春又生问："桑伯伯，1957 年反右运动是怎样一步步进行的？我那时候还小，只觉得忽然一些人被打成了右派。我的一位老师死了，一个邻居被下放劳动了。"

　　"1957 年 2 月，毛泽东在国务会议上做了《关于正确处理人民内部矛盾的问题》的讲话，提出在科学文化工作中实行"百花齐放，百家争鸣"，在共产党和民主党派的关系上实行"长期共存，互相监督"，一时间知识分子和民主党派非常振奋，他们天真地认为中共的统治是自由的、民主的。　4 月底，中共发出《关于整风运动的指示》，决定对共党进行一次以正确处理人民内部矛盾为主题，以反对官僚主义、宗派主义和主观主义整风运动。5 月初，《人民日报》发表题为《为什么要整风?》的社论。由于经历过延安整风，1949 年以后，又见识了中共连续发动的运动，所以，我并不相信中共的这一套。而一些民主党派人士，爱国人士，尤其是青年学生，他们没有经历过延安整风运动，对毛泽东发动整风的诚意深信不疑，他们认为真的可以要发挥监督作用，帮助中共整风了，于是他们向各级党组织和党员干部提出了大量有益的批评和建议。善良的中国知识分子并不知道，在中共发出《关于整风运动的指示》仅仅半个多月之后的 5 月 15 日，毛泽东写了《事情正在起变化》一文，发给党内干部阅读。毛泽东开始策划'引蛇出洞'的阴谋，他说：在民主党派中和高等学校中，右派表现得最坚决最猖狂，我们还要让他们猖狂一个时期，让他们走到顶点。广大人民并不知道毛泽东的阴谋。5 月 19 日，北大发生了学生运动。统战部在 1957 年 5 月至 6 月组织民主党派和无党派人士召开了 13 次座谈会，　5 月 15 日以后召开的座谈会，中共是在有意识地诱使民主人士给中共提意见。5 月 19 日，桑爽妈妈到北京出差，在中共中央统战部得知毛泽东写的《事情正在起变化》的内容。她听说北大发生学生运动，20日去了她的母校。看了学生们写的大字报，桑爽妈妈一方面很振奋，一方面为学生们担心。她找到她的两个已经在北大当老师的同学，暗示他们共产党在引蛇出洞，也不知道他们是否明白。连续几天在北大参加学生的辩论会，搜集大字报，桑爽妈妈被学生运动振奋了。回到济南后，桑爽妈妈首先问我是否已经知道毛泽东写的《事情正在起变化》的内容，我回答说已经知道了。然后，桑爽妈妈仔细地告诉了我北大的学运的情况，把她抄写的大字报和记录的辩论会的内容给我看。我虽然从报纸和机关里知道了一些北大学运的情况，可是没有这么详细，这些批判共产党的内容也给我很大的震动，使我格外兴奋。桑爽妈妈问我，我们应该怎么办？她说有两条路走，一条是加入这场知识分子同中共的斗争中去，一条是不管不问任凭共产党对知识分子秋后算账。我说，我当然愿意参加斗争，但是这明摆着是自投罗网。双方力量相差悬殊，中共掌握着枪把子，中国民众文盲太多，他们大都不会支持知识分子，所以参加斗争就意味着牺牲。桑爽妈妈说，当年我们敢于参加一二九运动，为什么现在不敢参加这场运动？我回答说，共产党比国民党更加残暴。我们参加一二九运动还能推动一下中国抗日，我今天参加这场运动只能成为牺牲品。当然，我们也不能不管不问，我们要想办法通知一些人，让他们注意自己的言行。桑爽妈妈说，在北京她已经这样做了。我和桑爽妈妈通过各种方式与一些亲戚、朋友联系，暗示他们要小心。6 月 8 日，在中共发出《关于整风运动的指示》1 个多月之后，中共中央发出《关于组织力量准备反击右派分子进攻的指示》，指示要求各省市级机关、高等学校和各级党报都要积极准备反击右派分子的进攻。同日，《人民日报》发表题为《这是为什么?》的社论，指出有人向拥护共产党的人写恐吓信，这是'那些人利用党的整风运动进行尖锐的阶级斗争的信号'，'我们还必须用阶级斗争的观点来观察当前的种种现象，并且得出正确的结论'。全国范围内大规模的反右派的迫害开始了。桑爽妈妈看见一些爱国人士，特别是一些青年知识分子被共产党诬蔑、诬陷，惨遭人身和精神迫害，非常气愤，终于爆发了。她在一次会议上体挺身而出，痛斥共产党以'天下为公'为名，行'天下为党'之私。共党极左分子恼羞成怒，桑爽妈妈被打成反革命分子，关进济南监狱，惨死在里面。"桑梓沉默了，不知不觉地拿出香烟。桑爽难过地流出眼泪，没有制止爸爸吸烟，春又生也难过地低下了头。

吸完一支烟，桑梓接着说："7 月，中共在青岛召开省市委书记会议。毛泽东写了《1957 年夏季的形势》，他说：'资产阶级右派和人民的矛盾，是敌我矛盾，是对抗性的不可调和的你死我活的矛盾'。这次会议对整风和反右派斗争做出了规划和部署。"

"桑伯伯，在青岛哪个地方开的这次会议?"春又生问。

"在迎宾馆。"

"有一天，我要去看一看毛泽东犯罪的地方。"

春又生说。

"土改消灭了地主阶级，合作化消灭了土地私有制，工商业改造消灭了资产阶级和生产资料私有制，反右消灭了民主党派和公民的言论、结社和选举自由。7 月 9 日，毛泽东在上海作了《打退资产阶级右派的进攻》的报告，中共将近百万知识分子打成右派。仅仅在北大就有 1500 多名师生被打成右派，他们中的许多人被开除公职与学籍，发配到边疆荒野。中国知识分子被中国历史上最大的专制暴君毛泽东踩在脚下。1957 年是中国微弱的民主力量同中国专制统治的最后一搏，可惜失败于中共暴政的屠刀之下。从此中国的知识分子闭上了嘴巴。而后，得意忘形的毛泽东便闹出了 1958 年大跃进笑话，造成 1960 年后大饥荒的恶果，饿死了上千万人，远远超过八年抗战死去的人。历史已经记录下毛泽东的罪恶，中国人总有一天会知道真相，毛泽东将遗臭万年，这是历史对毛泽东的惩罚。毛泽东的肆意妄为引发了共产党内部开明人士的反感，于是有了 1959 年庐山事件和刘少奇在七千人大会的斗争，直至引发了今日的文革。1957 年中共的反右使我彻底与中共决裂，不仅仅是因为桑爽妈妈的死。"

"桑伯伯，您能给我讲一讲北大学生运动的情况吗" 春又生问。

"延安时期的青年人由于苏联先后同德国和日本法西斯签订合约，曾经引起对共产主义的反思。王实味就曾经抨击斯大林。1956 年苏共 20 大上，赫鲁晓夫对斯大林的全盘否定震动了世界，斯大林的神话露出了真相。南斯拉夫的铁托认为斯大林的问题不是个人问题，而是制度问题。1956 年，波兰和匈牙利的人民发动了大规模的游行示威，匈共党员纷纷退党。因为他们发现这个共产主义制度是一个贫穷和恐怖的专制制度，共产党统治者对人民实施思想控制，剥夺人民的一切自立的手段，监禁和谋杀不同政见者。尽管中共竭力维护斯大林形象，并把波兰和匈牙利事件定性为反革命事件，但是中国人尤其是青年知识分子开始反思共产党统治和社会主义制度了。" 桑梓说，"我曾经有一本小册子《右派言论集》，上面记载了许多右派写的大字报和会议发言的资料。可惜的是，文革期间被烧毁了。1957 年的知识分子们在呼吁言论自由，而今天的青年们在比谁更忠于毛泽东，这是悲剧啊！1957 年就有人已经认识到，我们不仅要有社会主义工业化，还应有社会主义民主化。又生，有一些人的名字你要记住，有一天要将他们写入历史，让后代人记住他们。大右派的名字例如章伯钧、罗隆基、章乃器、储安平，他们的名字也许历史不会忘记，一些小人物的名字，例如北大学生右派的名字很有可能会被历史遗忘，这些人的名字和精采言论，我已经刻在脑海里，今天我把他们的言论告诉你，你要记住他们，有一天要告诉后代的中国人。"

"我会的，桑伯伯。"春又生坚定地说。

"据《北大民主运动纪事》记载，1957 年 5 月 19 日第一张红色大字报出现在大饭厅的墙壁上，质问团委会出席'三大'的北大代表是如何产生的。学生们首先关注的是民主选举问题。第二张大字报是倡议开辟'民主墙'。由于一切报纸刊物都被中共把持，人民没有发表言论的地方，所以这张大字报关注的是言论自由的问题。5月20日下午5点钟后，已经有大字报160多张。桑爽妈妈带回的手抄的《北大民主运动纪事》、《广场发刊词》等一大批大字报的内容，其中最令我们兴奋的是诗歌《是时候了》。'是时候了，年轻人放开嗓子唱！---我的诗是一支火炬烧毁一切人世的藩篱，它的光芒无法遮拦，因为它的火种来自——五四！！！是时候了。向着我们的今天我发言！昨天，我还不敢弹响沉重的琴弦---。今天，我要鸣起心里的歌，作为一支巨鞭，鞭笞死阳光中一切的黑暗！"桑梓激动地背诵《是时候了》。

　　"写的真有力量！谁写的？爸爸。"桑爽问。

　　"是两个青年学生，叫沈泽宜、张元勋。"

　　"后来他俩怎样了？"春又生问。

　　"肯定被打成右派了。受到打击的沈泽宜曾经说过，我面临两条路：坚持真理就要离开党，放弃真理就可靠近党，而在阶级斗争中往往要放弃真理，以后二十年不谈政治。"桑梓接着讲，"谭天荣写的'一株毒草'，建议北大学生自己创办一个综合性学术刊物。学生们很快办起了一份自己的刊物《广场》。广场发刊词写道：'这个运动远远超出了党内整风运动的范畴，而且有了伟大的社会思想意识大变革的巨大意义。人与人之间的关系要重新调整，一些过去习以为常的正面和反面的东西要进行肯定和否定，对于现代的一些论点与观点要重新进行估计、评价和探索----总之，这里一整风运动为主流的大变革是一次伟大的社会主义思想意识的改造运动，或思想意识的大革命，对一切要勇敢地再认识。----北大民主广场曾经是五四举火的地方，五四的先辈们曾在民主广场上集会点火与誓师高歌！----先辈的广场已经荒芜，我们很艰难地把它打扫干净，----来吧，朋友们！到广场上来！这里有自由而新鲜的空气，它可以震动你的声带，唱出你愿意唱的个性的歌。'21 日号，刘奇弟贴出了《胡风决不是反革命》大字报，要求释放胡风。他批评'关于胡风反革命集团的资料'完全是一本断章取义，牵强附会，毫无法律根据的材料。22 日大字报大量增加，到处是辩论会、演讲台。23 日，召开了一场大型辩论会，著名的民主人士人民大学法律系四年级学生林希翎在北大作了第一次发言。又生，记住这个名字—林希翎，她是一个伟大的女性，可惜的是她生不逢时，生在毛泽东的残暴政权之下，否则她的前途无量。 毛泽东是中华民族的罪人！" 桑梓拍案！"林希翎说，胡风向中央递交意见书，怎能说这个意见书就是反革命的纲领呢？为什么向党中央提意见就是反革命呢？这是斯大林主义的方法。"

"林希翎真大胆！"桑爽说。

"更大胆的是，她说，毛主席的话又不是金科玉律，为什么不能反对呢？"

"是吗？林希翎在 1957 年就这样说，真是女中豪杰！看来我们这一代人无法与林希翎相比！"

"又生，我相信，如果 1957 年你也在北大的话，你也会像林希翎一样"桑爽说。

"林希翎还说，中国肃反扩大化的原因是法制不健全。她认为个人崇拜是社会主义制度的产物。"

"她把矛头指向社会主义制度？"

"是啊！为什么说她是先驱者呢？她认为斯大林问题决不是斯大林个人问题，斯大林问题只会发生在苏联这种国家，因苏联过去是专制的帝国主义国家，中国也是一样，没有资产阶级民主传统。林希翎虽然觉得公有制比私有制好，但她认为我们现在的社会主义不是真正的社会主义，如果说是的话，也是非典型的社会主义。真正的社会主义应该是很民主的，但我们这里是不民主的。她管这个社会叫做封建基础上产生的社会主义，是非典型的社会主义，她呼吁要为一个真正的社会主义而斗争！林希翎说，她经过研究，认为历史上所有的统治阶级都有一个共同的缺点，他们的民主都有局限性，共产党的民主也有局限性，在革命大风暴中和人民在一起，当革命胜利了就要镇压人民，采取愚民政策，这是最笨的办法。现在他们封锁新闻，例如，北大如此轰轰烈烈，为什么报纸不报道！人民群众不是阿斗，真正要解决问题只有靠历史创造者人民群众行动起来！她大义凛然地说，我既然到了这里，就是冒着风险，坐牢也没有关系。"

"林希翎是我的榜样！"春又生激动地说！

"5 月 27 日，林希翎在北大作了第二次发言。她首先坚持认为个人崇拜与社会制度有关。她指出人民内部矛盾在我国表现为领导与被领导的矛盾，发展下去可能会转化为对抗性的。她说，现在有人在说社会主义或共产主义时，总说是最好的社会，这个'最'字，本身就是形而上学。她认为一个政党也好、一个人也好，进步的标准是能不能正确地反映社会发展的要求，能不能推动社会进步。不能的话就是反动。斯大林在后期阻碍社会发展，因此是反动的。当然，林希翎还是太年轻了，她没有识破毛泽东，她认为毛泽东搞整风是改正错误，总结经验，吸取教训了。六月二十日林希翎被《人民日报》点名，成为五七反右运动中第一个大学生中的大右派。"

"不知林希翎现在如何？还活着吗？"桑爽担心地说。

"不知道！又生，还有一位女性你也应该记住，她是林昭。5月19日后，北大的大字报越来越多，举办了多次辩论会，有人恶意攻击学生们的言论是反革命煽动。5月22日，林昭在辩论中，公开反对那些上纲上线的批评。1957年秋，林昭、沈泽宜、张元勋等人被打成右派分子，林昭吞服大量安眠药自杀。林昭被抢救过来后，当局认定她态度恶劣，加重判处她劳动教养三年。林昭自然不服，她跑到团中央质问：当年蔡元培先生在北大任校长时，曾慨然向北洋军阀政府保释'五四'被捕的学生，现在他们北大领导却把学生送进去，良知何在？林昭真是一个勇敢的女性！不知她现状如何，可能凶多吉少。"桑梓为林昭担心。

"林昭，我记住了。"春又说。

"北大的学生具有强烈的自由民主意识，他们要求取消政治课必修制，要求通过考试选派留学生，要求学校向本人公开人事材料，以免造成不良后果。他们对国家和中共的工作提出了尖锐的批评，认为官僚主义、宗派主义、主观主义产生的原因在于政治制度不合理，解决问题的关键在于扩大社会主义民主，健全社会主义法制。他们认为选举流于形式，人格没有保障。争取宪法的彻底实现，切实保障民主自由人权。他们反对中共的愚民政策。他们要重新评价一切，呼吁人的精神自由和个性解放，呼吁言论自由，呼吁法制，呼吁中国人不要再出卖良心，不要再屠杀自己的兄弟吧，回到人性中来！"桑梓接着说，"谭天荣曾经在大字报中说，我们要思考，除了我们自己谁又能禁止我们思考？个人崇拜中国也有，只是程度不同。解放前，我们唱，山那边好地方，解放后，我们唱，解放区的天是明朗的天，这时我们的心里感到解放的快乐，自从开始经济建设以后，青年工作的组织方式和活动的内容渐渐落后于生活的需要，强迫命令多于说服教育，行政措施多于青年活动。许多干部僵化了，脑袋对付不了复杂的生活现实，就采取禁止一切思维活动的措施，除了扣帽子以外，他们已经没有别的本领了。我今年才 22 岁还没有学会害怕，我今年才 22 岁还不懂得恐惧，我今年才 22 岁还不曾有过疲劳。"

"谭-天-荣，我记住了。"春又生说。

"张景中说，农业生产合作社是由选举产生的，因此，工厂中应该由工人选举厂长。选举制度不民主，选民对代表不了解，应该让候选人到选民中说明自己的政治见解。候选人名单应多一些，有选择，目前是提几个选几个，你随便改掉一个人也会选上的。在系里老师与张景中谈话时，他坚持他的动机是要求自由讨论，这就是他组织黑格尔—恩格斯学派与百花学社的原因。中共对他们进行了不择手段地打击，《人民日报》说百花学社是反动小集团，《广场》是反动刊物。这些都没有经过详细调查，且报道的事实有歪曲。现在的做法是违反宪法的，他们既然没有被剥夺公民权，就有言论出版的自由。张景中最后选择退出。他说，这一个月更好地使我知道了政治是怎么会事。它比我能想到的要肮脏的多。我必须保卫自己的灵魂不受玷污。"

"张-景-中，必须保卫自己的灵魂不受玷污，我记住了！"春又生说。

"严仲强在《"疯子"的话》里说：我并不想认为这次整风对我是一次恩赐，相反，我认为这是一个稍有见识的政党都应当采取的一种手段，要统治就得给人民以民主、自由。老爷们、公子们尽管你们道貌岸然，但是掩盖不了你们的罪行，历史是不容抹杀的，让你们发抖吧！让你们从宝座上滚下来吧！我建议学校中开放唯心主义课程，应当和唯物主义课程处于某种均势，这样才可能批判唯心主义。1957 年 7 月已经开始反右了，严仲强又写下《压制不了的呼声》：事实上即使社会主义的基础，也是可以批评的，例如南斯拉夫公有制形式和苏联公有制形式并不相同，人们自然有理由怀疑现在的公有制形式是否是在一定的条件下最好的形式，对于这种要求不应该诬蔑为修正主义，事实即使有人要回到资本主义，只要他们不以行动来推翻社会主义，并且讲出自己的论点，那么也还是属于百家争鸣范围的。为了真理、人道、民主、自由，我可以牺牲一切。"

"太深刻了，对社会主义的基础公有制也可以批评。严仲强，我记住了，我要研究所有制形式，不能听信共产党的那一套，公有制未必先进！"春又生兴奋地说。

"蒋兴仁在《论现行选举方式的不民主和民主方式的实行》一文中，要求民主选举学生会。指出由领导个人决定，没有竞选的选举，实质上不是人民当家作主，就是不民主，选举成为人民出卖主权的手续，把主权让给独裁者。胡家贻教授说：再不整风中国将非常危险，农民有许多是吃不饱的，如果逼得他们起来，党员的生命都有危险，应该猛省，不要苟安。党委会在学校弊多利少，应退出学校。刘奇弟要求制定新选举法，直接选举。王国乡说：有头脑的人，不要那样想，以为整掉某个共产党员的三个主义，就会万事如意，不会的。如果缺点只是个别人造成的，为什么全国普遍各地都是如此。关键是社会主义制度本身缺陷问题。社会主义的灵魂是平等民主自由。没有这些社会主义就会枯萎，要保卫社会主义就必须给人民以权力，让我们在精神上，正如在经济上一样自由。如果人民的义务只是服从领导，体会领导意图，那么'三个主义'在运动中被整掉，还会再起。要民主，不能只是文字的空头支票，必须有法律的保障，而如今，我国尚没有颁布民法、刑法等必要的法律。人民民主只是领导者的意图、恩赐，这怎么会没有三大主义。我们要求健全社会主义法制，争取民主，保障人权和精神人格的独立，这就是我们斗争的目的。我们要做国家和自己的主人。钱如平表明，我的态度是：头可断，血可流，真理决不能丢。他评论说， 中国的生产资料主要掌握在军政要人手中，并不掌握在群众手中。马云风认为共党的组织手段存在以党代政和公民选举权不平等问题。工人阶级及其政党的各种手段都具有一种共同的特性，就是，不管对错，只要是党的决定就能够加载在人民的身上。所以党和人民之间就有发生一种强制性的可能。他提倡让青年独立去思考，大胆怀疑，勇于幻想，甚至对党的政策、方针也可以怀疑。他嘲讽地说，反党就是反革命吗？这是很可笑的。"

"的确太可笑了，只有共产党国家才有反党罪！"春又生说。

"王书遥在 《高度集权是危险的》一文中说：斯大林错误的原因是由于共产党对国家政权的绝对控制，国家权力的高度集中。苏联共产党和中国共产党在总结这一教训时，没有归于制度本身又毛病，而却归之于'人的思想情况'，我认为是很不妥当的。-----为了使人民群众认识水平提高，必须使他们认识到自己才是历史的创造者，自己是自己的主人，自己来决定一切。任何在理论上或在实际上，不论以何种隐蔽的形式对人民作用的降低，都会妨碍这点。如果使群众觉得有了一个可靠的领导者，有了一个可靠的党，它 100%的正确只要跟着他走就完事大吉了，这就使群众必然日益产生依赖思想，日益麻痹。也必然得出了贬低自己作用的论调，诸如什么'共产党是自己的解放者'，什么'毛主席是自己的大救星'，什么'永远跟着共产党走。于是一切功绩都是共产党赐给的，解放是、民主自由是、大鸣大放也是，但是不，决不

是这样，人民群众才是自己的解放者。---六亿人民
的生活决不应该掌握在少数人手中，任何时代权力的
高度集中，都是极大的危险，而当人民群众被麻痹被
愚昧，就更加危险。"

"王书遥说得好！六亿人民的生活决不应该掌握
在少数人手中！"春又生说。

"岑超南说，　没有人民的绝对权力，没有人民
的民主监督，不论如何整风，整来整去，都不过是一
阵风。要真正整风，首先要把一切不民主的制度一扫
空。我坚决要求以下民主措施：严格保证宪法的公民
权利。人民对领导有绝对实际的监督批评罢免权力。
反对人事制度的神秘化，专横化，人事制度要受人民
监督。除政府、军事及特殊部门外，一般不滥行保密，
以免借保密干坏事。反对新闻封锁，压制言论，扩大
参考消息发行，民主墙经常化。干部政策要德才兼备，
反对党团特权化，反对'盲从便是德'。"

"言论自由、结社自由和选举自由是人民的最基
本的权利！"春又生说。

"岑超南说。社会主义民主遭到压制的原因：一、
法制问题，宪法的人民权力尚没有得到绝对的保证。
二、领导与群众的关系问题：由于尖锐的阶级斗争而
形成的权力高度集中使领导与群众决不是真正的被
监督与监督的关系，而是绝对服从的关系。---三、
言论自由问题。在人民内部事实上并不存在言论自由，
在反动帽子满天飞的时候，在政治压力之下，更可怕
的是'对领导不满，便是反党'的舆论下，任何反面
意见都遭到毁灭性的围攻，任何片言只语都可以列入

肃反材料，将来有无穷后患，在这种情况下，真正的民主是不存在的。岑超南在文章中最后，说特殊阶层，安息吧！"

"让他们滚下台来！"春又生大声地说，桑爽没有制止。

"刘地生说，共产党是国家的领导党，但不等于说共产党就是国家。今后制定政策方针应首先从 6 亿人口的利益出发，而不应该首先从党的利益出发。"桑梓接着说，"在中共开始反右之后，仍然有人勇敢地表明立场。有人抗议说：储安平的党天下论指出了生活真实的一面，中共就是不放心群众，所以在每一个地方放上一个党员做头儿。他认为'党天下'就是三害产生的原因。此外，为什么'政治设计院'就是和党争领导？管理国家是科学，在设计的时候民主党派参加设计就是篡夺党的领导？刘绩生在《我要问、问、问？？？》中写道：除去右派分子以外，一般人很少给党中央提意见。党中央似乎也没有交待过自己的缺点。我想知道的是'三害'的蔓延全国是否与党中央的领导有关？是否一切错误只在下面存在？而党中央能自我独清'一尘不染'？如果有那么多错误。为什么不能让人民了解？---最后，不管人们是否乐意，我仍要振臂高呼：思想大解放万岁！民主、自由和人道主义万岁！燕遁符说，在英国、法国----工人认为民主自由是人的基本权利，是本份，而在我们这里，很多人却认为民主自由是领导者给我们的恩赐，----故在我们国家如果不特别强调切实保证人民当家作主，就特别容易产生'三害'。我们这里民主太少

了，----这使广大人民的智慧发挥不出来，大大妨碍
了社会的发展。"

"是啊，为什么在英国、法国工人认为民主自由
是人的基本权利，而在我们具有所谓的最先进的社会
主义制度的中国民主自由是中共对人民的恩赐呢？
只有一个答案，社会主义制度不是先进的制度，共产
党是反动政党！"春又生说，"桑伯伯，这些先驱者的
言论使我开始思考公有制是否是先进的生产资料所
有制制度，社会主义是否是先进的社会制度。"

"我也是在 1957 年反右以后，才开始思考这些
问题的。"桑梓说，"如果说 1942 年在延安是少数曾
经信仰共产主义的知识分子基于对共党的幻想失望
而呼吁改变现状，1957 年则是中国多数知识分子对共
党统治的倒行逆施而进行的斗争。 他们呼吁要对于
现代的论点与观点要重新进行估计、评价和探索，对
一切要勇敢地再认识，这意味着对中共的意识形态的
正确与否要重新认识，意味着对中共统治的合法性进
行质疑。1957 年的不足是，大部分知识分子们还没有
认识到中共的本质问题，没有认识到马列主义的问题，
没有认识到社会主义的问题。例如《广场发刊词》仍
然认为马列主义是不朽的真理，民主广场是不脱离社
会主义的言论的讲坛。他们没有认识到公有制的问题，
例如，林希翎也认为，公有制比私有制好。公有制和
私有制的比较要看英国工党和保守党的政策之争所
产生的实际社会效果，可惜我们看不到真实的资料。"

"桑伯伯，共党的新闻封锁政策是在可恶！我以
后一定想办法获取英国这方面的资料。"

“恐怕很难，中共的新闻封锁政策就是西方人称之的共产主义铁幕！”

“桑伯伯，您给我讲一讲章伯钧、罗隆基、章乃器、储安平的事情吧。”

“好吧。57 年 2 月毛泽东说要坚决贯彻‘百花齐放，百家争鸣’、‘长期共存、互相监督’的方针，章伯钧、罗隆基、章乃器、储安平都很振奋。当年他们是被毛泽东的联合政府所欺骗，并与蒋介石势不两立而留在大陆的。他们不知道与国民党还能共存，与共产党则不能并生。”桑梓说，“章伯钧 1895 年生于安徽桐城，1916 年考入武昌高等师范。1922 年，从安徽省公费赴德国留学，在柏林大学哲学系攻读黑格尔和马克思列宁主义哲学，经朱德介绍加入中国共产党。1927 年 11 月脱离共产党后，走第三条道路，追随邓演达创建第三党，也就是中国农工民主党。1941 年中国读书会成立，他是五人常务委员会之一员。1949 年后，他担任中国读书会副主席，农工民主党主席，国务院交通部长，《光明日报》社社长。1957 年，章伯钧应邀参加由中共统战部组织的各民主党派领导人和民主人士座谈会，他在一次发言中说：现在工业方面有许多设计院，可是，政治上的许多设施，就没有一个设计院。我看政协、人大、民主党派、人民团体，应该是政治上的四个设计院。应该多发挥这些设计院的作用。一些政治上的基本建设，要事先交给他们讨论，三个臭皮匠，合成一个诸葛亮。章伯钧的这番言论，被中共认为是主张‘轮流坐庄’的政治企图，于是毛泽东本人将章伯钧打成第一大右派。”

　　"章伯钧曾经到德国学习马克思列宁主义哲学，加入共党后又脱离共党，难道他不知道中共是党天下，毛泽东是君天下？　"

　　"他是受了毛泽东的'长期共存、互相监督'的方针的迷惑。"桑梓讲，"罗隆基 1896 年出生。1913年，他以江西总分第一的成绩考入清华大学。'五四'运动中，罗隆基曾是学生领袖。1921 年，罗隆基考上公费留美学习，又从美赴英求学，获得政治学博士学位。1928 年，罗隆基回国后在上海光华大学任教，并创办《新月》杂志并担任主编。罗隆基曾经因发表反对国民党一党专政的言论而逮捕。'九·一八'事变发生后，罗隆基在上海各大学公开演讲，主张武力抗日。"

　　"罗隆基是爱国人士。"春又生说。

　　"是啊。罗隆基参加了发起创建中国民主政团同盟，是民盟的主要负责人之一。抗日战争胜利后，罗隆基全力从事民主运动。在二三十年代，罗隆基就认为，在这个世界上第一个搞一党独裁的是苏联共产党，其后是国民党。秦始皇、刘邦、朱元璋打下天下做皇帝，是家天下，国民党之后，继续不断地产生党天下了。"

　　"这么说，是罗隆基第一个提出党天下的了。"

　　"是这样的，不过罗隆基没有在五七年说这句话，而是储安平在五七年说出了这句话。"桑梓讲，"1949年以前，罗隆基就坚持民盟是独立而非中立的政治团体，坚守政纲政策。因此 1949 年 12 月至 50 年 1 月民盟召开四中全会时后，民盟章程上明定接受中共的领导，罗隆基和张东荪甚为不满。吴晗在反右时揭露罗隆基曾经让他带信给沈钧儒，要求沈钧儒代表民盟向中共中央提出以下几条：一、不要向苏联一边倒。实行协和外交；二、民盟成员与中共党员不要交叉；三、民盟要有自己的政治纲领，据此与中共订立协议，如中共不接受，民盟可以退出联合政府，成为在野党。后来证明这封信是张澜、黄炎培等几人与罗隆基共同协商，由罗隆基执笔的。罗隆基对中共，尤其是对毛泽东简直太缺乏起码的了解了。他始终认为，民主党派在 1949 以后能够和共产党平起平坐，有一次，周恩来说，民主党派代表资产阶级和小资产阶级，中共代表无产阶级。罗隆基当即表示不同意。他对周恩来说，我们成立人民阵线，你们代表一部分人民，我们代表一部分人民，这样来共同协商合作组织联合政府。"

　　"既然，罗隆基在二三十年代就认为，国民党之后，继续不断地产生党天下了。共产党也必然要党天下，岂能与你罗隆基成立人民阵线？"春又生不解地问。

　　"也许因为，罗隆基认为共产党比国民党开明一些，岂知有过之而无不及。"桑梓说，"1949 年后，罗隆基曾任森林工业部部长、民盟中央副主席等职。1957 年 5 月份，罗隆基在一次座谈会上发言，建议由全国人民代表大会、中国人民政治协会成立一个委员会，检查过去的'三反'、'五反'、'肃反'的失误，鼓励大家把冤枉委屈都申述出来。他的意见后来被共党定性为'平反委员会'，与章伯钧的'政治设计院'、储安平的'党天下'并称为中国右派的三大反动理论。当时报纸上刊登的揭露罗隆基所谓的反动言论还有：胡风问题搞错了，得罪了三百万知识分子，使知识分子的积极性发挥不出来；社会主义最大的缺点是没有竞争；党员水平低，是造成经济建设特别是基本建设上的损失的主要原因；在行政单位，是以政为首，不是以党为中心的，党必须服从政。罗隆基一直坚持到12月底才低下高昂的头，承认自己想把民盟造成一个大党，同中共分庭抗礼，是章罗联盟有纲领、有组织、有计划、有步骤地阴谋活动。这个结论正是毛泽东早已经定下的'结论'。毛泽东亲自制造的'章罗联盟'罪案，乃是中国历史上一桩欲加之罪，何患无辞的弥天大谎。"

"章伯钧和罗隆基向共党低头，真不值得。"春又生叹息。

"这也许是他们的策略，也许是为了保护下面的人。骨头最硬的人是章乃器，他生于1897年，1918年毕业于浙江商业学校，曾在上海任浙江实业银行副总经理，创办《新评论》月刊。1936年11月，在上海与沈钧儒、邹韬奋等同时被国民党政府逮捕，史称七君子事件。1949年后，他曾经担任粮食部部长，中国民主建国会中央副主任委员，全国工商联副主任委员。早在1957年2月，毛泽东在国务会议上做《关于正确处理人民内部矛盾的问题》的讲话之前，他曾在一次党内会议上说：'至于梁漱溟、彭一湖、章乃器那一类人，他们有屁就让他们放，放出来有利，让大家闻一闻，是香的还是臭的，经过讨论，争取多数，使他们孤立起来。他们要闹，就让他们闹够，多行不义必自毙。他们讲的话越错越好，犯的错误越大越好，这样他们就越孤立，就越能从反面教育人民。我们对待民主人士，要又团结又斗争，分别情况，有一些要主动采取措施，有一些要让他们暴露，后发制人，不要先发制人。'"

"毛泽东的话很猥琐。"桑爽说。

"桑伯伯，看来毛泽东的确早有阴谋。"春又生说，"他是怎样得罪了毛泽东这个恶魔的？"

"章乃器曾经在会议上说，民主党派是红色资产阶级政党。毛泽东这种人岂能允许他人是红色的，所以毛泽东曾经说，章乃器是白色资产阶级。对于民族资产阶级政治上和经济上的两面性，章乃器认为民族资产阶级政治上和经济上的两面性已经基本上消灭了，留下来的只是残余或者尾巴罢了。他的话被中共认为是否认民族资产阶级的两面性。在反右以前的座谈会上，章乃器对党派关系、阶级关系、党与非党关系等问题上也提了不少尖锐的意见，批评了人为制造阶级斗争、阶级斗争简单化、统战工作庸俗化等倾向。他还在一次发言中，提出要防止教条主义和个人崇拜。"

"原来章乃器没有做中共的传声筒和奴才，为此得罪了毛泽东。"春又生说。

"在整风之后，章乃器在会议上发言和报纸上发表文章表达自己的观点；他认为，要解决非党人士有职有权问题，必须克服宗派主义思想。现在有一部分党员，党内一个是非，党外一个是非，把'党党相护'

当作党性。有人批评了党，明明意见是对的，党员也不承认。有人提的意见尽管是符合党的政策的，但是只要党员负责同志一摇头，非党员要坚持意见也是很困难的。他还对《人民日报》的一篇社论提出了批评。他认为，社论中说工商界要进行"脱胎换骨"的改造提法不妥。他指出，斯大林所说的'我们共产党员是具有特种性格的人'这句话是不科学的，容易引起误解，可能不少非党人士便以特殊的眼光看待党员，某些修养不够的党员，也就不免以特殊自居了。这样，这一句话自然也就成为党和非党人士之间的'墙'和'沟'的一种思想基础了。还有很值得注意的一点：1200多万党员，只要有1%的党员犯错误，绝对数字就是12万多人。这么多人在领导地位上犯错误，对国家和人民就会造成巨大的损害。章乃器还批评了'以党代政'的现象。他主张：党组织有如戏剧的编导，其他国家机构有如演员、艺术技术人员和管理人员。编导一般不必自己上前台，更不应代替其他人员。他还对定息的性质发表了看法：私方交出的财产，其性质已经不是剥削的资本了；私方人员在企业工作，已经不是剥削工人的人了；合营企业的职工已经不是剥削的对象；定息是国家利润中间留下的一部分给私方的。章乃器认为'官僚主义是比资本主义更危险的敌人'。章乃器的这些观点自然为共党所不能容忍，于是他被扣上美化资本主义、美化剥削、攻击党的领导等罪名，是一个反共反人民的右派头子。"桑梓喝了一口茶水，接着说，"章乃器真乃一个硬汉子。6月份，国务院举行全体会议，讨论周恩来即将向人大提出的《政府工作报告》。报告在谈到当前的反右时，有一段批判章乃器的文字。他突然站起来说：我要对周总理说几句话。你是总理，我是协助你工作的国务院干部，过去工作中遇到问题，总是大家共同分担困难。现在我遇到了问题，作为总理，批评帮助他工作八九年的干部，只根据他所说的两三句话，就说他是反对社会主义，这个断语，是不是值得考虑？这番话直使得周恩来一时无话可说。其他人对章乃器群起攻之。最后周恩来对章乃器说："你不悔改，将自绝于人民。"会议不欢而散。 章乃器直到被撤职，始终不肯违心地承认自己是反党反社会主义的右派，拒绝在他的右派结论上签字。据说，章乃器有一副对联："实践检查真理，时间解决问题"。不知道解决中共独裁，清算毛泽东罪恶的时间，什么时候到来。"

"桑伯伯，我相信我们这一代人一定会解决这个问题。"

"我最为佩服的是储安平。储安平 1909 年生，比我大两岁岁。他出生在宜兴农村，离我的家乡无锡很近。储安平高中时就开始写小说，曾经在报纸上连载，后来集成一本小说集《说谎者》。他在上海光华读新闻系，曾经编写过一本政论集《中国问题和各家论见》，收入了陈独秀、梁漱溟、汪精卫、罗隆基等学界名流的政论。他在序言中告诉政府当局要尊重国民的主张，取消一党专政。储安平的才气远远高于我。1935 年他考入英国伦敦大学经济学院。我有时想，当初我大学毕业以后到国外求学，现在是什么样子呢？有一点是肯定的，我就不会参加一二九运动，就不可能参加共产党。""

"爸爸，那你为什么不到国外读书呢？"

"因为你的妈妈在北京读书啊。储安平的老师是费边社员。费边社宣传民主社会主义思想，反对无产阶级革命，主张第三条道路。受其老师的影响，储安平肯定要反对国民党一党专政，这是他 1949 年没有去台湾的原因。1949 年后，当共产党逐步显现出一党专政野心时，储安平与共产党的斗争是在所不免的了。储安平开始引人注目是他于 1946 年 9 月在上海开办了刊物《观察》，我那时已经到了青岛，几乎每期都看，我非常喜爱他创办的《观察》。我至今还能够记住《观察》发刊词的主要内容。

"讲一讲，桑伯伯。"春又生要求。

"我们这个刊物的第一个企图，对国事发表意见。意见在性质上无论是消极的批评或积极的建议，其动机无不出于忠诚。这个刊物是一个发表政论的刊物，然而决不是一个政治斗争的刊物。我们大体上代表着一般自由思想分子，并替善良的广大人民说话以外，我们背后无任何组织。我们对于政府、执政党、反对党，将作毫无偏袒的评论。"

"今日的中共竟然无法与当年的国民党相比，今天不用说没有民办刊物，即便有，共产党允许他们批评执政党和政府吗？"春又生说。

桑梓继续背诵发刊词："《观察》宣传国家民主、自由、进步和理性思想原则。国家政策必须允许人民讨论，政府的进退必须由人民决定。民主的政府必须保障人民的自由，增进人民的幸福。政府必须尊重人民的人格，使人民的身体、智慧和道德的能力得到充分的发展。没有自由的人民是没有人格的人民，没有自由的社会必是一个奴役的社会。"

"说得好！没有自由的人民是没有人格的人民，没有自由的社会必是一个奴役的社会！"春又生赞叹。

"人类最宝贵的素质是理性，教育的最大目的亦即在发挥人类的理性。没有理性，社会不能安定，文化不能进步。现在中国到处是凭借冲动和强力来解决纠纷，甚至正在受着教育的青年也是动辄用武。我们完全反对这种行为。"

"中共至今蛊惑青年人武力解决一切，说什么革命不是请客吃饭。在国际上也是摆出一付不怕死的气势汹汹的架势。"春又生说。

"储安平的对共产党的许多评价我始终难以忘怀。他曾经说过共产党最可怕的一点是统治思想。这一点经历过延安整风的我是深有体会的。共产党对于宪法并无太大的兴趣，真正的兴趣在于军队和地盘上。我们反对一个政党蓄养军队，以武力夺取政权。今日共产党大讲民主，要知道共产党在基本精神上，实在是一个反民主的政党。就统治精神上，共产党和法西斯党本无任何区别，两者都企图透过严厉的组织以强制人民的意志。民主政治的一个基本前提是承认人民的意志自由。惟有人人都能得到了意志上的自由，才能自由表达其意志，才能真正贯彻民主的精神。假如只有相信共产主义的人才有言论自由，那还谈什么思想自由言论自由？老实说，我们现在争取自由，在国民党统治之下，这个自由还是一个'多''少'的问

题，假如共产党执政了，这个自由就变成了一个‘有’
‘无’的问题了。”

"在国民党统治之下，这个自由还是一个‘多’
‘少’的问题，假如共产党执政了，这个自由就变成
了一个‘有’‘无’的问题了。这么说，储安平对共
产党的认识是非常深刻的，那他为什么还要留在大
陆？"春又生不解地问。

"前面讲过，储安平受过费边社会主义思想的影
响。当时的多数知识分子都相信社会主义的目的是为
广大的穷苦人民造福的，而国民党统治是一场大烂污。
储安平曾经写过一篇文章痛斥国民党统治的二十年
是一场大烂污。他的《观察》在1948年被国民党以
一贯反对政府，同情共匪而勒令永久停刊。至于共产
党虽然也是一个专制政党，当时的部分知识分子期望
建立国共两党为主的联合政府，通过相互制衡，也许
即能够改变一下国民党一党专政的局面，又能遏制共
产党的专制暴行。说实话，1946年离开延安到了青岛
之后，我和桑爽妈妈曾经想脱离共产党，正是储安平
的这些言论影响了我。知识分子的民盟太弱，根本不
可能在一个崇尚的武力中国掌握政权，只有寄希望于
国共合作的联合政府。所以，我们还是留在了共产党
内。现在看来，知识分子太幼稚了，怎么能期望国共
两党能够收敛呢？"桑梓痛心地说，"对于国民党的
垮台和共产党的胜利，民盟自认为有功于共产党，所
以他们没有和胡适等一大批进步知识分子一起躲避
共产党的横祸逃到香港和台湾，而是将总部迁到北京。
留在大陆的储安平这时候加入了九三学社和中国读

书会，不再是一个独立知识分子了。1949 年《观察》复刊了。我记得，当我看到上面刊登了郭沫若写的拍马诗《我向你高呼万岁》：斯大林元帅，你是全人类的解放者，今天是你的 70 寿辰，我向你高呼万岁。我心想，《观察》完了，储安平也屈服了。后来《观察》更名为《新观察》，储安平也离开了。1956 年，储安平曾经到青岛写作，住了一段时间。我曾经想去拜访他，后来没有成行。对于毛泽东提出'百花齐放，百鸟争鸣'，储安平认为'百家争鸣'不能只限于学术领域，也应该包括政治领域。所以，1957 年 4 月，储安平就任《光明日报》总编辑后，他提出光明日报应该成为民主党派和高级知识分子的讲坛，要创造条件主动组织他们对共产党发言，从政治上进行监督。他认为民主党派享有组织独立、政治自由，与共产党在法律面前具有平等地位，光明日报是民主党派的报纸，重大问题没有必要向中共宣传部请示。五月份中共开始正式通告整风后，光明日报刊登了许多尖锐的语言，例如，反对党委治校，主张教授治校；共产党有严重的宗派主义，民主党派参加政协有名无实；共产党以党代政，党政不分；共产党的特权思想造成党与非党之间的墙与沟；要求民主自由，政协、人大、民主党派和人民团体应该是政治设计院；成立平反委员会；党天下；胡风不是反革命分子；甚至葛佩琦说的话：共产党不要不相信我们知识分子，搞得好，可以；不好，群众可以打倒你们，杀共产党，推翻你们等等。6 月 1 日，储安平在座谈会上作了最著名的发言，'向毛主席、周总理提些意见'，他不知道毛泽东起草的给中共干部阅读的文章《事情正在起变化》，已经下达半个月了，毛泽东正耍阳谋让右派们再猖狂一个时期，自投罗网，把右派们一网打尽。事后，毛泽东曾经理直气壮地说，这是阳谋，牛鬼蛇神只有让他们出笼，才好迁灭他们。"

"毛泽东何其阴毒。桑伯伯，储安平向毛泽东和周恩来提些什么意见？"

"他说，这几年党群关系不好的关键在于'党天下'这个思想问题上，他认为党领导国家并不等于这个国家即为党所有。大家拥护党，但没有忘记了自己也还是国家的主人。在全国范围内，不论大小单位，都要安排一个党员做头，事无巨细都要看党员的眼色行事，都要党员点头才算数，是不是太过分了一点。为什么不不称职的党员安置在各种岗位上。党这样做，是不是有'莫非王土的想法'，从而形成了现在这样一个一家天下清一色的局面。他认为这个'党天下'的思想问题是一切宗派主义现象的最终根源，是党与非党之间矛盾的根本所在。他说，最近大家对小和尚提了不少意见，但对老和尚没有人提意见。"

"说得好！现在不仅仅是'党天下'，而是'毛天下'。"春又生说。

"谁是'小和尚'？谁是'老和尚'？"桑爽问。

"'小和尚'是中下级党员，'老和尚'是毛泽东、周恩来这样的共党头目。"桑梓接着说，"储安平要向毛周两人提意见。1949 年以前毛泽东倡议中共和党外人士组成联合政府。1949 年以后，中央政府的六个副主席中有三个党外人士，四个副总理中有两个党外人士，还像个联合政府的样子，可是后来政府改组，只剩下一个共党的副主席，现在的十二个副总理中没有一个党外人士了。是不是党外人士中没有一人可以坐次交椅，这样的安排是否还可以研究？"

"储安平现在呢？"

"不知道，据说死了。"

"自杀的？"

"不知道。"

"储安平，我会永远记住你的！"春又生发誓。

"还有一个人应该记住。"桑梓说。

"谁？"桑爽和春又生几乎同时问。

"北京大学开的老校长马寅初。"桑梓说，"1957年7月，《人民日报》发表了马寅初的《新人口论》一文，呼吁要重视节制生育，控制人口增长。1958年4月，北京大学开始采用大字报、辩论会等方式对马寅初的《新人口论》及其整个学术思想、政治观点进行错误的批判。在此后一年多的时间中，其他高等院校和一些报刊也发表大量文章，对马寅初进行公开的指名批判。1959年12月，马寅初在《新建设》上发表《重申我的请求》一文，表示要坚持真理，'决不向专以力压服不以理说服的那种批判者们投降'。中共认为，马寅初的问题已经不是学术问题，而是右派向党进攻的政治问题。于是，对马寅初的批判升级了。1960年，中共终于撤销了马寅初北大校长职务 。"

"马寅初的《新人口论》，我以后要看一看。"春又生说。

"1957 年反右使得知识分子闭上了嘴巴，共产党开始了 1958 年大跃进的科学笑话，随后又制造了 1960 年大灾荒。"桑梓接着讲，"1957 年 11 月，毛泽东率领中共代表团参加莫斯科会议。会议期间，赫鲁晓夫提出苏联工农业重要产品的产量要在 15 年赶上和超过美国。毛泽东则提出 15 年赶上英国。58 年，毛泽东又提出超过英国不是 15 年，也不是 7 年，有可能两年。58 年，为了发动'大跃进'，毛泽东在成都会议上，再次批判反冒进，提出中国存在两个剥削阶级，一个是帝国主义、官僚资产阶级和封建地主阶级，另一个是民族资产阶级及其知识分子。正式把知识分子定位敌人。提出要搞'正确'的个人崇拜。在会上，有人提出'相信毛主席要到迷信的程度，服从要到盲从的地步'。毛泽东对这一说法表示欣赏。"

"原来 1958 年，毛泽东就要别人盲从他。"桑爽说。

"毛泽东如此害怕和痛恨知识分子，又如此无耻地要求子民们迷信他。"春又生嘲弄地说。

"这次会议还提出了根本不可能实现的国民经济计划指标，为大跃进的失败埋下了祸根。为了实现大跃进，把不同的声音诬蔑是资产阶级的白旗，要拔掉。毛泽东说什么'卑贱者最聪明，高贵者最愚昧'，外行可以领导内行。为了赶上英国，毛又片面追求钢产量的增长，提出 1958 年钢产量要翻一番，达到 1070 万吨。于是 9 千万人上阵，没有煤炭就砍伐树木，没有矿石，甚至把做饭的锅当原料。"

"1958 年，学校号召每个学生都要捐献铁。我拿着一把刀去砍观象山上的碉堡里漏出的钢筋，钢筋没有砍下来，刀坏了，我就把刀捐献了。弄得我妈妈做菜都没有刀用了。"春又生回想到。

"是吗？你真傻！"桑爽笑话春又生。

"大炼钢铁的结果是，有相当一部分钢铁质量低劣，浪费了大量的人力、物力和财力。农业方面，《人民日报》鼓吹'人有多大胆，地有多大产'。于是农业开始放'卫星'。广西一个公社发射了一个亩产高达 13 万多斤的中稻高产卫星。最为可笑的是毛泽东，他说，粮食多了，社员一天可以吃五顿。"

"就知道吃，毛泽东就这么点出息。"春又生嘲笑说。

"毛泽东决定成立人民公社，政社合一，迫使农民劳动和生活军事化，这是洪秀全军事组织的翻版。社员原来经营的自留地以及个人拥有的林木、牲畜等财产被强行收归人民公社，去强迫农民吃食堂，农民真正地成了农奴。为了加强人治，用共党的决议和政策代替民法和刑法。1959 年取消了司法部。更为可笑的是，毛竟然认为 3 年可以跑步进入共产主义，甚至认为即使比苏联早具备了进入共产主义的条件，也应当让苏联先进，否则苏联脸上无光。"

"我真不知道毛泽东竟然如此可笑。"桑爽笑着说。

"还有可笑的，毛泽东在'农业 40 条'中竟然无知地亲定麻雀和老鼠、苍蝇、蚊子一样是四害之一。"桑梓忍不住笑着说。

　　"我在小学时参加过集体打麻雀，星期天几乎所有的人在院子里、马路上敲打脸盆吓唬麻雀，使得麻雀不敢落在树上、房子上、电线杆上，结果麻雀飞不动了就掉在地上了。"春又生也笑着说。

　　"这不是全国人民一起跟着毛泽东演活报剧吗？"桑爽也笑了。

　　桑梓接着说；"由于 1958 年的浪费，1959 年我国开始全国缺粮，市场上几乎没有禽蛋供应，油、副食品、肥皂，甚至火柴也供应紧张起来。1960 年粮食开始极端缺乏。凭票供应的商品将近 100 种。"

　　"1960 年我是永远忘不了的。由于粮食不够吃，我和妈妈到农村挖挖野菜，野菜没有了就摘槐树叶。到处是乞丐，他们在自由市场上抢食用草根做成的小饼，被人打骂也不停手。我就是因此才写信给毛泽东的，那时我不知道这一切竟然是毛泽东造成的。"春又生痛苦地说。

　　"毛泽东制造的灾荒造成了上千万人死亡。据说刘少奇曾经对毛泽东说，这是要上书的。从此毛泽东便怀恨在心，决心打到刘少奇。"

　　"上书？"桑爽不解。

　　"就是将 1960 年灾荒惨状和发生的原因记载在历史上。"桑梓解释说。

　　"历史必将记录毛泽东的罪恶。"春又生恨恨地说。

　　"这不仅是毛泽东的罪恶，也是中共高层的罪恶。他们盲目跟随毛泽东，使得权力高度集中于毛泽东手中，使得他有权干预和指挥党、国家，直至国民经济

海盟

活动。”
　　三人默默喝着茶。

第七章

　　周五晚上吃完饭，桑爽一看表，还不到 7 点，心想，到又生哥家去吧。

　　"爸爸，我想到又生哥家去。"

　　"昨晚才见的面，你去会影响他学习的。"

　　"我去看春妈妈。我上次答应她去喝茶。"

　　"那就去吧，早点回来，你上早班。"桑梓知道拦不住女儿。

　　几分钟后，桑爽来到春又生的院子。她走到春又生的家门口，轻轻地敲了敲门。春妈妈开了门，看见是桑爽，高兴地说："快进来，姑娘。"

　　进了门，桑爽往写字台望去，发现春又生不在。

　　"春妈妈，又生哥出去了？"

　　"刚刚出门，他的几个朋友来找他，说是有什么重要事情要同又生谈。"

　　"那他什么时候回来？"桑爽失望地问。

　　"很快就会回来的，不会时间太长，又生晚上要看书呢。"春妈妈安慰桑爽，"咱娘俩喝茶等着他。"

　　"好。"一听说春又生很快就会回来，桑爽马上高兴了。

　　娘俩在小饭桌前坐下，喝着茶。春妈妈仔仔细细地端详着桑爽，由衷地说："真俊！我这一辈子还没有看见过这么俊的姑娘。"

　　桑爽被夸得满脸通红，不过心里可开心了，春妈妈喜欢她。

"孩子，生儿说你叫桑爽，是吗？"

"是的，春妈妈，我叫桑爽。"

"多大了？"

"21 了。"

"想起来了，上次你在我家对凤儿说过，你是 49 年的。"

"是的，49 年 8 月的。"

"比我家又生小三岁。"

"小 2 年岁 8 个月。"

"对，又生是 46 年 12 月的。"春妈妈点点头，"爽儿，家里都有什么人哪？"

"就我和爸爸两个人。"听见春妈妈像爸爸那样亲切地叫她"爽儿"，桑爽一股热流涌上心头。

"妈妈呢？"春妈妈小心地问。

"五七年去世了。"

"可怜的孩子。"春妈妈心痛地拉着桑爽的手，又问："爽儿，你在哪里上班？"

"春妈妈，我在纺织厂上班。"桑爽感到春妈妈的手热乎乎的。

"你是正式工？"

"是的，是正式工。"

"我家又生至今还是一个临时工，什么时候能熬成一个正式工呢？"春妈妈叹了一口气。

"又生哥早晚会成为正式工的，春妈妈，您别担心。"

"有你的吉言，我不担心。"春妈妈笑了。

"春妈妈，来，我给您剪一剪指甲。"桑爽发现春妈妈右手的指甲比较长。

"我的左手不会使用剪子，右手的指甲都是又生帮我剪。"春妈妈没有拒绝，伸出了右手。

桑爽拿出指甲剪认真地为春妈妈修剪了右手的指甲，又修建了左手的指甲。

春妈妈仔细地看了看双手，满意地说："到底是女儿家，剪得好，比又生剪得好。"

"那，春妈妈，以后我来给您剪指甲。"

"真的吗？那敢情好！"春妈妈满脸是花，忽然低声问："给我剪一辈子吗？"

桑爽当然知道春妈妈话中的含义，低下头，红着脸说："只要您愿意。"

"爽儿，我当然愿意，当然愿意。"春妈妈兴奋地拉起桑爽的手，"我家又生好福气啊！"

桑爽将板凳搬到春妈妈的旁边，偎依在她的怀里。春妈妈搂着桑爽，轻轻地拍打着桑爽她的肩膀。很长时间娘俩没有说话，桑爽享受着母爱，沉浸在幸福之中。对于春妈妈这种发自内心的母爱的感觉，桑爽一生都忘不了。

挂钟响了一下，8点半了，春又生还没有回来。

"又生，今晚是怎么回事儿，8点半了，怎么还不回来！"春妈妈着急了。

"也许他有急事。再等等。"桑爽心中急得要命，却安慰春妈妈。

"爽儿，你明天上啥班？"

"上早班。"

"上早班，那你要早点睡觉啊。"

"不要紧，春妈妈，我一般 9 点半睡觉。"桑爽说着站起来，走到写字台旁坐下，只见上面整整齐齐地放着一摞书，自然有她借给春又生的《诗经》、《唐宋词选》、《理想国》和《罗马史》。桑爽胡乱翻着书，耳朵在听着门外的脚步声。挂钟连敲了 9 下，9 点了，春又生还没有回来。桑爽心里很生气，但是毫无办法。她站起来对春妈妈说："春妈妈，我回家了。不等又生哥了"

"又生这孩子真不像话，让你白白等了一个晚上，等他回来，我好好说他一顿。""春妈妈，不要怨又生哥，我没有对他说，我今晚要来。"

"那，爽儿，明天晚上你来吧，我让又生在家等你。"春妈妈将桑爽送到大门口。

"好的，明晚我来。再见，春妈妈！"桑爽对春妈妈有些恋恋不舍。

春妈妈站在门口直到看不见桑爽的身影才回家。

桑爽回到家中，没有说话，进了厨房洗漱。桑梓看出女儿满脸的不高兴，急忙跟进来问："爽儿，同又生吵架了？"

"吵架还好了呢，一晚上没有见着人。"桑爽生气地说，"平常说得好听，晚上在家里读书，结果一个晚上不知道跑到哪里去了。"

"这怎么能怨又生呢，你昨晚又没有同又生约好今晚到他家去。"

"反正是他不对，让我白白地等了一个晚上。"桑爽洗漱完毕，躺到床上，翻来覆去睡不着，十点多还没有睡着，心里嘀咕着，"哼，春又生，看我明天怎样收拾你！"

　　周六下午５点了，桑爽想，又生哥下班了。５点２０分了，桑爽心中斗争着，是否去车站迎春又生？最后下决心，不去，看看他是否主动来道歉。６点了，春又生没来，吃完饭快７点了，春又生还没有来。桑爽生气了，气呼呼地对桑梓说："爸爸，我到又生哥家去。"

　　"去可以，不要吵架。"

　　桑爽没回答，一摔门走了。

　　走到观象路，快到春又生家了，桑爽就看见春妈妈站在１７号院子门口，正向这边张望。桑爽急忙跑过去："春妈妈，我来了。"

　　春妈妈拉着桑爽的手问："又生没有去找你？"

　　"没有，怎么他没有回家？"

　　"７点多了，他还没有回来，我以为又生去找你了。"

　　"春妈妈，昨晚你没有对又生说，我今晚来？"

　　"说了，他说今晚有事情，办完事情就去找你。"

　　"是这样，我来的时候，又生哥还没有到我家。春妈妈，我回家等他。"　桑爽急着要回家。

　　"爽儿，不进来坐坐了？"春妈妈有点舍不得。

　　"好吧，进家喝杯茶。"桑爽不忍心这样就走，连忙对春妈妈说。

　　春妈妈高兴地拉着桑爽回到家中。

　　在小饭桌坐下，春妈妈给桑爽倒茶，然后欣赏地看着桑爽。桑爽享受着慈爱目光的爱抚。

　　春妈妈忽然有点担心地对桑爽说："爽儿，我不想瞒你，又生他曾经－－－"

　　桑爽急忙打断春妈妈的话："又生对我说了－－"

　　"你不嫌弃？"春妈妈着急地问。

　　"不会的。"桑爽拉着春妈妈的手诚恳地说。

　　"谢谢你，爽儿。"春妈妈的眼泪流出来了，"你治好了我的最大的心病。"

　　桑爽走到春妈妈身旁，用手擦干净她的泪水，然后和她抱在一起。

　　"春妈妈，您就这一间房子吗？在哪儿做饭？"

　　"还有一个小小的厨房，你跟我来。"春又生的家紧挨着楼梯，楼梯下面是封闭的，春妈妈楼梯间的打开门，里面是一个小小的厨房。

　　"春妈妈，这儿虽然不大，做饭还是可以的。"桑爽看见小厨房里有灶台、蜂窝煤、水龙、洗刷盆，还有一个橱柜。

　　"是啊，虽然小点，还是很方便的。"春妈妈很知足。

　　回到屋里，听见挂钟敲响8点钟了，春妈妈对桑爽说："8点了，爽儿，回家吧，也许又生到你家了。"

　　"好的。"

　　"爽儿，以后常来。"春妈妈送桑爽到门口。

　　"我会的。春妈妈，再见"

　　桑爽兴冲冲地回到家中，满心希望春又生在家里等他，推门看见爸爸一个人在家中，顿时泄气了。

"又生不在家？"桑梓问。

"又出去办事去了，说是办完事情直接到咱家来。"

"那就等着吧。"

桑爽六神不安，一会儿到院子里看一看，一会儿跑到马路上看一看，直到9点半了，春又生还是没有来。

"看样子，事情还没有办完，估计今晚又生不能来了。反正明天是星期天，又生肯定会来的，睡吧。"桑梓对女儿说。

"哼，看看他明天怎么说辞。"桑爽洗漱后狠狠地对爸爸说，然后无可奈何地躺倒床上，心里却一直盼望着春又生能来，一直到十点多，桑爽迷迷糊糊睡着了。

周日，下早班后，桑爽急忙往家里赶。一进观海路，她老远看见春又生站在院子门口正看书呢。走到春又生跟前，桑爽"哼"了一声，也没有和春又生打招呼，直接走进院子。春又生看见气呼呼的桑爽不理自己，连忙跟上去说："桑爽，你听我解释。"

"我没工夫。"桑爽依然不理睬春又生走进家门。

春又生跟着进了家门，桑爽直接进了自己的卧室，关上了房门。春又生正在喝茶的桑梓说："桑伯伯，我这两天有事情，桑爽她----"

"不理她，没事找事。说好的是你今天来，她自己提前去找你，找不见人，怨她自己。"桑梓对春又生说，"坐下喝茶。"

桑梓给春又生到好茶，又问："你妈妈对爽儿说，你昨晚要来，怎么没有来呢？"

"昨晚谈完事情已经 10 点多了，我怕影响桑爽睡觉，就没有来。"

"我猜也是这样，时间早的话，你一定会来的。"桑梓说。

桑爽见春又生没有跟着自己进卧室，也不好出去，就静静地听房间外桑梓和春又生的谈话。

"桑伯伯，我们正在做一件重要的事情，不知道可不可以向您请教。"春又生忽然严肃地对桑梓讲。

"你们是谁？要做什么事情？"桑梓也严肃起来。

"青岛有一个文学学习小组，我是成员之一。"

"文学小组?都是些什么人？"

"都是老三届的学生，我们经常一起相互借书看，讨论书的内容。"

"都讨论什么？"

"大多数时间讨论俄罗斯文学，评价别林斯基、车尔尼雪夫斯基、果戈里等人的著作和观点。"春又生说，"不过最近，我们在讨论是否要组织起来成立一个政党反对毛泽东的独裁统治！"

"什么？"桑梓感到十分惊讶。

"又生，你疯了！" 桑爽从卧室里冲出来大声地对春又生说。

"怎么是疯了？既然我们痛恨毛泽东的专制统治，我们为什么不能成立一个政党来反对他。"

"又生，停止你们的活动，这是十分危险的！"

桑梓严肃地说。

“我们知道危险，但是我们不怕。”

“你们这是无谓的冒险，只能是白白地牺牲生命。现在的社会环境太坏，你们几乎根本没有成功的机会。”桑梓耐心地对春又生说，“在国民党统治时期，由于当时的统治没有现在这样严密，中共既可在偏僻地区活动，又可以办报纸杂志扩大影响。而今天，在农村，共产党将统治末端延伸到了村，每村都有党支部。在城市，共产党将统治末端延伸到了街道办事处，每个街道办事处都有党支部。从农村到城市，任何一个角落都有人监视你们。同时，中共又控制了一切舆论宣传工具，你们不可能扩大影响，获得社会各界的支持。更为重要的是，大多数青年人受到毛泽东蒙蔽，你们只是青年人中的极少数，你们的力量不足以对抗毛泽东的统治。”

“那么，我们怎么办？”春又生问，“难道只能看着他们横行？”

“只能等待。”

“等待？”春又生叫起来。

“是的，只能等待，等待两种可能的机会。”桑梓说，“一是，等待大多数人的觉悟，特别是青年人的觉悟，他们能够自发地组织起来反抗专制统治；二是，等待共产党内部的开明人士组织起来反对毛泽东的独裁统治。”

“桑伯伯，您相信中共内部开明人士？”春又生诧异地问。

“譬如彭德怀、刘少奇都可以说是开明人士，可惜他们没有组织起来，结果被毛泽东各个击破。”

“桑伯伯，我更寄希望于青年人的觉醒。既然青岛有青年人在组织反抗活动，我相信这绝不是孤立的，我相信中国其他的城市一定也有反抗组织。”

“我建议你们目前不要组成正式的组织，而是建立松散的组织，平常以学习为名保持联系，等待全国的形势发生大的变动，再正式组织起来。这样的话，既可以减少牺牲，又能发展力量。”

“桑伯伯，您是对的，我去对他们讲。”春又生站起来。

“吃完饭再走。”桑爽急忙说。

“好吧。”春又生同意了。

“你这两个晚上就研究这件事情？”桑爽问。

“是的。”春又生回答。

“又生哥，我不愿意你参加一些危险的政治活动，我担心，我睡不着觉。”

“我会小心的。”

“小心也不行，万一出事怎么办？”

“不会出事的，爽，你放心。”

“我怎能够放心，你要答应我一件事情，我才能放心。”

“什么事情?”

“你以后无论要做什么事情，尤其是有关政治的事情，都要事前对爸爸讲。”

“好吧，我答应你！”

“真的！”桑爽这才把一颗悬着的心放下来。

“真的！”春又生又对桑梓讲，“桑伯伯，等待大多数人的觉悟也许是很漫长的时间啊！"

"很可能这样。所以我寄希望于中共内部开明人士的反抗。我相信彭德怀、刘少奇之后，还会有共党高层反对毛的独裁。"

"但愿如此。桑伯伯，您给我讲一讲毛泽东为什么在 59 年批斗彭德怀，以及为什么要打倒刘少奇的真相吧。"

"又生哥，你就对这些事情有兴趣。这样就越发促使你参加危险的政治活动。"桑爽不满的说。

"爽，我就是希望知道历史的真相。"春又生有点歉意地看着桑爽。

"好吧，我来讲。爽儿，年轻人应该知道历史的真相。"桑梓说，"1959 年 7、8 月份，中共在庐山召开会议。对于 1958 年以来的问题，毛泽东定调为九个指头和一个指头的比例，认为成绩是伟大的，问题只是一个指头，是次要的。彭德怀不这样认为，他在会议上尖锐地批评了 1958 年以来出现的各种问题。他认为人民公社办早了，大炼钢铁出了不少问题。责任人人有，包括毛泽东在内。彭德怀怀强调，要实行党委集体领导，不能个人决定，这是很不正常的，是危险的。"

"彭德怀批评了毛泽东。"春又生说。

"彭德怀真大胆！"桑爽说。

"7 月 14 日，彭德怀给毛泽东写信，在肯定总路线、大跃进和人民公社成绩的前提之下，指出了人民公社化运动中出现的所有制问题，大炼钢铁中的浪费问题，这些都表现了小资产阶级的狂热性。毛泽东讲这封信转交给会议讨论。张闻天、黄克诚、周小舟等支持了彭德怀的意见。当然也有一些人认为，彭德怀的信是影射毛泽东，'小资产阶级狂热性'的提法，是路线性质问题，路线错了就要换领导，这就危及到毛泽东的领导等等。'小资产阶级狂热性'的提法惹恼了毛泽东，他在会议上发言公开表明他对彭德怀的愤怒。说什么，人不犯我，我不犯人，人若犯我，我必犯人。如果解放军不跟他走，他就到农村去找红军，率领农民推翻政府。"

"真是一副政治泼皮模样。"春又生嘲弄说。

"毛泽东批示，庐山出现的是一场阶级斗争，是过去 10 年社会主义革命过程中资产阶级和无产阶级生死斗争的继续。结果，彭德怀、张闻天、黄克诚、周小舟等人被打成反党集团，解除了职务。五七年毛泽东残酷打击知识分子，五九年又残酷打击党内不同意见的同志。大跃进没有停下来，60 年继续跃进，继续大刮共产风。收回了农民则自留地，又掀起了大办公共食堂的热潮，严重地影响了农民的生活。毛泽东的倒行逆施，终于造成了 60 年的大灾荒。自然也引起了党内开明人士的不满。刘少奇终于在七千人大会上站了出来。

"桑伯伯，'七千人大会'是怎样一回事？"春又生问。

"那是 1962 年 1 月 11 日至 2 月 7 日中共在北京举行扩大的工作会议。参加会议的有中央、各中央局、各省、市自治区党委及地委、县委、重要厂矿企业和部队的负责干部 7000 多人，所以又称'七千人大会'。

刘少奇在参加会议报告的修改、讨论中，反复强调当前严重经济困难的原因，主要不是天灾，也不是赫鲁晓夫撕毁全部协议和合同，而是我们工作中的错误。成绩要讲够，缺点要讲透。按照刘少奇'缺点讲透'精神的报告送到毛泽东手中后，毛非常不满意。刘少奇会议上讲话中说，全面分析近几年来的成绩和缺点，总的讲，是不是可以三七开，七分成绩，三分缺点和错误。过去我们经常把缺点、错误和成绩，比之于一个指头和九个指头的关系，现在恐怕不能到处这样套。彭真在会议上讲，三五年过渡问题和办食堂都是毛主席批的。现在党内有一种倾向，不敢提意见，不敢检讨错误，一检讨就垮台。如果毛主席的百分之一、千分之一的错误不检讨，将给我们党留下负面影响。邓小平表示支持。"

"所以文革中，毛泽东首先打倒了彭真，然后打倒刘少奇和邓小平。"春又生插话说。

"正是这样。刘少奇的'三七开'触犯了毛泽东。毛泽东在《我的一张大字报》中，指斥中央有一个刘少奇为首的'资产阶级司令部'，'站在反动的资产阶级立场，实行资产阶级专政，将无产阶级轰轰烈烈的文化大革命打下去'，'联系到1962年的右倾和1964年形'左'而实右的错误倾向，岂不是可以发人深省的吗？，毛泽东所说的1962年的右倾，就是指'七千人大会'。1967年，毛泽东在同阿尔巴尼亚代表团团长巴卢库谈话时就曾说：'七千人大会'的时候，已经看出问题来了。"桑梓讲。

　　"桑伯伯，文革为什么以批判海瑞罢官拉开序幕？"

　　"这完全是毛泽东的阴谋诡计。1959 年，中共在上海召开会议，许多代表在会上谈到 1958 年'大跃进'中制定的工农业指标过高，可是大家不敢讲真话，更不敢提意见。毛泽东号召大家学习海瑞精神，敢于提出不同意见，敢于批评嘉靖皇帝。不久，吴晗相应号召，写了《海瑞骂皇帝》和《论海瑞》，发表在《人民日报》上。吴晗以后又写了历史剧《海瑞罢官》。1965 年 11 月，政治棍子姚文元发表了《评新编历史剧〈海瑞罢官〉》，认为《海瑞罢官》不是芬芳的香花而是一株毒草。指责吴晗塑造'假海瑞'目的是宣扬'地主资产阶级国家观'，美化作为地主阶级专政工具的清官和法律。《海瑞罢官》剧中写了'退田'，就是要人民公社向地主退田，就是搞复辟；《海瑞罢官》剧中写了'平冤狱'，就是要为地主、资产阶级翻案；《海瑞罢官》剧中歌颂海瑞刚直不阿，就是反对党的领导和无产阶级专政。这篇文章一出，正中毛泽东借机打击刘少奇等人的下怀。1965 年底，毛泽东在肯定姚文元文章的同时指出：没有打中要害。毛泽东说：《海瑞罢官》的要害问题是'罢官'。嘉靖皇帝罢了海瑞的官，1959 年我们罢了彭德怀的官。彭德怀也是'海瑞'。毛泽东公开指责党内有人在为彭德怀翻案，现在看来，当时毛泽东就指向了刘少奇。由此，批判《海瑞罢官》的运动从学术问题转向政治问题，'文化大革命'就这样拉开了序幕。"

　　"毛泽东真是一个不折不扣的阴谋家。据小报说，吴晗在毛泽东面前被红卫兵踩在地上。"春又生说。

　　"也许这不是传说。"桑梓说

　　"简直太卑鄙了。"桑爽说。

　　"桑伯伯，中国共产党的历史，特别是毛泽东从井冈山到文革以来的反人类罪行，我基本清楚了。毛泽东发动文革的原因，也基本明白了。"春又生说，"我以后还要想法收集史料，将这段历史写下来告诉中国人。"

　　"那你不想写诗词了吗？"桑爽问。

　　"恐怕我写不好诗词，爽，还是你写吧。"

　　"行，将来我给你的书配诗词。"桑爽自信地说。

　　吃晚饭，春又生马上要走。桑梓叮嘱说："一定要耐心地说服你的朋友们。"

　　"我一定说服他们！"春又生坚决地说。

　　"明天晚上将结果告诉我和爸爸"桑爽将春又生送到大门口又叮嘱道。

　　"好的！明晚见！"春又生用力抱了抱桑爽，而后匆匆地走了。

　　一个晚上，桑爽心神不安，担心春又生不能说服他的朋友，更担心春又生反而被他们说服，最后参加了组织，又是十点多才睡着。

　　周一下班回到家中，桑爽眼巴巴地看着挂钟，希望5点40快到，春又生快来。可是这挂钟似乎与她作对，半天才动一下，真是急死人了。5点20分，桑爽沉不住气，到车站迎春又生去了。

第一辆车没见人，第二辆车又没见人，春又生终于从第三辆车上跳下车来了。桑爽怕春又生看不见自己撒腿就跑，于是大叫一声："又生哥！"

春又生笑嘻嘻地跑过来。桑爽拉着他就走，看看四周没有人便低声问："你说服他们了吗？"

"多数人同意建立松散型组织以免被中共耳目发现，等待时机成熟再正式组织起来。极少数人主张现在就组织起来。我明确表示了我的意见，近一时期，我不参加任何组织。"

回到家中，春又生将交谈的情况仔细地对桑梓讲了。桑梓还是担心："你还要去说服那几个主张现在就组织起来的年轻人。否则，一旦出事，很可能牵连你们所有的人。"

"好的，我再找他们一次，估计可能性不大。"

"如果是这样的话，你告诉其他的人，最好避免来往频繁，这样很容易让共党一网打尽。"

"好！"春又生答应了，"桑伯伯，我今晚不在这里吃饭了，我妈妈上中班，她给我留下了做好的饭菜。再说，我好几天没有看书了，我要回家看书。"

"在这里看书，吃了饭再走！"桑爽反对。

"我急着回家看《罗马史》，已经三个晚上没有看书了。"

"回家吧。周四再来。"桑梓同意了。

桑爽别别扭扭地送春又生到大门口，最后用力掐了春又生一下，生气地说："走吧，周四也不用来！"

"真的？"春又生知道桑爽是说气话，便故意反问。

　　"你敢！" 桑爽霸道地说。

　　吃完饭，还不到 7 点，桑爽实在忍不住了，就对桑梓说："爸爸，我到又生哥家去一趟。"

　　"去干什么？不要影响又生学习。"

　　"不会的，我去看唐诗。"桑爽说完连忙出门，唯恐爸爸再阻拦。

　　来到春又生家门口，桑爽轻轻地敲门，没有听见回声。她又敲了几下，还是没有回声。

　　"怎么？又出去了？"桑爽慌了。用力推了推门，门开了，她伸进头去，发现春又生正在埋头看书，不由得狂喜。桑爽轻轻地走到春又生的背后，用手捂住了他的双眼。

　　"爽。"春又生亲热地叫了一声。

　　"你怎么知道是我？"桑爽惊奇了。

　　"我闻到了你的气味。"

　　"我的气味？好闻吗？"

　　"好闻，一股甜甜的味道，使人心动。"春又生回身将桑爽抱在怀里，不住地用鼻子闻她。

　　"我痒痒了。"桑爽在春又生的怀里扭动着，"我来闻闻你。"桑爽用鼻子闻春又生的脸、嘴巴、胸膛，"真好闻，一股强烈的香味！"

　　两人情不自禁地拥抱接吻，桑爽嘴里不住地说："真甜，真香。"

　　亲热了一会儿，桑爽从春又生的怀里站起来，大度地说："好了，别只顾贪婪了，读你的书吧，又生哥。"

"我读书，你做什么？"

"我看唐诗。"桑爽从写字台上拿起《唐诗三百首》做到餐桌边看起来。

看了几首唐诗，桑爽抬眼观察春又生的房间。房间不大，大概有十平方米。摆设简单，仅有一张床、一个单人写字台、一个小餐桌，一个半大衣橱、4个凳子。桑爽看见衣橱上方挂有一个像框，走过出，看见了春又生妈妈年轻时的照片，看见了春又生和妈妈、姐姐的合影。一张大大的春又生的单人照深深地吸引住了桑爽。一个英俊潇洒的大男孩正用一双大眼睛看着自己，桑爽浑身发热，她感到了幸福，这么帅气的男孩是我的。她把春又生拉到像框前，双手捧着他的脸看看相片，又看看春又生，然后用力亲吻他。

"怎么了？"春又生问。

"奖励你！"桑爽幸福地说。

春又生回到写字台看书，桑爽又开始读唐诗。看了一会儿，她站起来，来到床旁，发现这是一张单人床。

"又生哥，这是一张单人床，肯定是春妈妈睡在这儿，你睡在哪儿？"

"你打开壁橱。"春又生用嘴巴指向身后的壁橱。

桑爽这才看见了壁橱。她好奇地走过去，拉开，啊，里面有一张小小的床。壁橱被一个隔板分为上下两部分，被褥就铺放在隔板上。桑爽用力一跳，想跳上床，隔板挺高，她没有上去。

"把我抱上去。"桑爽下令。

"真笨！"春又生把桑爽抱上床。

"把鞋脱下来"桑爽伸着双脚。春又生为她脱下鞋。

"我睡在这里还差不多，你睡在这里面不窄不短吗？"桑爽躺下后发觉这床很窄又很短。

"有点窄，只好小心睡，不过我还从来没有从床上掉下来。也有点短，我身高一米七十五，这张床一米八十。放上枕头后，只能弯着腿睡觉。"

"你太不容易了，又生哥。"桑爽躺在床上拉着春又生的手说。

"没什么，已经习惯了。"春又生亲吻着桑爽，她热烈地回吻。

"看书去吧，我躺一会儿。"

春又生回到写字台看书。也许是连续三个晚上没有睡好觉，她实在困了；也许是躺在充满又生哥气息的床上，她感到心暖，桑爽不一会儿就睡着了。

看书累了，春又生抬起头来舒展身腰，看见桑爽睡着了。春又生轻轻地走到床边，仔细端详熟睡的桑爽。长长的睫毛，粉红色的脸庞，深红色的嘴巴，这是一个东方的美女娃娃。春又生俯身轻轻地亲吻桑爽的眼睛，鼻子、脸庞和嘴巴。一亲到嘴巴，桑爽立即回吻。春又生以为桑爽醒了。可是一看，桑爽的眼睛依然闭着，春又生停止了亲吻，桑爽便没有了反应。原来，桑爽还在睡着，只是本能地回应春又生的亲吻。

春又生又回到写字台看书。挂钟响亮地敲了9下，桑爽没有醒。春又生站起身，走到床边，一边亲吻着桑爽一边说：“起床了，小懒猫。”

“我这是在哪儿？”桑爽醒了，却不知道自己是在哪儿。

“你说呢？”春又生继续亲吻着她。

“在你的床上。”桑爽想起来了，热烈地亲吻着春又生，“又生哥，刚才我梦见你亲我来着。”

“不是做梦，我刚才真的亲你了。”

“真的？亲我。”

“真甜，”春又生亲吻着桑爽，又用鼻子闻她的脸庞、脖子、胸部。春又生的鼻子碰着了桑爽的乳房，停下深深地闻着，“真香。”

“我痒痒了。”桑爽扭动着身体。

春又生将连脸贴在了桑爽的乳房上，感受着乳房的柔软和弹性，两个人浑身发热。

“啊、啊。”桑爽呻吟着。

“快起来吧，9点多了。”春又生忽然抬起头了说。

“快下去，回家晚了，爸爸要说的。”

春又生急忙下床，为桑爽穿好鞋，又把她抱下来。然后两个人撒手跑出房间，一直跑到桑爽家院子门口。桑爽一看表，9点20分。

“还好，不到9点半。进来吗？”

“不了，你进去吧。”

“不，我看着你走。”

“别浪费时间了。”春又生把桑爽推进要院子里，“我要赶快回家，没锁门。”

桑爽转身说：“把你家的钥匙给我？”

"干什么？"春又生不解。

"你不用管，给不给？"

春又生将钥匙给了桑爽，看见她走进楼房里才转身回家。

桑爽进门和爸爸打个招呼，匆忙洗漱完毕，然后躺在床上。她仰面朝上地躺着，回想着春又生用鼻子触摸自己的乳房的感觉，他的脸压在自己乳房上产生的神秘的兴奋。她的脸红发烧了，情不自禁地用双手捂住了自己的脸。听着挂钟敲响了 10 点，睡着了。

下班回到家中，桑爽放下背包对桑梓说："爸爸，我到又生哥家去。"

"又生还没有下班吧，你去干什么？"

"我有钥匙，今晚我在又生家吃饭。爸爸，您就自己吃吧。"随手从桌子上拿了一个花瓶，桑爽走出了家门。

打开房门，桑爽进了春又生的家。她到厨房里将花瓶接了半瓶水，回到屋里将花瓶放在了写字台上。她在半橱上找到一把剪刀，拿着一个凳子，来到院子中。把凳子放在盛开的丁香树下，站上去，桑爽用剪刀剪下几枝花枝，回到房中插在花瓶里。她又回到厨房里将一个大洗衣盆和肥皂放到院子里，接了一桶水，倒进洗衣盆中。桑爽转身回到屋里，将春妈妈和春又生床上的床单、枕巾全拿下来，随手又拿了一个小板凳来到院子里，将床单和枕巾放进洗衣盆里洗起来。洗了一会儿，进出院子的邻居们发现一个陌生的姑娘正在用春又生家的大洗衣盆洗衣服，很是惊讶。一位大妈问桑爽："姑娘，你是春妈妈家的什么人？"

桑爽大大方方地说："大妈，我是春又生的对象。"

"呀，春妈妈什么时候有了这么个好儿媳？"

"又生什么时候有了这么个漂亮对象。"

邻居们更加诧异了。在邻居们的惊讶和赞扬声中，桑爽从容不迫洗好了床单和枕巾，晾在院子里的绳子上。

桑爽回到屋里，打开橱柜，果然发现了里面有干净的床单和枕巾，于是她取出来，重新铺好春妈妈的床和春又生的床。然后，桑爽又开始扫地，整理房间，最后，擦玻璃。 一切收拾完毕，桑爽看了看房间，整齐，干净，还有一股股淡淡的丁香花香气。她很满意。她到了厨房，掀开锅盖，看见锅里面有一个馒头和一碗菠菜。桑爽打开碗柜，发现里面只有几个鸡蛋，没有其他的菜。

桑爽到附近的菜店买了两斤茄子和西红柿，回到家中一看 5 点 20 分了。她急忙到厨房里洗了几个茄子和西红柿，便跑到院子门口等待春又生回家了。

陆陆续续下班回家的邻居们看见了一个漂亮的陌生姑娘站在院子门口等人，每个人都情不自主地注视她，他们回到家中从母亲口中才知道了那姑娘是春又生的对象，于是一个个又回到院子里。

5 点 40 分，春又生快到 17 号院子时，看见桑爽正等在门口，他跑过来，叫着："桑爽！"

"又生哥！"桑爽高兴地迎上去。

这一幕都被邻居们看见了，他们兴奋地像在看一幕电影。春又生拉着桑爽的手走进院子里，发现 17

号院里的邻居几乎全挤在院子里。他连忙同邻居们打招呼，"李妈妈好！赵妈妈好！刘叔叔好！志国下班了？---"

"又生，什么时候有对象了？"

"这闺女真漂亮！"

"又生，真不够意思，有对象了，也不告诉一声。"

"又生，　什么时候和你们的喜酒？"

"说什么呢，哪有这回事儿。"在邻居们的问话声中，桑爽始终大方得体，不住地同邻居们点头，春又生则显得有些害羞。

来到家门口，桑爽说："先别进。"说着拿出一块手巾把春又生的眼睛蒙起来。

"你干什么？"被蒙着眼睛的春又生跟在桑爽后面进了家门，他立即问到了一股丁香花的香味。

桑爽不说话，慢慢地摘下蒙在春又生眼睛上的手巾。

"呀！"眼前一亮，整齐的房间，干净的床铺，明亮的窗户，还有那插满丁香花的花瓶，春又生高兴地说："家变样了！"

邻居们看见春又生被蒙着眼睛进了家门，也跟在后面涌进了春又生的家。

"呀！春妈妈家真是大变样了。"

"看来，这闺女不仅漂亮，还很能干。"

"春妈妈真是好人有好报！"

"又生这书呆子真是傻人有傻福。"

"凤儿不是一直和又生好着吗？"

"不是那么会儿事，一个院子里长大，就和亲兄妹一样。”

桑爽对于自己第一次在春又生家的表现很是满意。

在邻居们的夸奖声中，桑爽进了厨房。不一会儿，一个蒜泥菠菜、一个焖茄子和一个西红柿汤端上了小餐桌，过了一会儿切的薄薄的烙得黄黄的馒头片又端上了餐桌。

“又生好口福啊。”

“真是巧媳妇啊！”

“吃饭吧，我们回家了。”

邻居们一个个离开了春又生家。

春又生抱着桑爽亲吻着，感谢着：“谢谢你！谢谢你，爽。”

“谢什么，这是你的家，也是我的家。”春又生享受着热烈的吻。

两个人坐下来吃饭。

“我从来不愿意吃茄子，爽，没想到你做得这样好吃。”春又生吃得很香。

“是跟爸爸学的。我以后要多向爸爸学做菜，做给你吃。”

“我妈妈今晚回来看见家变得这样整洁干净，一定非常高兴。”

“又生哥，给我谈谈你的朋友吧，你们是怎样认识的？”

“小沈是我的中学同学，小袁是我在书店认识的。”

“在书店认识的？”

"是啊。有一次我到书店看看有没有新书，看见小袁买了几本历史方面的书，我就主动对他说，你好，我是春又生，看来你喜欢学习历史，我也是。你贵姓，我们可以谈谈吗？小袁对于我的主动交谈非常高兴，我们就这样认识了。"

"又生哥，你是个主动沟通的人，真好！"

"其他几个朋友的认识还真有点戏剧性。"

"戏剧性？快讲一讲。"桑爽马上产生了兴趣。

"有一次，小沈带着一个我不认识的年轻人到我家来，他向我介绍这位年轻人姓王，酷爱读书，我很高兴。我们刚刚落座，小王就向我道歉，'小春，对不起，普希金的《叶甫盖尼·奥涅金》昨天晚上被我父亲发现了，他说这是苏修的反动书籍，就把书烧了。我怎么挡也挡不住，还被他打了一巴掌。'啊！我大吃一惊。小王又拿出一本书对我说，这是巴尔扎克写的《幻灭》，也是一本好书，我把这本书赔偿给你，行不行。我对他说，《叶甫盖尼·奥涅金》不是我的。是我用《拿破仑传》与小袁交换着看的。我看完《叶甫盖尼·奥涅金》后，小袁没有看完《拿破仑传》，我又用《叶甫盖尼·奥涅金》交换小沈的《美国悲剧》。这时，小沈插话说，他又将《叶甫盖尼·奥涅金》交换小王的《幻灭》看。小王对我说，小春，那你说怎么办？我说，这样吧，反正书已经烧了，咱们三个人拿着《幻灭》和《美国悲剧》一起去找小袁，看看他愿意要那一本书，用我的《拿破仑传》赔偿他也行。小王和小沈一致同意。我们到了小袁家，把情况同他讲了。小袁说，《叶甫盖尼·奥涅金》也不是他的书，是他用《易卜生戏剧选》同小李交换看的。我们四个人又去小李家。小李说，《叶甫盖尼·奥涅金》也不是他的书，是他用《海涅诗选》同小何交换看的。我们五个人又去小何家。到了小何家，小何说，《叶甫盖尼·奥涅金》也不是他的书，是他用《斯巴达克司》同小杨交换看的。我们六个人又去小杨家。小杨说，《叶甫盖尼·奥涅金》是他姐姐的书，这本书是他姐姐的命根子。我们七个人都傻了。正在商量对策时，小杨的姐姐下班回来了。一进屋，发现七个小伙子愣愣地看着她，谁也不说话。小杨姐姐很纳闷，问小杨，出什么事了？小杨不敢回答。我鼓足勇气说，杨姐姐，真对不起，我们把你的《叶甫盖尼·奥涅金》毁了。小杨姐姐急忙问，谁毁的？怎么毁的？我就把详细经过对她讲了一遍。然后，又将《幻灭》和《美国悲剧》等六本书一本一本地摆在桌子上，对小杨姐姐说，我们赔偿你，这些书，你随便挑。小杨姐姐一个一个看了看我们，又一本一本地看了看书，然后摇了摇头，叹了一口气说，书不用赔了。不过，这些书你们都要借给我，我要一本一本地看。我们七个人高兴地跳了起来，手拉手把小杨姐姐围在中间，连声说谢谢！"

"真是太戏剧化了！你一下子结识了这么多朋友！"桑爽高兴地说。

吃完饭，桑爽要去洗碗，春又生说，我家总是我洗碗。春又生拿着碗筷到厨房洗碗。桑爽到院子里取回已经晒干的床单和枕巾。她先将枕巾叠好，然后等着春又生和他一起叠床单。

"你把床单和枕巾也洗了！"春又生回到屋里，

发现洗干净的床单和枕巾。

　　"来，和我一起拉平床单。"桑爽将床单的一头给春又生，自己拽着另一头，"一下一下地拉。"

　　"我妈妈洗床单时，我也和妈妈一起拉床单。"春又生随着桑爽的节奏，一拉，一松，愉快地拉着床单。

　　两个人惬意地笑着，很快将床单的皱纹拉平。桑爽走到春又生身边，将自己拿着床单的一头和春又生拿着的另一头合在一起，春又生趁机抱住了桑爽。

　　自从这一天以后，只要上早班，桑爽几乎天天下班后到春又生家，做一些家务。春妈妈别提有多高兴了，自己年纪大了，正需要人帮自己做家务呢。两家老人认为有必要见见面了，他们约好五一节休息时两个家庭一起吃晚饭。

　　五月一日，桑爽和春又生难得有一个整天能在一起。上午两人一起去中山公园芍药园欣赏了盛开的芍药花。下午 4 点钟，两人把春妈妈接到桑爽家一块吃晚饭。 两位老人一见面彼此就很有好感。春妈妈觉得桑爽爸爸是一个知书达理的人，桑梓看见春妈妈那慈目善眉的面孔，就知道她是一个心地善良的人。 四个人围坐在餐桌旁喝茶聊天，屋子里充满了热气。

　　"春妈妈，我带你看看我的家。"这是一个一室一厅一厨的套房。客厅被一个木板墙分隔间成两间，一间作为卧室。客厅虽然小了一些，但是待客、吃饭还是足够的。桑爽扶起春妈妈，领着她每个房间转了一圈。春妈妈仔细看了厨房，不住地夸奖厨房干净整齐，还有那个小烤炉。她在桑爽的房间里坐了坐，房间不大，8 个多平方，将来又生结婚有房子住了，心中暗暗高兴。

5 点了，桑梓起身做饭。春妈妈说："他桑叔叔，你坐着，我来做饭。"

"我来做，哪能让客人做饭。春妈妈，你坐着休息吧，难得休息一天。"桑梓一定让春妈妈坐下喝茶。

"我是坐不住的人，看见别人为我做饭，我心里难受。"春妈妈坚持说，"要不，我给你搭把手。"

两位老人谁也说服不了谁，就一起去了厨房。看见两位老人一见如故，桑爽和春又生都十分高兴。

桑爽对春又生说："今后，爸爸一定会和春妈妈相处得很好。"

"我妈妈无论和谁，都相处得好，因为我妈妈喜欢帮助别人。"

听见两位老人在厨房里说话，桑爽忍不住偷偷走到厨房门外。

只听见春妈妈说："又生 25 岁了，不小了。直到如今还没有正式工作。"

"工作总会有的，等两年吧。再说，爽儿还小，今年才 21 岁。过两年 23 了，又生肯定会有正式工作的。"

"要是还没有正式工作呢？"春妈妈担心地问。

"就是没有正式工作，我也为他俩办喜事。"

"住在哪儿呢?他桑叔叔，我家只有一间房子，还有个小厨房又不能住人。"

"这好说。就住在我这儿。咱们两家这么近，白天他俩在你哪儿，晚上回到我这儿睡觉。"

"那可感情好！"春妈妈高兴地合不上嘴。

听见爸爸和春妈妈在谈论自己和又生的婚事，桑爽心里别提有多高兴了。她回到餐桌边，对春又生说："你快去听听爸爸和妈妈说什么。"

"你不是听见了吗？"

"我要你再去听。"

春又生到厨房门口听了一会儿，回到餐桌旁。桑爽急忙问："他们说什么？"

"他们在交流胶东面条的作法。"

"什么？你没听见他们说咱俩的------"桑爽忽然感到害羞，不说了。

"说咱俩什么？"春又生追问。

"不告诉你！"

"那我也就不听了。"

"你不想知道？"

"想知道，你也不告诉我。"

"你不会求求我告诉你？"

"不会。愿意告诉就告诉。"

"你真坏！"桑爽还是爬在春又生的耳边小声说，"刚才爸爸和妈妈说，过两年给咱俩办婚事。"

"真的？"

"当然，不信你去问。"桑爽红着脸说。

"爽，我要对你说实话，和我结婚是有危险的。"春又生严肃地说。

"为什么？"桑爽的脸色一下子变了。

"你知道俄罗斯 12 月党人的故事吗?"

　　"知道一点。"

　　"有的十二月党人知道他们从事的事业是危险的，有可能遭到流放甚至牺牲，所以他们不结婚。"春又生说，"爽，我早晚要参加反抗毛泽东专制统治的活动，有可能遭遇不测。所以，我曾经想过。我是一个没有资格结婚的人，否则会连累家人。"

　　"那你和我好干什么?"桑爽生气了。

　　"我原本想和你做朋友，没有想到结婚。"

　　"可是你亲我了，你也发誓了。"桑爽流出了眼泪，"我知道有的十二月党人的妻子不怕千辛万苦陪着丈夫到西伯利亚流放。"

　　"如果我遭遇不幸，你会像那些勇敢的十二月党人的妻子一样和我在一起吗？"

　　"我会！"桑爽握住了春又生的手。

　　"谢谢你，爽。"春又生亲吻着桑爽的手，"我今后一定不会让你陪我受苦的。一般人总是说，不是你死就是我亡。我不是这样的人，我一定要看着毛泽东死！"

　　"吃饭了。"桑梓从厨房里端出第一道菜。

　　丰富的饭菜一道道地摆上了饭桌，四个人快快乐乐地吃喝谈笑。

　　幸福的日子总是过得很快，不知不觉一个多月过去了。

　　6月21日，桑爽下早班，匆忙赶回家，一进家门，紧张地对桑梓说："爸爸，出事了，出大事了！"

　　"什么事情？慢慢讲。"

　　"今天传达了 6·15 反革命事件，6 月 15 号，市南区和市北区的一些马路上同时出现了许多反革命标语，厂里要求所有的职工积极检举反革命分子。"

　　"什么内容？"

　　"上面是一个头戴皇冠的毛泽东头像，"桑爽在一张白纸上惟妙惟肖地画出了一个头戴皇冠的毛泽东的头像，"下面有三句话：毛泽东是现代的秦始皇，毛泽东使中国倒退三千年，打倒专制魔王毛泽东。落款是中国共产党（马列主义）"

　　"毛泽东是现代的秦始皇，毛泽东使中国倒退三千年。"桑梓沉思着。

　　"爸爸，这是你对又生说的话。一开始，我担心这些传单是又生写的。后又想到，又生不会画画。我最近经常到又生家，他下班后没有出去见朋友，一直在家里看书，不可能是他写的。"

　　"恐怕是他的朋友写的。"桑梓猜测地说，"5 点钟以后，你到车站去接又生到咱家来。"

　　"好！"

　　此后，桑梓没有再说话，默默地喝茶，沉思着。

　　坐立不安的桑爽好容易盼到 5 点 10 分，一溜烟跑出去，接春又生去了。来到车站一连等了四辆车才接到春又生。

　　"爽！"春又生在车上就看见了焦急等待的桑爽，一下车，刚忙跑过去。

　　"走，回家，爸爸找你。"桑爽轻声说。

　　"怎么？有什么事?"

　　"回家再说。"

两个人一路默默无语。

进了家门，春又生对桑梓说："桑伯伯，青岛出大事了。"

"什么事情？"桑梓问。

"是不是 6·15 反革命事件？"桑爽问。

"是的。你对爸爸讲了了吧？"

"讲了。"

"今天下午我们单位开大会要求全体职工举报嫌疑人。"

"又生哥，不是你写的吧？"

"不是，不过，我担心是我的朋友写的。"

"爸爸，也是这样猜测的。"

"又生，你的朋友可靠吗？"桑梓严肃地问。

"他们是可靠的，决不会出卖朋友和同志。"春又生也严肃地说。

"如果是这样，你去找他们的危险性有多大？"桑梓问。

"桑伯伯，找他们干什么？"

"告诉他们停止这样的危险行动，彼此尽量不要再来往。"桑梓坚决地说。

"有一定的危险，不过不大。 即便危险大，也要尽快通知他们，停止活动。""这几天不要去找他们，过几天再说。"

"好！"

"又生哥，我希望你不要做这样的事情。"桑爽拉着春又生的手恳求着。

"我不会的，时候还不到。"

一周后，春又生来到桑梓家对他说："桑伯伯，我的朋友中有几个人成立了共产党马列，是他们干的。他们说，只是给人民一个信号，给共党一个警告。他们答应暂时停止一切活动。"

一个月过去了，两个月过去了，三个月过去了，春又生、桑梓和桑爽非常紧张地度过了三个月，又生的朋友们还没有出事。不过，他们的心并没有完全放下。

年底，影响春又生命运的一件大事还是发生了。

4月份时，春又生的朋友小何、小王、小杨和小李曾经建议成立马列主义共产党，推翻毛泽东的独裁，在中国建立社会主义民主制度。春又生接受了桑梓的意见，劝说他们不要急于成立政党。一方面，毛泽东为了维护他的独裁统治，整合了从秦始皇到蒋介石的一些反动经验来对付人民的反抗，反动力量太强。如果现在成立组织，很容易遭到迫害。另一方面，人民的力量太弱，还需要积蓄力量。春又生建议首先成立一些松散的学习组织，结识更多的有志青年，等待机会。时机一到，再把松散的组织联合起来，形成一股公开的向中共宣战的力量。小王提出，想办法杀死毛泽东，就可以摧毁独裁统治。春又生说，这根本不可能。在你没有杀死毛泽东之前，很有可能是，你被他先杀死了。我们的命比毛泽东的命更有价值。不能与一个垂死的人拼命。何况，即便你杀死了毛泽东，弄不好反而成全了他，使他成为了一位烈士。就让他作为一个遗臭万年独裁者死去吧。他们没有接受春又生的建议，成立了马列主义共产党，第一次行动就是 6 月 15 日散发反对毛泽东的传单。

1970 年 12 月 27 日，星期天上午，春又生、小沈和小袁去新华书店。刚走上胶州路，阴森的警报声传来。他们站住了。一会儿，一队游街的汽车开过来，前面是持枪荷弹的军车，后面一辆汽车上压着两名死刑犯。车队走进了，他们看见了头上插着死刑牌的死刑犯竟然是小王和小李。他俩挺胸昂首，大义凛然，视死如归。小王一直高抬着头，没有看见春又生。小李看见了春又生，先是一楞，马上又昂起头，回避春又生的目光。春又生知道，他是惟恐共党便衣认出自己。春又生和小沈、小袁的眼睛里冒出了怒火，双手握拳。他们跟着游街队伍一路走着，围观的人群鸦雀无声。春又生心里想，我怎么办，怎么办？

春又生、小沈和小袁默默地看着刑车开远了，他们一声不响地来到春又生家。"怎么办？"小沈问。

"组织起来！"春又生说。

"又生，你不是反对组织起来吗？"小袁说。

"彼一时，此一时。共党以为屠杀就能够阻止人民的反抗，这是妄想！我们必须组织起来。"春又生坚决地说。

"嘭、嘭！"正在这时响起敲门声。

"谁？"春又生对小沈和小袁挥挥手，让他们沉住气。

"我，张昌辉。"

一听是朋友，三人一起冲向房门，抢着开门。

"看见游街了吗？"张昌辉第一句话就问。

"我们看见了。正在讨论怎么办。"小袁说。

"我刚下火车就看见了押解小王和小李的刑车，一直跟着到了市立医院。我们必须为他们报仇。" 张昌辉握紧拳说。

"对，报仇雪恨！"

"张昌辉，你这次出差得到什么消息没有？" 春又生问。

"我就是来告诉你们一个绝对重要的好消息的。"张昌辉神秘地对说。

"什么好消息？"

"北京、天津等很多地方不仅有共党马列组织，还有一些地下读书会组织。"张昌辉兴奋地说。

"读书会的宗旨是什么？" 春又生惊讶地问。

"言论自由、结社自由和选举自由是人民最基本的民主权利，为争取人民的民主权利而奋斗，为反对共产党独裁而斗争！"

"好！这才是真正的人民组织！"春又生兴奋了，"我虽然同情共产党马列，但是我不会参加，因为我不信任马列。 我们要抛弃马列，抛弃毛泽东，抛弃共产党，青岛也应组织读书会，我们设法与各地的读书会联合起来。"

"又生，你终于同意参加组织了！"张昌辉握住了春又生的手。

"对，我要参加！是时候了！"春又生对小沈和小袁说，"我建议暂时我和张昌辉两个人组成青岛读书会。为了保存青岛的力量，小沈和小袁就不要参加了，还是和以往一样，广结朋友，组成松散的朋友组织，等待革命的时机。"

中共处决青年反革命的事情，在青岛很快就家喻户晓了。星期天上午，桑爽和爸爸就知道了这件事情后，他们心中不安，会不会牵扯到春又生？下中班后，桑爽听爸爸说又生今天没有来，她急了，跑到春又生家，春又生不在，春妈妈下中班刚刚到家。

"爽儿，怎么了？出什么事了？看你一头汗。"

"春妈妈，又生呢？"

"我下班回来就没有见到他。"

"又生今天一天没有去我家。"

"上午，小沈和小袁来找生儿，他们一起去了书店。后来回到家，小张又来了。他们几个嘀嘀咕咕在说什么，我也没有听见。中午他们几个在这里吃了饭继续谈事，我上班去了。"

又生出事了，又生出事了，这个念头总是在桑爽的脑子里转，她六神无主，在房间里转来转去。

"爽儿，告诉我，什么事情，看把你急成这个样子？"春妈妈紧张地问。

"春妈妈，您听出今天游街的事了吗？"

"听说了，说是枪毙了几个反革命。"

"我担心————"

"担心什么？"

"担心共产党乱抓人。"

"不会，又生整天在家里学习，怎么会————"春妈妈自己也说不下去了。

桑爽累了，在写字台前坐下，发现一本书的下面压着一张字条：

"妈，我有急事，出去几天，别担心。桑爽来时，告诉她。儿 又生 即日"

"春妈妈，又生留下一张纸条。"

"我看看。"春妈妈看过纸条后对桑爽说，"又生会有什么急事呢？"

"又生有什么急事，说走就走，班也不上了。"桑爽生气地说。

周一、周二，一直到周五，又生一连 5 天没有回家。桑爽上午在春又生家里等。一下中班又去春又生家听信。春妈妈、桑爽和桑梓几天几夜坐立不安，他们想，春又生一定出事了。

周五是 1971 年元旦，也是桑梓 60 岁大寿。春妈妈下午来到桑爽家，帮着桑梓做好晚饭，一家人呆呆地坐在饭桌前，竖起耳朵听着门外的脚步声，眼看着挂钟过了 7 点，过了 8 点，过了 9 点。

"到底出了什么事？生儿，你还不回家？你让妈妈---"春妈妈忍不住哭了。

"哇，又生哥---"春妈妈的哭引起了桑爽一阵大哭。

桑梓没有劝说母女俩，他的心一阵疼痛。

10 点多了，不见春又生身影。三个人一口饭也没有吃，桑爽把春妈妈送回家。回到家中，只见爸爸一个人闷头喝茶，霎时间，桑爽觉得爸爸老了，她忍不住又哭起来。

1971 年元旦这天晚上，春妈妈、桑梓和桑爽一宿没睡，睡不着的肯定还有小王和小李的父母，还有那些被共党迫害的人----。中国 7 亿人口中，有多少人能够安然入睡？他们在期盼着自己的亲人能够侥幸躲过共党的迫害，他们更在诅咒着一个恶魔，他们诅咒毛泽东这个恶魔早一点死去，也许中国人就能够安然入睡了。

1 月 3 日清晨 7 点多，迷迷糊糊的桑爽听见敲门声。她急忙从床上跳下来，跑到门口颤声地问："谁？"

"爽，我。"春又生疲惫的声音。

桑爽急忙打开门，看见满脸憔悴的春又生，扑到他的怀里大哭起来。桑梓起床，看见春又生，他几乎不相信自己的眼睛，春又生回来了。桑梓连忙把两人拉进屋里。

"这一个星期，你到哪里去了？"桑梓严肃地问，桑爽也不哭了。

"我去北京了。"春又生平静地说。

"去北京？干什么？"桑梓惊异了。

"我去北京与一个'中国读书会'组织联系，这是一个争取人民权利，反对共产党独裁统治的组织。"

"又生哥，你为什么不事先对爸爸讲？"桑爽愤怒地说。

"来不及了，我 27 号坐火车，第二天赶到北京与联系人见面。本来准备过两天就回来，谁知事情特别多，一直忙到昨天。我这是刚刚下火车就来了"

"中国读书会是一些什么人组成的？你在北京和他们一起干了些什么？"桑梓问。

"主要是一些反对共产党的年轻人组成的。我和他们讨论了读书会的纲领、组织原则，还有活动策略。"

"你先回家看看你母亲，她已经好几天没有睡觉了。过一会儿再来，我们要好好谈一谈。"桑梓命令道。

"我和你一块去，省得春妈妈骂你。"说完桑爽回房间穿衣服。

"又生，你很不负责任，你让你妈妈还有桑爽为你担心，为了你自己，你不顾一切，根本不考虑你的亲人的感受。"桑梓对春又生十分不满。

"桑伯伯，我不是为自己---"春又生感到委屈。

"别说了，先回家吧！"桑梓严厉地说。

"爸爸，别说又生了，他自己一定也很难受----"穿戴整齐的桑爽推着春又生出门了。她紧紧地拽住春又生的胳膊，仿佛生怕他再跑了。

路上，桑爽对春又生说："又生哥，你不知道春妈妈这几天多着急，还有爸爸，我发现就是这几天，他们又多老了好几岁。"

"对不起，爽，我知道你们肯定在为我担心。"春又生十分歉意地握住桑爽的手。

"昨晚是爸爸的 60 大寿，你为什么不赶回来？"

"对不起，实在赶不回来。我在火车上还在想象你们一定在家里等我吃饭。"

"可是你知道吗？春妈妈还有爸爸和我，一口饭也没有吃！"桑爽用力掐着春又生的胳膊。

"对不起，都是因为我---"

"想我没有？"

"嗯---"

"没想，是吧？我就知道---"桑爽忍不住地哭了，"你不知道人家---"

"对不起，爽，不是一点没有想，只是光忙着谈事情了，想得少了。"

"以后，你会光忙着做你的事情，把春妈妈、爸爸，还有我都忘记！" 桑爽狠狠地说，"痴心女子负心郎，你是个负心郎。"

"我不是负心郎，你们都是我的亲人，我怎么会忘记你们呢！"

"你一个星期没有到中山公园上班，他们不会开除你吧？"

"我让小沈到公园给我请假了，明天就去上班。"

打开房门，春妈妈坐在床上，看来一晚上没有睡觉。

"妈！"春又生赶忙走上前。

春妈妈看见春又生，顺手拿起一把扫床的小扫帚，朝着春又生就打去："你这个坏孩子，你到哪去了？你让一家人为你担心，为你不吃不喝？"

"妈，对不起，对不起---"春又生没有躲闪。

"别打了，别打了，春妈妈，又生哥不是好好地回来了吗？"桑爽连忙拉着春妈妈的手。

"打死他，看他今后还敢不敢！"春妈妈哭着对春又生说，"你对得起谁？你对得起你桑叔叔吗？你对得起爽儿吗？"

"妈，对不起，对不起---"春又生也流泪了。

"快洗脸去，看你这个脏样儿。"桑爽推着春又生到厨房洗脸。

"爽儿，锅里有饭，你再热一热，一起吃。"春妈妈在身后叮嘱。

春又生在洗脸，桑爽一边热饭，一边对春又生说："打得好！真解气，看你以后还敢不敢了！"

"好了，别说了。"春又生抱着桑爽用嘴巴堵住了桑爽的嘴巴。

两个人仿佛经历了生死离别，尽情地吻着。春又生抚摸着桑爽，桑爽呻吟着，他俩几乎无法克制性冲动。

吃完早饭，春又生和桑爽回到观海路家里，桑梓正襟危坐地坐在家里等着春又生。

"坐下，又生。"桑梓严峻地对春又生说。

"爸爸，你怎么了？你的样子好可怕。"桑爽拉着春又生坐下。

"又生，我认真地对你说，在目前的情况下，我反对你参加任何组织。"桑梓严肃地说。

"桑伯伯，我能理解。"

"其实，你还是没有理解。"桑梓耐心地解释，"第一，你已经看到了一个严酷的事实，你的朋友被镇压了。共产党不允许任何反对派存在，无论是老的托派，还是新的打着马列旗号的共产党派别，他们都会毫不留情地屠杀。像读书会这样的反对党，他们更是要铲草除根。"

"野火烧不尽，风吹草又生！"春又生冷静地说，"朋友们说，他可以杀我们，我们也可以杀他！"

"我已经对你说过，你们不可能杀死他！他握有武器，你们只能白白地送命！即便杀死了他，弄不好反而成全了他，使他由一个刽子手变成了民族英雄。"桑梓说，"孩子，你的手上不能再沾上鲜血，告诉你的朋友们，中国人不能再沾染献血。要让人民审判他，也许他活着的时候做不到了，但是总有一天他会受到历史审判 。"

"难道英雄的鲜血就这样白白地流了不成！"

"历史就是这样，英雄的鲜血培育了文明之花。"

"桑伯伯，我实际上同意你的意见。在北京，斗争的手段是我们讨论的重要内容。我就对朋友们讲，我讨厌流血的革命，我反对暴力革命，只要中国人依然在崇尚暴力，依然在用暴力解决问题，中国就永远不能从暴力中走出来。"

"好，既然这样。为了避免惨遭屠杀，你们现在就没有必要成立组织，要待机而为。"

"可是，如果时机来了，我们再成立组织，时机恐怕就会过去。再说，没有组织来促进反抗斗争，时机什么时候会来？桑伯伯，这就是北京的朋友们主张成立组织的原因，应该促进革命时机的到来。"

"在中国，如果人为地促进时机的到来，往往就会发生流血的代价。还是建立松散的组织，等待多数人的觉悟吧，不要给专制政权提供屠杀的机会。"

"桑伯伯，我们以读书为名义组织起来，有一定的保护性。再说，我已经加入了。"

"这么说，又生，你不准备退出。"桑梓很是失望。

　　"桑伯伯，我既然加入了，就会参加战斗。当然，我会说服朋友们不要盲动，坚决杜绝无谓的牺牲。"

　　"只要你们展开活动，恐怕共党奸细就会察觉，谈何避免牺牲。"

　　春又生无话可说。桑爽紧张地看着他们，一句话也不说。

　　"以上是我要说的第一点。"桑梓继续劝说春又生，"第二，退一万步讲，你们胜利了，没有牺牲，夺取了政权，你们扪心自问，你们这些人能治理好这个国家吗？是像共产党这样，盲目地认为一切社会罪恶都是私有制造成的，于是强行推行公有制，还是你们再倒过来，强行推行私有制吗？"

　　"桑伯伯，您说得对，这正是我们在北京争论的最大问题，我们对如何来建设一个自由、民主、富强的中国。大家争论不休，没有形成一致的意见。我想，这正是我要研究的问题。"

　　"好，第三，再谈你个人。"桑梓继续耐心地劝说春又生，"又生，你是一个学者型的男人，做学问，你可能会取得成绩。你不是一个行动型的男人，参加革命组织，进行地下活动，你很容易被人识破，你是一个不会掩饰自己的人。"

　　"又生哥，爸爸说得对，你的心思都在脸上，你根本不可能成为一个地下工作者。这样是很危险的。"桑爽劝说春又生。

　　"爽，我会注意的。"春又生握着桑爽的手说。

　　"这么说，又生，你一意孤行了。"桑梓见说服不了春又生，脸色变了。

海盟

　　"桑伯伯，我知道您是爱护我。可是，我已经加入了，就不能退出了"

　　"如果你出事了，你的妈妈怎么办？　你考虑了没有？还有桑爽呢？"桑梓做最后的劝说。

　　"我---"春又生无话可说。

　　"又生哥，你就没想到春妈妈，没想到我？"桑爽拉着春又生的手。

　　"苏格拉底说过：'如果正义遭人诽谤，而我一息尚存有口能辩，却袖手旁观不上来帮助，这对我来说，恐怕是一种罪恶，是奇耻大辱。'爽，我曾经发誓不辜负你！但是我现在做不到了，我已经参加了一个组织！我只要参加了，就要负责任。我知道我很危险。我不愿意牵累你！"春又生难过地说。

　　"孩子，你已经丧失理智！也许我老了，整整一周没有见到你，我心想，难道我失去了你。1957年，我曾经劝说桑爽妈妈不要乱讲，她不听，结果，现在你又 ---，我实在经受不了这种生死等待了，我也不能让爽儿再过这种痛苦的生活了。是做一个前途无望的革命者，还是做一个冷静的历史研究者，你选择吧！又生！"桑梓下了最后通牒。

　　"桑伯伯，把我当作你的一个儿子吧，爽，把我当作你的一个哥哥吧。"春又生感动了，他一只手拉着桑梓，一只手拉着桑爽，"我已经无法退出了。"

　　"既然这样，你就离开我们的生活吧。"桑梓甩开了春又生的手。

　　"爸爸，我离不开又生哥。"桑爽忽然跪在爸爸面前。

“爽儿，你能离开爸爸？”

“又生哥，我不能离开爸爸，你听爸爸的话，退出吧！”桑爽转过身来对春又生说。

“爽，起来，不要这样。----”春又生痛苦地拉着桑爽。

“啊，你们都不管我，哇----”桑爽忽然绝望地大哭起来。

桑爽的哭声撕裂了两个男人的心。

“对不起，爽，对不起。”春又生泪流满面，强行把桑爽抱起来。

“又生，回家吧，我希望你再认真地想一想。”桑梓说。

“好的。”春又生站起来。

“不要走，又生哥。”桑爽拉住春又生。

“桑爽，放手，让他走！”桑梓忽然大声说。

桑爽吓得松了手，春又生一声不响地走了。

“爸爸，你不要又生了？”

“爽儿，是又生不要我们了。他宁肯去冒险，去牺牲。他不考虑你的幸福。”

“可是，又生是为了大家啊！”

“为什么不能既做到为大家，又做到为自己的爱人呢？”

“爸爸，可是这样做是很难的。”

“爽儿，你选择吧，即使你离开爸爸，爸爸都能接受。”

“爸爸，越是这样我就越不能离开你。你再和又生谈一次吧。”

　　“爸爸答应你，再和又生谈一次。”桑梓实在是心痛自己的女儿。

　　晚上，桑爽把春又生拉到自己家中。一路上一直劝说春又生好好和爸爸谈，不要惹爸爸生气。

　　桑梓给春又生倒满一杯茶水，和蔼地说：“又生，我们来分析一下目前与共产党斗争胜算的概率有多大吧。你看，共产党牢牢地正握着军队，这是一支强大的镇压力量。还有，中国有世界上数量最多的文盲，七亿人口中有六亿多是文盲，这更是一支盲目的破坏力量。文盲是中共独裁的基础，只要中国还有这么多的文盲，就永远是共党的天下！这是一个残酷的现实！孩子醒醒吧！什么时候，这些文盲变成了有知识的人，那时候才是中国摆脱专制的日子。6亿文盲哪年哪月能够脱盲？孩子，我看不到希望。”

　　“桑伯伯，您说的是有道理的，可是如果不斗争的话，就将永远没有希望了！”

　　“斗争的结果呢？毛泽东集中了从秦始皇到蒋介石的一切镇压手段，你们胜不了。只能无谓地牺牲。你看看黄花岗，你看看雨花台。死了这么多青年，中国怎么样了？中国还是这个样子，甚至更坏了！又生，不要轻举妄动，不要称匹夫之勇，如果你年纪轻轻就被中共杀死，那你就输了。”

　　“难道我们只能等待吗，等待就是在屈辱中等死呀！”

　　“我们可以过自己的生活。读书，书写这段历史。”

　　“这样的生活幸福吗？”

"我们一家的欢乐就是幸福！"桑爽插话说。

"难道就这样对毛泽东的飞扬跋扈视而不见吗？"

"你是一个适合搞研究的人，你不适合做地下工作。不为玉碎宁为瓦全，是错的。玉碎了，剩下的都是瓦，中国只能更糟。30多年前，我的岳父曾经劝说我，不要跟着共党走。我不听。他不让桑爽妈妈跟我走，她也没有听，结果呢，她惨死在共党手中。"

春又生："我们这一代不会这样了！"

"你怎么证明呢？用生命吗？又生，能够当一个学者，记录下这一切留给后代，这比无谓的牺牲不是更好吗，为什么要做无谓的牺牲。孩子，你的个性不适合于搞政治，听我的话！"桑梓几乎在哀求春又生。

"桑伯伯，您别这样，我心里难受，我觉得对不起您。"

"那你就听爸爸的话。"桑爽说。

"我当然想听桑伯伯的话，可是我于心不甘。再说，我已经退不出来了！"

桑梓不说话了，不再劝说春又生了。桑梓、桑爽和春又生都处于痛苦之中。

一连几天，春又生没有到桑爽家来。桑爽晚上要到春又生家去，桑梓不允许。桑梓对桑爽说，必须对春又生施加压力，如果他不退出读书会，就坚决不同他来往。桑爽苦苦哀求爸爸再和又生谈一谈。桑梓说，如果春又生来，我还会和他谈一次。周四下午，桑爽要到车站去接春又生，桑梓坚决不允许。他对女儿说，如果又生心里还有你，他自己会来。

晚上7点，春又生终于来了。桑爽着急的心放下了，桑梓也感到欣慰。桑爽连忙给又生倒茶。春又生坐下来，非常歉意地看着桑梓和桑爽。此时，父女二人发现春又生脸色憔悴。桑梓感到心疼，桑爽感到心慌。

桑爽拉着春又生的手紧张地问："又生哥，你病了。"

"没有，只是几个晚上没有睡好觉。"春又生忽然眼含热泪，诚恳地对桑梓和桑爽说，"桑伯伯，桑爽，我这几天晚上睡不着觉，一直在想，桑爽说得对，我们在一起就是幸福！可是，我----怎么能够对我的朋友讲，为了自己的幸福，我要退出。我无法面对他们。"

"又生，你应该知道，我并不反对与共党作斗争。只是，我们要把握时机。我认为，在目前的社会条件下，不宜成立正式组织，很容易遭受共党的迫害。我曾经对你讲过，子谓南容，'邦有道，不废；邦无道，免於刑戮。'以其兄之子妻之 。孔子说称赞南容非常懂得处世。国家政治清明时，可以出来做事；国家政治昏暗时，一定要小心避免遭受刑法杀戮。又生，今日中国正处在乱世，处世一定要谨慎，组织斗争更要讲究策略，勿做无谓牺牲之事。牺牲不能解决任何问题。如果你莽撞行事，无谓地去死，我怎敢把我的女儿嫁给你！"桑梓拉住了春又生的手，竭力说服他，"又生，共产党，尤其是毛泽东比你想象的要坏一万倍。我为什么能够活下来，就是因为我知道共党的一切卑鄙手段。我为什么没有被打成右派？因为我牢牢记住了延安整风运动，尤其是对胡风的镇压和迫害。1957年反右时，我无论怎么劝说桑爽妈妈，她不听。从北大回来后，她要加入战斗！是时候了！结果呢？中国的时候还早着呢。只要中国的文盲占人口的多数，中国就不会改变专制统治模式。从1949年开始，几乎每年都搞运动，而且越来越猖狂，中国历史上最残酷的乱世开始了，不知还要延续多长时间。宁为玉碎，不为瓦全，今天的中国又怎么样了呢？玉都碎了，剩下的都是瓦。与封建势力做斗争，是一件长期的事情。爱惜生命，努力学习，积蓄力量，是目前唯一可做的。"

"桑伯伯，您说得对。也许是小王和小李的死使我头脑发热，但是我已经参加了，我怎么能够退出？"

"这么说，你还是没有把桑爽的幸福放在第一位。如果你一意孤行，那就请你离开桑爽吧，我不愿意让我的女儿跟着一个亡命之徒过着提心吊胆的生活。"桑梓失望了。

"桑伯伯，我，我已经没有退路。既然加入了读书会，我就要担负起我的责任。为了不连累您和桑爽，我---"春又生说不下去了。

"那好吧！"桑梓站了起来。

"爸爸，又生哥，你们俩怎么啦？"桑爽吓得大哭起来。

两个男人沉默了

又是一次不欢而散。桑爽送春又生到门口。

"又生哥，我理解你。不论你退不退出，我都不离开你！”桑爽看着春又生的眼睛深情地说。

春又生流泪了，他感动地说："其实，桑伯伯是对的。但是，我已经走上这条路了。爽，把我忘了吧，我不能让你跟着我整天提心吊胆地生活。"

"我怎么能够离开你！又生哥，你能离开我吗？"

"说实话，不能！可是我已经参加了，我出不来了。我不知道胜利的概率有多大，但是我必须走下去，那怕是牺牲！你和爸爸好好的活着吧。爸爸只有一个，朋友和丈夫还可以选择，忘记我吧。"春又生抱住了桑爽。

"又生哥，我不能，无论你干什么，我都支持你，无论你将来如何，我都和你在一起。我来说服爸爸！"桑爽坚决地说。

送走春又生，桑爽回到家中，只对桑梓梓说了一句话："爸爸，无论又生退不退出，我都不离开他！"说完，头也不回地到厨房洗漱，然后回到房间睡觉。不再同桑梓说话，以示她的决心。

第八章

　　白天，桑爽上早班去了。桑梓从来没有感到这样孤独。桑爽妈妈离世后，桑梓一直感到孤独，在青岛，没有亲戚，没有朋友，父女俩孤独地生活着。他一直期望退休后能够重新回到无锡老家生活，生活在亲戚朋友中间就不会孤独了。认识春又生后，家里孤独的气氛似乎一扫而光了。现在，春又生固执的态度告诉桑梓，春又生终将离开桑爽，离开自己，孤独已经再次来临。现在已经退休了，是否按计划回到无锡去。桑爽愿意跟着自己回无锡吗？桑梓知道自己的女儿是离不开春又生的。怎么办？

　　桑梓想起自己的名字源于诗经小雅中的诗句"维桑与梓，必恭必敬。"是说家乡的桑树和梓树是父母所栽，对它们要尊重。名字是父亲起的，自然是让桑梓成人后勿忘家乡，勿忘父母。 可是，自 1941 年离开家乡，一别就是 10 年。1951 年回家乡，父母和岳父都已经离开大陆。这一晃，又是二十年过去了。经过几天的思考，桑梓决心回到无锡去，只有回到无锡开始新的生活，才能使桑爽离开春又生，只要在青岛，桑爽就永远不可能离开春又生。

　　桑梓提笔给无锡的亲戚写信告知他们自己的打算。亲戚很快回信表示欢迎。

　　于是，桑梓又给青岛市革委会写了报告。

　　一切准备完毕，桑梓告诉桑爽回无锡的决定。

　　"我不去无锡！"桑爽坚决不同意。

　　"那就爸爸一个人回无锡。"

“不行！爸爸，你不要回去。”

“爽儿，咱们父女俩在青岛举目无亲，爸爸老了，累了，回到无锡，爸爸有自己的儿时同伴，你也有一些姨表姑表兄弟姐妹，到无锡去吧。”

“爸爸，又生怎么办？”

“只有两种选择，要么你跟我回无锡，要么你留下，我一个人回无锡。”

“爸爸，你怎么这么狠心！你明明知道我离不开又生。”

“你也应知道，又生没有把你放在第一位，而且使你处于一个危险的地位。”

“可是无论如何，我都离不开又生。爸爸，从我第一次看见又生，我就知道他是和我生活一辈子的人。爸爸，你放过又生吧，让他干自己要干的事业去吧。”

“那你怎么办？你想没有想过，又生自身处于危险中，你们的生活时时刻刻都将处于危险中。如果又生遭遇不幸，像你的妈妈一样，你愿意像爸爸一样，将来带着你们的孩子也过着孤独的生活？”

“爸爸，不会的，我和又生不会的。”

“你怎么知道不会的呢？中国这样的家庭还少吗？”桑梓生气地说，“从今天起，如果春又生不承诺退出读书会，你就不能再和他见面！”

为了阻止桑爽和春又生联系，桑梓每天在观海路和观象路口等着桑爽下班。看见桑爽就直接把她带回家。这样除了上中班，春又生去接桑爽时，他们可以短短地见一面，其他时间没有办法见面了。

桑爽上中班，春又生像往常一样去接他。桑爽对春又生说："又生哥，爸爸每天早晨去买菜。你星期天早晨可以来。"

"我怎样知道桑伯伯出去买菜了？"

"爸爸要是取出买菜了，我就在朝向院子的窗户上贴上个塑料粘贴挂钩，只要你看见窗户上贴上了塑料粘贴挂钩，你就可以进来。"

"我知道了。"

下了车，快到观海路和观象路口的地方，为了不让桑梓看见春又生，他们分开走。桑爽走在前面，春又生在后。等桑爽跟着桑梓走进观海路了，春又生再回家。

星期天早晨，吃完早饭，桑爽对爸爸说："爸爸，你怎么还不出去买菜。"

"一会儿就去。"过了一会儿，桑梓拿着菜篮子走出家门，心里总觉得有点奇怪。平常，爽儿根本不关心我什么时候出去买菜，为什么今天催我？ 桑梓走出大门，又回到院子里，发现自家朝院子的窗上贴上了一个塑料粘贴挂钩。老地下工作者桑梓知道怎么回事儿了。桑梓又走出院子，走了一段距离，然后回身隐藏在一棵树后观察观象路方向。不一会儿，他发现春又生匆匆走来。桑梓没有回去阻止春又生，他不忍心阻断两个小儿女的恋情。可是，如果春又生不让步的话又不能听任他与桑爽再接近。怎么办？

春又生进了院子，发现桑爽家朝院子的窗上贴上了一个塑料粘贴挂钩，便放心地进了家门。桑爽早已等在门里。两个人立刻拥抱起来。亲热了一会儿，春又生说："爽，我不能退出，桑伯伯不愿让步。怎么办？"

"别担心，爸爸总会让步的。"

桑梓故意晚回来一会儿，好给两个小儿女多一点时间。走进院子里，发现朝院子的窗上没有了塑料粘贴挂钩，于是他进了家门，假装什么也不知道。

桑爽几乎不来了，春又生几乎不去桑爽家了。春妈妈感觉不对。

"生儿，爽儿为什么最近不到咱家了？你也不去了？"

"嗯————"春又生无法回答。

"你和桑爽闹矛盾了吧？"

"没有。"

"那你就是惹你桑叔叔生气了。"

春又生没有回答。

"你是怎么惹你桑叔叔生气的？告诉妈。"

"妈，你不懂。"

"妈怎么不懂。不管怎样，桑叔叔是长辈，你错了就要去道歉！"

"妈，我没错。"

"难道是你桑叔叔错了？"

"桑伯伯也没错。"

"谁都没错，可就是不来往了！"春妈妈生气地说，"生儿，我告诉你，你必须去你桑叔叔哪儿认错。"

"妈，你不知道————"

"妈知道，爽儿是个好孩子，你要是丢了爽儿，你要后悔一辈子，妈一辈子也不原谅你！"

星期四晚上，春妈妈逼着春又生带她到桑爽家。

春妈妈一进门，桑爽就扑过来抱着她就哭起来。春妈妈抱着桑爽心痛地说："别哭了，爽儿，都是生儿不好。"桑梓赶紧招呼春妈妈坐下。

"生儿，赶快向你桑叔叔道歉。"春妈妈一面命令春又生道歉，又对桑梓讲，"他桑叔叔，生儿年轻，你原谅她，别将两个孩子分开。"

"春妈妈，又生没有做错什么，不用道歉。"桑梓回答。

"那为什么爽儿不到我家去了？"春妈妈一边说着，一边为怀中的桑爽擦眼泪。

桑梓自然不能说出春又生参加读书会的事情，只好将回无锡的事情说出来："春妈妈，我和爽儿在青岛没有亲戚朋友，我一直有一个心愿就是退休后回无锡家乡。现在我退休了，正在办理回无锡的手续，爽儿有正式工作，我可以把她调到无锡的一个单位里工作。又生没有正式工作，就没有办法调动。两个孩子总不能长期分开吧。"

"他桑叔叔，生儿和爽儿结了婚，咱不就是亲戚吗！你是嫌弃生儿没有工作又反悔了吧？"春妈妈不高兴了。

"春妈妈，你看我是那种人吗？这样吧，如果又生愿意跟我到无锡，我想办法给他解决工作问题，但是首先答应我一个条件！"

"什么条件？又生快答应，快答应。"

又生自然不能答应桑梓的条件，却没有办法对妈妈说，只好说："妈，我怎么能够去无锡呢?你怎么办，我能把你一个人留在青岛吗？"

"怎么不能，妈一个人能过，也不是七老八十的。"

"妈，我不能和你分开。"春又生不答应。

"又生，只要你答应我的条件，你妈妈退休后，也可以到无锡住。"桑梓又对春妈妈讲，"春妈妈，无锡是个好地方，有山有水，还有太湖，是个鱼米之乡，不比青岛差。"

"好啊！好啊！生儿，快答应你桑叔叔。"春妈妈喜出望外。

"妈，我不能----"

"好啊！生儿，我就知道是你的事，你桑叔叔是读书达理的人，爽儿是个好孩子。是你，是你要和爽儿分手的吧？"

"不是---"

"不是，那是什么？"

"春妈妈，你别逼又生了，他有难处。"桑爽连忙说。

"有难处，说出来听听，大家一起解决。"春妈妈逼着春又生。

春又生无法说。

"生儿，生儿，你要气死我！"春妈妈一股心火冲头昏过去了。

"春妈妈!,春妈妈！"桑爽慌乱中哭起来。

"妈，妈!"春又生也非常害怕。

"别紧张，爽儿，到厨房将毛巾沾湿，拿过来覆在春妈妈头上。”

桑爽赶跑进厨房。

“桑伯伯，不要对我妈妈说读书会的事情。”春又生叮嘱桑梓。

“我知道。”

桑爽不断地用冷湿毛巾擦春妈妈的头，她醒过来了。

桑爽把春妈妈抱在怀里说：“春妈妈，又生哥答应了，答应了。”

“你答应了，生儿？”

“答应了。”春又生害怕妈妈再昏厥过去，只好点头。

春妈妈这才放心了，她对桑梓说：“他桑叔叔，时间不早了，我明天上早班，我要回去了。”

“妈，我也回去。”

“春妈妈，我送你。”桑爽搀着春妈妈走出门外。

“回去吧，爽儿，快送到家了。” 送到观海路和观象路路口，春妈妈对桑爽说。

“我送您到家，我好几天没有来了。”桑爽偎依在春妈妈身边，像一个乖乖女。

进了家门，桑爽看了看春妈妈的床，又看了看又生哥的隔板床，对桑妈妈说：“春妈妈，床单要换了，我明天早晨来洗。”

“不用，爽儿，明天我下班回来洗。”

春妈妈去厨房洗漱，春又生赶紧抱住桑爽亲吻：“爽，你不生我的气吧？”

"不生气，我知道男子汉应以事业为重。不过，爸爸总是反对怎么办？"

"咳。"春又生没有主意了。

"别叹气，总会有办法的。"

春妈妈进房来，看一一对小男女谈得正欢，很是高兴："我先睡了，你俩说话吧。"

"春妈妈，我也要回家了。您睡吧。"

"生儿，送送爽儿。"

事情就是这样僵着，很快到了春节。桑梓在春节前收到了青岛市革委会的批复，并开具了与无锡市革委会相关部门的党政关系介绍信函。桑梓一家回无锡是铁定的了。春又生的事情也必须解决了。

1月27日，正月初一。春又生一早就来给桑梓拜年。桑爽高兴地把春又生迎进家里，桑梓显得不冷不热。

"桑伯伯，前几天，北京来人，向我传达了读书会1月初开会讨论的一些内容。我有了一个想法，想同您谈一谈。"春又生对桑梓说。

桑梓没有回答谈还是不谈，只是坐着喝茶。

"谈吧，谈吧。"桑爽催着春又生谈。

"读书会内有相当一部分人依然相信马列，认为毛泽东是假马列，如果真正按照马列主义去治国，中国就会富强，人民就会幸福。说实话，既然苏共和毛共都是独裁统治者，说明马列主义本身一定有问题。所以，我反对将马列主义作为读书会的信仰和指导原则。另外，读书会里还有不少的人主张暴力推翻毛泽东的独裁统治。桑伯伯，我坚持您的主张，中国人应该从暴力革命的阴影中走出来。"看见桑梓在听，春又生继续说，"桑伯伯，您知道我刚刚加入读书会，实在无法马上退出。但是，如果读书会把马列主义作为读书会的信仰和指导原则，并采用暴力革命的手段，我将坚决退出读书会。桑伯伯，您能不能给我一点时间，让我说服他们建立新的指导原则，坚决反对暴力，并且不盲动，像您要求的那样，爱惜生命，努力学习，积蓄力量，那么，就有可能建立一支力量。如果在这段时间内说服不了他们，我一定马上退出。我答应您，从此以后一心做学问。"

"事情不会像你想象的那样容易，他们就那么容易说服吗？"桑梓终于说话了。

"桑伯伯，能不能给我一个努力的机会，我们应当珍惜这股力量，不能让他们很快地被中共扼杀了吧。"

"好吧，我给你一年的机会。"桑梓答应了，"不过，你不许暴露，不许发生任何意外。"

"桑伯伯，谢谢您。"春又生如释重负。

"爸爸，你真好！"桑爽也没有想到爸爸竟然同意了。

"又生，我相信你会小心的，但是我也不能低估中共的狡猾。为了以防万一，也为了不使你分心，我还是要和桑爽回无锡。"桑梓的打算是，如果春又生平安退出，则皆大欢喜。如果春又生还不退出的话，两个小男女长期不在一起，分离的痛苦可能小一些。

"爸爸，——"桑爽不满意了。

"爽儿，必须听话！要想以后长长远远的，现在就必须小心翼翼。"桑梓不容置疑地说。

"爽，你忘了，两情若是久长时，又其在朝朝暮暮！"春又生也劝说桑爽。

桑爽极不情愿地同意了。

事情有了结果，桑梓很高兴，对桑爽说："爽儿，去给春妈妈拜年。"又对春又生说："又生，对你妈妈说，今晚来家吃年饭。"

"好！"两个人痛快地答应了。

桑爽进了门，朝春妈妈妈鞠躬说："春妈妈，过年好！"

春妈妈高兴地合不上嘴："好，好！"说着把桑爽搂在怀里。

邻居们陆陆续续来拜年了，所有的人都祝贺春妈妈有了这么个好媳妇，春妈妈的脸笑开了花。

春妈妈催着春又生带着桑爽给邻居们拜年，春又生有点害羞，桑爽大大方方地跟着春又生挨家挨户地拜年。

晚上，春妈妈和春又生到桑爽家吃年饭。桑梓对春妈妈说，我们还是先搬回无锡，让又生陪你到退休，然后再一起搬到无锡去。春妈妈虽然不满意，但是无可奈何地同意了。

"爽儿，来，戴上。"春妈妈从怀中拿出一个金戒指，"春妈妈没有别的好东西给你，就把这个金戒指送给你，虽然现在不兴戴金戒指了，可是妈妈我实在没有别的东西表示我的心意。"

"爸爸，---"桑爽当然知道春妈妈赠送金戒指的含义，有点害羞地看着桑梓。

"收下吧，这是你春妈妈的心意。"桑梓对女儿说。

看见桑梓同意女儿收下金戒指，春妈妈将金戒指戴在桑爽左手的无名指上，高兴地说："他桑叔叔，今天就是爽儿和又生的定亲日了。"

"是的，从今天起，我们就是一家人了。来，喝酒庆贺！"桑梓举起酒杯。

春妈妈高兴地举起酒杯，桑爽和春又生也举起了酒杯。

"干！"桑梓一饮而尽。

春妈妈和春又生随之也一饮而尽。桑爽喝了一小口，这是她生平第一次喝白酒。

"爽儿，喝一口就行了，不要干杯了。"桑梓爱惜女儿。

"对，对，别喝醉了。"春妈妈连忙劝桑爽。

"不，我要喝完。这是我和又生哥的---"桑爽不好意思说出"定亲酒"三个字，一口气喝光了杯中酒。

春节期间，桑爽老家来人了。 他们带来了家乡的情况，亲戚们的生活状况。想到可以在无锡与那么多的表兄弟姐妹见面，桑爽很高兴。 但是，想到一旦到了无锡，将有一年的时间见不着又生哥，桑爽就再也高兴不起来了。

2月5号正月初十，桑梓动身去无锡办理自己的工作关系，联系桑爽在无锡的工作单位，以及安排好在无锡的住房。无锡的一切事情准备妥当之后，再将青岛的家搬过去。

临走前，当着桑爽的面，桑梓郑重其事地对春又生说："又生，我可能在无锡要用十天左右的时间才能办完一切手续，这个期间你要照顾好桑爽。"

"桑伯伯，我会的。"

"不过，---"桑梓犹豫了一下，还是对两个孩子说出来了，"不允许你们做出格的事情。"

"爸爸，你说些什么！"桑爽不高兴了。

"桑伯伯，桑爽是我的亲人，我会爱护她的。"春又生郑重地说。

星期天下早班后，桑爽和春又生一起送桑梓去火车站，桑梓走了。

回到家中，两个小男女觉得解放了，这个家完全是自己的天地了，他们恣意地亲吻着。吃完晚饭，一直亲亲昵昵到10点。

"我要走了，你赶快睡觉吧。"春又生对桑爽说。

"我不，你看着我睡着再走。"桑爽撒娇。

"好吧。"

洗漱完毕，桑爽躺在被窝里，春又生轻轻地拍打着她，唱着用古巴摇篮曲改变的催眠曲："宝贝，你爸爸去了无锡，让我照顾你。你就安心地睡个好觉，睡吧，睡吧，我的宝贝。"

桑爽娇笑着，一会儿睡着了。春又生轻轻地关好门回家了。

　　回到到家中，春妈妈已经下中班回来了。春又生对妈妈讲，桑伯伯去无锡办理搬家事宜了，留下桑爽一个人在青岛不放心，让自己照顾她。春妈妈自然愿意自己的儿子去照顾未来的儿媳妇。

　　第二天早晨5点钟，春又生就到了桑爽家，他担心桑爽昨晚睡得晚起不来。一进院子，发现房间里的灯亮了。

　　敲开门，桑爽扑进怀里，笑着说："我就猜着，你一定会来。"

　　"我怕你起不来。"

　　"怎么会呢，已经习惯了。"

　　春又生送桑爽到车站，看见她上了车，回家吃早饭，然后上班去了。

　　下午5点半，桑爽早早地到院门口儿等着春又生。马路上来来往往的男士们看着一个妩媚的女孩在焦急地等人，他们一边不由自主地来回张望着，谁是那个幸福的男人，一边情不自禁地向桑爽行注目礼。桑爽略感害羞，看什么？走你们的路吧。

　　春又生看见了这一幕，"赶牲灵"歌儿涌上了心头。他连忙向桑爽挥手，跑步到门口。桑爽拉着春又生的手，快速地跑进家里。一进家门，桑爽扑进春又生的怀里。春又生深情地看着桑爽，轻轻地唱起来：

　　走头头儿的那个骡子儿哟，

　　三盏盏儿的那个灯。

　　哎呀带上了那个铃儿哟，

　　哇哇得儿那个声。

　　　白脖子儿的那个哈巴儿哟，
　　　朝南得儿那个咬。
　　　哎呀赶牲灵的那人儿哟，
　　　过呀来的那个了。
　　　你若是我的哥哥儿哟，
　　　招一招的那个手。
　　　哎呀你不是我的哥哥哟，
　　　走你的那个路。
　　　哎呀你不是我那哥哥哟，
　　　走你的那个路。

　　桑爽听着听着，眼泪流出来了。
　　"爽，为什么哭？"
　　"这首民歌多么动人哪！哥哥走西口，妹妹天天盼哥回。站在大路上，寻找头马上的明灯，扑捉头马身上的铃声。狗儿叫了，赶牲灵的队伍过来了，我的哥哥在吗？最后一句，把一个少女的妩媚和俏皮都写出来了，是我的哥哥，你挥一挥手，不是我的哥哥，走你的路。真是情深意长啊！"
　　"爽，你体味的真好！这也是你刚才等我的情境。"
　　"再唱一遍给我听。"
　　春又生把桑爽抱在的怀里轻轻地唱起来。
　　晚上，两个人卿卿我我到九点半，春又生对桑爽说："今晚你早点睡，我走了。"
　　"我不吗，我要你———要你今晚陪着我。"桑爽红着脸说。
　　"不行，我已经答应桑伯伯————"

"人家又不是----昨晚半夜起来解手，想想只有我一个人，我好害怕，很长时间没睡着。"

"你怕什么？"

"我怕鬼！"

"哪来的鬼，真可笑！"春又生笑了。

"人家就是怕吗！你睡爸爸的床，我睡我的床，也不是一起睡。"桑爽噘着嘴。

春又生想了想说："今晚你自己再睡一个晚上，我回家问问妈妈。"

春又生哄着桑爽睡着了，仔细检查了所有的门窗是否插上了插销，然后回家了。

回到家中，春又生对妈妈说："妈，桑爽一个人在家，晚上睡觉害怕，我这几天能不能在她家睡觉。

春妈妈坚决地说："不能！你们还没有结婚，让外人知道了，脸往哪儿搁？"

"妈，我睡在桑伯伯床上，不在一起睡。"

"这样也不好吧？"春妈妈还是很犹豫。

"桑爽害怕怎么办呢？"春又生为难了。

"妈答应你，不过你们千万不能----"春妈妈嘱咐道。

周二早晨5点钟，春又生到了桑爽家，把这个好消息告诉了桑爽，桑爽高兴的跳起来。

晚上吃完饭，两个人亲热一会儿，然后分头读书。九点半，桑爽先洗漱，春又生为她铺好床。然后春又生洗漱，桑爽为他铺好床。春又生哄着桑爽睡着后，又看书到11点。他悄悄地走到桑爽房间，看见桑爽睡得正熟，便回到自己的床上睡着了。

夜里，春又生起来解手，忽然发现桑爽睡在自己的身边，像一只温顺的小猫。春又生解手回来，不忍心叫醒桑爽，轻轻地躺下。自己心爱的女孩睡在身边，只觉得一个巨大的磁场在吸引自己。春又生想亲吻桑爽，想爱抚她，又怕弄醒她。春又生觉得一股欲火在身体里越来越热，他竭力控制自己越来越强烈的性冲动，再也睡不着了。

一直迷迷糊糊听见挂钟敲了5下，春又生急忙叫醒桑爽："起床了，5点了。"

桑爽醒了，笑了，亲吻春又生。

"你什么时候到我床上来的？"

"半夜里起来上厕所，看见你睡得好美，就忍不住----"桑爽红着脸说。

"你可知道，我醒了，发现你睡在我身边，就再也睡不着了！"

"为什么？想什么了呢？"桑爽笑着对春又生说。

"好了！赶快洗漱，否则迟到了。"

周三晚上吃完饭，春又生洗完碗筷，回到房间。桑爽对春又生说："又生哥，明天我休息，今晚就不用睡得那么早，明天也不用起得那么早了。今晚好好地享受享受！"

"享受什么？"

"享受你！"桑爽说着便坐在春又生的怀里，搂着他的脖子，用力亲吻着。

桑爽充满弹性的臀部压在春又生的大腿上，隆起的胸部紧贴着春又生的胸膛。春又生情不自禁地抚摸着桑爽的臀部，抚摸着她的乳房。桑爽瘫痪在春又生的怀中，春又生的生命之根硬得发疼。春又生强迫自己把桑爽放下，温柔地对她说："爽，我想看书了。"

"真坏！扫兴！"桑爽很不满意。

看一会儿书，亲热一会儿，不知不觉10点多了。

"睡觉吧，又生哥，我困了。"

"你洗去吧，我再看一会儿书。"

桑爽洗漱完毕，走过来把春又生的书合上："你去洗，我铺床。"

"还不到11点，你先睡吧。"

"我不吗，我要你和我一起睡。"桑爽摇着春又生。

"真拿你没办法。"春又生洗漱完毕，来到桑爽的房间，打算把她哄睡了再去看书。

"上来，搂着我睡。"桑爽命令春又生。

"不行，我还要看会儿书。"

"不吗，我要你搂在我睡，被窝太凉了。"

"爽，我答应桑伯伯的。"

"搂着睡觉不出格。"桑爽撒娇。

"好吧，就搂一会儿。"

"把外衣脱下来。"

春又生脱下外衣，仅穿着春秋衣裤进了桑爽的被窝。桑爽立刻钻进春又生的怀中，嘴里嘟囔着："搂紧我，真暖和，真暖和。"

然后亲着春又生："又生哥，我最怕冬天进被窝了，好长时间都暖和不过来，以后你给我暖被窝，好不好？”

“好！”桑爽身体散发的香气和肉感的身体已经使春又生失去理智，他亲吻着送桑爽的嘴巴，抚摸着桑爽的身体。桑爽被完全融化了，她享受着春又生的抚摸，生命之源流出了潤液。

不一会儿，两个人就全身出汗。

“太热了，太热了。”桑爽把春秋衣裤脱下来，只穿着短裤和背心。

春又生也脱下来春秋衣裤，只穿着短裤和背心。他们没有意识到，在他们那个年代这就是在玩火了。

两个人搂在一起，肌肤接触使得火热的肉体在颤抖。春又生掀起桑爽的小背心，用手抚摸她的乳房，享受着充满弹性的肉感。桑爽呻吟着，只觉得一股热流向下流动到生命之源，更多的潤液流来了。春又生的生命之根硬起来，他再也控制不住自己，翻身压在桑爽的身上。

“啊，啊---”桑爽叫起来。

“啊，啊---”春又生也叫起来。

春又生射精了，虽然隔着短裤，桑爽也感到了春又生的生命之根的跳动。两个人都不叫了，精液弄湿了春又生的短裤，渗透到桑爽的肚子上。

桑爽瘫了，春又生也完全瘫在桑爽的身上。

过了一会儿，春又生清醒了，他赶紧起身，将湿了的短裤脱下，换上长裤。然后用自己的短裤去擦桑爽身上的精液。桑爽看见自己肚脐眼里的液体，问春又生：“又生哥，这是----”

“这可能是精液吧。”

“这就是精液？”桑爽好奇地看着，却不敢动。

春又生用短裤将桑爽身上的精液擦干净，又重新搂着她，一句话也不说，心里很是后悔。

“又生哥，你怎么不说话？我们做错事了吗？”

“嗯。我失信于桑伯伯了，我很后悔。”春又生难过地说。

“又生哥，别后悔，我俩终究要结婚的。”

“可是我们现在毕竟还没有结婚啊！”

桑爽偎在春又生怀中，也不说话了。

“又生哥，你的精液从我的肚脐眼里进入我的身体，我是不是就会怀孕了。”桑爽忽然担心地问。

“不会吧。”

“为什么?你的精液已经洒在我的身体上了。”

“爽，只有男人的精子和女人的卵子结合在一起，女人才能怀孕。”

“那我的卵子在哪里？”

“当然在你的肚子里了。”

“这不就是了，你的精液从我的肚脐眼里进入我的身体，然后和我的卵子结合在一起，我就怀孕了。”桑爽忽然又高兴了，“怀孕就怀孕吧，我要是有了咱们俩的孩子，咱们就得马上结婚，你就可以和我一起到无锡了。”

“爽，这样是怀不了孕的。”

“为什么？”一听不能怀孕，桑爽有点失望。

“别问了，我真没有办法向桑伯伯交待了。”

“我们不和爸爸说。”

“爽，千万不能对桑伯伯讲，那样我就太---”

春又生说不下去了。

"放心，又生哥，我不说。"桑爽向春又生保证。

"我到自己的床上去。"春又生要起身。

"不嘛，不嘛。"桑爽拽住春又生。

"那我们只搂着睡，不亲嘴了。"

"好吧。我要换条短裤，短裤湿了。"桑爽换短裤时，害羞地对春又生说，"不准看！"

春又生回过身去。

换好短裤，桑爽躺在春又生怀中，一会儿两人就睡着了。

周四晚上，两个人没有敢睡在一起。周五晚上，两个人控制不住自己，又睡在一起。狂热的性冲动，使得春又生又将精液洒在桑爽身上。

"又生哥，我还是不明白，你的精液洒在我的身上了，为什么我不能怀孕。"

"我也不十分清楚。"

"你不是读过很多书吗？"

"可是，我没有读过这方面的书。"春又生说。

"那，怎样才能生小孩呢？"桑爽脸红着问。

"我也不知道。" 25岁的春又生还不懂得如何做爱。春又生抚摸过桑爽的乳房和臀部，但是从来不敢抚摸她的下身，因为他知道那是女人最神圣的地方，不到结婚时，是不能抚摸的。

"那，我们结婚时怎么办？"

"也许那个时候就知道了。睡吧！"春又生搂着桑爽说。

2月15号，10天过去了，桑梓没有回来。16号，桑爽收到了桑梓的来信。桑梓在信中说，他的工作工资关系已经办好，住的房子也已经办理好手续，只是桑爽的工作还没有安排好，还要继续办理。

桑爽但愿自己的工作晚点儿办理好，因为她知道，一旦一切都办理好了，她就要和又生哥分开了。所以她十分珍惜和春又生单独相处的日子。春妈妈上早班，她就和春又生去吃春妈妈做的晚饭，春妈妈上中班，她就和春又生在自己家里吃晚饭。周四，她请春妈妈到自家吃饭，周日，她去春回又生家里吃饭。多幸福的日子啊，她和春又生过着小夫妻生活。

好日子很快过去了，25号桑梓回到了青岛，一切办理妥当。他没有询问两个小男女是否做出格的事情，忙着处理搬家的事情，桑爽和春又生长长地松了一口气。

桑梓把很多家用东西都送给了春妈妈，把三大箱子书几乎都送给了春又生。一下子有了这么多的书，春又生喜出望外。桑梓对他说："又生，我希望你珍惜这些书，安排计划读完这些书。我希望你多研究问题，尽量少参加一些没有用的活动。"

"我会的，桑伯伯。"春又生感激地说。

"今明两年，我有书读了"春又生高心地和桑爽一起往家里搬书。

"哼，只要有书读，我在不在，也没有关系。"桑爽故意说。

"爽，你怎么还不知道我的心。"春又生急了。

"逗你玩呢。"桑爽笑了。

4月4日寒食，家具、用具、衣服、被褥，一切的一切，都包裹好了，就等着到火车站托运了。这十天，春妈妈一有空就过来帮忙，春又生自然是下班就来了。桑爽已经不上班了，天天和爸爸一起忙着。

4月5日清明节，春又生上午陪着桑梓和桑爽到桑爽妈妈的墓地去祭奠。桑梓在坟前对自己的亡妻说："文明，爽儿已经长大了，我也老了。我要带着爽儿回家乡了。你的灵魂也跟我们回家乡吧，还记得我们在无锡的家吗？"

桑爽跪在母亲坟前，哭着说："妈妈，我要回老家了，你一定要跟我们回家呀！"说完站起来，拉着春又生又说："妈妈，我有对象了，他叫春又生。你喜欢吗？"

春又生在坟前鞠躬："桑妈妈，今后我会好好照顾桑爽的。"

下午，桑爽陪着春妈妈和春又生到春又生爸爸的墓地去祭奠。春妈妈在坟前对自己的亡父说："又生他爹，儿子我给你养大了，也有了对象了。今天一起来看你。"

"爸爸，这是我的对象桑爽，你看你满意吧？"春又生对父亲说

桑爽在坟前鞠躬："春伯伯，我以后会照顾春妈妈和又生的，您放心吧。"

4月8日星期四晚上，桑爽和春又生两家在一起吃了一顿团圆饭，想想明天桑爽就要离开了，春妈妈不住地流泪。桑爽一边给春妈妈擦泪水，一边自己不住

地流泪。桑梓劝说两人："哭什么，过几年就在无锡团聚了。"虽然这么说，他自己心里也很伤感。春又生最看不得别人哭，眼睛里也含着泪水。

桑爽把春妈妈送回家。她转身回家的时候，春妈妈抱着她，两人又哭了一场。回到家中，在自己的房间里，桑爽在春又生的怀里哭个不停，春又生劝也劝不住。

春又生回家前，桑梓嘱咐两人，明天在车站不许哭。'无为在歧路，儿女共沾巾'"。一对小男女含泪答应，明天一定不哭。

桑梓最后一次叮嘱春又生："又生，好好保重，留得青山在，不怕没柴烧。此外，为了以防万一，你和桑爽尽量少通信。"

"爸爸，我不同意，我要天天给又生哥写信。我们不谈别的，只谈学习。"

"不行。又生正在参入一件危险的事情，假如出现意外，中共就可以通过信件查到你！爽儿，开始时，我们一定要小心。你们不是要学诗词吗？信中可以写诗词呀。"

"好吧。又生哥，我俩相互写诗词，看谁写得好！"

"我不会写。"

"那你就挑选名家的诗词写给我。"

"好的。"

桑梓又对又生说："又生，收到爽儿的信看完后，你必须立即烧毁。"

"好的。桑伯伯。"

"又生，国庆节的时候，我请几天假回来看你。"

桑爽说。

"不行，你刚刚调进一个新的单位不宜马上请假。"桑梓马上表示反对。

"爽，我到无锡看你。"春又生马上说

"好！好！"桑爽高兴地拍手。

"又生，你可以到无锡家中来。但是有一条必须绝对做到，只要你感觉到有丝毫危险，也不要来。"

"桑伯伯，爸爸，我发誓，我来的时候，决不会带来一点点危险隐患来。"春又生将手放在胸口上第一次叫桑梓爸爸，郑重发誓。

"又生，我相信你是一个负责任的孩子。我们就约好，你9月30号动身，10月1号到达无锡，桑爽会去接你。如果桑爽10月1号接不到你，我们就会知道你身出危险之中。不过你只能在无锡待一个晚上和两个白天。2号下午你必须往回返。这样的话，你就要请两天假，9月30号和10月3号。"

"好的，爸爸。"

"爸爸，我春节回青岛看春妈妈和又生。"

"可以。不过，还是这样，如果又生是平安的，桑爽可以回青岛。我们现在也约好，年三十，桑爽要和我在家里过年，桑爽初一从无锡出发，初二到达青岛，初四往回返，初五返回无锡。"桑梓说。

"我不，时间太短了。我可以初六请一天假，初五往回返。"桑爽提出异议。

"行！"桑梓痛快地答应了，"此外，我每年清明节回青岛给桑爽妈妈扫墓，又生，咱们还可以见面。"

"好的！"春又生高兴地说，"我一定详细地对你讲我的学习情况和其他情况。”

“还有一个问题，如果春节前你处于危险中，你就不能写信通知我们，这样桑爽到青岛找你就会有危险，这个问题怎样解决？”桑梓问春又生。

“这————”春又生一时没有注意了。

“我有办法！”桑爽忽然说，“到无锡以后，我会和丽丽保持通信联系的。又生，如果有特殊情况，你可以去找丽丽，让她告诉我。”

“丽丽可靠吗？”春又生问。

“丽丽是个值得信赖的人！是吧，爸爸！”桑爽坚定地说。

“不错，丽丽是个可以相信的人。又生，你可以信赖她，特殊消息可以通过丽丽传递。”桑梓同意女儿的办法。

第二天，春妈妈上早班，没有到火车站送行。春又生帮着桑梓把随身的行李搬上火车的硬卧车厢，然后下车和坐在火车窗口座位的桑爽说话。两个人眼睛盯着眼睛，控制着自己，强笑着。

火车一开，桑爽突然大哭起来；“又生哥，又生哥，————”

眼看着桑爽伸出窗外那飘动的黄手绢，春又生再也忍不住了，他追赶着火车，放声大哭：“爽，爽，————”

车站上的人都被这个大青年的哭声震惊了，纷纷停住了脚步，惊讶地看着这个悲痛欲绝的青年人。

春又生跟着火车后面紧追不舍，火车越开越快，越开越远，直到踪影全无。春又生踉踉跄跄地停住了脚步，只觉得天昏地暗，太阳不见了，空气稀薄了，他呕吐起来。

春又生不知道怎样离开了火车站，一个人来到观象山。他孤独地坐在小休息亭里，回忆起桑爽向他哭诉妈妈的悲惨遭遇。他孤独地站在经度测量纪念方碑前，看着夕阳西落，回想着他和桑伯伯、桑爽一起在这里欣赏落日。回到家中，妈妈见春又生不说话，知道他心中难过，也就没有多问。春又生胡乱吃了几口饭，什么书也看不下去了，他躺在床上，桑爽挥动着的黄手绢总在他的眼前飘动。几乎彻夜未眠，直到听见挂钟敲了6下，春又生立即坐起来，对自己说："春又生，你不能这样！振作起来，学习！"他翻身下床，洗漱完毕，在写字台前坐下看书。7点钟，春又生放下书，匆匆吃了几口饭，上班去了。路上，他开始盼望桑爽的来信，他估计最晚周四就可以收到桑爽的信。

果然，周四桑爽来信了，春又生急忙打开信，里面有两首词，一首诗是贺铸写的点降唇：

一幅霜绡，麝煤熏腻纹丝缕。掩妆无语。的是消凝处。薄暮兰桡，漾下苹花渚。风留住。绿杨归路，燕子西飞去。

另一首是李煜写的虞美人

林花谢了春红，太匆匆。无奈朝来寒雨夜来风。胭脂泪，留人醉，几时重？自是人生长恨水东流。

春又生知道多情的桑爽会不停地哭泣：一幅霜绡，麝煤熏腻纹丝缕。担心她哭坏身体，春又生立即回信，先抄写了两首词：

一首是贺铸写的国门东（好儿女）

车马匆匆，会国门东。信人间自古消魂处，指红尘北道，碧波南浦，黄叶西风。候馆娟娟新月，从今夜、与谁共？想深闺独守空床思，但频占镜鹊悔分钗燕，长望书鸿。

一首是李煜的虞美人

春花秋月何时了，往事知多少？小楼昨夜又东风，故国不堪回首月明中。雕栏玉砌应犹在，只是朱颜改。问君能有几多愁，恰似一江春水向东流。

后又增加了苏轼的水调歌头

明月几时有，把酒问青天。不知天上宫阙，今夕是何年。我欲乘风归去，又恐琼楼玉宇，高处不胜寒。起舞弄清影，何似在人间。转朱阁，低绮户，照无眠。不应有恨，何事长向别时圆？人有悲欢离合，月有阴晴圆缺，此事古难全。但愿人长久，千里共婵娟。

桑爽在火车上看见春又生拼命地追赶着火车，听见了他那悲痛欲绝的呼喊声，心痛欲裂，悲伤过度，竟然昏厥过去，桑梓吓坏了，不停地呼叫着："爽儿，爽儿，---"周围的乘客纷纷帮忙，有的送来了开水，有的送上了清凉油。过了一会儿，桑爽醒过来了。她欲哭无泪，不吃不喝，不声不响，昏昏沉沉地一直睡到无锡。

在无锡火车站，迎接桑梓和桑爽的亲戚很多，桑爽勉强和亲戚们打招呼。当天亲戚们帮忙将行李从火车站拉回桑爽的新家。简单布置好新家，天已经黑了。桑梓要请亲戚们吃饭，谁知亲戚们早已经安排好在一家饭店里宴请桑梓和桑爽。吃完晚饭，亲戚们又把桑梓和桑爽送回家。亲戚们坐了一会儿，看见桑爽一副病态模样，关切询问后就告辞了。送走亲戚们后，桑爽一头倒在床上。看见女儿伤心的样子，桑梓一时问自己，离开青岛把女儿与春又生活活分开究竟对不对。半夜里，桑爽起床含泪写信，她知道又生哥在盼着她的信。

第二天，桑爽将信寄走，她病了。病中的桑爽躺在床上，眼前出现春又生拼命地追赶着火车的情景，耳中响着春又生悲痛欲绝的呼喊声。她不知不觉地唱着春又生教给她的"小河淌水"：。

"月亮出来亮汪汪，亮汪汪，想起我的阿哥在深山。哥像月亮天上走，天上走，

哥啊，哥啊，山下小河淌水清悠悠。月亮出来照半坡，照半坡，望见月亮想起我的阿哥。一阵清风吹上坡，吹上坡，哥啊，哥啊，你可听见阿妹叫阿哥。"

发走信 4 天后收到了春又生的回信。春又生的信似乎为桑爽打了一针强心剂。她一遍又一遍地读，她知道他的又生哥在思念她，春花秋月何时了，往事知多少？她知道又生哥在劝慰她，但愿人长久，千里共婵娟。

在家里休息一周后，桑爽到单位报到了。白天工作还好过，最难过的是晚上，春又生的面容总是出现在面前，桑爽实实在在地体会到了"才下眉头，又上心头"的滋味。她一遍一遍地回想着在电车上春又生第一次给她书的惊喜，嘴巴在回味着春又生那甜蜜的亲吻，鼻子在回味着春又生的体香，身体在回味着春

又生的爱抚。当然她也忘不了，短短的一年之中，曾经多次为春又生担心。第一次，想还给春又生书的时候，找不着他了，担心他病了，将近一个星期才找着他；第二次，春又生第一次到她家，谈着话忽然走了，担心他出事情，找了将近一个月才找到他；第三次是，春又生失踪了一个星期，这是最担心的一次，担心他遭遇不测。

为了抑制思念的痛苦，桑爽找到一个好办法就是回忆。她从头仔仔细细地回忆从第一次在车站见到春又生，被他的读书精神所吸引，在电车上第一次和春又生坐在一起，春又生送书给她看，第一次在储水山约会，第一次叫春又生"又生哥"，第一次牵手，第一次拥抱，第一次接吻，第一次睡在一起。她和春又生在一起的这一年当中的每一天，每一次谈话，桑爽都记得清清楚楚。回忆使得桑爽觉得春又生就在她身边。

夏天来了，爸爸不在家里的时候，桑爽常常独自吹《牧童》。她想起第一次跟着又生哥到海边玩，回到观海路后，发现时间还早，就到观海山的平台上赏月。又生哥教她吹口琴，教会了音阶，又学习了最简单的歌曲《两只老虎》。想起了仲夏之夜，还是在观海山上，又生哥教她吹《牧童》。

"还好，今天我教你吹《牧童》，这是一首很简单但是非常动听的歌曲，我先吹一遍。"说完，又生哥吹起了《牧童》。桑爽被轻快活泼歌曲所吸引，又担心自己不能学会。又生哥刚吹完，桑爽便要求："你先唱一遍给我听吧。"

又生哥便动情地唱起来：

"朝霞里牧童在吹小笛，露珠儿撒满了青草地。我跟着朝霞一块儿起来，赶着小牛儿上牧场。我跟着朝霞一块起来，赶着小牛儿上牧场。

我解开自己的小黄牛，把清水给羊儿喝个足。赶出了牲口坐在小河边，我给你唱一支快乐的歌。赶出了牲口坐在小河边，我给你唱一支快乐的歌。

中午的太阳啊烤得慌，你为我把歌儿唱一唱。明朗的晚上我们来相会，并排儿坐在那篱笆旁。明朗的晚上我们来相会，并排儿坐在那篱笆旁。"

"这首歌的歌词描绘了一幅牧童生活的情节，跟着朝霞一块儿起来，露珠儿撒满了青草地，赶出了牲口坐在小河边，我给你唱一支快乐的歌，明朗的晚上我们来相会，并排儿坐在那篱笆旁。生活化，感情化，真好！"桑爽听完唱后，赞美歌词，但是还是信心不足。"不过曲子挺难的，我恐怕学不会。"

"不难，音阶简单，起伏不大，很容易学。"春又生把口琴塞进桑爽手中，用双手打着拍子，"我唱乐曲，你吹琴。我慢一点唱，你跟着慢慢吹，来，开始。1 1 2| 3 5 4|3 2|1-|5 5 6|---"。桑爽慢慢跟着曲调吹，几遍之后，吹出调子来了。桑爽有信心了，又吹了几遍，说："口干了，想喝水。"

"没有水，怎么办？"春又生后悔了，"忘了带军用水壶了。"

"真笨！听我唱：吹口琴吹得我口发慌，没有水你就不会想一想。明朗的晚上我们来相会，脸对脸嘴巴亲得香。"桑爽唱完了自己改写的第三段歌词，捧着春又生的脸亲吻起来。想到这里，桑爽的脸红了，心热了。他们亲吻了一会儿，桑爽感到嘴巴不干了，又吹了起来。当晚跟着又生哥，桑爽学会了吹唱《牧童》。

桑爽想起没有实现买手风琴的承诺，心中隐隐发痛。

春又生也生活在回忆中。仲夏之夜，春又生想起了他和桑爽第一次去游泳。那是个星期天，桑爽上中班，春又生休息。他们上午到第一海水浴场游泳。桑爽换好游泳衣从更衣室出来，看见春又生已经换好游泳裤正站在沙滩上等她，便叫了一声："又生哥。"春又生回身看见身着游泳衣的桑爽，曲线优美，风姿翩翩，双眼发出夺目的光芒。桑爽看着春又生只穿着短裤的身体，看着春又生的眼神，忽然感到害羞，用双手蒙着自己的眼睛一边跑向海水一边说："不准看，不准看！"

春又生跟在后边叫着："先别下水，先做准备活动。"

桑爽一直跑到水中，蹲在水里，只露出脑袋。春又生在岸上对她说："先上来做完准备活动再下水，否则容易腿部抽筋的，快上来！"

"那，你不准那样看人家。"桑爽提出要求。

"我那样看你了？好，我不看你。"春又生知道不答应桑爽，她就不可能出来，只好答应她。

桑爽羞羞答答地从海水中走出来，跟着春又生活动手腕、胳膊、大腿、小腿、脚腕、腰部和全身，然后又跟着他下水。

他们穿过万头拥挤的浅海区域，向深海区游去。

万里无云的天空，清澈透亮的海水，清凉快意的游泳，两个人觉得幸福极了。"又生哥咱们比赛吧！"桑爽说完，就全力向前游起来。她的蛙泳动作标准，游速挺快。春又生在后面紧追不舍。眼看赶上了，桑爽停止了蛙游，回身踏着水对春又生说："到终点了，我赢了。"

"你赢了！"春又生让着桑爽，"你游得不错，挺快的。"

"当然，爸爸教的。"

深海区，游泳者少，他们来回自由自在地在海水中畅游。

"又生哥，我只会蛙泳。你会自由泳吗？"

"会，不过游得不快，我的胳膊力量不足。"

"你游给我看。"

"好的。"春又生开始自由泳。桑爽观察春又生的动作，自己做着模仿。

春又生游出一段距离，回身问："怎么样？"

"动作还可以，你来教我。"

春又生给桑爽讲解动作要领，桑爽在海水中随意地游着。

时间过得很快，远远望去，海岸钟楼上的大钟指向 11 点了，他们不得不上岸换衣服，否则就影响桑爽上中班了。回家的路上，桑爽高兴地对春又生说："又生哥，游泳真好，下个星期天再来！"

"好的。"春又生挽着桑爽痛快地答应了。

桑爽似乎还不满意，嘟嘟囔囔地说："又生哥，一个星期只有不到半天的时间游泳，真不过瘾。"

"你晚上来过海水浴场游泳吗？"春又生问。

"没有！"

"下一周，你上早班时，咱们晚上可以来游泳呀！"

"对呀！"桑爽高兴了。

春又生想起，70 年夏天，有多少个晚上，他和桑爽一起游泳，在海水中紧紧地拥抱，几乎赤裸的身体抱在一起，兴奋，激动，几乎难以自制。

星期天，表兄弟姐妹们约桑爽到太湖去玩，她总是以各种理由宛然拒绝，她要等她的又生哥到无锡来时一起去太湖玩。桑爽盼着"十一"快点到来，那时她就能够见着又生哥了。5个多月比一辈子还长，但是终于熬过去了，明天就是"十一"了，桑爽兴奋地下半夜才睡着。

"十一"是星期五，她提前一个小时就赶到了火车站，选了一个最好的位置，任何一个出站的乘客，她都能够看见。青岛开往上海的火车开进无锡站了，乘客们涌出了车站出站口，桑爽第一眼就看见了身穿蓝色学生装，身挎黄色小书包的春又生，还是那么英俊逼人。桑爽满心欢喜，满眼是笑。

春又生看见了桑爽，双眼放出金色的光芒，他挤出人群，冲到桑爽面前，紧紧地拉住了她的手："爽，爽，———"

桑爽眼中含泪："又生哥，又生哥———走，回家。"她牵着春又生的手，坐上公共汽车。两个人在车上紧紧地拉着手，深情地注视着。

"又生哥，妈妈好吗？"

"妈妈很好！她很想你。"

"我也想她！"桑爽声音哽咽了。

"爸爸好吗？"

"爸爸很好！"

"我有很多话要同爸爸说。"

一进门，桑梓就迎过来，拉住了春又生的手。

"爸爸，您好！---"春又生眼含热泪问候。

"好，好！又生！"桑梓也很激动地拍着春又生的肩膀。"你妈妈好吗？"

"我妈妈很好，她让我问您好！"

"好，好！你回青岛后，要代我问你妈妈好！"

"爸爸，我有很多话要对你讲。"

"好的。先坐下喝茶。"

三个人坐下后，桑梓说："午饭，我已经做得差不多了，再做一个菜就好，吃完饭，你俩先出去逛无锡，无锡是值得一游的。晚上回来，咱爷俩再谈。"

"好！"春又生回答。

"又生哥，我下午带你去逛太湖。"桑爽早就等待这一天了，兴奋地说。

"好的！"春又生听说下午就去逛太湖也很兴奋。

"你俩先喝茶，我去炒菜。"桑梓进了厨房。

"想我吗？"桑爽拉着春又生的手。

"想！"春又生抚摸着桑爽的手。

"我想你，想得都不行了，4个多月没有见面，我真受不了，真是度日如年。"桑爽忽然哭起来。

"爽，我不是来了吗？别哭了。"春又生赶紧给桑爽擦眼泪。

"我希望天天看见你！"桑爽哭着说。

"会有这一天的。"春又生握紧桑爽的手。

"吃饭了。"桑梓端上饭来。

一家人吃着饭，桑梓给春又生介绍无锡。

"无锡市名字的来源，据《汉书》等记载，周、秦时期，锡山上盛产铅锡，民众竞相采挖。到汉朝时锡矿殚竭，因此取名'无锡'。史称：'有锡兵，天下争；无锡宁，天下清'。无锡不仅是一个历史悠久城市，还是一个风景秀丽的城市，它比邻太湖，被人们誉为太湖明珠。历代文人墨客范蠡、陆机、李白、陆羽、王安石、苏轼、文天祥等历史名人均曾留下遗迹、诗文。 无锡风景当首取鼋头渚 。鼋头渚因其形如鼋头突入湖中而得名，有'太湖第一胜景'美称。2500多年前，吴王阖闾曾经在鼋头渚建避暑宫。公元前494年，吴王夫差大胜越国的夫椒之战就爆发于龙头渚周围，至今尚留当年吴王亲自擂鼓的战鼓墩遗址。明朝江南隐士钱西青曾在鼋头渚建西青草堂，隐于湖山之间，躬身自耕，所以鼋头渚又名西青咀。钱西青的好友文征明写诗：

马迹高峰对洞庭，一螺飘渺是西青。草堂寂寂烟波外，应有人占处士星。

明末，东林党首领高攀龙常来此踏浪吟哦，留有'鼋头渚边濯足'遗迹。我小时候，鼋头渚开始建园林，横云山庄、太湖别墅、退庐、等风景园林建筑，并建有佛宇广福寺和小南海。"

"吃完饭，我们就去鼋头渚公园。"桑爽对春又生说。

"好！爸爸，无锡还有什么地方值得一去。"春又生问桑梓。

"蠡园值得一去。蠡园是江南名园之一。蠡园之名来自蠡湖，而蠡湖原叫五里湖，它的改名是因为范蠡。相传春秋末年越国大夫范蠡帮助勾践打败吴国，功成身退，和西施泛舟这湖上，在五里湖隐居终生，死后葬在湖畔不远处，五里湖从此称为蠡湖。"桑梓讲，"锡惠公园也值得一去。锡惠公园把惠山和锡山两山合成一园。惠山上有天下第二泉、龙眼泉等十余处泉眼，故俗称惠泉山。锡山谚称'无锡锡山山无锡'。锡山顶上的龙光塔，又是无锡城市的风景标志之一。"

"那我们今天先去鼋头渚和蠡园，明天去锡惠公园，"桑爽建议说。

"好！"春又生同意。

"无锡还有一个地方值得一去。"桑梓又说。

"哪里？"春又生问。

"东林书院。这里曾经是明东林党人讲学和议论朝政活动的中心。魏忠贤罗织东林罪名，惨杀东林党人，书院也被强行拆毁。崇祯时，阉党失势，东林冤案昭雪，又下诏修复书院。东林书院前有"东林旧址"石牌坊一座，内有建筑东林精舍、道南词、东林报功词等。小时候，桑爽的外公经常带我去东林书院，只是不知道现在被红卫兵破毁成什么样子了。"

"桑伯伯，您带我去东林书院吧。"

"这次恐怕时间来不及了，下次你来无锡时，我带你和桑爽一起去。"

"好！"春又生和桑爽一致同意。

吃完午饭，桑爽和春又生坐车首先到了鼋头渚公园。

经"太湖佳绝处"牌坊，过长春桥，一路上有荷花池，曲桥和湖心亭。两人无心浏览，直奔鼋头渚。登上鼋头，只见一块未经雕琢的巨石立于绿树丛中，正面刻有"鼋头渚"三字，反面"鼋渚春涛"。

站在此处，眺望太湖，他们似乎没有了惊喜。

"这就是太湖？"第一次看见太湖，两个人的眼神相互问着。

他们静静地品味着太湖，看着微波起伏的湖水，远望湖中那似神龟漂游的 3 个小岛，心中思念青岛的大海。

"'曾经沧海难为水，除却巫山不是云'。"桑爽对春又生说，"又生哥，太湖怎比得上青岛的碧海。"

"是啊，毕竟是一池淡水，哪有惊涛骇浪的气势和胸怀。不过，太湖还是有它自己的美，温柔的平静的美。"

"对，太湖有它自己的美，我感觉到了太湖的温柔。"桑爽说，"我来背诵一首南宋姜夔写的《点绛唇》：

燕雁无心，太湖西畔随云去。数峰清苦，商略黄昏雨。

第四桥边，拟共天随住。今何许？凭栏怀古，残柳参差舞。”

春又生欣赏着桑爽字正腔圆的语调，心入其境的神态。

背诵完一首，桑爽说："大珠慧海写的满江红夜游太湖，非常好。"

"大珠慧海是谁"春又生问

"是一位唐代高僧"桑爽继续背诵，"

百里太湖，觅清秋。夜来泛舟。遥望处，山影暗黛，投尽双眸！

三山入水泛鳞波，却以小舟停矶头。恨此刻无杯满斟酒，试风流！

天几高，休登楼，水几远，难洗愁。且抛了恩怨，尽兴畅游！

高岩留字相携友，猴岛投石笑呼鸥。想来日与友悄相问，还记否？

"爽，让我俩，且抛了恩怨，尽兴畅游！"春又生激发桑爽的情绪。

"奴家遵命，我的小哥哥。"桑爽开心笑了。

离开"鼋渚春涛"巨石，他俩来到八角"涵虚亭"，亭下崖石上刻有"明高忠宪公濯足处"字样。登上"涵虚亭"放眼望去，沿湖的峭壁上刻有"包孕吴越"、"横云"的摩崖题字。离开"涵虚亭"沿山路而上，进入"澄澜堂"。中堂书有"天然画图"额，两旁槛联"山横马迹，渚峙鼋头，尽纳湖光开绿野；雨卷珠帘，云拂画栋，此间风景胜洪都"。看此槛联，桑爽笑了，春又生问她因何而笑？桑爽答曰：家乡情结人皆有之，这幅槛联说，在澄澜堂看太湖，要胜过在南昌滕王阁看鄱阳湖。离开"澄澜堂"，桑爽偎依在春又生的身上，一路经七十二峰山馆、小南海，到达鹿顶山。登上舒天阁远眺，太湖山水一览无余。

"无锡长江北岸就是扬州。又生哥，下次你来，我们去扬州游玩，扬州有美丽的瘦西湖。"

"好啊。我们什么时候能够去西湖呢？爽，我希望有一天能和你游玩杭州西湖。"

"我们一定会去的！"留意一下四周无人，桑爽开始亲吻春又生。

将近半年没有接吻了，桑爽坐在春又生怀里，两个人忘怀地拥抱接吻，相互爱抚着。

离开鼋头渚公园，他们到了蠡园。蠡园水绿园秀，景色格外绮丽。桑爽和春又生千手漫步千步长廊，眺望湖心亭和凝春塔。他们在蠡园转着，遗憾的是没有看到范蠡和西施的遗迹。

天黑了，他们回到家中，桑梓已经准备好晚饭。他们一边那吃饭，一边谈论着太湖的观感。春又生告诉桑梓，青岛并没有扩大读书会成员，目前还是只有两个成员，他们采取了广交朋友建立松散组织的策略。他们与北京读书会保持单线联系。他的朋友是一个业务员，经常出差，利用出差机会，获得北京的信息。他除了坚持反对马列主义和暴力革命外，主要将精力放在研究治国方略上。他开始思考私有制的作用。苏格拉底认为，正义就是有自己的东西干适合自己天性的事情。私有制可以保持人的独立性，而中共的公有制则使人丧失独立性，成为共党的农奴，这是他的初步思考。以后，他一定要想办法读亚当·斯密的书，进一步了解私有制的作用和资本主义的市场经济。桑梓认真听着，不时点头表示认，脸上露出笑容。桑爽看见，爸爸认真春又生讲话，心中十分高兴。

吃完晚饭，桑爽领着春又生看了新家。这是一套两室的套房。进房门是一个走廊，左边是一间厨房和一个小厕所，右边朝南有两间卧室。桑梓的房间被一个屏风隔成两部分，一部分是桑梓的床，一部分是吃饭的地方。桑爽的房间依然是绿色的基调，床头柜上，桑爽单人照旁是春又生的单人照，就是春又生的那张大眼睛单人照，桑爽特别喜欢这张照片，临来无锡前，春又生送给了她。两个人在房间里偷偷地亲吻爱抚。

春又生和桑爽回到桑梓房间里，他从黄书包里拿出一个小包袱，打开包袱，里面有一件红色毛衣、一包茶叶，还有一块手绢。春又生拿起茶叶送给桑梓："爸爸，这是我妈妈送给您的茶叶。"

"谢谢你妈妈。"桑梓高兴地收下了。

"爽，这是妈妈让姐姐给你织的毛衣。妈妈说，天就要冷了，别着凉。"春又生对桑爽说。

"谢谢妈妈！谢谢姐姐！"桑爽拿着毛衣回到自己房中穿好，回来高兴地说，"真合适，真好看！"

"爽，这是我送你的手绢。"

"谢谢小哥哥。"桑爽满怀深情地说。

桑梓特地买了一张钢丝床安放在自己的卧室里。当晚春又生睡在这里。

第二天，桑爽和春又生去锡惠公园。两人携手穿过古华山门，来到惠山寺。惠山寺是江南名刹之一，建于南北朝。"惠山寺"匾额乃清乾隆皇帝南巡时所书。惠山寺香火旺盛。春又生一向对寺庙没有兴趣，匆匆游览了唐宋经幢、金刚殿、雪花桥、和日月池便离开了。离开惠山寺，进入寄畅园。他们在环绕锦汇漪回廊中偎依着。春又生见桑爽很长时间不说话，便对她说："爽，背首诗词给我听吧。"

"没心情。" 桑爽懒懒地说。

"怎么了？"

"又生哥，一想到你下午就要离开了，我---"桑爽抽泣起来。

"爽，---"春又生也很难过。

"又生哥，我不让你离开。"

"爽，我们很快春节就会见面的。"

"很快什么，要三个多月呢。"桑爽噘着嘴。

想到又要分离了，两人再也振作不起精神来。

两人默默无语来到天下第二泉。桑爽开口说："爸爸曾经给我讲了一些有关'天下第二泉'的典故。天下第二泉得名于唐朝茶道专家陆羽，他在《茶经》中称天下水品二十等，惠山泉为天下第二泉，泉因陆羽而得名。诗人李绅曾作《别泉台》诗，盛赞二泉水'乃人间灵液'，'茶得此水，尽皆芳味也'。李绅把家乡泉水携带京城，分赠好友。当朝的宰相李德裕曾专门檄令驿站将二泉水专送长安，史称'水递'。从此二泉水誉满京城。诗人皮日休曾写下讽刺诗，把李德裕的嗜饮二泉水与杨贵妃爱吃荔枝相提并论：'丞相常思煮茗时，群侯催发只嫌迟；吴关去国三千里，莫笑杨妃爱荔枝'。苏轼在《惠山烹小龙团》诗中咏道：'踏遍江南南岸山，逢山未免更留连。独携天上小团月，来试人间第二泉。石路萦回九龙脊，水光翻动五湖天。孙登无语空归去，半岭轻风万壑传'。宋徽宗赵佶在他亲制的《大观茶论》中认为宜茶之水'惠山为上'。因此，他曾二泉水烹茶，招待高级臣僚。而后，他又下令将二泉水列为贡品，月进百坛。更可笑的是宋高宗赵构仓皇南渡时，仍然忘不了到此煮茶品茗，还专门建造了 '二泉亭'护泉，并题额'源头活水'"。泉上的"天下第二泉"石刻，乃清人王澍所书。天下第二泉分上、中、下三泉，上池八角形，中池方形，下池长方形，泉水水色透明。桑爽和春又生走进景徽堂的，点了一壶茶，品尝用二泉水泡的香茗，深情地看着对方，无心欣赏二泉附近景色。桑爽哪儿也不想去了，就想呆呆地坐在这儿。春又生从身后推着她上了锡山顶。站在龙光塔下，桑爽说："又生哥，我真希望时间就像这座龙光塔一动也不动了，我们就永远不分离了。"

"爽，妈妈一退休，我就和妈妈到无锡来，那时候我们就永远不分离了。"

"那还要等好几年呢。"桑爽哭泣起来。

"爽，爽，———"春又生抱着桑爽，鼻子也酸了起来。

吃完中饭，桑爽领着春又生进了自己的房间。她让春又生闭上眼睛，从床头柜里拿出一样东西，然后让春又生睁开眼睛。春又生睁开眼睛，发现自己眼前有一个绿色荷包，上面绣着一对鸳鸯。"爽，你做的荷包？你绣的鸳鸯？”春又生惊喜地问。

“我做的荷包。”桑爽很自豪，“打开看看。”

春又生拉开拉锁发现里面有一张照片，一看是桑爽少女时代的小照，一双妩媚的眼睛看着自己。

“好不好？”桑爽问。

“真漂亮！”春又生抱着桑爽亲吻着。

桑爽又从大衣厨里拿出一件蓝色的外套对春又生说：“这是我给妈妈买的衣服。对妈妈说，我想她。”桑爽的眼睛红了。

两人回到桑梓房间，桑梓拿出一些无锡特产蚕丝绸、长江鲥鱼、惠山油酥、清水油面筋和三凤桥酱排骨，对春又生说：“又生，这是送给你妈妈的礼物。对你妈妈说，茶叶我收到了，谢谢她！”

春又生收拾完毕，对桑梓说：“爸爸，我走了，您保重身体。”

“又生，你自己要当心呀！”桑梓担心春又生，又对桑爽说：“爽儿， 在车站不准哭。”

“我不哭。”桑爽说着眼又红了。

在火车站台上，春又生对桑爽说：“爽，春节我们就见面了，振作起来。”

“到春节还有4个多月呢！”桑爽噘着嘴。

“爽，这样好不好。每天晚上9点钟，咱俩同时，我想你，你想我，这样就像我们每天都见面一样。”

“好，好！我们在心里互相亲吻。”桑爽赞同这个主意。

“爽，一会儿火车开了，咱俩都不要哭，好不好？”

"好，我不哭。"

火车来了，桑爽本能地抓住了春又生，心酸痛起来。春又生上了火车，从车窗伸出头来："爽，春节见！"

"又生哥，春节见！"桑爽强笑着。火车开了，春又生的笑脸一晃而过，眼泪马上用上眼眶，不过桑爽没有哭出来。

春又生走了，桑爽又找到一个新的方法摆脱思念的痛苦，那就是把她和春又生一起生活的点点滴滴写下来。当然，每天晚上9点钟开始，她都要躺到床上想着春又生，亲吻春又生。

春又生觉得这4个多月非常漫长，好容易熬到初一，明天就是初二了，春又生睡不着，看了一晚上的书。

春又生提前一个小时就赶到了火车站，选了一个最好的位置，任何一个出站的乘客他都能够看见。上海开往青岛的火车进站了，乘客们涌出了车站出站口，春又生第一眼就看见了身穿灰色棉大衣拎着旅行包的桑爽，漂亮的脸蛋红红的。春又生心花怒放。

桑爽看见了春又生，双眼放出幸福的光芒，她努力在人群中挤着。春又生挤进人群众中，冲到桑爽面前，紧紧地拉住了她的手："爽，爽，---"

桑爽眼中含泪："又生哥，又生哥---"

春又生接过旅行包："爽，走，回家，妈都等不及了。"

"又生哥，妈妈好吗？"

“妈妈很好！她很想你。”

“我也想她！”桑爽声音哽咽了。

“爸爸好吗？”

“爸爸很好！”

一进门，春妈妈就扑过来，抱住了桑爽。

“妈妈，您好！---”桑爽在春妈妈的怀里眼含热泪问候。

“好，好！爽儿！”春妈妈满心欢喜地抱着自己的儿媳妇，“你爸爸好吗？”

“爸爸很好，他让我问您好！”

“好，好！你回无锡后，要代我问你爸爸好！”

春又生帮着桑爽脱下棉大衣，桑爽身穿红色的毛衣站在春妈妈面前：“妈妈，这件毛衣真暖和，真好看，真合身。”

“合身吗？我看看，嗯，合身，这我就放心了。”春妈妈很满意，“坐下，吃花生，这是老家捎来的。”

桑爽刚坐下吃花生，忽然想起了从无锡捎来的年货，赶紧从旅行包里一一拿出来。春妈妈高兴地拿到厨房里。

“想我吗？”桑爽依偎在春又生的怀里。

“当然想！”春又生抱着桑爽。

“每天9点钟都按时想吗？”

“一到9点，我就放下书，闭上眼睛想你，亲你。”

“我也是！”桑爽亲吻着春又生。

吃完午饭，春又生领着桑爽去给亲戚拜年。回来的时候，两人到观海路桑爽原来的家去看了看。桑爽对春又生说："又生哥，这里曾经是咱们的第一个家，你忘了吗？在这个家咱俩单独生活了将近半个月，吃在一起，还---睡在一起。"

"怎么会忘呢，就在眼前。"春又生感慨地说。

吃完晚饭，桑爽跟着春妈妈到邻居家拜年，春又生在家里看书。过了一会儿，桑爽自己先回来了，她从背后抱着春又生充满喜悦地说："又生哥，回家真好！"

"爽，我永远忘不了你说的话，一家人在一起就是幸福。"

晚上，春妈妈将四个板凳并成一排加宽了她的单人床，她和桑爽睡在一起。娘俩地嘀咕咕地说了很长时间的话，春又生睡着了，两个人还没有停下。

大年初三，春又生的姐姐回娘家。姐姐和桑爽是第一次见面，一见面，姐姐拉着桑爽的双手，端详着，欣赏着，笑着说："果然漂亮！妈对我说，桑爽多么俊，我还不太相信。我看，林黛玉也不过如此吧。"

"姐姐，谢谢你给我织的毛衣。"

"合适吗，暖和吗？"

"合适，暖和。我妈妈死得早，我也不会织毛衣。我的毛衣都是买的，不仅薄，样式也不好。姐姐，你织的毛衣又厚又好看。"

"只要你喜欢，以后你的毛衣我包了。"姐姐高兴地说。

"姐姐，你真好。"桑爽感动地说。

"桑爽，你有毛裤吗？"姐姐问。

"没有，我穿着棉裤。"

"女孩子穿棉裤太笨了，我马上给你织一件毛裤。"

"不了，姐姐，太麻烦了。"

"麻烦什么？你初几回去？"

"桑爽初五下午坐火车回去。"春又生说。

"还来得及，初五上午我给你送来。"姐姐当机立断。

坐了一会儿，姐姐就回家去了，她急着给桑爽织毛裤。

"我有了一个哥哥，又有了一个姐姐，真好！"桑爽兴奋地对春又生说。

下午，桑爽和春又生到观象山转了一圈。在小休息亭坐了一会儿，春又生回忆起，桑爽妈妈的死对他的震惊，桑爽的关心对他的感动。春又生拉着桑爽的手："爽，我感谢你，爱你。"

"又生哥，我爱你，看见你，和你在一起，我感到幸福。"

离开观象山，他们又到了观海山，桑爽回忆起，春又生在这里教她吹口琴的那个晚上。"又生哥，那天晚上，你为什么不亲我？"

"我不敢。我还没有对你讲我在少管所的事情，不知道你是否能够原谅我。"

"又生哥，其实那时候，我的心已经给你了。"

"可是我还是担心，我亲你了，以后你又拒绝我怎么办？"

晚上，春妈妈说："爽儿，这张床太小，昨晚上咱娘儿俩个人挤在一起都没有睡好觉，今晚我去你姐姐家睡，她家宽敞。"

"妈妈。不挤，我愿意和你一起睡。"桑爽红着脸说，她当然知道妈妈的意思。

"我还是去你姐姐家吧。你一个人睡还舒服点。"

春又生只顾看书，直到春妈妈出门才知道今晚妈妈不在家里睡觉。

春妈妈走了。桑爽到厨房里洗漱完毕，回到屋里，发现春又生已经将单人床铺好，不过没有将四个凳子排在床边。她脱了衣服穿进被窝，看见春又生还在看书，不满意地说："又生哥，我冷！"

"你等一等。"春又生说完匆匆到厨房洗漱。回屋后，春又生将凳子摆放在床边，脱了衣服进了被窝，把桑爽紧紧抱起来。

"冷不冷了？"春又生问。

"不冷了。"说着，桑爽用力亲吻春又生。

春又生亲吻着桑爽，将手伸进桑爽的内衣，抚摸着她的乳房。桑爽脸朝上呻吟着。春又生撩起自己和桑爽的内衣，把桑爽压在身下，两人上身的肌肤紧紧贴在一起，亲吻着，扭动着。肉感的身体，火热的身体，刺激了两个人的性欲，他们情不自禁地呻吟着。不一会儿，春又生就射精了。两个人还不满足，持续地接吻、爱抚，两个人亲昵了大半夜。天刚亮，桑爽醒了。

　　她一边亲吻着春又生的嘴巴，一边说："又生哥，快起来，妈妈快回来了。"

　　"天刚刚亮，妈妈不会回来，再睡一会儿。"春又生把桑爽搂在怀里。

　　"我听到脚步声了，是不是妈妈回来了？"桑爽还是很紧张，就怕妈妈回来撞见她和春又生睡在一起。

　　"那不是妈妈的脚步声，那是风声。"春又生还是不起。

　　桑爽忽然笑了，她对春又生说："又生哥，我来给你背诵一首《诗经》上的词好不好？"

　　"什么诗？"春又生终于被桑爽弄的清醒一些了。

　　"大多数人都知道《诗经》上的"关雎"这首诗：关关雎鸠在河之洲，窈窕淑女君子好逑。"桑爽解释说，"刚才咱俩的一段对话，使我想起了另一首诗。"

　　"那一首？"

　　"《齐风》中的"鸡鸣"。桑爽慢慢地背诵：

　　鸡既鸣矣，朝既盈矣。匪鸡则鸣，苍蝇之声。

　　东方明矣，朝既昌矣。匪东方则明，月出之光。

　　虫飞薨薨，甘与子同梦。会且归矣，无庶予子憎！"

　　"解释一下。"春又生感兴趣了。

　　"这是夫妻两个人的对话：

　　妻子催促丈夫说赶紧起来去上朝：'听见鸡叫唤啦，朝里人该满啦。'

　　那丈夫赖着不起，说：'不是鸡儿叫，那是苍蝇闹。'

　　妻子又说：'瞅见东方亮啦，人儿该满堂啦。'

丈夫还是赖着不起说："不是东方亮，那是明月光。'

妻子说："苍蝇嗡嗡招瞌睡儿，我愿和你多躺会儿。可是会都要散啦，别叫人骂你懒汉啦！'"

"真好，朴实自然。"春又生赞曰，说着又把桑爽拉在怀中，"'苍蝇嗡嗡招瞌睡儿，我愿和你多躺会儿'。"

"你真坏！"桑爽笑着和春又生亲吻着。

初四上午10点钟，春妈妈回到家中，发现家里收拾得整整齐齐，一对小男女出去了。中午吃饭时，两个人也没有回来。快到晚饭时间了，两个人高高兴兴地回来了。春妈妈问："爽儿，到哪去了，中午也没有回家吃饭？"

"妈妈，我俩去我的同学丽丽家拜年，她非要我俩在她家吃饭，一直玩到下午。"

吃完晚饭，春妈妈又到姐姐家睡觉。桑爽和春又生又幸福地睡在一起。不过，他俩还是只拥抱亲吻，没有做爱。他们要等到结婚那天再同房。

初五早晨，想到下午就要离开青岛了，桑爽躺在春又生怀里哭起来。春又生也非常难过，幸福的时间太短暂了。桑爽赖在春又生怀里不起床，一边哭着，一边亲着。快八点了，春又生说，妈妈回来了看见咱们这样不好。桑爽没办法，只好起床了。整理好房间，吃了早饭，桑爽从旅行包里拿出一个笔记本，对春又生说："又生哥，你看，我写的小说'海盟'"

春又生打开笔记本，第一页写着"海盟"两个大字。翻开第二页，是小说的正文，他读起来：

71年2月末的一天，虽然雨水已过，惊蛰将近，但是地处中国北方濒临黄海的青岛，冬天的寒气还在北风中肆虐。

二路电车在热河路中段忽然停住了。春又生急忙从黄书包里拿出书贪婪地看着，电车什么时候重新开动的，他也不知道。可是他渐渐地感到邻座的目光也盯在他的书上，他不知不觉地将书向中间移动。小说的最后一句话是，"米修司，你在哪儿啊？"，春又生轻轻地合上了书，书中洋溢出那深深的思念之情感染着他，泪水盈出了眼帘。"请问这是什么书？"邻座轻轻的问话打断了春又生的思绪。春又生转过头来，这才发现邻座是位年轻的姑娘。

"爽，你写的是咱俩的故事！"春又生惊喜地说。

"好不好？"

"好！"

"这本给你看，没有写完，下次再给你新的。"

10点多钟，春妈妈和姐姐一起来了。

"桑爽，来试一试，合不合身。"姐姐拿出一条蓝色毛裤对桑爽说。

"呀，织好了，这么快！"桑爽十分惊喜。

背对着春又生脱下棉裤，穿上毛裤，非常合适，桑爽高兴地对姐姐说："谢谢你姐姐，我以后再也不用穿这件笨重的棉裤了。"

中午，姐姐也留在这里吃饭。吃完饭，姐姐帮助桑爽把妈妈送给桑梓的年货打包，塞进旅行包里，有点遗憾地对桑爽说："妹妹，咱姐俩只能等到明年春节再见了。"

一想到明年春节才能再见，桑爽眼睛立刻红了，她扑在姐姐的怀里，哭着说："姐姐，明年春节才能见面，时间多长啊，我真受不了。"

"妹妹，再熬几年吧。等你和又生结婚后就好了。"

春妈妈和春又生心里很难过，无法劝慰桑爽。

走，总是要走的。吃饭午饭，桑爽要走了，春妈妈抱着桑爽，娘俩哭了一会。姐姐抱着桑爽劝慰她不要哭，要想得开，来日方长。

2月19日，正月初五，恰逢雨水时节。虽然没有下雨，天还是阴沉沉的。桑爽的心情正像这阴沉的天气。路上，春又生对桑爽说："爽，'十一'我们就见面了，振作起来。"

"到'十一'有7个多月，你叫我怎么振作起来。又生哥，你能不能'五一'来看我。"桑爽哀求着。

"爽，清明节爸爸要到青岛来，那时后再决定，好不好。"

"好吧。"桑爽噘着嘴。

"爽，一会儿火车开了，怎俩都不要哭，好不好？"

"好，我不哭。"

进站的时候，桑爽本能地抓住了春又生，心一阵酸痛。春又生将桑爽送上了火车，然后下车。

桑爽从车窗伸出头来故意说："又生哥，'五一'见！"

"爽，争取'五一'见！"春又生笑着说。

　　"不是争取，是一定！"桑爽笑着强调。

　　火车开了，桑爽的笑脸一晃而过，眼泪马上用上眼眶，不过春又生没有像上一次那样嚎啕大哭。

　　桑爽走了，春又生又开始正常地学习生活。回到无锡的桑爽又开始写她和又生哥的恋爱史。当然每天晚上9点钟开始，两个人都会互相思念对方，在心里亲吻对方。

第九章

　　4月4日，桑梓从无锡动身，4月5日清明节的上午到达青岛。他先到妻子的坟前祭奠，告诉她这一年的情况，一切都好，请妻子安心。桑梓知道春妈妈和春又生都上班，所以自己在青岛转了转，将近6点钟，他来到了春又生家。春妈妈和春又生都在家等着他。三个人见了面都非常兴奋。吃完饭后，春妈妈到姐姐家睡觉，然后从那里直接上班。桑梓当晚睡在春又生家里。

　　桑梓问："又生，最近在看什么书？"

　　春又生回答："马克思的《资本论》。69年，我借到了《资本论》第一卷，勉强读完。去年，粗粗地看了一遍。今年又读了一遍。我对《资本论》这本书印象极端不好。马克思这个人气量　极小，总是喋喋不休地讽刺他人是庸俗的经济学家，整本书重复连篇，又臭又长。"

　　桑梓说："我没有读过《资本论》。如果能够借到严复翻译的亚当·史密斯的《原富》一书，对比着看，也许好一些。"

　　春又生对桑梓谈起毛泽东。

　　"爸爸，我认为，毛泽东从本质上是一个旧知识分子。丈人鞋和线装书是不可能领导中国实现现代化的。我们必须在中国铲除产生毛泽东的专制土壤！"

　　"谈何容易！"桑梓反问"如何铲除呢？"

　　"会有办法的。"春又生满怀信心地回答"我要研究铲除的方法！”

春又生问："桑伯伯。今年'五一'，我是否能去无锡看桑爽？ ”

桑梓回答："不必了，'十一'时再说。"

第二天，桑梓跟着春又生一起到了公园。春又生到苗圃组报了到，然后陪桑梓到果园组去见温丽丽。

温丽丽见到桑梓喜出望外："桑伯伯，您好！"

"好，好！"桑梓喜欢温丽丽的美丽大方。

"桑爽好吧？"温丽丽问。

"好。爽儿问你好。"

"真想她。" 温丽丽向春又生出了个鬼脸，"当然比不上春又生了。"

"丽丽，这是桑爽送你的礼物。"桑伯伯从提包里拿出一件绣花女衬衣。

"呀，真漂亮！桑爽真会选衣服！"温丽丽在身上比量着。

"丽丽，你工作的怎样？转正了吗？"桑梓关心地问。

"工作还好，转正还不知道哪年哪月呢。"

"个人问题呢？"桑梓又问。

"还没有，没有桑爽那么有福气。"温丽丽笑着说。

"桑伯伯，我干活去了，中午咱们一起吃饭。"春又生对桑梓说。

"好吧。"桑梓答应了。

"桑伯伯，您什么时候回无锡？"温丽丽问。

"今天下午的火车。"

"桑伯伯，那么，现在我带你看看我们的果园。中午我请客，春又生你也过来。"温丽丽以命令的口气对春又生说。

"午饭我请！"春又生不同意温丽丽的建议。

"我请客！"温丽丽毫不谦让。

"好了，别争了。中午我请你们两个吃饭。"桑梓连忙说。

中午，三个人一起在公园饭店了吃饭，聊天。

温丽丽忽然有了一个主意："桑伯伯，'十一'我到无锡去看您和桑爽。听说无锡紧靠太湖，我想去玩一玩。"

"好啊，桑爽一定高兴极了。你和又生同行吧。"

"春又生去，我就不去了。"温丽丽说。

"为什么？"桑梓不解。

"桑伯伯，你想啊，人家两个大半年不见面了，我要是去，不会妨碍他们吗？"温丽丽又拿春又生开涮。

"丽丽，我和桑爽都欢迎你去，咱们一起逛太湖。"春又生一本正经地说。

"好啊，那就说定了！"温丽丽开心得笑了。

吃完饭，温丽丽去上班，春又生送桑梓上公共汽车。桑梓临上车前双手放在春又生的肩膀上，眼睛盯着春又生："又生，我也不多说了，好好学习，谨慎行事！"

"我会的，爸爸。"春又生眼含热泪。

　　桑梓的眼一热，扭头上车了。

　　四月中旬，春又生收到了桑爽的信。信里是韦庄写的女冠子：

　　四月十七，正是去年今日。别君时。忍泪伴低面，含羞半敛眉。不知魂已断，空有梦相随。除却天边月，没人知。

　　当晚，春又生写回信，信里也是韦庄写的女冠子：

　　昨夜夜半，枕上分明梦见。语多时。依旧桃花面，频低柳叶眉。半羞还半喜。觉来知是梦，不胜悲。

　　桑爽的远房表哥明亮在青岛读大学时，经常到桑爽家玩耍，帮助干一些买煤买粮等力气活。表哥人长得清秀，知书达理，桑梓很喜欢。明亮一直喜爱表妹，桑爽也许因为小的缘故，对明亮没有感觉。1970年，明亮毕业后回到无锡，还经常与桑梓通信。1971年，桑爽回无锡后，明亮立即登门求婚。桑梓对明亮说，桑爽在青岛已经有了对象。明亮不信，既然对象在青岛，为什么要搬回无锡，他表示非桑爽不娶。明亮几乎每周休息时都到桑爽家拜访，并且照旧帮助干一些重家务活。

　　8月份，明亮从南京出差回来，照例到桑爽家拜访。谈话期间，明亮谈到，南京最近破获了一个反革命组织—中华读书会。一听"读书会"三个字，桑梓和桑爽立即紧张起来。桑梓忙请明亮说详细一点。明亮说，具体情况他也不清楚。只知道读书会是一个青年组织，组织纲领是反对独裁，争取社会民主。他们在南京张贴传单，被公安破获。最近公安部下令在全国追查读书会。桑爽的脸色变了，她担心春又生的安危。明亮忽然狠狠地说，让他们抓吧，只会越抓越多。总有一天，人民会把这些独裁者抓起来审判。桑梓和桑爽还是第一次知道明亮的政治倾向，又惊讶又欣慰。桑梓首先叮嘱明亮千万不要乱说话，又嘱咐他今后只要听到这类消息，一定要打听仔细，然后告诉自己。

明亮带来的消息使得桑爽心神不安，桑梓安慰她，春又生是否有事，"十一"就会知道。桑爽眼巴巴地盼望着"十一"。

临近"十一"，温丽丽正要找春又生商谈一起去无锡的事情，春又生到果园找她了。春又生把温丽丽带到一个无人的地方，对她说："丽丽，我不能去无锡了。"

"为什么？"温丽丽不解。

"发生了重要的事情。"春又生说。

"什么重要的事情比见桑爽更重要！"温丽丽忽然发火了。

"丽丽，别发火。的确发生了一些事情，但是我不能对你说。"

"发生了什么重要的事情告诉我，我的朋友多，也许能够帮上你的忙。"

"丽丽，你不能插手，只要你对桑伯伯说，我有事情不能去了，他就一切都明白了。"春又生严肃地说。

"好吧。我告诉他们。"看见春又生一副严肃的样子，温丽丽只好答应了，"春又生，你可要知道，桑爽会伤心死的。"

"我知道。丽丽，你和桑爽从小就是好朋友，替我安慰安慰她。"春又生的眼睛红了。

"我会的。"看见春又生那悲伤的样子，温丽丽感动了，"春又生，你是个好人。我不知道发生了什么事情。只要你相信我，我以后一定会帮助你！"

"谢谢，丽丽。你'十一'那天一定到，桑爽会去接你，不要让桑爽哭---"春又生转身走了。

国庆节，春又生没有去无锡。春妈妈问他为什么不去无锡见桑爽。春又生只好敷衍妈妈说，今年国庆节，公园里不准员工请假，所以没有办法去。

九月，秋天来临，桑爽想起 1971 年秋天她和春又生去爬浮山。按照春又生原先的计划，他们要早晨 6 点起床，6 点 30 分见面徒步穿越市区直奔浮山脚下，然后爬山。桑爽不同意，她担心自己走这么远的路，就没有力气爬山了。最后他们决定先坐车到达浮山所，然后再爬山。春又生拖着桑爽爬上了山顶。在浮山顶，春又生为桑爽演唱哈萨克族民歌：《美丽的姑娘》：美丽的姑娘我见过万万千，唯有你最可爱！你像冲出朝霞的太阳，无比的新鲜姑娘啊。 你像鱼儿生活在水晶宫殿，姑娘啊！ 又像夜莺歌唱在青翠的林园，姑娘啊！把你的容貌比作鲜花，你比鲜花更鲜艳，世上多少人啊想着你，望得脖子酸，姑娘啊！你像鱼儿生活在水晶宫殿，姑娘啊！ 又像夜莺歌唱在青翠的林园，姑娘啊！

桑爽赞叹："你像冲出朝霞的太阳，无比的新鲜姑娘啊。这句歌词最美！"

春又生亲吻着桑爽的脸蛋，深情地说："爽，你就是冲出朝霞的太阳，无比的新鲜姑娘啊！"

桑爽盼望"十一"，望眼欲穿，晚上有时候做噩梦，把自己惊醒。她满怀希望地盼着"十一"，惴惴不安地盼着"十一"。"十一"上午，桑爽提前一个小时就赶到了火车站，选了一个最好的位置，任何一个出站的乘客，她都能够看见。青岛开往上海的火车开进无锡站了，乘客们涌出了车站出站口，在乘客中，桑爽看见了温丽丽，没有看见春又生，她的心马上紧缩了。

桑爽立刻向温丽丽打招呼："丽丽，丽丽！"

温丽丽挤出人群，来到桑爽面前，紧紧地拉住了她的手："桑爽，你好！"

桑爽还在看着她的身后："丽丽，又生呢？"

温丽丽抱着桑爽，怕她失控，故作轻松地说："怎么啦，我一个人来，你不欢迎吗？你的又生哥哥有事情这次来不了了。"

"是又生亲口对你讲的吗？"桑爽失望地问。

"是！又生来找我，对我说，他有事情，不能来了，让你别挂念。"

"什么重要的事情不能来了呢？我怎么能不挂念呢？"

"又生没有讲，只是对我说，只要告诉桑伯伯他有事情不能来了，桑伯伯就知道了。"

"啊？"桑爽直觉得眼前一黑，歪倒在温丽丽的身上。

“桑爽，桑爽---”温丽丽害怕了，连声叫着。

“丽丽，我好了，回家吧。”桑爽醒过来，无力地说。

“桑爽，发生什么事情了，告诉我，告诉我！”温丽丽本能地察觉春又生一定是出事了。

“没什么，回家吧。”桑爽什么也不说。

回到家中，桑梓迎上来，温丽丽高兴地问后：“桑伯伯好！”

“好！丽丽好！”桑梓只见到温丽丽一个人，没有见到春又生，再看看女儿沮丧的脸色，就知道出事了，但是他还是忍不住问了一句：“又生没有来？”

“桑伯伯，春又生让我对你讲，他有事情不能来了。”温丽丽回答。

“知道了。丽丽，来，坐。爽儿，给丽丽倒茶。”桑梓没有在温丽丽面前显出异样，“丽丽，累吗？坐了这么长时间的火车。”

“不累，一想到就要见到您和桑爽，就特兴奋。”温丽丽故意做出一副极端兴奋的样子，又对桑爽说，“桑爽，是不是看见我不高兴，春又生没来，就这样一副萎靡不振的样子，真是重色轻友。”

“爽儿，好好招待丽丽，我做饭去了，马上就好。”桑梓对女儿说。

桑爽把温丽丽带到自己的房间里，抱着她放声哭起来。

“桑爽，别吓我，告诉我出了什么事情---”温丽丽紧张了。

"没事，没事。丽丽，对不起，对不起，让你跟着我伤心。"看见温丽丽焦急，桑爽觉得太慢待温丽丽了，立即不哭了，马上劝温丽丽。

"桑爽，你和春又生都不告诉我，根本不把我当作好朋友。"想到这一点，温丽丽伤心了。

"丽丽，不是不告诉你，只是事情太重大，无法告诉你。"

"桑爽，对你是重大的事情，对我也一样，我们比亲姐妹还亲。告诉我，丽丽和你一起扛。"

正在这时候，桑梓在外面召唤："丽丽，爽儿，吃饭了。"

"一会儿再说。"桑爽拉着温丽丽到爸爸的房间。

"又吃着桑伯伯的烧饼了，真好吃。"

"好吃就多吃几个。"

"桑爽，吃饭，没有过不去的火焰山。"温丽丽劝慰桑爽。

"爸爸，我想请几天假跟着丽丽回青岛。"桑爽对桑梓说。

"爽儿，你要是回去，可能给又生添乱。"

"不会的。爸，我----"桑爽又哭起来了。

"爽儿，你一点出息也没有。"桑梓生气了，"丽丽从青岛来看你，你只想着你自己。"

"桑伯伯，别说桑爽了，我能理解她。"

"丽丽，对不起。"桑爽抱歉地对温丽丽说。

"说什么呢，咱姊妹干吗这么客气。"温丽丽拍拍桑爽的手。

　　桑梓知道在目前的情况下，他和桑爽都不能和春又生直接联系。如果不知道春又生的消息，桑爽会急得发疯的。当然，他自己也迫切想知道春又生的处境。要想知道春又生的消息，只有让温丽丽帮忙。她和春又生在一个单位工作，可以及时了解春又生的处境。另外，温丽丽在单位里可以以各种名义和春又生说话，一般不会引起他人的怀疑。

　　"丽丽，我想对你说件事情。"桑梓对温丽丽说。

　　"桑伯伯，您先别说，让我猜一猜，好不好？"

　　"你要猜一猜？"桑梓很是惊讶。

　　"是的。桑伯伯你要说的是春又生的事情，对吧？"

　　"对。"

　　"春又生可能有危险，对吧？"

　　"对。"

　　此时，桑爽睁大了眼睛。

　　"春又生可能参加了什么活动，对吧？"

　　"对。"

　　"他参加的是反对政府的活动，对吧？"

　　"对。"

　　"你怎么知道的？"桑爽抓住了温丽丽的手。

　　"我猜的。"温丽丽平静地说。

　　"你是根据什么猜的？"桑梓严肃地问。

　　"桑伯伯，您知道，我的朋友很多。当然这些朋友中有好人也有不好的人，他们讨好我，只是因为我的脸蛋。桑伯伯，我心中有数。"温丽丽也严肃起来，"我的朋友中有几个是非常喜欢读书的人，有一次他们谈起了春又生。如果在以前，我肯定不会注意。但是，现在我已经知道春又生是桑爽的男朋友，因此我很注意他们的谈话。他们称赞春又生是一个好学的人，并且在年轻人中间是一个博学的人。我就问他们是怎样认识春又生的，他们告诉我，是在文学学习小组里认识的。最近青岛市正在追查一个反革命组织读书会。在这个时候，春又生不来无锡看他半年多没见面的对象。桑爽看见我一个人来了，先是失望，后来桑爽听我说，春又生让我带话给您，'只要告诉您，他有事情不能来了，您就知道了'，桑爽竟然晕过去了。我意识到春又生的话肯定是句暗语，是告诉您，他出事了。"温丽丽一直注视着桑梓的眼睛，继续分析，"会出什么事呢？文学学习小组不算是一件大事，只有读书会是一件大事。桑伯伯，我分析得对不对？"

"丽丽，你真是一个聪明的孩子。"桑梓夸奖说。

"桑伯伯，在我们班里，桑爽语文第一，我数学第一。"温丽丽自豪地说。

"丽丽，又生的事情你不能对任何人讲。"桑爽叮嘱说。

"桑爽，你把我当作傻子吗？"温丽丽激动起来，"桑伯伯，桑爽，自从我们认识，你们只知道我和妈妈一起生活，你们知道我爸爸是怎样死的吗?你们知道我妈妈现在的遭遇吗？"

"丽丽，慢慢讲。"桑梓为丽丽倒茶。

"我爸爸和妈妈在美国做研究工作，听说中国解放了，他们就回到中国，希望能为建设新中国服务。可是，五七年我爸爸被打成右派，后来不知道怎样死在了北大荒。妈妈在大学里的工资被降级，文化大革命中又被大学开除了，我和妈妈一点生活来源都没有了，我妈妈几乎变卖了家里所有值钱的东西。"温丽丽说不下去了，桑爽又哭了。"别哭，桑爽。我妈妈以前的学生同情妈妈，有时候送一点钱来。直到我在中山公园干临时工，这才有了点收入。爸爸死的时候我还小，不知道为什么。文化大革命中发生的一切，使我在想，共产党究竟是什么东西？恶霸，恶棍，他们害死了多少人，中国不知有多少个遭受迫害的家庭。所以，春又生如果真是读书会的人，我温丽丽佩服他！桑爽，你找了个好样的男人！"

"又生哥是读书会的人。"桑爽自豪地说。

"丽丽，你既然知道了真相，伯伯要委托你一件事情。"

"说吧，桑伯伯，只要丽丽能干的。"

"你知道，现在共党在追查读书会，春又生处在危险中。目前，我和桑爽不宜与他联系，但是我们又非常希望知道他的情况。因此，只要你知道春又生发生意外，立即写信告诉我们。此外，你回去告诉春又生，以后他可以通过你和我们联系。不过，这可能给你带来危险。"说到最后，桑梓犹豫了，"丽丽，你只是告诉我们春又生的情况就行了。不要写信，不能将你再陷入危险中。"

"不会的，桑伯伯，你知道在公园里，几乎所有的人都对我很好，我和什么样的人都说话，他们谁也不会相信我和春又生会有什么秘密。我一点危险也没有。"温丽丽自信地说。

“那好，丽丽，你还是要小心些。”

“我会的，这关系到桑爽的终身大事，我怎敢大意。”

“丽丽，又生是个只知向前不知左右的人，他不会保护自己，你要帮他长只眼睛。”

“没问题。公园派出所的杨凯一直在追我，他经常向我透露一些信息，如果春又生有危险，说不定我很快就会知道。我一定会提醒他。”

桑爽此时脸色好多了。

吃完午饭，桑爽带温丽丽去鼋头渚公园。

进了鼋头渚公园，桑爽不知不觉走的是她和春又生的游览路线。过“太湖佳绝处”牌坊，上长春桥，经过荷花池，曲桥和湖心亭，然后直奔鼋头渚。登上鼋头，温丽丽看见一块巨石立于绿树丛中，正面刻有“鼋头渚”三字，反面“鼋渚春涛”，惊喜地说：“我们到鼋头渚了。”

站在鼋头渚，温丽丽眺望太湖，似乎有点不相信地问桑爽：“这就是太湖？”

“是啊，有何观感？”

“与大海相比，太湖是一个秀丽的美女。”

离开“鼋渚春涛”巨石，她俩登上“涵虚亭”，放眼远望峭壁上刻的“包孕吴越”、“横云”的摩崖题字。一路上，桑爽默默无语，回想着她和春又生来游玩时的细节。在“澄澜堂”，桑爽想起她对春又生说的话。温丽丽知道桑爽肯定在思念春又生，一路上总是主动和桑爽说话。温丽丽拉着桑爽一步步爬上鹿顶山。登舒天阁远眺，桑爽想起她和春又生的对话：

"无锡长江北岸就是扬州。又生哥，下次你来，我们去扬州游玩，扬州有美丽的瘦西湖。"

"好啊。我们什么时候能够去西湖呢？爽，我希望有一天能和你杭州西湖游玩。"

"我们一定会去的！"

什么时候能够去西湖呢？还能见面吗？想到这里，桑爽一时心酸，低头哭泣起来。温丽丽想，桑爽不能再这样下去了，否则一定会生病的。得想个办法，温丽丽有主意了。

"桑爽，恋爱是一种什么滋味？"

"怎么？这你还问我？你没有谈过恋爱？"桑爽停止了哭泣。

"桑爽，说实话，尽管有那么多男孩子追我，我可没有喜欢上一个。"

"真的？"

"我哪像你那么有福气，第一次谈恋爱就遇到了春又生。"

"有什么福气？一次次为他担心。"

"你有一个时刻牵挂的人，这就是福气。我就没有这样的福气，老天爷给我一个让我时刻牵挂的人吧！"温丽丽故意双手伸向天空。

"你说的对，牵挂也是一种福气。"桑爽的心情好一些了。

"桑爽，你们肯定接吻了吧？"

桑爽害羞地点点头。

“桑爽，接吻是一种什么滋味？”

“丽丽，你没有和男孩子接过吻？”

“怎么可能！我连恋爱都没有谈过。快说说，接吻是什么滋味？”

“一个字‘甜’。它不是糖甜，也不是蜜甜，是一种令人心醉的甜。”桑爽的嘴巴不知觉地动起来，回味和春又生接吻的甜味，“我有时候想，这也许是爱的化学反应吧。”

“桑爽，你多幸福！”温丽丽羡慕地说。

“还有一种香味。”

“香味？”

“甜味是来自两个人嘴巴舌头接触的感觉。而香味是他的气味。你走进他，特别是他抱着你，你就会闻到一股特殊的香味，唯一的香味，来自他的身体。春又生只要闻到我的气味，就知道是我。我也是。我特别喜欢他的气味。”桑爽的鼻子不知觉地动起来，寻找着春又生气味。

“桑爽，你多幸福！”温丽丽抱着桑爽说。

“丽丽，我是幸福的。”桑爽的心情好多了。

“桑爽，你们上床了没有？”温丽丽突然问。

“没，没有---”桑爽脸红了，低下头。

“没有？我不信，两个人都好到这个份儿上了，能不上床？”温丽丽逼着桑爽，“说，说实话！”

“丽丽，这是不能说的。”

“和自己的姐妹也不能说？”

“我们在一起睡过，不过---”桑爽不知道如何表达。

"不过什么?你不会说是没做爱吧?"

"就是没做爱!"

"谁信呢?都睡在一起了,还会不做爱?"

"真的,我们不会。"桑爽急了。

"不会?"温丽丽吃惊了。

"丽丽,你会吗?"

"我也不会。"温丽丽想了想诚实地说,又问桑爽:"难道做爱还要学吗?春又生不是什么都会吗?"

"春又生又没读过这方面的书。"

"原来结婚还有这么多的学问呢?"温丽丽笑了。

两个人走进舒天阁,观望着太湖。面对太湖,桑爽伸开双手大声呼喊着:"又生哥,我爱你,我想你,你一定要平平安安,你一定要来见我!"

温丽丽也大声喊着:"我的爱人,你在哪里?你快点出现吧!你快点来见我吧!"

太湖,五十多年过去了,你还记得当年这一对少女的呼唤吗?

温丽丽后来对春又生讲了桑爽面对太湖的呼唤,春又生热泪盈眶。

下山的路上,温丽丽要求桑爽详细地讲她和春又生的恋爱,桑爽答应了。从离开鼋头渚公园,再到蠡园,一路上两个人牵着手,桑爽绘声绘色地讲着,温丽丽被他们的爱情故事所吸引。

天黑了,桑爽和温丽丽回到家中,桑梓已经准备好晚饭。他们一边吃饭,一边谈论着太湖的观感。桑梓见女儿不再悲伤,心情好了,心想,丽丽不知用什么法子治好了女儿。

晚上，温丽丽和桑爽睡在一起，让桑爽继续讲她和春又生的故事，一直讲到半夜１２点。

第二天，桑爽和温丽丽去锡惠公园。桑爽拉着温丽丽的携手一边游览，一边继续着昨天的故事。温丽丽感慨地对桑爽说："桑爽，你是天下最幸福的人，你要把你们的爱情写成小说，保准天下的人都羡慕你们！"

"丽丽，我正在写。我已经将第一部分给了又生，这次你回去带给他我写的第二部分。"

"我也要看！"温丽丽说。

"好吧。不过，千万要保密。"

"和你开玩笑，我不看，我怎么会看你们的情物呢。"

吃完中饭，桑爽领着温丽丽进了自己的房间。她拿出一个小笔记本然后用一块手帕包上交给温丽丽："丽丽，把这个带给又生。"

"好的。"

回到桑梓房间，桑梓拿出两个包裹，对温丽丽说："丽丽，这是两份无锡特产，一份给你妈妈，一份请你带给又生妈妈。"

"谢谢，桑伯伯。我来的时候也没有给您带礼物。"温丽丽不好意思地说。

"丽丽，你能来看我们，就是送给伯伯和爽儿的最好的礼物。"桑梓将包裹塞进温丽丽的提包里。

收拾完毕，温丽丽对桑梓说："桑伯伯，我要走了，您一定保重身体。"

"丽丽，与春又生接触的时候要当心呀！如果你感觉有丝毫危险，就不要同他接触。"桑梓叮嘱说。

"桑伯伯，您放心，我会注意的。"

在火车站台上，"丽丽，以后还要来。"桑爽抱着温丽丽说着眼又红了。

温丽丽对桑爽说："桑爽，只要有可能，我就会来。"

"告诉又生，要想着我，要谨慎，别出事。"

"桑爽，我一定转达你对他的爱，对他的思念，对他的牵挂。另外，我今后会帮着你看着他，以免别人伤害他。不过，我希望你能振作起来，不要总是这样悲悲戚戚。"

"好的，丽丽。"桑爽感动地说。

火车开了，桑爽恋恋不舍地送走了温丽丽。

回到青岛后，温丽丽趁着一个无人注意的机会，约春又生下班后在果园里见面。温丽丽给了他，桑梓送给春妈妈的礼物，并郑重地将桑爽的小笔记本交给春又生。温丽丽绘声绘色地讲了，桑爽为春又生担心，昏厥过去了，讲了桑爽面对太湖的呼唤，春又生背过身去，泪流满面。

春又生控制了自己的情绪，转身对温丽丽讲："丽丽，谢谢你。我怕牵连桑爽，不能给她写信。请你写信告诉她，为了她，我一定会谨慎、谨慎再谨慎。"

"春又生，我知道你的事情，桑伯伯已经告诉了我。以后，如果有什么消息，我会及时告诉你。"

"谢谢你，丽丽。"

　　本来，温丽丽不太愿意见公园派出所的小警察杨凯，怕她纠缠自己。但是，为了桑爽和春又生，她有意地和杨凯见了几次面，想从他的口中了解，公安们最近在办什么案子，在调查公园里的什么人。温丽丽做得非常巧妙，杨凯丝毫没有觉察温丽丽的用意。他见温丽丽和自己接近，自然喜出望外，什么也都告诉温丽丽。温丽丽从杨凯的话得知，虽然公安部门在调查读书会的案子，但是在中山公园里似乎还没有调查对象，也没有监视任何人。温丽丽心安一些，并及时地写信告诉了桑梓。

　　春节前，春又生找到温丽丽，让她转告桑爽，今年春节，桑爽不宜来青岛。温丽丽问："为什么？"

　　"我的朋友告诉我，北京那里最近又出现了问题，我感觉形势很紧张，可能有危险。"春又生回答。

　　"是吗？我再去探听一下消息。"

　　"丽丽，你是女孩子，我真不愿意你参与这件事情。"

　　"放心了，我是一个聪明的女孩子，我保证不会出事。"

　　"丽丽，你千万要小心。"春又生仍然不放心。

　　"怎么这么罗嗦。"温丽丽不耐烦了。

　　温丽丽从杨凯那里得到消息，北京公安抓了北京读书会的几个成员，青岛公安近几个月一直在调查青岛是否有读书会。但是到目前为止，青岛还没有发现有读书会的活动。温丽丽将消息告诉了春又生。春又生说，不知北京被抓住的几个人是谁，这几个人是否知道青岛读书会的存在。所以，目前依然很危险，桑爽不能到青岛来。温丽丽想了想，春又生的分析有道理，就写信告诉桑爽，春节她不能来青岛。

桑爽接到信后，又失望又担心。失望的是，盼望着春节能够见到春又生，看来又不可能了；担心的是，春又生可能更危险了。她想不顾一切地到青岛去见春又生，桑梓坚决不同意。桑梓表面很冷静，实际上在为春又生担心，也为那些不顾一切地冒着生命危险的读书会成员担心，他希望这股有生力量不要被共党一网打尽。桑爽在春节期间病倒了。明亮用自行车来回带桑爽去医院看病，打吊瓶，取药，忙里忙外。桑爽无法拒绝，桑梓很欣慰这个家还有一个人能够帮上忙。

春节期间，桑爽没有到青岛来过年，春妈妈问春又生，桑爽今年为什么不回家过年？春又生只好又敷衍妈妈说，今年春节，桑爽单位里不准员工请假，所以没有办法来青岛过年。姐姐知道了，有点担心地问春又生："是不是---"

1974年4月5日，桑梓到了青岛。给妻子祭奠后，他犹豫是否去见春又生一面。在来青岛之前，桑爽哭着让爸爸一定要知道春又生的情况。桑梓决定先去找温丽丽，从她那儿获得的消息，再决定是否去春又生家。桑梓走出墓地，温丽丽现在他的面前。

"桑伯伯！"

"丽丽，你怎么知道我在这儿？"

"桑伯伯，是春又生告诉我的。"

"又生怎么样？"桑梓忙问。

"他的情况不好。又生告诉我，他的一个读书会的同志被捕了。另外，我从公安内部得知，公安已经知道青岛也有读书会，正在全城大搜查。春又生不能来见你了。"

"终于出事了。看来又生也凶多吉少。"桑梓心乱了，他心疼春又生。

"另外---"

"另外什么？"

"春又生让我转告你，他已经做好了被捕的准备。他说，他对不起您，对不起桑爽。您本来约好的是给他一年的时间，来决定是否退出读书会，现在已经两年多了。在这个时候，他是宁死也不能退出的，宁死也不能向共党低头的。因此，他不能再拖累桑爽了，他要与桑爽解除婚约。"温丽丽低声说。

"看来，这就是命运啊！中国还要死多少有志青年哪！"桑梓痛心地说。

"桑伯伯，不过据我所知，中山公园的警察还没有发现春又生。"

"也许是时间问题。"

"桑伯伯，桑爽怎么办？我担心她肯定受不了。"

"受不了也得受，谁叫我们生活于这样一个乱世呢！"

"桑伯伯，您好好劝劝桑爽，别硬逼她。"

"我让她自己决定。"

"桑伯伯，事情还没有到最后关头，春又生有什么事情，我一定尽快告诉您。我也会暗中帮助春又生。"

"丽丽，你一定千万要小心！共党是残暴无情的。"

“我知道，我一定会小心的。”

“桑伯伯，您今晚住在那里？中午咱们一起吃饭吧。”

“我去市府招待所住。顺便打听一下消息。丽丽，你回去上班吧，我会自己照顾自己的。”

温丽丽和桑梓告别后返回公园上班去了。桑梓迈着沉重的步伐走在这个生活了十几年城市的马路上，如果春又生真的遭遇不幸，他就与这个城市彻底断绝任何联系了。

清明节，桑梓没有到家中来，春妈妈这时不由得怀疑了，她追问春又生究竟是怎么回事儿？春又生支支吾吾说不清楚。春妈妈打着春又生说，你要是把爽儿丢了，你也就别回家了。

桑梓回到无锡后，将坏消息告诉了桑爽。也许是连续受到打击，桑爽已经没有泪水了。她平静地对桑梓说：“爸爸，我不会与又生解除婚约。无论他发生什么事情，我都要和他在一起。”

“爽儿，那你要做好受苦的最坏准备。”

“爸爸，我决定‘五一’到青岛去。”

“不行！你那是自投罗网，春又生很可能处在被监视之中。”

“爸爸，我一定要见又生一面，否则我会发疯的。”桑爽不容置疑地说。

中午吃饭的时候，温丽丽对春又生使了一个眼色。

吃完午饭，春又生到果园去找温丽丽。

"桑爽来信了。"温丽丽对春又生说，"她说这个月的19、20和21号到上海出差。20号是星期六，她的工作上午就办完了，下午从上海赶到杭州就傍晚了，然后她在杭州火车站等你。让你无论如何想办法在20号傍晚赶到杭州。21号星期天晚上，桑爽必须从杭州赶回无锡，你们在杭州有将近一天的时间。"

"丽丽，我恐怕不能去，我不知道我现在是否受监视。如果警察在监视我，就会连累桑爽。"

"我已经从内部打听到，咱们公园的警察最近没有在监视谁。"

"消息可靠吗？"

"保证可靠。"

"万一---那就害了桑爽。"

"你不去见桑爽，也是在害她，她会发疯的。"温丽丽强硬地说。

"丽丽，我不得不从最坏处想。我如果要去杭州，首先要坐火车到上海，然后从上海坐火车到杭州。假设我受到监视，我只要一买到上海的火车票肯定就会被跟踪。"

"有一个办法，也许能行？"

"什么办法？"

"我有一个朋友经常开货车到上海送货，如果你能神不知鬼不觉地坐上他的货车，这样你到上海去，警察就无法知道。"

"你的朋友可靠吗？"

"绝对可靠。不过，我要先了解一下，他最近出车的情况。明天下午休息时，你来果园来找我。”

　　第二天下午休息时，春又生到果园去找到温丽丽。

　　“春又生，你小子真有福。我的朋友19号下午6点钟发车，第二天中午就可以到达上海。他把你送到火车站，然后你立即坐火车去杭州，估计傍晚可到达杭州。我对他说，你是我的一个朋友要到杭州去，想打个便车。他同意了。”

　　“真的？那我怎样感谢他们，要给他们车钱么？”

　　“不用。车上有两个司机轮换开车，路上吃饭的时候，你请客就行了。”

　　“这没有问题。丽丽，谢谢你！”

　　“不用谢我。你对桑爽要好，不能轻易说解除婚约的话。”

　　“可是，丽丽，我见桑爽，就是要当面说---”春又生说不下去了。

　　“太残酷了吧！”

　　“丽丽，你知道我的处境，我愿意和自己心爱的人分手吗？”

　　“好了，别说了，总之，你不能辜负桑爽 。”温丽丽打断春又生的话，“星期五那天你照常上班，不要多带东西，让别人看出你要出远门的样子。差几分钟下班时再请假，然后马上坐车到四方汽车站，咱俩在那里碰头，我带你去找我的朋友。”

　　“好。丽丽，你给桑爽回信，就说我一定去。”

　　21号晚上，7点多钟，春又生赶到了杭州。在出站口，他看见了望眼欲穿的桑爽。

"爽！"春又生紧紧地握着桑爽的手。

"又生哥！"站了一个多小时的桑爽无力地靠在了春又生的身上。

"爽，爽，你怎么了？"春又生害怕了。

"又生哥，我累了。"

"走，先找旅馆住下。"春又生扶着桑爽走进火车站旁边的一个旅馆。

"你们是夫妻吗？"登记人员问。

"我们是对象，还没有结婚。"春又生回答。

"没有结婚就不能住在一起，要分开房间住。"

"有单间吗？"春又生问。

"有，单间很贵。"

"我对象病了，要住单间，我住大间。"

"证件！"

"我们到上海出差，随便到杭州来玩一玩。这是我们出差的介绍信。"春又生正要回答，桑爽抢先拿出了介绍信。

在桑爽的单间里，春又生问："爽，你怎么还有介绍信？"

"我和一个同事一起到上海出差，去的那个单位只看了介绍信，忘了收下。我想正好在杭州可以用，你就不用拿出证件了，这样谁也不知道你到过杭州。"

"爽，你吃晚饭了吗？"

"没有。"

"我也没有吃，咱们出去吃饭。"

　　"不，我什么也吃不下。我这里有饼干，咱俩吃饼干把。"

　　"爽，你瘦了。"吃着饼干，春又生仔细地端详桑爽，发现桑爽瘦了，他用手轻轻地抚摸桑爽那已经失去红色的脸蛋，心疼地说。.

　　"能不瘦吗？又生哥。"桑爽低声说。

　　"爽，对不起，都是因为我。"春又生难过地说。

　　"又生哥，看着我的眼睛，你要背弃海盟了吗？"

　　"爽，我怎么会背弃海盟呢？"春又生双手捧着桑爽的脸。

　　"你不是让丽丽带话给爸爸说要解除咱俩的婚约吗？"

　　"是的。"

　　"那你还是要背弃我了！"

　　"爽，我想咱们的海盟，不仅仅是婚约，更重要的是，我要使你幸福。而我现在的处境不仅不能给你带来幸福，还可能———"

　　"又生哥，你以为解除了婚约会给我幸福吗？"

　　"当然不是，但是不会给你带来危险。"

　　"又生哥，你以为你身处危险，我能置之度外吗？"

　　"爽，我怎么和你说呢？"春又生急了，"我不能让我的爱人——"

　　"又生哥，我就能吗？"桑爽打断了春又生的话。

　　"我——"春又生感到辞穷了。

　　"又生哥，咱们一起逃走吧。"

　　"爽，逃到哪里去？到处是共党的爪牙。现在的形势是这样。青岛就两个读书会的成员，一个是我，一个是我的好朋友。我的朋友被捕了，是他的妈妈派他的弟弟偷偷告诉我的。他是怎样被捕的，我不知道。是北京方面有人出卖了他？不太像，如果是，为什么只抓他，没有动我呢？是正在监视我，放长线钓大鱼呢？还是暂时没有发现我呢？我的朋友肯定不会出卖我，这一点我是坚信不疑的。所以，也有可能，我还没有被发现。如果我一走，这不正好暴露了吗？"

"既然这样，你为什么还要解除婚约？"

"爽，这只是猜想，万一不是———"

"我不管什么万一，又生哥，我离不开你。"桑爽倒在春雨生的怀里哭起来。

"爽，爽，你以为我能离开你吗？"春又生心疼地爱扶着桑爽，眼睛红了。

"既然你也离不开我，咱俩就一起面对一切。"桑爽抬起头来，看着春又生。

"不行！我不能让你跟着我受苦受难。"

"又生哥，离开你对我来说就是苦难。"桑爽说着开始亲吻春又生，也许是一年多没有接吻了，两个人很快浑身发热，颤抖起来。

"又生哥，我要你，我知道你怎么进入我的身体了。"桑爽亲吻着春又生激情地说，"我表姐春节生小孩了，我问她，女人是怎样才能生小孩，表姐开始说，到了结婚那一天就会了。我奇怪地问她，没有人教你？表姐笑了，女人结婚生孩子还用人教？后来她告诉了我如何做爱，如何生孩子。"

"啊，啊———"春又生和桑爽被性欲激发了，两个人不由自主地呻吟起来。

春又生一边亲吻着桑爽，一边脱她的衣服，桑爽喃喃地说："又生哥，我要给你生个孩子。"

春又生忽然清醒了，他停止脱桑爽的衣服。

"怎么了？又生哥？"

"爽，我不能要你，更不能让你给我生孩子。"春又生认真地说。

"为什么？'"

"如果我----孩子不能没有父亲。再说，你一个姑娘家，还没有结婚，哪里来的孩子，别人将如何看你？"

"我不怕，这是我自己的孩子！"桑爽低声吼叫。

"那也不行，你未婚生育，孩子报不上户口，你还会被单位开除，你和孩子今后怎样生活。"

"你别管，总会有办法的。"

"我怎能不管，我怎能不管我的妻子和孩子的生存。"春又生坚决地说。

"又生哥，万一你有什么危险，咱们又没有后代，我会后悔一辈子的。"

"爽，万一我有什么危险，留下你和孩子孤苦伶仃，我死也不会瞑目。"

"又生哥，我求你了，给我们一个孩子吧。"桑爽痛哭流涕。

"爽，我不能这样做，我不能累及你---"春又生也哭了。

正在两个人争执不下的时候，忽然有人敲门："注意了，八点半多了，9点之前，每位旅客都要回到自己的房间。”

两个人连忙停止了哭泣和争执。

“又生哥，难道咱俩真的是有情无缘。”桑爽双手捧着春又生的脸。

“爽，我相信我俩是有情也有缘的，你看，我们相识了，相爱了。我们梦想到杭州来，说来就来了。”

“对了，又生哥，一会儿你就要回到自己的房间了。爸爸知道咱俩在杭州见面的事情。他要我保证明天必需返回无锡，星期一接着上班，才准我和你见面的。因为这样就不用请假，减少意外。我答应了爸爸。我已经买了明天下午回无锡的票，给你买到了济南的票。因为，杭州没有直达青岛的火车。”

“好。明天几点的火车？”

“下午四点的。”

“到无锡几点？”

“半夜吧。”

“你怎么回家？没有公共汽车了，又是深更半夜的。”

“爸爸来接我。”

“这我就放心了。明天咱们一早起床，争取在杭州多玩几个地方。”

春又生紧紧地抱着桑爽，用力地亲吻着她好一会儿，然后回自己的房间去了。

第二天早晨6点多一点儿，春又生和桑爽办理了退房手续，直奔西湖。

杭州城很小，从火车站坐公共汽车很快到了西湖边。在庆春路上下车后，春又生急急地问一位杭州人，西湖快到了吗？那人手一指说，就在眼前了。春又生和桑爽的心忽然"咚咚"直跳，这就要看见西湖了吗？这就要看见"浓妆淡抹总相宜"的西湖了吗？这就要看见"十年未见水跳珠"的西湖了吗？

站在西湖边，两人相视一笑。

"又生哥，这就是西湖？没有太湖大，却为什么有一种亲切的感觉？"

"也许是我们从小就对西湖有一种美好的向往而产生的感觉吧。"

面对西湖，桑爽抑扬顿挫地背诵柳永的《望海潮》：

东南形胜，三吴都会，钱塘自古繁华。烟柳画桥，风帘翠幕，参差十万人家。云树绕堤沙。怒涛卷霜雪，天堑无涯。市列珠玑，户盈罗绮竞豪奢。

重湖叠清嘉。有三秋桂子，十里荷花。羌管弄晴，菱歌泛夜，嬉嬉钓叟莲娃。千骑拥高牙。乘醉听箫鼓，吟赏烟霞。异日图将好景，归去凤池夸。

"柳永的《望海潮》写得真是情景交融，据说当年金朝的金兀术就是读了柳永的这首词后，起了攻打宋朝之意的。"春又生对桑爽讲。

"我知道这件事，是野史上写。"桑爽笑着对春又生说。

桑爽和春又生沿西湖来到断桥。桑爽对春又生说："又生哥，断桥是许仙与白娘子第一次相逢的地方。我们第一次见面的地方是二路电车上，虽然没有断桥这里浪漫，但是许仙送的是伞，你送的是书，更有意义。"

"爽，我们第二次见面是在新华书店，第三次见面是在观象山小休息亭。我认为第三次见面最有意义，因为我们开始彼此信任了。"

" 对。又生哥，以后你要经常到小休息亭去想我。"

"我会的。爽，我还是要对你说，----"

"我不听，---"

"爽，你必须听。白娘子和许仙的爱情被法海破坏。我们的爱情很可能被这个时代所破坏。我想，我们是现代人，没有必要做无谓的牺牲。"春又生诚恳地对桑爽说，"爽，难道我愿意与你分开吗？如果不分开，我就会时时刻刻想着你，就会分心，就会很危险。而且，这样的危险处境不知什么时候解除，也可能很长时间解除不了。我不愿意让你在焦虑中等一辈子。"

桑爽哀求地说："又生哥，我愿意等，我愿意等一辈子。"

"爸爸呢？他能允许你长久地等下去吗？我也不允许你无望地等我一辈子。"春又生生气了。

"反正我不愿意分开！"桑爽也生气了。

"桑伯伯已经给了我三年的时间了，我都没有做到自己能够平平安安的。这样吧，我们再做一个约定。咱们再等两年，如果两年后一切正常，我们就结婚。如果两年后还是危险不定。那时我已经30岁了，你也已经27岁了。我以后能不能结婚是很难说的了。而你必须要结婚了，要找一个好男儿嫁给他。爽，我不是最好的。"

"我不，我不嫁给任何人。"桑爽低声哭了。

"爽，答应我，你答应我，哥哥求你了。"春又生泪流满面地哀求。

"我，我---"桑爽六神无主了。看见春又生那痛苦的样子，桑爽被迫点了点头。

"爽，这是咱们没有办法的约定。我春又生发誓，纵然今后我们被迫分离，天各一方，今生今世我决不敢忘记我的桑爽妹妹。"

"又生哥，我，桑爽今生今世会永远爱着我的又生哥哥。"

"来，振作起来，我努力争取做到平安无事。我相信毛贼会死在我的前头！"春又生握这桑爽的手，"我们别错过这个大好的春光，好好地欣赏西湖吧。"

"爽，你知道那是什么山吗？"为了使桑爽恢复情绪，春又生指着紧邻西湖的一座小山问。

"桑爽抬头看看说："那是宝石山，那座塔是保俶塔。从宝石山俯视断桥，桥面仿佛中断。所以，断桥这里有一景'断桥残雪'。"

"爽，你知道得真多。"

"我从小最喜欢的故事之一就是《白蛇传》"桑爽似乎恢复过来了，"又生哥，你知道还有一个美丽的爱情故事发生在杭州吗？"

"除了许仙与白娘子，还有哪一对？"春又生问。

"梁山伯与祝英台啊！你知道吗？梁山伯与祝英台就是在杭州万松书院读书，相爱的。"

"真的？那我们要去看看吧。"

"不知道能不能找到，也不知道时间够不够。"

两人过断桥，漫步在白堤上，四月春暖，柳枝飘逸。桑爽和春又生陶醉在春意之中。

桑爽兴致起来了，对春又生说："又生哥，我来曾经背诵白居易写的《钱唐湖春行》：'孤山寺北贾亭西，水面初平云脚低。几处早莺争暖树，谁家新燕啄春泥。乱花渐欲迷人眼，浅草才能没马蹄。最爱湖东行不足，绿杨荫里白沙堤。'"

"'几处早莺争暖树，谁家新燕啄春泥。乱花渐欲迷人眼，浅草才能没马蹄'春色写得真贴切真美！"春又生赞叹道。

锦带桥连着平湖秋月。两人停足，一览西湖风光。桑爽指着湖中的三座小岛说："又生哥，那是湖心亭、三潭印月和阮公墩，同称'湖中三岛'。"

"可惜时间不多，否则进岛一游。"春又生遗憾地说。

桑爽背诵张先的"画堂春"：

外湖莲子长参差，霁山青处鸥飞。水天溶荡画桡迟，人影鉴中移。　桃叶浅声双唱，杏红深色轻衣。小荷障面避斜晖，分得翠阴归。

桑爽解释说，鉴为古代用的镜子，还可以当动词用，例如水清可鉴。'人影鉴中移'是一幅流动的画面：游人在画船上，画船在水面上，湖水面如镜，人影在镜子里移动。桃叶浅声双唱，杏红深色轻衣。桃叶是王献之的小妾，王献之曾经作《桃叶歌》歌之。此处桃叶指的是《桃叶歌》一对歌女双双唱起了轻柔婉转的《桃叶歌》。天光水色之间，歌女杏红的衣衫多么美丽。

"人影鉴中移，正是此时此刻的景象。"春又生叹曰。

"仲殊的两首描写西湖春景的词非常好。"桑爽又说。

"仲殊是谁？"春又生问。

"仲殊是北宋著名的诗僧。苏轼在杭州任通判时，非常器重他，常与他唱和。"桑爽背诵仲殊的两首诉衷情，

"诉衷情 宝月山作

清波门外拥轻衣，扬花相送飞。西湖又还春晚，水树乱莺啼。闲院宇，小帘帏。晚初归。钟声已过，篆香才点，月到门时。

诉衷情 寒食

涌金门外小瀛洲，寒食更风流。红船满湖歌吹，花外有高楼。晴日暖，淡烟浮，恣嬉游。三千粉黛，十二阑干，一片云头。

"晴日暖，淡烟浮，恣嬉游，真是春游好心情啊！"春又生再次叹曰。

离开平湖秋月，走进中山公园。南宋时，这里是南宋皇室的御花园。登上孤山，桑爽说："孤山因'四周碧波紫绕，一山孤峙湖中'而得名。桑爽伤感地说，这里曾经有西泠印社几位大师的塑像，文革中被毁掉了。春又生说："是被毛泽东毁掉了！"

"多情善感的孩子！"春又生抚摸一下桑爽的头。

登上孤山顶，两人瞭望西湖，偎依在一起，沉浸在湖光水色之中。

来到孤山下，桑爽对淳佑生说，爸爸曾经告诉我，秋瑾的墓就在孤山下，1965 年被炸毁。

"为什么！"淳佑生大为吃惊

"据说是，毛泽东抱怨西湖边的坟墓太多了，手下的人就—"

"毛泽东，又是毛泽东！"春又生狠狠地说。

"又生哥，你千万不能对别人讲啊！"

"我知道。"春又生说，"爽，我从小尊敬秋瑾，我被她的一句词所折服。"

"我知道是那一句话，我也被她的一句词所折服。"桑爽说

"咱俩同时说，看是不是同一句？"春又生建议。

"好！一、二、三！" 桑爽数着。

"身不得，男儿列，心却比，男儿烈！"两人同时说出秋瑾的名言。

"只有李清照写的：生当作人杰，死亦为鬼雄，可以与秋瑾的这句词相媲美。"春又生说。

"对！"桑爽赞同。

由于没有吃早饭，两个人都感到饿了。

桑爽对又生哥说："我饿了，吃饭吧。"

"我也饿了，吃饭！"

两人来到了楼外楼饭店。

看见楼外楼饭店，春又生对桑爽说："爽，中国历史上有好多人我想起来就心痛，南宋诗人林升就是一个。他写的《题临安邸》，'山外青山楼外楼，西湖

歌舞几时休？暖风熏得游人醉，直把杭州作汴州'。一面是山河破碎，一面是醉生梦死，他悲恨的心情可想而知了。"

"那是因为，你面对的今天也是这样吧，所以和林升有同感。"

"言之有理。"

两人进了楼外楼饭店。

"到西湖就要吃西湖糖酥鲤鱼。"桑爽点了一个西湖糖醋鲤鱼、一个鱼香茄子和西湖藕片。店家直接从湖中捞起一条活生生的鲤鱼给他们看看大小，鱼烧好后，端上桌，还张着口，没有完全死掉。

桑爽说："这，这太残忍了吧！"然后闭上眼睛，一口鱼也没吃。

春又生吃了几口，也不吃了。两个人将鱼香茄子和西湖藕片吃了个精光。

吃完饭，他们来到西泠桥。桑爽到处找苏小小墓。

"这儿本来有苏小小墓的，怎么没有了？"桑爽失望地说。

"也许和秋瑾的墓一起被捣毁了吧。"

"又生哥，我很佩服苏小小。在封建时代，她就勇于追求爱情。"

"你给我讲一讲她的故事吧。"

"苏小小是南齐人，聪敏美丽，颇有才华。有一次，苏小小乘油壁车郊游，看见有几位风度翩翩的少年郎紧随车后，并且爱慕地看着她。苏小小即兴在车中朗诵：

燕引莺招柳夹道，章台直接到西湖；

春花秋月如相访，家住西冷妾姓苏。

还有一次，苏小小乘车游，在白堤上看见阮郁骑马而来，两人一见倾心。苏小小当时吟诗一首：'妾乘油壁车，朗跨青骢马；何处结同心？西陵松柏下'。"

"苏小小真是一个了不起的女性！"春又生赞叹地说。

桑爽随即背诵袁宏道写的著名的《西陵桥》：

"西陵桥，水长生。

松叶细如针，不肯结罗带。

莺如衫，燕如钗，油壁车，斫为柴。

青骢马，自西来。

昨日树花，今朝陌上土。

恨血与啼魂，一半逐风雨。"

从西冷桥，他们来到苏堤，停立在"苏堤春晓"景碑前，桑爽说；"苏轼任杭州知州时，将疏浚西湖挖出的淤泥构筑成路堤，苏轼曾有诗云：'我来钱塘拓湖绿，大堤士女争昌丰。六桥横绝天汉上，北山始与南屏通。'，后人将路堤命名为苏堤。苏堤上共有六座拱桥，自北向南依次名为跨虹、东浦、压堤、望山、锁澜、映波，南宋时期，'苏堤春晓'被列为西湖十景之首。"

站在跨虹桥上，两人欣赏着西湖美景。长堤六桥起伏，绿树成荫，西湖山水像一幅巨大的水墨画，展现在游人面前。

桑爽赞叹说："西湖真美！难怪苏轼赞曰 '水光潋滟晴方好，山色空蒙雨亦奇。欲把西湖比西子，淡妆浓抹总相宜。'"

"据说苏轼酷爱杭州，曾经表示死后要葬在杭州。"春又生说。

"这，我不知道。"桑爽又背诵苏轼的'南歌子'，"山与歌眉敛，波同醉眼流。游人都上十三楼。不羡竹西歌吹古扬州。菰黍连昌歜，琼彝倒玉舟。谁家水调歌头。声绕碧山飞去晚云留。"

从苏堤返回，他们来到了岳庙，一心要看岳飞墓的春又生，看见大门上挂着一幅横幅"阶级斗争展览会"，失望地对桑爽说，不进去看了。

"爽，你知道吗？岳飞也是使我心痛的中国人。不少民族都有杀害自己优秀子孙的过去，例如意大利人在鲜花广场上烧死了布鲁诺，美国人暗杀了林肯。惟独中国最为严重，就在这小小的杭州就横躺着宋人岳飞、明人于谦和清人秋瑾。岳飞啊，岳飞，十二道金牌逼你回来送死，你竟然真的回来了，你惨死于'精忠报国'的愚忠。真是可惜也可恨！"

"又生哥，如果你是岳飞，你肯定不会来，是吧？"

"当然！'精忠报国'不是'精忠报君'！"春又生紧握着双手。

离开岳庙，他们来到了灵隐。进一灵隐，桑爽感到进入了仙境。她拉着春又生的手，首先游览飞来峰。他们最先看到的是 "听音"的胖和尚，他身旁的小河溪哗哗地唱着，胖和尚听这流水之音嘻嘻地笑着。

飞来峰洞壑多，他们一一进出金光洞、罗汉洞、观音洞等岩洞。金光洞内有济公床及济公烧狗肉处遗迹。

春又生对桑爽说："不要看这个肮脏的地方。"

"为什么？又升哥？"桑爽不解地问："你不喜欢济公？"。

春又生说："对，我不喜欢济公。济公虽然能为穷人做几件好事情，但是作法太龌龊。这实际上表现了某些穷酸知识分子的阴暗心理。"

观音洞有一线天，游人们在此寻找着一线天，据说"一线可以见天堂"。桑爽非常有兴致地抬头寻找，很快就找着了。她高兴地说："又生哥，我看见了一线天了！你看见了吗？"

春又生说："看见了，你看见了'玉观音'了吗？"

"没看见，你看见了'玉观音'了吗？"

"我是无神论者，我是看不见的。"

离开飞来峰，经过南宋抗金名将韩世忠为悼念岳飞而建造的翠微亭，他俩进了灵隐寺。灵隐寺是我国佛教禅宗十刹之一，被誉称"东南佛国"的古刹。据说，东晋咸和元年，印席僧人慧理来到此地，见山峰奇秀，以为是"仙灵所隐"，于是在此建寺，取名灵隐。灵隐寺装修一新，是因为柬埔寨的西哈努克几年前要来参拜过。灵隐寺大雄宝殿前为天王殿。天王殿殿前供奉着弥勒佛，大肚能容容天下难容之人，笑口常笑笑天下可笑之人。看着喜笑颜开的弥勒佛，桑爽笑了。春又生说：毛泽东是小肠难容天下正直之人，阴风常刮世间凄厉之声。桑爽对殿里的佛像产生了兴趣，她抬头仰望身材高大神彩飞扬的风调雨顺四大天王，仔细端详着扶杵降魔、威镇三洲的韦驮。大雄宝殿正殿，金光灿烂的释迦牟尼，体态丰盈，和蔼慈祥，端坐在莲台之上，桑爽虔诚地礼拜释迦牟尼，心里唸着："如来佛，保佑又生哥平平安安吧。"

大雄宝殿后背壁是"海岛佛山"，佛山上塑造了一百五十多个大小佛像，姿态各异，活灵活现，尤其那红孩儿姿态活泼可爱。桑爽欢喜地对春又生说："又生哥，你看那红孩儿，像真人一样。"

"真是鬼斧神工。爽，你说为什么佛教能够在东方流传千年呢？"

"你说呢，又生哥？"桑爽挽着春又生的手臂，像一个小孩子天真的问。

"我也不知道，我以后要研究这个问题。"

从灵隐坐车到杭州山著名的虎跑泉。桑爽与春又生携手漫步在虎跑花园中，桑爽说"虎跑泉水是一种优质的天然饮用水，与龙井茶叶并称'西湖双绝'，想品尝'西湖双绝'吗？"

"是吗？爽，虽然我不会喝茶，今天我也要好好陪你喝。"

品着茶，桑爽看见虎跑泉四周有很多桂花树，心想，桂花盛开时，虎跑泉一定满院桂花香气扑鼻，那时来喝茶多么惬意啊。

"你在想什么？"春又生问。

"我在想，虎跑泉最美丽的时光应该是八月桂花盛开的时候，桂花香气醉人！"

离开虎跑泉，他们到了六和塔。

春又生对桑爽说："史书上记载六和塔始建于北宋开宝三年。据说是吴越王钱弘淑听从延寿、赞宁两禅师建议，在钱塘江北岸的月轮山上，建九级高塔以镇江潮，取佛教六种规约命塔为六和塔。宋朝时，在六和塔可以观望钱塘江大潮。白居易、苏东坡、范仲淹等人都有咏潮佳作。白居易三年杭州刺史离任回到北方，曾写到：'江南忆，最忆是杭州，山寺月中折桂子，郡亭枕上看潮头，何日更重游？'"

桑爽笑着说："咏潮诗词中最传神的是北宋潘阆所写的词，'长忆观潮，满郭人争江上望。来疑沧海尽成空，万面鼓声中。弄潮儿向涛头立，手把红旗旗不湿，别来几向梦中看，梦觉尚心寒。'。"

六和塔塔身是双层的。里面塔身七层八面是砖木结构，为了保护塔身，清光绪二十六年间，在塔外木构檐廊十三层。桑爽和春又生一层一层在木制的塔身上欣赏那原装塔身，倾听塔外百只铁铃风中歌唱，凭栏远眺，曲折的钱塘江，壮观的钱塘江大桥，郁郁苍苍的越山。在木制塔身的夹层里，每上一层春又生就抱紧桑爽，亲吻她。桑爽起初假意抗拒说，这是佛教圣地。春又生说，我是无神论者，不是孙悟空，如来佛又能如何于我！

从六和塔出来，桑爽看了看手表，看来我们不能去万松书院了。已经两点多了，我们必须赶往火车站了。

　　上了火车，因为这一天就吃了一顿饭，所以两个人都饿了。他们拿出刚刚在候车室里买的饼干，喝着白开水，狼吞虎咽地吃起来。桑爽跑了一天了，累了，倚在春又生身上睡着了。春又生也累了，不一会儿也睡着了。桑爽做了一个梦，梦见她和春又生携手游览万松书院，看见很多梁山伯和祝英台的遗迹。忽然祝英台出现在她的面跟前，凄惨地对他说："姑娘，你和我一样，命中注定死后才能和心爱的人相聚。"

　　"才不呢。"桑爽不信，她紧紧地握着春又生的手。

　　"你的小哥哥呢？"祝英台忽然对桑爽说。

　　桑爽侧身一看，刚才还握着手的又生哥不见了。她着急地喊着："又生哥，又生哥。"

　　"爽，爽！"春又生醒了，看见桑爽睡梦中叫自己，不知出了什么事，急忙喊叫桑爽。

　　桑爽醒了，看见春又生，连忙抓住他的手。

　　"怎么了，爽？"

　　"没什么，刚才做了一个梦，找不着你了。"桑爽害羞地笑了。

　　而后，两个人几乎不说话了。因为他们知道再过几个小时，他们就要分开了，说什么都没有用了。他们只是紧紧地握着手，双眼不住地深情地望着对方。桑爽隐隐约约地感觉到，她生命中的最珍贵的人也许就要永远离开她了。难道这就是命运，谁也无法抗拒吗？春又生冷静地接受这个现实，如果不能保证桑爽平平安安地与自己生活一辈子，就决不能连累她。

临下车前，春又生小声对桑爽说："爽，我是幸福的。我的生命因为有你而是幸福的。"

"又生哥，我也是。我的生命中有了你而幸福。"

"爽，回去对爸爸说，如果我能躲过这一劫，我一定坐下来老老实实地做学问。"

"我要的是你能平安地活着，到无锡来娶我。"

"我一定竭尽全力！"

"我等你！"

"爽，如果等我两年，我没有来，就不要等了。"

桑爽双手捂着脸，无声地哭了。

火车到达无锡站，已经将近十二点了。春又生把桑爽送下车，两人紧紧地拉着手。火车就要开了，春又生跳上火车，很快跑到座位上，从窗口伸出手来挥动着："爽，再见，再见————"

桑爽跟着火车跑着，哭着、喊着："又生哥，又生哥————"

火车没有了踪影，桑爽蹲在地上放声痛哭，她本能地感到也许她的又生哥永远离开她了。下车的乘客诧异地看着这个悲痛欲绝的姑娘。

桑爽是最后一个出的火车站，在出站口，她发现明亮推着一辆自行车站在那儿。

"桑爽！"明亮看见桑爽，兴奋地叫着。

"表哥，你怎么来了？我爸爸呢？"桑爽感到很意外。

"伯伯知道你肯定坐这次火车回来，到无锡太晚了，公共汽车已经停开了，所以派我来接你。"明亮看见桑爽红肿的眼睛和疲惫的样子，关心地问，"怎么了，桑爽？"

"没事，走吧。"

走出车站，桑爽坐在明亮自行车的后座上，明亮带着桑爽快速骑车，他知道伯伯肯定在家里等急了。

回到家中，桑爽扑在爸爸的怀中，痛哭起来。明亮见此情景，慌得不知所措。桑梓对他说："明亮，你先回家吧。"

"伯伯，有什么事情需要我帮忙吗？"

"不需要，你回家吧。"

"好，明天下班，我再来。"明亮走了。

"爽，怎么了？和又生怎么谈的？"桑梓关切地问。

桑爽详细地向爸爸说明又生仍然处于危险之中，两人约定再等两年。如果又生能够脱离危险，他就到无锡来，一心一意地做学问。如果，----，桑爽说不下去了。

"又生是个负责任的孩子，我没有看错他，但愿他能躲过这场灾难。"桑梓拍拍女儿的肩膀坚定地说，"爽儿，我们就再等又生两年！"

4 月 27 日，春又生收到了温丽丽转交给他的桑爽的来信：

张先 诉衷情

花前月下暂相逢。苦恨阻从容。何况酒醒梦断，花谢月朦胧。花不尽，月无穷。两心同。此时愿作，杨柳千丝，绊惹春风。

千秋岁

数声鶗鴂又报芳菲歇。惜春更把残红折。雨輕风色暴，梅子青时节。永丰柳，无人尽日花飞雪。莫把幺弦拨，怨极弦能说。天不老，情难绝。心似双丝网，中有千千结。夜过也，东窗未白凝残月。

当晚，春又生写下词两首：

柳永　蝶恋花

伫倚危楼风细细，望极春愁，黯黯生天际。草色烟光残照里，无言谁会凭阑意。拟把疏狂图一醉，对酒当歌，强乐还无味。衣带渐宽总不悔，为伊消得人憔悴。

贺铸　西江月

携手看花深径，扶肩待月斜廊。临分少伫已怅怅，此段不堪回首。欲寄书如天远，难销夜似年长。小窗风雨碎人肠，更在孤舟枕上。

第二天，春又生托温丽丽转交桑爽。

五一节，明亮的父母带着明亮到桑爽家求婚。

桑爽当场歉意地对他们说："表姨父、姨母，非常感谢你们对我的钟爱。我已经有了对象，桑爽不得不辜负你们的厚爱了。表哥，我从小把你当作我的哥哥，不可能————"说完桑爽回到自己的房间。

表哥一家非常失望。桑梓见此，不由得脱口而出："如果明亮能够再等两年，也许有希望。"

"亮亮今年已经29岁了，再等两年就30多了，男人哪能30多才结婚呢？”明亮的爸爸表示异议，因为在上个世纪70年代的老人看来，男人30岁以后结婚是丢脸面的事情。

“爸爸，您别说了，我等！”明亮坚决地说。

“那，他伯伯，咱就这样说好了。可别让我家亮亮落空啊。”明亮妈妈叮嘱道。

“我说的是有希望，但不是一定啊！”桑梓再次明确说明。

“那就是说两年之后，亮亮还不一定能够娶桑爽？”明亮爸妈犹豫了。

“爸，妈，即便这样，我也等！”明亮向爸妈，也是向桑梓表达自己的决心。

明亮从此以后，只要不出差，每个星期都来几次，殷勤地帮助桑梓做一些重家务活，当然也有意地和桑爽接近。桑梓本来就喜欢明亮，如果不是春又生的存在，也许桑梓会同意这门亲事。桑爽本来也不讨厌明亮，但是，即便没有春又生的存在，她也从来没有考虑过同表哥结婚。

1974年“十一节”春又生没有来，桑爽收到了温丽丽的来信。信中说，尽管春又生还没有出事，但是青岛的公安已经发现了青岛的几个文学学习小组，责令他们停止活动。春又生已经知道了这个消息。

看了这封信，桑梓对桑爽说，公安已经摸到线索，可能很快就追查到春又生。桑爽虽然为春又生担心，但只能冷静地等待，她不再哭泣了。

1975年春节前，桑爽接到温丽丽的来信。信中说，青岛的公安通过查封文学学习小组，了解到春又生和

青岛被捕的那个读书会小组成员关系密切，正在暗中
监视春又生。她已经暗中告诉了春又生这个消息。

桑梓知道危险已经降临到春以后生的头上。桑爽
只能默默地为春又生祝愿。

1975年4月中旬，春又生通过温丽丽收到桑爽的
信。信中是石延年的词"燕归梁"：

芳草年年惹恨幽。想前事悠悠。伤春伤别几时休。
算从古、为风流。春山总把，深匀翠黛，千叠在眉头。
不知供得几多愁。更斜日、凭危楼。

春又生通过温丽丽回信：

晏几道　临江仙

梦后楼台高锁，酒醒帘幕低垂。去年春恨却来时。
落花人独立，微雨燕双飞。　记得小蘋初见，两重心
字罗衣。琵琶弦上说相思。当时明月在，曾照彩云归。

1975年冬天来了，无锡没有下雪。桑爽想起了71
年冬天。那年的雪真大，春又生家的院子里落下了一
层厚厚的雪，桑爽和春又生比赛堆雪人。春又生堆了
一个又高又大的雪人，桑爽堆了一个小巧玲珑的雪人。
都是用煤球做的眼睛，用胡萝卜做的鼻子，怎么看，
春又生的雪人又笨又傻，而桑爽的雪人伶俐可人。邻
居们看着这两个对比鲜明的雪人，哈哈大笑。凤儿笑
得肚子痛，她对春又生说："又生哥，我原以为你很
聪明，没想到你也有笨的地方，你比桑爽姐姐差多了。"

春又生也不由得傻笑着。

桑爽看了看春又生的雪人，用铲子把雪人的头和

身子修正了一下，雪人就变成了一个顽皮的大男孩。邻居们非常欣赏桑爽那双灵巧的手，纷纷说，春又生是笨人有傻福。

忽然，桑爽将两个雪人都毁了，又重新做了两个紧紧地搞在一起的雪人。一个憨憨的，一看就知道是个男孩；一个俏俏的，一看就知道是个女孩。

"这是一对儿，一个是董永，一个是七仙女。"凤儿看着这对雪人，又看了看春又生和桑爽又说："又生哥，你就是这个又笨又傻的董永，桑爽姐姐，你就是这个又聪明又灵巧的七仙女。"

回到家中，桑爽对春又生说："又生哥，你知道我为什么要打碎了两个雪人重新做？"

"为什么？"春又生问。

"你知道大书法家赵孟頫和他的夫人管道升的故事吗？"

"不知道。"

"赵孟頫嫌弃他的夫人年纪大了，有了纳妾之念，就写了一首词给他的夫人：'我为学士，你做夫人。岂不闻王学士有桃叶桃根，苏学士有朝云暮云？我便多娶几个吴姬越女无过分，你年纪已过四旬，只管占住玉堂春！'

管道升夫人一看，作"我浓词"回：

'你侬我侬，忒煞情多。情多处热如火。把一块泥，捻一个你，塑一个我，将咱两个，一齐打破，用水调和，再捻一个你，再塑一个我。我泥中有你，你泥中有我，与你生同一个衾，死同一个椁。'

"我知道了，你是将两个分离的雪人打碎，重做

两个新的雪人，然后你中有我，我中有你。"春又生
感动了，亲吻着桑爽说，"今生我与你要与你生同一
个衾，死同一个椁。"

76年1月，两年期限快到了，桑爽提前给春又生
写信，让温丽丽转交给春又生。信中是朱敦儒的"好
事近"：

春雨细如丝，楼外柳丝黄湿。风约绣帘斜去，透
窗纱寒碧。美人慵剪上元灯，弹泪倚瑶瑟。却卜紫姑
香火，问辽东消息。

春又生回信：李商隐的"夜雨寄北"：

君问归期未有期，巴山夜雨涨秋池。何当共剪西
窗烛，却话巴山夜雨时。

桑爽收到春又生的回信，知道春又生无法在两年
的期限内实现承诺了。

春节前，桑爽再次接到温丽丽的来信。信中说，
青岛公安局还没有查到春又生和青岛被捕的那个读
书会小组成员有过共同活动的证据，但是公园已经将
春又生辞退了。

春节，桑爽要到青岛去，桑梓坚决不同意。

"爸爸，两年之约就要到期了，我必须见着又生，
他现在没有工作了，可以到无锡来。"

"不行，你怎么知道又生没有危险了？又生是一
个有数的人，如果他认为他可以到无锡来，他自己回
来。我们只能等着他。"

连续几年，春又生没有到无锡去，桑爽也没有到

青岛来。每一年春节，春妈妈都追问春又生，为什么爽儿不来？春又生支支吾吾说不出来，春妈妈知道儿子把桑爽丢了。连续几年春节，春妈妈想起桑爽就哭泣。姐姐只好劝慰妈妈说，两个人长期分居两地，感情是难以维持的。姐姐对春又生说，你失去了那么好的姑娘，你真没有福气啊！

第十章

　　3月份初，明亮从南京出差回来，带给桑梓和桑爽一个惊人的消息。南京市的学生和工人贴出"保卫周恩来"、"打倒张春桥"的大标语，并到周恩来生活过的梅园新村和雨花台悼念周恩来和烈士们，他们的活动受到当局的压制。

　　桑梓开始关注南京的消息。3月底，从南京那里传来了更多的消息。南京大学的数百名师生抬着周总理的巨幅遗像和大花圈上街游行，沿途中百姓纷纷加入，汇集成一次大规模示威。南京大学和其他学校数百名学生在街道张贴"谁反对周总理就打倒谁！"、"揪出《文汇报》黑后台！"等大标语，并拥向火车站，把标语刷在列车上，抗议的活动正在席卷全国。

　　4月3号下班，桑梓递给桑爽温丽丽的来信。信中说，她到春又生家去探望，春妈妈说，春又生好几天没有回家了。桑梓和桑爽正在猜想春又生到哪里去了？从北京出差回来的明亮兴冲冲地跑进来，带来更加惊人的消息。北京市总工会工人理论组在人民英雄纪念碑南侧贴出第一张悼念周总理的悼词，并且出现一篇鼓动武装反抗的诗篇："欲悲闻鬼叫，我哭豺狼笑。洒泪祭雄杰，扬眉剑出鞘。"天安门广场上已经出现了游行队伍。桑梓兴奋了重复着："扬眉剑出鞘！"，难道春又生盼望已久的学生运动真的开始了吗！桑梓对桑爽说，春又生肯定去北京了，去参加他的战斗了！

　　桑爽立即回到自己房间悄悄地准备好旅行包，趁爸爸正在和明亮交谈时，离开家直奔火车站，坐上当晚的火车去北京了。

4月4号上午，桑爽来到了天安门广场。天安门广场上拥挤着成千上万的人，纪念碑附近摆满了数以千计的花圈。一股正义的同仇敌忾的气氛笼罩着天安门广场。本能告诉桑爽，她的又生哥肯定在广场上。桑爽看见到处是演讲的人群，她一个一个人群中穿梭，一定要找到又生哥。

桑爽跑遍了大半个广场，忽然听到一个熟悉的声音，她跑过去，挤进人群，是他，是她的又生哥，激动的泪水顾不得擦，听见又生在大声说：黑暗的中国从来没有过光明，独裁的中国从来没有过民主，我们再也不能容忍现代的夏桀和商纣，这个现代恶魔已经使得中华民族倒退了几千年年，站起来，同志们，拯救在痛苦和屈辱中挣扎的中华民族！我们要在这个恶魔死亡之前，大声地唱给他听，你，你，你，你这个坏东西！群众大声地跟着唱，桑爽也唱着，你，你，你，你这个坏东西！你欺骗人民，你独裁专制，你这个坏东西！唱歌中的桑爽忽然听到旁边有一个人对另一个人低声说，盯住这个演讲的人。桑爽知道，他们是共党便衣，情急之中，桑爽向春又生身边挤过去，大声喊着，有便衣！有便衣！人群霎时间乱了，很多青年人在喊叫着，哪个是便衣，把他揪出来！把他揪出来！桑爽被拥挤的人群几乎挤到，等她站稳脚再看时，春又生不见了。

桑爽又开始在广场上寻找春又生，一直到天黑，再也没有看见春又生。又生哥到哪里去了？是被便衣抓走了，还是离开了天安门广场？桑爽已经一天一夜没吃没喝，焦虑中的桑爽忘记了一切。回无锡还是继续留在北京找又生哥？桑爽最终决定在北京再呆一天继续找又生哥，她在火车站附近的一家旅馆住下了。

4月5日上午，桑爽来到了天安门广场。发现广场上的花圈不见了，上万人围聚人民大会堂前面，高呼着"还我花圈"，"还我战友"。桑爽在人群中穿梭，一个个辨认着，寻找着春又生。中午，桑爽随着人群包围了一座小灰楼，人群中有代表在向里面的人交涉，提出归还花圈、释放被捕群众、保障人民悼念总理的权利。桑爽拼命向前挤，她想看一看代表中有没有又生哥。人民的三项要求被拒绝了，愤怒的群众放火烧了小灰楼，有的人在砸毁汽车，一些人在与军警、民兵和便衣扭打。桑爽在这些人中没有发现春又生。又生哥到哪里去了？桑爽徘徊在广场上。晚上六点半，天安门广场上出现了宣传车，扩音喇叭反复播放北京市委第一书记吴德奉命发表的广播讲话："今天，在天安门广场有坏人进行破坏捣乱，进行反革命破坏活动，革命群众应立即离开广场，不要受他们的蒙蔽。"桑爽想，可能又生哥离开广场了。她随着人群离开了广场，往哪里去，回无锡还是---？桑爽决定到青岛去，也许，又生哥回青岛了。当晚桑爽坐上了去青岛的火车，心中暗暗祈祷着在青岛能见着春又生。

4月6号，春妈妈上中班，一阵急促的敲门声把春妈妈吓坏了。她急忙开门，发现是面目憔悴的桑爽。

"爽儿，我的好孩子，你怎么来了？"春妈妈又惊又喜地抱住了桑爽。

"妈妈，又生在家吗？他回来了吗？"桑爽没有回答春妈妈的问话，焦急地询问又生是否在家。

"爽儿，生儿4天多没回家了。这个让人揪心的孩子不知道上哪里去了。"春妈妈哭起来了。

"坏了！"桑爽一下子瘫在了地上。

"怎么了，爽儿？又生出什么事了？"春妈妈连忙将桑爽拉起来。

"妈妈，我在北京见着又生了。"

"爽儿，你在北京见着生儿了？"春妈妈打断桑爽的话。

"见着了，可惜被人群挤散了。我找了他两天，没有找到。我以为又生肯定回青岛了。可是，———"

"爽儿，既然你见到他了，他就没有事，也许很快就回来了。"春妈妈急忙安慰桑爽。

"不是，我恐怕———"桑爽抱着春妈妈哭了。

"怎么了，孩子，告诉妈妈，怎么了？"春妈妈感到事情不好。

"又生他在北京———，在北京———"桑爽很犹豫是否把真相告诉春妈妈。

"生儿，在北京干什么了？快告诉妈妈！"春妈妈有点害怕了。

"妈妈，你坐好。我慢慢对你讲。"桑爽不哭了，她认为不能再瞒着妈妈了，要让她知道真相，如果又生哥这次没事，今后一定要管住他。

桑爽为春妈妈倒了一杯水，也为自己倒了一杯水，一口气喝下去，镇静一下，然后一五一十地将春又生五年前参加反政府组织，爸爸劝又生退出，他不同意。爸爸不得已搬回无锡，和又生约定一年中退出组织，或是平安无事，就让他们两个结婚，结果又生没有退出，也无法退出了。后来又约定再等又生两年，一直等了五年，期限马上就要到了，又生到北京参加反政府活动，这次可能————，桑爽说不下去了。春妈妈站起来慢慢地向床边移动，连声说："我不行了，爽儿———"说着晕倒在床上。

"妈妈！妈！"桑爽哭喊着。

过了一会儿，春妈妈醒了。她对桑爽说："爽儿，打电话给你姐姐，电话号码在生儿的抽屉里。"

桑爽打开又生的抽屉，拿着一张记着电话的纸条，跑到一家商铺里给姐姐打了一个电话。

回到家中，只见春妈妈躺在床上，不住地叨念着："生儿，你这个孩子，你还要我为你操多少心，你非把我的命要去不可。"

桑爽趴在春妈妈身上哭着。

"爽儿，看你这副憔悴的样子，是不是没洗脸，没吃饭？"

桑爽点点头。

"妈起来，给你做饭。"春妈妈强迫自己坐起来。

"妈，您躺着，我自己来。"桑爽不让春妈妈起来。

"不，我要给爽儿做饭。"春妈妈不听劝阻，硬是坐起来。

"来，爽儿，跟我到厨房。"桑爽乖乖地跟着春妈妈进了厨房。

"来，我给爽儿洗脸。"春妈妈在脸盆里倒上水，拿着毛巾要给桑爽洗脸。

"妈妈，我自己洗。"

"不，让妈给你洗，我还没有给我的爽儿洗过脸呢。"春妈妈有毛巾轻轻地为桑爽洗脸。桑爽的眼泪不住地往外流，春妈妈擦了一遍又一遍。

洗完脸，春妈妈对桑爽说："爽儿，回房间坐着，妈妈给你打荷包蛋。"

"不，我不离开你。"桑爽靠着春妈妈。

春妈妈为桑爽打了两个荷包蛋，端回房间，又放上一些红糖："吃吧，爽儿。"

桑爽含着热泪慢慢地吃下妈妈的荷包蛋。

正在这时，姐姐进来了。抱着了桑爽说："妹妹，咱姐俩终于又见面了。"

"让爽儿给你说说，生儿干的好事吧。"春妈妈沉着脸对姐姐说。

桑爽将几年以来发生的事情完完全全地对姐姐讲了。

"我这个弟弟，从小让妈妈操心，一直到30岁了，还是这样。"姐姐生气地说，"妹妹，这件事情是又生不对，你还是按约定，离开他吧，又生没有这个福气，娶上你这么个好媳妇。"

"爽儿，你离开生儿吧，妈妈不怨你。是生儿不好，他配不上你。别耽误了你，孩子。"

"妈妈，我怎么能够离开又生呢？"桑爽趴在春妈妈怀中放声大哭。

春妈妈哭了，姐姐掉泪了。

春妈妈让姐姐打电话给厂里为她请假。娘儿俩期望今天春又生能够回到青岛，她们焦急地等待着。当晚，娘儿俩睡在一起，桑爽哭一会儿，春妈妈哭一会儿，一个晚上没有睡觉，春又生没有回来。

4月3号晚上，桑爽不见了。桑梓和明亮开始都没有想到桑爽是到北京找春又生去了。明亮在附近的街道和小公园里找了很长时间都没有找到桑爽。回到桑爽家中，明亮告诉桑梓找不到桑爽。桑梓恍然大悟，急切地对明亮说："明亮，桑爽可能去北京了！马上到火车站，见到她给我拉回来！"

明亮赶到火车站，得知上海开往北京的火车已经开走了。明亮赶回去，对桑梓讲，火车开了，桑爽可能已经走了。桑梓想了一下说："明亮，你明天上班给你的北京朋友打电话，询问一下北京的情况，下班后立刻来告诉我。"

4月4号，明亮下班后到桑梓家告诉他，北京的群众运动达到了高潮，天安门广场上人山人海，人民在高喊"中国人民是中国历史的主人"，"秦皇的封建社会一去不复返了"！ 桑梓对明亮说，明天继续了解北京势态。

4月5号下班后，明亮带来了新的消息，广场上的花圈不见了，群众围攻人民大会堂，烧毁汽车，与军人和民兵斗争的事情。桑梓说，共产党要镇压了。他对明亮说，如果今晚桑爽不回来，你要做好去找桑爽的准备。

果然第二天上午，明亮拿着6号的《人民日报》跑进来，上面刊登了社论《牢牢掌握斗争大方向》。桑梓当机立断，明亮你立刻向单位请假，马上坐火车到青岛找桑爽。

"伯伯，为什么到青岛去找？"明亮不解。

"桑爽去北京找他的对象去了。我估计，如果找着了，她就能很快回无锡。如果找不着，她就必然去青岛。问题是桑爽回到无锡可能要遇到麻烦。共产党马上就要镇压参加北京运动的人了，桑爽正在此时没有请假离开单位，肯定要受怀疑的。"

"那怎么办？"明亮一听，立刻着急了。

"马上到青岛，见到桑爽一定要把她带回来。你一下火车，先买好当天回无锡的火车票，然后直奔观象路17号，找到春妈妈家，桑爽准在那里。"

4月7号将近中午的时候，明亮敲响了春妈妈的家门。桑爽以为是春又生回来了。打开门，竟然是明亮。

"表哥，你，你怎么来了？"桑爽几乎不相信自己的眼睛。

"桑爽，伯伯让我赶快带你回去，我已经买好了下午的车票。"

"为什么这么急？"桑爽不满意。

"桑爽，共产党就要镇压了。你现在回去可能都要受到怀疑。"明亮急切地说。

"爽儿，这是谁？请他进来。"春妈妈说。

"进来，表哥。"桑爽对春妈妈说："妈妈，这是我的表哥。"又对明亮说："表哥，这是春妈妈。"

"春妈妈好！"明亮礼貌地问候春妈妈。

"进来，孩子，来，喝茶。"春妈妈请明亮在桌子边坐下。

"妈妈，爸爸让我跟表哥回无锡。"

"爽儿，怎么这么着急？咱娘俩还没有说够话呢。"春妈妈自然舍不得桑爽走。

"已经买好下午的车票了。"桑爽眼含着泪水说。

"这就要走了？"春妈妈的眼泪马上流了出来。

"妈妈，我不愿意走。我没有看见又生哥，我怎么能走。"桑爽抱着春妈妈终于哭出来了。

"爽儿，妈妈舍不得你回去，可是你不能不回去，你爸爸这是着急了，你一连几天不在家，你爸爸一定是着急了。"春妈妈止住了眼泪，"爽儿，我去做午饭。吃了饭再走。你去给姐姐打个电话。"

"表哥，你现在这里坐着喝茶，我去打电话。咱们吃完午饭再走。"桑爽出去给姐姐打好电话。又回到厨房帮着春妈妈做午饭。

午饭刚端到桌子上，姐姐进来了。桑爽向姐姐介绍了表哥，然后一起吃饭。一边吃饭，明亮向姐姐介绍了桑梓对时局的分析。姐姐也认为共产党肯定不会放过任何一个参加过天安门事件的人，桑爽要赶快回去。

"妹妹，你正好在这几天不在厂里工作，回去后，他们如果追查你，可怎么办？"姐姐关切地问。

"姐姐，已经这样了，让他们看着办吧！"桑爽勇敢地说。

"可不能这样！"春妈妈慌了，"都是生儿这个坏孩子惹的祸。"

"春妈妈，别担心。桑伯伯会有办法的。"明亮安慰春妈妈。

吃完饭，临走了，桑爽忽然跪在春妈妈面前哭着说："妈妈，对不起您，不能再陪你了。又生如果回来了，对他说，桑爽还在等他平安归来。"

春妈妈和姐姐把桑爽拉起来。

春妈妈说："爽儿，你对得起生儿，你不要再等他了。他没有这个福气。"

"姐姐，你以后要看着又生，叮嘱他，不要再出事了。"桑爽对姐姐说。

"我会的，妹妹。妈妈说得对，又生没有这个福气。你不要再等他了。"

"妈妈，姐姐，没有又生，我活着还有什么意思啊！"桑爽号啕大哭。

"爽儿，爽儿，————"

"妹妹，妹妹，———"

春妈妈和姐姐一直将桑爽送到汽车站，眼睁睁地看着伤心欲绝的桑爽走了。

4月8日，桑爽和明亮回到家中。桑梓没有埋怨桑爽。他拿出刚买到的报纸给桑爽和明亮看，报上登载了，北京举行超过百万人的庆祝粉碎四五反革命游行。"爽，如果明天你到单位里去，他们追问你，这几天你去哪里了，你如何应答？"

"我说去青岛了。"

"从那里去的？"

"从无锡，车票呢？"

"车票呢？"

"回来时的车票在这儿，去的车票掉了。"

"这样不行。只有一个办法可以将这件事情挡过去。"桑梓看了看桑爽和明亮，"你们俩今天赶快去登记结婚。"

"啊！爸爸，这怎么能行！"桑爽立刻拒绝。

"伯伯，这不行。我不能！"明亮也拒绝。

"为什么拒绝，明亮？"桑梓不解地问。

"伯伯，我昨天亲眼目睹了桑爽和春妈妈一家的感情之深，也从他们家的相框里看见了春又生的照片。那种神采奕奕的眼神，一看就是个优秀的青年。我，明亮自知无法和春又生相比。我理解了桑爽对春又生的爱情。所以，我不能这样做。"明亮解释说。

听了这席话，桑爽和桑梓一时非常感动。

"明亮，你的确不错。但是现在没有别的办法，只有假装你们出去旅行结婚了，也许才能躲过他们的审查。"桑梓也解释道。

明亮还在犹豫，桑爽很不情愿。

"爽儿，你听不听爸爸的话，你听不听爸爸的话！"桑梓连问两遍。

桑爽没有回答。

"爽儿，你非要他们把你关进监狱，有春又生一个进监狱还不够吗？"

"爸爸，你怎么知道又生哥一定会进监狱？"

"孩子，你太幼稚了。共产党要杀人了，新一轮屠杀开始了！"桑梓难过地说，"又生是难逃厄运啊！又生，你为什么不听我的话。"

"桑爽，伯伯说得对，咱们去登记。我以我的人格保证，只是为了保护你免受这次灾难。我们只登记不结婚。以后，春又生平安无事，我马上和你解除婚姻。"明亮诚恳地说。

"这————"桑爽依然犹豫。

"爽儿，难道你非要进监狱，然后把爸爸一个人扔在家里吗？"桑梓痛心地说。

"好吧。表哥，我相信你。"桑爽思考了一会儿同意了，"不过，我有两个条件，第一，你到我家来，我爸爸年老了，我不能离开。第二，你每天晚上10点钟以后回到你自己的家去睡觉。"

"行！"明亮痛快地答应了。

"明亮，你立即回家去拿户口簿，然后回来吃午饭。"桑梓立即命令明亮。

出完午饭，桑爽拿着户口簿和明亮一起去登记。桑梓叮嘱他们："想办法，让婚姻登记员，给你们的登记日期写为4月1号。"

"为什么？"桑爽不解。

"如果登记在今天，那你们前几天怎么能够出去结婚旅行。"

路上，桑爽和明亮一直想不出什么办法让登记员改写登记日期。直到婚姻登记处门口，明亮说，有个主意，试一试，看看行不行。

婚姻登记员，认真察看了桑爽和明亮的户口，又问，是自愿结婚吗？两人回答是。登记员开始填写结婚证。就要填写日期时，明亮说亲热地说："登记员阿姨，您能不能讲日期写为4月1日？这一方面是一个月份的第一天，日子好；另外呢，我们双方父母就是在这一天同意我们的婚事的，只是因为我出差了，所以才一直拖到今天才来登记。”

“行啊，早几天，没问题。”登记员随手将结婚日期写为 4 月 1 日。

明亮千谢万谢地带着桑爽离开了结婚登记处。桑爽笑着对明亮说：“表哥，想不到你还挺会随机应变的。”

“你以后长了就会知道，我的优点还是很多的。”明亮有点得意地说。

桑爽心里却有点后悔，刚才不该对表哥说那样的话。

回到家中，桑爽问爸爸，明天上班是否要带着婚姻证书。桑梓说，那不是欲盖弥彰吗。

第二天，桑爽去单位里上班，刚进办公室，就被叫到保卫科。

保卫干事问：“桑爽，你这几天到哪里去了？”

桑爽回答：“旅行结婚去了。”

保卫干事又问：“为什么不请假？”

桑爽回答：“我已经写好了请假条，让我爸爸给送过来，可是我爸爸病了，就没有来。”

保卫干事还是将信将疑，忽然又问：“你的结婚证呢？带来没有？”

“没带。”

“走，马上走，到你家去看你的结婚证。”

保卫干事立刻从单位里要了一辆汽车，直接开到桑爽家。进门二话不说，要看结婚证。桑梓笑嘻嘻地拿出了桑爽的结婚证。保卫干事仔细地看了看姓名和日期。桑梓此时递上香烟和茶水，抱歉地对保卫干事说："真对不起，我的病刚好，没有及时去单位送请假条。请你给领导美言几句。"

保卫干事对桑爽说："请假条你一定要交，对你的科长说明情况，如果他有什么问题，让他来找我。"

"谢谢！"桑爽表示感谢。

保卫干事喝着茶水神秘地对桑梓说："不是我多事，最近上面布置要检查所有三月底和四月初不在单位的人。"

"为什么？"桑梓故作不解。

"前几天北京出事了，游行，烧车。听说抓了近千人呢。"保卫干事低声说。

"原来是这样，我明白了。"桑梓装作恍然大悟。

"最近几天少出门为好！"保卫干事又嘱咐道。

"谢谢！谢谢！"桑梓表示感谢。

保卫干事走了，桑梓松了一口气，对桑爽说："爽儿，多危险，如果不做防范，就要出事。"

"爸爸，我没事了。又生哥呢？"桑爽始终牵挂着她的又生哥哥。

"爽儿，这只有看又生的命运了！"桑梓长叹一口气。

桑爽病了，桑梓也病了。明亮来照顾他俩。

桑梓病中呼喊着："又生，又生---"

桑爽起身来到爸爸的床前，听见爸爸的呼喊，泪流满面。

明亮对桑爽说："伯伯是真心的喜爱春又生啊！"

桑爽哭着点点头。

五一节前，明亮爸爸妈妈来拜访桑梓，计划要在五一节那天大事举办婚宴，让亲朋好友都来参加。桑梓和桑爽都知道两位老人的用意是造成既成事实。桑爽和桑梓都不同意，明亮也不同意。明亮爸爸妈妈没有办法，只好在五一那天通知了几位至亲举办了婚宴。

"结婚"后，明亮下班后到桑爽家帮忙做家务，吃饭，晚上 10 点钟，尽量不让邻居们发现，再偷偷地回家。

连续一个多月，明亮都是这样。桑爽见明亮遵守诺言，对表哥放心了。夏天来了，晚上下大雨时，明亮就不回家，睡在桑梓的房间里的钢丝床上。除了吃饭时和桑爽说几句话，其他时间明亮就在桑梓的房间里看书。桑爽发现表哥是一个爱学习的人，与又生哥不同的是明亮喜欢看机械类专业书籍。他是一个眼勤手勤，心灵手巧的人，几乎会干一切家务活。明亮将做饭任务担下来，饭菜做得不错，桑爽和桑梓都很满意。明亮很快学会了烙糖酥火烧，口感不亚于桑梓烙的。明亮的劳动大大地减轻了桑梓的家务劳动，桑爽对表哥有了好感。当然，表哥远远不能取代她心中的又生哥。

温丽丽来信告诉桑爽，一直没有春又生的消息。社会上不断地传来，又有一些人在张贴大字报，散发传单，又有人被捕了。桑梓确信，春又生一定是被捕了。明亮的爸爸妈妈几乎每个月来一次，总是问桑梓什么时候，两个孩子才能真正地结婚。桑梓告诉他们，不能急，由这两个孩子自己决定吧。桑梓问桑爽，已经过了两年了，你到底如何打算？桑爽说，她还要等。

　　7 月上旬，温丽丽到了无锡。桑爽抱着温丽丽好像隔世再见一样。桑爽急忙问起春又生的情况，温丽丽说，她几乎每个星期到春又生家里去一趟，春又生一点确切的消息也没有，春妈妈非常着急。桑爽想起春妈妈那痛苦的样子，泪流满面。温丽丽看见了在桑爽家里忙里忙外的明亮，很是奇怪，问桑爽，这个男人是谁。桑爽把温丽丽领进自己的房间，然后把事情的整个过程讲了一遍。温丽丽表示理解。

　　温丽丽问桑爽："他叫什么？"

　　"明亮。"

　　"明亮这个人如何？"

　　"人很正直。明亮曾经当着我的面说过非要娶我不可，可是当他知道我和春又生的爱情后，立即站在我一边，无私地帮助我。这几个多月来，从来没有非分之想。"

　　"人不错。我看他忙里忙外的，是个居家过日子的好男人。"

　　"是的，人很勤快，手又巧。"

　　"忘了你的又生哥了吧！"温丽丽不满地说。

　　"说什么呢，又生哥永远在我的心里。"桑爽将手放在胸膛上。

　　"桑爽，那你怎么办，就这样等下去？"

　　"等！只有等！"

　　"桑爽，愿意听我一句心里话吗？"

　　"当然愿意。"

“桑爽，你是一个适宜过安全舒适生活的女人。希望有一个有知识，特别是爱读诗词，又勤快又能干的男人呵护你，保护着你，使你过着温馨惬意的生活。对吧？”

“你不喜欢这样的生活？”

“桑爽，其实咱俩并不一样，我是一个喜欢过着动荡刺激生活的女人。”

“丽丽，你究竟想说什么？”

“桑爽，我说实话，你别生气。”

“说吧。”

“春又生不适合你。他不是一个安分的人，他总是要追求理想的生活，他不会照顾他的女人，反而不断地使他的女人为他操心。”

“不对，又生哥适合我。我每次想起他就浑身激动不已，激发起我的生命和情感。”

“那是因为你读的诗词太多了。春又生适合你的精神，不适合你的生活。我看这个明亮才适合你的生活。”

“不对！”

“好好想一想我的话，不要马上否认。”

明亮在门外招呼桑爽：“桑爽，吃饭了！”

“他不进来？”温丽丽问。

“从来没有进来过一次，很自觉。”

“真不错！桑爽，你真有福，又遇到一个好男人！我的男人在哪里啊？”

“丽丽，你们在说什么？”桑梓进来了。

“桑伯伯，我们在谈论春又生！”温丽丽坦率地对桑梓说，"我说实话，您不生气吧。"

"怎么会呢，丽丽。"桑梓笑着说。

"我刚才对桑爽说，春又生不适合她。桑爽是一个适宜过安全舒适生活的女人，而春又生不是一个安分的人。"

"不，不！又生哥适合我！"桑爽大声地说。

桑梓沉思着，过了一会儿说："丽丽分析得有道理，爽儿是一个适宜过安全舒适生活的女人，其实这也是我的希望。我也害怕我的女儿受到春又生的牵连，也许是因为我见到过太多的人遭受共产党的残酷镇压的缘故吧。我喜欢又生，我把他当作自己的儿子。但是我不愿意他去冒险，愿意他陪着爽儿过着安稳的生活。而又生不是这样的人。"

在饭桌上，温丽丽一边吃饭一边打量着明亮。明亮友好地笑着，很理解温丽丽的好奇之心。

"丽丽，春又生家里你还要经常去，一有他的消息，立刻告诉我。"

"好的，桑伯伯。我猜想，春又生没有被抓住，他可能现在躲在什么地方。"

"你怎么知道？"桑梓和桑爽几乎同时问。

"如果春又生被抓住了，青岛市公安部门肯定会知道。我通过内线得知，在全国抓的人当中，有好几个青岛人，但是没有春又生。"

"你告诉春妈妈了吗？"桑爽问。

"告诉了，但是春妈妈只要没见着春又生，就认为他八成是被捕了。"

"不知道，还要躲多久？"桑梓口中念念自语地嘟囔着："又生，又生，——"。桑梓忽然感到头晕，"我要去躺一会儿。"

温丽丽和桑爽都看出桑梓脸色不好。

"桑伯伯！"

"爸爸！"

明亮赶快把桑梓扶到床上，喂他吃药。

下午，桑爽和温丽丽没有出去玩，两个人躺在桑爽的床上，不住地谈着春又生，谈论着怎么办。

4点多钟，桑梓睡了一觉，感觉好多了。

晚饭后，温丽丽对桑爽说："桑伯伯，桑爽，我要对你们说一件重要的事情，你让桑伯伯到这个房间来吧。"

"什么事情，这么神秘？"桑爽很奇怪，马上出去叫桑梓。

"丽丽，什么事情。"桑梓一进来就问。

"桑伯伯，我妈妈死了。"温丽丽眼睛红了。

"啊！温妈妈逝世了！"桑爽抱着温丽丽。

"什么时候？丽丽，慢慢讲。"桑梓用手抚摸温丽丽的头安慰她。

"5月6号。"温丽丽看着桑爽和桑梓说，"妈妈死了，我在中国没有一个亲人了。我的爷爷奶奶和外公外婆都在美国，我要去找他们。"

"说傻话，怎么去，丽丽！"桑爽说。

"丽丽，有办法吗？"桑梓问。

"有办法，但是很冒险。这几年一些人不堪共产党迫害的人都通过秘密通道到国外去了。"

"丽丽，你认识这样的人吗？"桑梓问。

"通过朋友已经接上头了。"

"可靠吗？"桑梓关切地问。

"可靠！我的最好的朋友。如果顺利的话，下个月就可能走了。"

"怎么走？"桑爽问。

"先到香港，然后从香港到美国。"

"到美国能找到你的爷爷奶奶吗？"桑爽问。

"实际上我的朋友已经同爷爷联系上了。"

"好，这我就放心了。"桑梓松了一口气。

"桑伯伯，桑爽，这次可能是我们最后一面了。"温丽丽小声哭起来。

桑爽则大声哭起来："丽丽，丽丽，我舍不得你走，你走了，我怎么办！"

桑梓也很伤感。

"桑爽，我走了，就没有人给你和春又生传信了。"温丽丽抱歉地说。

"丽丽，你走你的，会有办法的。"桑梓说，"再说，如果又生认为没有危险了，他自己就会来信。"

"我回青岛后，再到春又生家去一次，然后将春又生的情况告诉你们。"

"好。"桑爽说。

第二天上午，桑爽陪温丽丽逛无锡市区。无锡城很小，她俩逛了几条街。桑爽为温丽丽买了一件漂亮的衬衣以作纪念。桑爽还特地为姐姐买了一件外套，为春又生买了一件上衣，又为春妈妈买了一些无锡特产。

临走前，桑梓对丽丽说："丽丽，你一定要小心啊！这可是生命游戏啊！"

"您放心，我会小心的。"温丽丽信誓旦旦地说。

桑爽将礼品放进温丽丽的旅行包里，伤感地对温丽丽说："丽丽，把这些东西交给妈妈，告诉妈妈，就说，虽然已经过了两年的期限了，我还在等又生。"说着，又开始痛哭起来。

"桑爽，别哭了。我一定带到。"温丽丽劝慰着桑爽。

"丽丽，难道我们今生再也见不到了吗？"

霎那间，温丽丽和桑爽抱头痛哭。

温丽丽回到青岛后，当天傍晚去了春又生家。得知春又生还没有回来，她将桑爽买的礼品交给春妈妈，并对春妈妈说，桑爽依然在等春又生。春妈妈听后立刻哭起来："爽儿是多好的孩子啊！告诉爽儿，别等了。爽儿已经27岁了，我家生儿又没消息，等到什么时候是个头啊。生儿，这个混小子，你没有福气呀！"

温丽丽劝慰春妈妈，帮着她做饭，然后又一起吃了晚饭，直到春妈妈完全平静下来，才回家。

桑爽收到温丽丽的最后一封信，告诉她，春又生依然没有消息。

"又生哥，你在哪儿？"每天晚上桑爽都在心里问苍天。

9月上旬，毛泽东的死讯传遍了中国。桑梓很高兴，心想，毛泽东，你终于死了！桑爽高兴地对爸爸说：“爸爸，毛泽东一死，又生哥可以回家了吧？”

“很难说！还是共产党天下！”桑梓不相信共产党。

10月上旬，桑爽在厂里得知四人帮被捕的消息，晚上高兴地对爸爸说：“爸爸。四人帮倒台了，这会儿又生哥可以回家了吧？”

“不一定，看看时局发展吧。”桑梓说，“最重要的是要等又生的来信。如果又生来信了，就说明时局变了。”

1977年春节前，又传来了当局秘密逮捕要求为四五运动平反的人，桑梓感觉时局依然恶化，春又生还是处于危险之中。果然，直到腊月三十，他们没有收到春又生的来信。桑爽感到绝望了。

春又生在广场上听见有人在喊：“有便衣，有便衣！”他马上就听出这是桑爽的声音。他急忙顺着声音寻找桑爽，拥挤的人群中不见桑爽身影。正在这时，有人低声对他说：“跟我走，有便衣。”春又生不走，还在四处寻找桑爽。

这时几个人上来拖春又生，他大声地问：“你们是谁？”

“是我，老春！”后面又上来一个人低声说，春又生认识，是读书会的同志。

“等一会儿，我还有一个朋友在这里。”春又生不走。

“来不及了，你被盯上了！”他们不由分说地拖着春又生，将他带到广场的一边，推上了一辆汽车，上边已经有了几个人，春又生一上车，汽车马上就开了。

汽车可能开了一个多小时停下了。春又生跳下汽车，发现一片麦地，他们到了农村。麦田旁边有一条水渠，沿着水渠，他们来到了一座大房子。进了门，春又生发现，里面有十几个年轻人，其中有几个是读书会的人。

老任走过来与春又生打招呼："老春，这几天，公安在秘密抓人。我们在广场上布置一伙人专门营救这些被便衣盯上的同志。到这里就安全了。"

"谢谢！"春又生握着老任的手。

"你到房间休息吧，晚上要开会，通报消息，讨论问题。"

春又生被一个同志带进一个房间，里面有四张床，桌子上有馒头和水。春又生饿了，一边吃馒头，一边想，桑爽肯定是到北京来找我的。现在她在哪里呢？危险吗？想到这里，春又生放下手中馒头，到房间找到老任："老任，还有同志在广场上吗？"

"有。什么事？"

"有一个女同志在广场上为我报警，我不知道她现在情况如何，是否危险？如果你们能把她带到这里就好了！"

"叫什么？长得什么样？穿什么衣服？"

"叫桑爽，丹凤眼，双短辫，身高 1 米 62，穿什么衣服，我没有看见。"

"好，我派人到广场找。"老任立即派人到广场上去传递信息。

回到自己的房间，春又生无心吃饭，耳边一阵阵响起桑爽的声音"有便衣！有便衣！"他感到阵阵的心痛。"爽，你在哪里？"。"爽，回家吧，我没有事了。"春又生敲着自己的脑袋，"春又生，春又生，你到底把爽牵扯进来了！"

陆陆续续有人从广场上回来，春又生向每一个人打听桑爽的消息，没有一个人见到她。

晚上，读书会召集大家开会。首先通报了广场上的情况，除了留守在广场上看守花圈的同志外，群众都回家了。明天的活动依然是组织演讲，保护有可能被便衣盯梢的人。

躺在床上，春又生心中暗暗祈祷："回家吧，爽！"。他不知道就在火车站旁边的一家旅馆里，桑爽也在做着同样的祈祷："回家吧，又生哥！"

4月5日上午，8点多钟，有人从广场上带回了紧急的消息，早晨他们到达广场后，广场已经被封闭禁止进入。他们发现广场上所有的花圈、张贴的诗歌和守夜的同志都不见了，估计昨夜公安偷袭广场，清扫了环圈和诗词，逮捕了留守的同志。他们回来时，越来越多地群众不顾警察的禁令，已经冲进了并占领了天安门广场，群情降低高呼"还我花圈，还我战友"。读书会简单研究后，决定迅速支援广场上的同志。春又生立即站在队伍里。老任看见春又生后，又宣布一条决定，所有这几天已经被便衣盯梢的同志不要参加今天的活动，以免遭遇不测。

春又生无可奈何地留下了。往返广场与大房子的汽车几乎一小时一趟，在带来被保护同志的同时，又带来了新消息：已经有数万人围聚人民大会堂前面，不断高呼着"还我花圈"，"还我战友"；人民包围了天安门广场旁的一座小灰楼，代表们正在向里面的人交涉，提出归还花圈、释放被捕群众、保障人民悼念总理的权利；人民的三项要求被拒绝了，愤怒的群众放火烧了小灰楼，有的人在砸毁汽车，一些人在与军警、民兵和便衣扭打。

广场上群众的消息不断地带来，可是始终没有桑爽的消息。春又生忧心忡忡。

晚上8点多钟，老任几个人回到了大房子，带回的消息是：天安门广场上出现了宣传车，扩音喇叭反复播放北京市委第一书记吴德奉命发表的广播讲话："今天，在天安门广场有坏人进行破坏捣乱，进行反革命破坏活功，革命群众应立即离开广场，不要受他们的蒙蔽。"大部分群众都离开了。春又生心想，桑爽也一定离开了。她能到哪里去呢？是回无锡？还是去青岛？春又生估计，桑爽去青岛的可能性大，因为桑爽在广场上找不着自己，肯定不甘心。想到这里，春又生心安一些。

将近11点，最后一位同志和司机冒着危险回来了。他们带回来当局镇压的消息：晚上九时半，当局出动了足有1万名民兵，几千名警察和好几个营的部队，带着木棍，包围了天安门广场，对留在广场的群众进行血腥镇压，并逮捕了一些人，读书会的很多同志被捕了。

读书会立即开会讨论：明天怎么办？是继续开展

斗争，还是避免不必要的牺牲，暂时撤离？

多数人主张继续战斗，斗争方式根据明天广场上的情况而定。如果群众继续涌向广场，他们将继续到广场上去组织讲演；如果当局展开镇压，则撤离。

我们今后怎样展开活动？

一个二十几岁的年轻人站起来了慷慨激昂地说："我们要组织军队，同共党进行武装斗争！"有几个青年人站起来表示支持。

这时，一个30多岁的人站起来说："首先，我不同意武装斗争。其次，我认为，我们今天不是在同共产党战斗，而是在同党内的反动势力做斗争。不要将党内的反动势力与共产党混同。"大部分人同意他的观点。

双方随即展开激烈的辩论。 我们究竟是在同谁战斗，为什么不能进行武装斗争。

"我说几句。"春又生站起来了，"第一，我反对武装斗争。因为暴力不仅使得人民流血，同时，仇恨使人丧失理智，暴力产生新的暴力。暴力产生的权力要用暴力来维持，结果又产生一个专制政权。中国是世界上农民起义最多的国家，农民起义胜利后建立的政权都是专制政权。本世纪国民党用暴力推翻了满清政府，建立是专制政权。共产党用暴力推翻了国民党政权，建立的依然是专制政权。暴力和专制是双胞胎。所以，我反对暴力！"

"你这是修正主义理论！"那个青年人站起来指责春又生。

"同志，我在发表我的观点，请不要乱扣帽子。

否则，我们还有资格称作民主人士吗。"春又生继续冷静地说，"第二，我们今天的斗争是同共产党的斗争。因为共产党是新的专制势力。"

"你胡说！你是反革命分子！"那个30多岁的人站起来谩骂春又生。

"除了乱扣帽子，你还有什么本事？"春又生蔑视地说。

"让他说完！"下面有人喊。

"我们来看一个事实，中国、苏联，几乎所有的共产党国家都是专制国家，说明共产党本身有问题，也就是说他们在本质上是专制的。我们再看中国，一方面，广大人民没有任何自由权利，被牢牢地束缚在工厂里和公社里，实际上成为新式农奴；另一方面，毛泽东等当权者，不死不下台，永远霸占着中国的统治权力，骄横跋扈，残酷迫害，实际上已经成为新式专制君主。现代社会和专制社会的基本区别有四点：言论自由，结社自由、选举自由和军队属于国家。今天，全世界的共产党国家都将军队牢牢地控制在自己的手中，凭借暴力剥夺了人民的自由。所以共产党是新的专制势力，我们必须同共产党作斗争！"

"你这是污蔑，以偏概全。周总理是代表人民的。"那个30多岁的人又站起来谩骂春又生。

"看样子你是一个不读书的人，建议你读一读共产党的历史吧！

1931年9月18日，日本发动了侵华战争。在中国人民抗击日本侵略的严峻时刻，不到两个月之后的1931年11月7日，在苏共扶持下，中共在瑞金成立中华苏维埃共和国。中华苏维埃共和国是苏共扶持的伪政权，远远早于日本在中国扶持的伪政权。比 1932 年 3 月 1 日成立的伪满洲国早三个多月。比 1940 年 3 月成立的伪国民政府早八年多。

1929 年，张学良领导的东北政府为收回苏俄在中国东北铁路的特权而发生的中苏军事冲突。在中东铁路事件中，中共一开始就直接提出"拥护苏联"与"武装拥护苏联"的口号。

1939 年 9 月苏联同法西斯德国签订了《苏德互不侵犯条约》，根据苏德之间的秘密协议，在德国进攻波兰的同时，苏联也从东线进攻波兰，占领了共约 20 万平方公里的波兰领土。中国共产党竟然认为苏德互不侵犯条约是很正确的。

1941 年 4 月份，苏联同日本签订了严重损害中国利益的中日宣言。中日宣言称："苏日双方政府为保证两国和平与友好邦交起见，兹特郑重宣言，苏联誓当尊重满洲国之领土完整与神圣不可侵犯性，日本誓当尊重蒙古人民共和国之领土完整与神圣不可侵犯性。"《苏日中立条约》和宣言激起中国人的强烈不满，对苏联与日本的肮脏交易表示愤怒。当时的国民党政府对《苏日中立条约》发表声明，宣称东北三省和外蒙古是中国领土，决不承认第三国之间有关侵害中国行使领土主权的任何协定。几天后，中共正式发表对《苏日中立条约》的意见，竟然称赞这个条约是苏联外交的一个伟大胜利，对苏日的声明中有关'互不侵犯满洲及外蒙'的说辞给与充分的理解。这是在出卖国家主权。你知道中共的这些肮脏历史吗？周恩来作为一个共产党人，他同毛泽东之流不过是五十步的笑百步，一丘之貉。"春又生坚定地说。

"你敢污蔑周总理，把他抓起来，他是反革命！"一些人上来揪住春又生。

"住手！任何人都可以发表自己的观点！"老任站起来制止。

"我们来表决，同意我们反对的只是共产党内的反动派别，而不是反对共产党的人，请举手。"那个 30 多岁的人又站起来呼吁。大部分人都举手同意。

这位 30 多岁的人得意地对春又生说："还需要再对你的谬论进行表决吗？"

"我尊重你们的选择。"春又生说，"我宣布，我退出读书会。"

春又生离开房间，走到院子里。老任和一个高高的青年人走过来。

"老春，想什么？"

"我在想，这次运动不是我的运动。"春又生回答。

"看来我们要进行最基本的人权宣传，民主对中国人还是奢侈品。"老任说，"如果不能引导读书会，我们就成立一个新的组织，也许就叫人权同盟吧。"

"我们还应该办一个刊物，宣传一些基本的东西，譬如，中国仅有四个现代化是不够的，还必须包括第五个现代化，也就是政治现代化。"那位英俊的高个子青年人说。

"老春，你有什么打算？"

"我想做研究。有很多问题我还不懂。公有制、私有制、计划经济、市场经济、多党制、三权分立……。"

三个人没有再交谈。

天亮了。派往广场的同志回来了。他们带来了不利的消息，广场被当局重兵把守，群众已经全部撤离。过了一会儿，又有一个同志带来了4月6日的《人民日报》，上面刊登了社论《牢牢掌握斗争大方向》。

读书会决定立即撤离。

老任对春又生说："老春，你准备到哪里去？"

"青岛肯定不能回去了，我现在还没有想好去哪里。"

"往西北走，或者回你的老家。"老任拿出几十元钱递给春又生，"拿着，你需要钱。"

"不，老任。我不能要！"春又生拒绝，"你们怎么办？"

"我是北京人，那里也去不了。我只要一走，反而暴露了。"老任说，"老春，你已经暴露了。因为这段时间你不在青岛，公安肯定会追查你。再说，你在广场上已经被便衣盯上了。拿着这钱，你需要钱。"

"那你一定要小心！"春又生收下了钱，"十年以后再见。"

"为什么要十年？"老任问。

"老任，你看，目前大多数青年人依然相信共产党，所以至少十年，才能积蓄一批坚决反对共产党的力量。"

"是这样，我要用这十年来组织力量。"老任手握拳头。

"我要用这十年来做研究。"

　　大房子里的人开始分别撤离了。大家相互拥抱，希望在下一次斗争中再相见。春又生和老任等人一一拥抱，相约十年后广场见，然后被送到一个汽车站。春又生通过多次换车到了郑州，从郑州坐火车到了洛阳。在洛阳，春又生参观了龙门石佛。龙门石窟位于伊河两岸，最引人注目的是卢舍那佛。卢舍那意为"诸恶皆除、众德悉备、净色遍照法界"，传说卢舍那像模仿皇后武则天的形象而雕。卢舍那佛华贵睿智的形象吸引着春又生。卢舍那佛你在想什么？你身旁的这些恶神是来保护你的，还是用他们来恐吓百姓的？

　　在河南住了几天，春又生回到山东烟台老家，一住就是几个月。这期间，春又生一直在思考。他不敢停下思考，因为一停下来，思念桑爽的痛苦就折磨他。9月份，毛泽东死亡的消息传遍中国，春又生欣喜若狂，这个毛贼终于死了！桑伯伯和桑爽一定很高兴吧，一定在盼望我回家吧？10月份，当四人帮被捕的消息传遍中国的时候，春又生认为自己可以回家了。

　　10月10号，春又生回到青岛家中。妈妈很高兴儿子平安地回来了，告诉春又生桑爽依然在等他。

　　第二天下午5点，春又生悄悄地躲在中山公园门口的一棵大树下，他想找到温丽丽，让她告诉桑爽自己已经回到青岛。可是一连两天，春又生没有从下班的工人中发现温丽丽。第三天，春又生看见大周骑着自行车出来了。他叫住大周。大周看见春又生非常惊喜："春又生，好久不见了，在哪儿混呢？"

　　"大周，你好！怎么不见温丽丽呢？"春又生没有回答大周的问题，直接问温丽丽的去向。

"来！"大周神秘地把春又生带到一个没人的地方，"丽丽，走了！"

"走了？"春又生不明白。

"上个月，丽丽忽然好几天没来上班，我们到她家去找她，邻居说，丽丽好几天没有回家了。后来听别人说，丽丽出逃了。"

"啊！为什么？"

"丽丽的妈妈死了，她在青岛一个亲人也没有，她的亲戚都在美国。要是我，我也走！"大周把自行车的铃铛转的一阵阵响。

春又生失去了和桑爽的联系渠道，他又不能确定自己是否安全了。因此，他决定看看时局的发展，等到明年春节再决定是否与桑爽联系。春又生知道，只要自己不能确定自己是安全的，就决不能去找桑爽。

1977年1月，北京传来消息，北京出现了民主墙，一些民主人士在民主墙上张贴要求当局为四五运动平反，天安门广场上出现了"童怀周"编写的《天安门革命诗抄》。春节前，北京又传来消息，当局在秘密逮捕民主人士。春又生感觉时局依然恶化，他决定春节不与桑爽联系。

4月5日前后，北京以及全国各地仍然出现了要求"两个平反"的抗议和请愿活动。北京西单民主墙上贴满了大字报，西单民主墙从地下走到地上。斗争还在继续，春又生知道，他只能在这场斗争胜利后才能与桑爽联系。

4月5日，这一天他本想到桑爽妈妈的墓地偷偷与桑梓见面，又担心自己被跟踪牵连桑梓，就没有去。

4月中旬，春又生游储水山，回家后写下李元膺的"茶瓶儿"： 去年相逢深院宇，海棠下、曾歌《金缕》。歌罢花如雨。翠罗衫上，点点红无数。今岁重寻携手处，恐物是人非春暮。回首青门路。乱红飞絮，相逐东风去。

春又生不知道就在同一天，桑爽写下黄庭坚的"望江东"：江水西头隔烟树，望不见江东路。思量只有梦来去，更不怕、江拦住。 灯前写了书无数，算没个、人传与。直饶寻得雁吩咐，又还是秋将暮。

1977年9月春又生遇到一个文学学习小组的朋友，他因参加四五运动被捕，被关押了1年零4过多月，8月份被释放。从朋友的口中，春又生得知，四五运动中被捕的人基本都被释放了。春又生回到青岛也将近一年了，这一年他始终绷紧了弦，似乎他感觉自己并没有被盯梢。难道自己没有危险了吗？可以去找桑爽了吗？但是，张昌辉因参加读书会活动被捕后，至今还没有被释放。也许参加四五运动活动现在没有危险了，可是参加读书会活动至今依然有危险。春又生决定十一期间不去无锡看望桑梓和桑爽。

1978年临近春节，春又生已经将近4年没有见着桑爽，已经5年多没有见着爸爸了。他了实在抑制不住对桑爽和桑伯伯的思念，决定春节期间去见桑爽。

1978年2月2日，星期四，春节的前5天，这是春又生终生难忘的一天。晚上姐姐拿着一个小包裹回到家中。对春又生说，是桑爽的表哥明亮带来的。包裹外面是一层布，上面写着姐姐的地址和姓名，下面写着内详，姐姐已经打开。第二层是牛皮纸，上面写着：

姐姐：请转交春又生 桑爽

春又生打开第二层，里面是一条白色的手绢，包着一个金戒指，手绢上写着字。

春妈妈一看见这个金戒指，马上说难过说，爽儿，这是退婚了。

春又生和姐姐读着手绢上写的"点绛唇"：

下笔千斤，素帕滴泪望青州。海盟难续，今生情缘休。未曾同生，怎能共眠丘。无限愁。忘却玉笼鸟，早觅莫逆友。

春又生呆了。姐姐说，桑爽结婚了。春妈妈一听见这句话，一边哭，一边拿起笤帚就打春又生："你这个坏孩子，把这么好的媳妇丢了，把这么好的媳妇丢了。"

姐姐又对春又生说，桑伯伯托明亮带给你一句话：系统学习，耐心等待。

春又生不知道这天晚上是怎么度过的。他昏昏沉沉，脑海里反复重复着：忘却玉笼鸟，早觅莫逆友；系统学习，耐心等待。

第二天中午，春又生登上观象山，站在经度测量纪念方碑下，面向南方，大声呼喊："爽，祝福你！祝福你！"

"桑伯伯，我绝不辜负您的期望。我一定要系统学习，耐心等待时机，永不放弃！"

4月5日，春又生决定到桑爽妈妈的墓地与桑梓见面。进入墓地，发现桑爽妈妈的坟墓空了，被人移走了。春又生立刻意识到，桑梓和桑爽已经彻底地断绝了与青岛的联系，桑爽从此永远地离开了他的生活。

1978年4月中旬，春又生写下秦观的"画堂春"：

落红铺径水平池，弄晴小雨霏霏。杏园憔悴杜鹃啼，无奈春归。 柳外画桥独上，凭栏手撚花枝。放花无语对斜晖，此恨谁知。

1978年4月中旬，桑爽写下秦观的"江城子"：

西域杨柳弄轻柔，动离愁，泪难收。犹记多情曾为系归舟。碧野朱桥当日事，人不见，水空流。韶华不为少年留。恨悠悠，几时休？飞絮落花时候一登楼。便做春江都是泪，流不尽，许多愁。

1979年4月中旬春又生写下李甲的"帝台春"：

芳草碧色，萋萋遍南陌。暖絮乱红，也知人春愁无力。忆得盈盈拾翠侣，共携赏、凤城寒食。到今来，海角逢春，天涯为客。愁旋释，还似织；泪暗拭，又偷滴。谩伫立、遍倚危阑。尽黄昏，也只是暮云凝碧。拼则而已拼了，忘则怎生便忘得。又还问鳞鸿，试重寻消息。

1979年4月中旬，桑爽写下周紫兰的"生查子"：

春寒入翠帷，月淡云来去。院落半晴天，风撼梨花树。人醉掩金铺，闲倚秋千柱。满眼是相思，无说相思处。

1980年春，34岁的春又生同文玲订婚了。他没有再写诗词怀念桑爽。春又生对自己说，桑爽已经开始了新的生活，我也要开始自己的新生活了。

2001年，新世纪到来了，难忘的热恋已经过去30年了。这年春天，春又生带领几个外地朋友到八大关游玩，路过一个花园时，他想起了30年前他和桑爽曾经在这个花园的一棵树上刻下了桑爽和自己的姓名的第一个字母"SJ"。记得当时桑爽说，刻在树上的字母纪念不会长远，因为随着树木的生长，刻下的字母会脱落，这对于爱情是个不好的预兆。春又生当时说，我不信这些。春又生在花园里找到了这棵树，树长得高了，粗了。他没有找着当初刻下的"SJ"，不知是哪一年，随着老化的树皮脱落了。与桑爽分手已经二十多年了，是桑爽相信的有情无缘，还是世道艰难呢？

回到家中，春又生写下贺铸的"石州引"：

薄雨收寒，斜照弄晴，春意空阔。长亭柳色才黄，远客一枝先折。烟横水际，映带几点归鸿，东风销尽龙沙雪。还记出关来，恰而今时节。 将发。画楼芳酒，红泪清歌，顿成轻别。回首经年，杳杳音尘都绝。欲知方寸，共有几许新愁？芭蕉不展丁香结。枉望断天涯，两厌厌风月。

2001 年，4 月 5 日，春又生登上观象山，站在经度测量纪念方碑下，面向南方，大声喊着："爽，你好吗？"

桑爽每年都要写下一首诗词借以怀念春又生。

2001年，新世纪到来了。桑爽写下李清照的"凤凰台上忆吹箫"：

香冷金猊，被翻红浪，起来慵自梳头。任宝奁尘满，日上帘钩。生怕离怀别苦，多少事、欲说还休。新来瘦，非干病酒，不是悲秋。休休！这回去也，千万遍阳关，也则难留。念武陵人远，烟锁秦楼。惟有楼前流水，应念我、终日凝眸。凝眸处，从今又添，一段新愁。

2001年，4月5日，桑爽登上鹿顶山舒天阁，面向北方，大声喊着"又生哥，你好吗？"